MATTHIAS P. GIBERT

Rechtsdruck

FALSCHE FÄHRTEN? Gerold Schmitt, ein arbeitsloser Autolackierer mit Kontakten zur rechten Szene, wird brutal zusammengeschlagen. Er überlebt nur knapp. Schmitt glaubt, dass es sich um den Racheakt einiger Türken handeln könnte, mit denen er Ärger hatte.

Wenig später werden in der Kasseler Nordstadt ein türkisches Ehepaar und ihr zwölfjähriger Sohn brutal ermordet. Die Ermittlungen konzentrieren sich auf Kemal, den ältesten Sohn der Familie, da dieser kurz zuvor einen heftigen Streit mit dem Vater hatte. Er ist jedoch untergetaucht. Auf Hauptkommissar Paul Lenz und seinen Kollegen wird politischer Druck ausgeübt, den Fall so schnell wie möglich zu lösen und den Sohn als Täter zu präsentieren. Doch Lenz kommen bald ernste Zweifel, ob er die richtige Spur verfolgt, denn nach und nach muss er erkennen, dass der türkische Schneider nicht der war, der er vorgab zu sein …

Matthias P. Gibert, 1960 in Königstein im Taunus geboren, ist verheiratet und lebt als freier Schriftsteller in Kassel. „Rechtsdruck“ ist der siebte Kriminalroman seiner überaus erfolgreichen Serie um den Kasseler Hauptkommissar Paul Lenz.

Weitere Veröffentlichungen im Gmeiner-Verlag:
Schmuddelkinder (2010)
Bullenhitze (2010)
Eiszeit (2009)
Zirkusluft (2009)
Kammerflimmern (2008)
Nervenflattern (2007)

MATTHIAS P. GIBERT

Rechtsdruck

Lenz' siebter Fall

GMEINER *Original*

Besuchen Sie uns im Internet:
www.gmeiner-verlag.de

Im Ehnried 5, 88605 Meßkirch
Telefon 07575/2095-0
info@gmeiner-verlag.de

2. Auflage 2011

Lektorat: Claudia Senghaas, Kirchardt
Herstellung / Korrekturen: Julia Franze / Doreen Fröhlich
Umschlaggestaltung: U.O.R.G. Lutz Eberle, Stuttgart
unter Verwendung des Fotos »businessman holding case« von:
© Norman Pogson / fotolia.de
Druck: Fuldaer Verlagsanstalt, Fulda
Printed in Germany
ISBN 978-3-8392-1130-4

*Personen und Handlung sind frei erfunden.
Ähnlichkeiten mit lebenden oder toten Personen
sind rein zufällig und nicht beabsichtigt.*

1

Demet Bilgin setzte müde einen Fuß vor den anderen.

Die Einkaufstüten, die sie schleppte, gruben tiefe Furchen in die Innenflächen ihrer Hände. Dann hatte die knapp 50-jährige Frau die kleine Schneiderei erreicht und ließ ihre Last erschöpft aus den Händen gleiten.

»Wo warst du so lange?«, fragte ihr Mann, ohne von seiner Lektüre aufzublicken, auf Türkisch. Auch nach mehr als 30 Jahren in Deutschland war es seiner Frau nicht möglich, ein Gespräch auf Deutsch zu führen.

»Der Metzger im Supermarkt hat sich in den Finger geschnitten und musste erst verbunden werden. Deswegen hat es länger gedauert«, antwortete sie nach Luft japsend.

»Dieser Trottel. Ich sage immer, der sollte lieber kein Messer in die Hand nehmen. Das wievielte Mal ist das in diesem Jahr?«

Er winkte ab, ohne den Kopf zu heben. »Das zehnte mindestens. Wenn du dorthin kommst, um etwas einzukaufen, läuft er mit einer verbundenen Hand durch die Gegend. Dieser Mann ist eine Schande für seinen Berufsstand.«

»Sprich doch nicht so böse, Gökhan. Der Metzger hat dir doch gar nichts getan.«

Nun reckte sich Gökhan Bilgin und sah seiner Frau ins Gesicht. »Natürlich hat er mir nichts getan. Aber ich werde doch wohl noch sagen dürfen, dass er ein Trottel ist?«

Bevor seine Frau zu einer Erwiderung ansetzen konnte, wurde die Tür der kleinen Werkstatt aufgeschoben und der jüngste Sohn der beiden stürmte mit einem großen Schulranzen auf dem Rücken herein.

»Hallo, Mama«, rief er auf Deutsch. »Was gibt es zu essen?«

Die Frau sah ihn tadelnd an, legte die Stirn in Falten, und wollte ihm durch die Haare fahren, bevor sie in ihrer Sprache antwortete.

»Wasch dir erstmal die Hände. Wenn du damit fertig bist, ziehst du dich um und fängst mit deinen Hausaufgaben an. Das Essen dauert noch eine halbe Stunde, ich bin gerade erst vom Einkaufen nach Hause gekommen.«

Emre, der 12 Jahre alte Junge, wich zurück und machte einen Schmollmund. »Nicht, du bringst meine ganze Frisur durcheinander.«

Er ließ den Schulranzen fallen und schlurfte langsam Richtung Toilette. »Ich habe einen Bärenhunger und fest damit gerechnet, dass es schon was zu Essen gibt.«

»Ja, ja, womit du immer rechnest«, erwiderte sie. »Ich wünschte, du wärst in der Schule im Rechnen auch so gut.«

»So gut wie du in Deutsch etwa?«, frotzelte er in Anspielung auf eine Vereinbarung, die er etwa ein Jahr zuvor mit seiner Mutter getroffen hatte. Dabei ging es darum, dass sie ihre Deutschkenntnisse vertiefen würde, wenn er seine schlechte Note in Mathematik verbesserte. Seinen Teil hatte er spielend erfüllt, während sie noch keinen Schritt vorwärtsgekommen war. Oder besser, sie hatte einfach keine Anstrengungen unternommen, auch nur ein weiteres Wort der Sprache des Landes zu erlernen, in dem sie lebte.

»Sei nicht frech. Geh, und mach deine Hausaufgaben, in einer halben Stunde essen wir.«

Gökhan Bilgin hörte zwar die Worte in seinem Rücken, doch ihr Sinn drang nicht bis in sein Gehirn vor. Der

50-jährige Mann war schon wieder in seine Lektüre vertieft.

Im September 1974 hatte ihn der Postvorsteher in das blau gestrichene Haus am Rand des kleinen anatolischen Dorfes gerufen, in dem er aufgewachsen war, und ihm den Telefonhörer hingehalten. Am anderen Ende war sein Vater, der seit knapp zwei Jahren als Gastarbeiter in Deutschland lebte. Nach dem kurzen Telefonat war dem Jungen klar, dass er seine Großeltern und den Rest der Familie, seine Freunde, und sein geliebtes Dorf verlassen würde. Er würde mit seiner Mutter und seinen drei Schwestern zu seinem Vater ziehen.

Im ersten halben Jahr dachte er mehr als ein Dutzend Male daran, wegzulaufen. Er verstand die Sprache nicht, hatte keine Freunde, und in der Schule hänselten ihn die deutschen Kinder. Ein Jahr später machte sich sein Vater als erster Türke in Kassel mit einer Änderungsschneiderei selbstständig. Gökhan begann eine Lehre in dem kleinen Betrieb, der im Souterrain des alten Backsteinhauses angesiedelt war, wo er noch heute den immer weniger werdenden Kunden seine Dienste anbot. Im Frühjahr 1978, ein paar Tage nach seinem 19. Geburtstag, nahm ihn sein Vater zur Seite und erklärte ihm, dass er eine Frau für ihn ausgesucht hatte, die auch schon auf dem Weg nach Kassel sei. Der junge Mann war zunächst entsetzt, denn er unterhielt zu diesem Zeitpunkt eine sehr geheime und ebenso lose Verbindung zu einem deutschen Mädchen. Die Basis dieser Liaison beruhte allerdings auf dem hemmungslosen Austausch von Körperflüssigkeiten, nicht mehr.

Nach einer kurzen Phase des Kennenlernens vermählten sich die gerade 18-jährige, überaus schüchterne Demet, die aus einem Nachbardorf der Familie in Anatolien stammte, und der mittlerweile sehr gut deutsch sprechende Gökhan kaum zwei Monate später. Sie bezogen eine Wohnung im gleichen Haus, in dem seine und noch einige andere türkische Familien wohnten, und wurden gute, angesehene Mitglieder der größer und größer werdenden anatolischen Gemeinschaft Kassels. Gökhans ganzer Stolz war ihr Ende 1979 geborener Sohn Kemal, benannt nach seinem Großvater; danach kamen im Abstand von jeweils zwei Jahren drei weitere Kinder, allesamt Mädchen. Die Familie hatte durch die recht gut laufenden Geschäfte in der Schneiderei ihr Auskommen, und als sein Vater im Frühjahr 1995 nach einem leichten Schlaganfall mit seiner Frau zurück in die Türkei wollte, übernahm der Sohn das Geschäft. 1998 wurde Demet überraschend ein fünftes Mal schwanger und gebar im Sommer 1999 Emre, den Nachzügler.

Während all dieser Jahre war Gökhan kein besonders politischer oder religiöser Mensch gewesen. Er war darauf bedacht, nicht aufzufallen, und möglichst mit allen Menschen gut auszukommen, ganz egal ob sie Türkisch mit ihm sprachen oder Deutsch.

Dann kamen der September 2001 und die Anschläge auf das World Trade Center in New York. Gökhan war in seiner Schneiderei und flickte gerade die Jeans einer jungen Frau, als der wie immer im Hintergrund laufende türkische Fernsehsender sein Programm unterbrach und auf die Bilder von CNN schaltete. Der Türke, der mittlerweile auch die deutsche Staatsbürgerschaft besaß, ließ die alte Pfaff-Nähmaschine zum Stillstand kommen und starrte mit weit aufgerissenen Augen auf den Bildschirm, wo in der x-ten Wiederholung ein Flugzeug wie in Zeitlupe in einem der Türme einschlug und ihm damit das

Rückgrat brach, was zu diesem Zeitpunkt jedoch noch niemand ahnte. Fassungslos betrachtete der Schneider die Vorgänge und war zutiefst schockiert über das, was ihm live aus New York übertragen wurde. Er sah, wie sich Menschen, die keinen anderen Ausweg sahen, aus den Wolkenkratzern fallen ließen und mehrere hundert Meter zu Boden und in den sicheren Tod stürzten. Und er wurde Augenzeuge der bis dahin größten Katastrophe des neuen Jahrtausends, als die Türme schließlich in sich zusammenfielen.

In diesen Stunden veränderte sich etwas in Gökhan Bilgin. Er dachte zwar an die vielen Menschen, die an diesem Tag in Amerika gestorben waren, doch er konnte kein Mitleid mit ihnen empfinden. Seine Gedanken kreisten vielmehr um die vermeintlichen Hintergründe der Anschläge. Und so stellte er sich wieder und wieder die Frage, was die Amerikaner getan haben mussten, damit ihnen diese überaus böse Bestrafung zuteilwurde. Eine erste Antwort fand er während eines Gespräch mit einem Kunden, der ihm von Gerüchten und Berichten im Internet erzählte, dass die amerikanischen Geheimdienste selbst die Drahtzieher der unglaublichen Ereignisse seien. Natürlich, setzte der Mann mit dem Brustton der Überzeugung hinzu, seien auch die Zionisten, also die Israelis, beteiligt gewesen.

Dieser Gedanke erschien dem Schneider aus der Kasseler Nordstadt zunächst völlig abwegig, doch viele weitere Gespräche und die ersten Moscheebesuche seit mehr als 25 Jahren revidierten seine Ansichten nachhaltig. Und als dann 2003 der Einmarsch der westlichen Alliierten im Irak begann und wenig später die Taliban in Afghanistan angegriffen wurden, radikalisierte sich seine Haltung mehr und mehr. Der Anatolier, der sich nie etwas aus dem Koran und der damit verbundenen Lehre gemacht hatte, fing an, sich intensiv mit den Grundlagen des Islams zu beschäftigen. Beflügelt wurden seine neu gewonnenen Erkenntnisse durch einen Mann, der zu dieser Zeit bundesweit Schlagzeilen machte und als ›Kalif von Köln‹ zu fragwürdiger Berühmtheit gelangte. Dessen Hasspredigten, die er sich auf DVD beschaffte und mehr als gierig in sich aufsog, bestärkten ihn in der Absicht, sein Leben von Grund auf zu überdenken.

Seine Frau und die Kinder, speziell die mittlerweile erwachsenen Mädchen, betrachteten seine Veränderung mit zunehmendem Argwohn. Als er an einem Nachmittag im Sommer 2005 die Familie um sich versammelte und ihr erklärte, dass er ab diesem Tag streng nach den Regeln eines guten Moslems leben wollte, kam es zum Eklat. Die jungen Frauen, von denen zwei mit deutschen Männern zusammen waren, verweigerten sich vehement seinem Anspruch, sich zukünftig nur noch nach islamischen Regeln in der Öffentlichkeit zu bewegen und auch sonst als gute Muslimas zu leben. Nach einem langen, überaus hitzig geführten Disput warf Bilgin die Frauen zusammen mit seinem ältesten Sohn kurzerhand aus der Wohnung, als sie sich nicht überzeugen ließen.

Von heute an, hatte er ihnen wutentbrannt hinterhergeschrien, seid ihr nicht mehr meine Kinder.

*

»Musst du immer deinen Kopf auf den Arm stützen, Emre?«, fragte Demet Bilgin ihren Sohn, der missmutig am Tisch saß und halbherzig seine Suppe löffelte.

»Musst du mich immer kritisieren?«, fragte der Junge aufsässig zurück.

»Emre!«, kam es drohend von der anderen Seite des Tisches. Gökhan Bilgin hatte kurz die Stimme erhoben.

»Ist doch wahr. Immer kritisiert ihr nur an mir rum. Mach dies, lass das, komm hierhin, bring diese Hose weg. Langsam habe ich keine Lust mehr auf diese Anmache. Außerdem muss ich mit euch reden. Wegen der Schule.« Er ließ sich in seinen Stuhl zurückfallen und verschränkte trotzig die Arme vor der Brust.

»Was willst du mit uns besprechen?«, wollte die Mutter nun mit gütigem Unterton in der Stimme wissen. »Hast du Schwierigkeiten in der Schule?«

»Nein, ich habe keine Schwierigkeiten. Ich will nur mit auf die Klassenfahrt. Alle fahren mit, nur ich darf nicht.«

Gökhan Bilgin legte langsam seinen Löffel neben den Teller und hob den Kopf. »Das haben wir ausführlich besprochen, junger Mann. Ich will nicht, dass du diese Reise mitmachst, und basta.«

»Basta, basta. Nur weil du dich in deiner Koranwelt einmauerst, kannst du mir doch nicht alles verbieten, Papa. Ich darf nicht Fußball spielen, ich darf nicht nach der Schule mit den anderen auf den Spielplatz gehen, eigentlich darf ich gar nichts. Das ist doch sch …« Der Junge schaffte es gerade noch, das verpönte Wort herunterzuschlucken.

»Ich will es trotzdem nicht.«

Emre schluckte erneut. Er kämpfte sichtbar mit den Tränen.

»Pah«, schrie er. »Selbst, wenn du wolltest, du könntest es ja gar nicht. Wir sind nämlich pleite. Wir haben kein Geld für die Fahrt, so sieht es doch aus.«

»Aber Emre«, mischte sich die Mutter energisch ein. »So kannst du nicht mit deinem Vater reden.«

Nun rollte die erste Träne über das Gesicht des Jungen.

»Ich kann nicht mit auf die Klassenfahrt«, beklagte er sich, »weil mein Vater keine Zeit mehr hat, zu arbeiten. Weil er die meiste Zeit des Tages mit den anderen Fundis in der Teestube rumhängt oder Koranverse auf dem Handy liest.«

Noch bevor sein Sohn den Satz beendet hatte, war Gökhan Bilgin aufgesprungen und warf sich nach vorne. Der Junge jedoch war um einiges schneller und parierte die Attacke mit ein paar schnellen Bewegungen des Oberkörpers. Dann stand er neben seinem Stuhl, hob die Arme und ballte die Fäuste.

»Emre«, rief seine Mutter laut, »du versündigst dich!«

2

Gerold Schmitt griff erneut nach seinem Bierglas und trank den Rest des halben Liters mit einem Zug aus. Der Blick seiner glasigen Augen wanderte von einer Seite der Theke zur anderen, doch erkennen konnte er nicht mehr viel.

»Roland«, rief er dem bulligen Mann hinter der Theke zu, »schreibst mein Zeug von heute auf den Deckel, ja?«

Der Wirt nickte widerwillig. »Mach ich. Und du siehst

zu, dass du endlich nach Hause kommst. Immerhin hängst du seit heute Morgen um zehn hier rum.«

»Meine Fresse«, erwiderte Schmitt grinsend, »so lange ist das her?«

Damit rutschte der 24-jährige arbeitslose Autolackierer vom Barhocker, taumelte kurz und tastete nach dem Thekenbrett, um sich festzuhalten.

»Ganz schön raue See heute Nacht«, lallte er.

Der Wirt kam um die Theke herum, griff sich seinen rechten Oberarm, und führte ihn zum Ausgang der schummrigen Dorfkneipe.

»Soll dich die Lisa heimbringen?«, fragte er.

»Nein, geht schon. Ich hab nur ein bisschen Schlagseite, weißt du.«

»Wer wüsste das besser als ich?«

Schmitt hob schwankend den Kopf, als sie den Gehsteig erreicht hatten, und warf Roland Schweda einen angedeuteten Handkuss zu.

»Geht schon«, wiederholte er, und trottete im einsetzenden Schneegestöber schlurfend davon.

Sein Heimweg war etwa 800 Meter lang und führte den bulligen, glatzköpfigen Mann über ein Stück unbeleuchteten Feldwegs, weil der Bauernhof, den er zusammen mit seiner Mutter bewohnte, etwas außerhalb des kleinen nordhessischen Dorfes lag. Das Hoflicht, das seine Mutter brennen ließ, wenn ihr Sohn nicht zu Hause war, tauchte diffus im dichter werdenden Schneegestöber auf und wies ihm die letzten 200 Meter. Schwer atmend und noch schwerer torkelnd verließ er den geteerten Feldweg und bog auf das letzte Stück bis zum Haus ein. Er sah nicht, wie sich aus dem Schatten des alten Bauwagens, in dem er im Sommer manchmal nächtigte, mehrere dunkel gekleidete Gestalten lösten und langsam hinter ihm herkamen. In den

Händen hielten sie Baseballschläger, und ihre Gesichter hatten sie mit über die Nase gezogenen Halstüchern vermummt.

Der erste Schlag, der ihn mit voller Wucht im Rücken traf, warf ihn nach vorne und sorgte dafür, dass er auf die Knie stürzte. Dann kam einer der Männer, die ihm aufgelauert hatten, langsam um ihn herum, und leuchtete mit einer Taschenlampe direkt in seine Augen.

»Was?«, röchelte Schmitt, doch schon erwischte ihn der nächste Schlag, diesmal mitten im Gesicht. Sein linkes Jochbein platzte wie eine reife Melone.

Stöhnend und mit Sternen vor den Augen fiel der Glatzkopf zur Seite und zog dabei instinktiv die Arme über den Kopf. Seine Peiniger bauten sich im Halbkreis um ihn herum auf und schwangen drohend die Baseballschläger. Der offensichtliche Anführer der Vermummten hob den Arm, machte eine kurze Geste und gab damit vermutlich das Startzeichen. Seine Aluminiumkeule surrte durch die Luft und traf Schmitt am Oberschenkel. Im Anschluss schlug reihum jeder der Männer zu. Einmal, zweimal und immer und immer wieder. Sie zielten nicht auf den Kopf, sondern auf die Arme, die Beine, die Füße und den Rücken. Dann hob der Mann, der zuerst geschlagen hatte, wieder den Arm und deutete mit dem Schläger in Richtung des kleinen Dorfes. Sein Kopfnicken in diesem Moment bedeutete wohl, dass die Aktion zu Ende war.

*

Gerold Schmitt fror erbärmlich. Der wuchtige Mann zitterte am ganzen Körper, und das Blut, das ihm in den Kragen gelaufen war, fühlte sich an wie tiefgefroren. Er versuchte, sich aufzurichten, doch es war unmöglich. Mit ungelenken Bewegungen tastete er seinen Kopf ab, aber bis auf die Delle an der Partie unter dem linken Auge schien dort nichts verletzt zu sein. Trotzdem kam es ihm vor, als sei sein Schädel in zwei Teile gespalten.

Sein Blick blieb an dem diffusen Hoflicht hängen, das er gleich zweimal sehen konnte.

»Scheiße«, fluchte er leise, bevor er sich übergab.

Die nächsten Minuten verbrachte er damit, nur durch die Kraft seiner Unterarme Zentimeter um Zentimeter in Richtung der Lichtquelle zu kriechen, wobei er alle 10 oder 15 Sekunden eine längere Pause einlegen musste. Wieder und wieder übergab er sich, und er hatte dabei Angst, an seiner eigenen Kotze zu ersticken. Der Weg kam ihm endlos vor, und die Schmerzwellen, die in immer kürzeren Abständen durch seinen Körper rasten, hielten ihn ständig an der Grenze zur Bewusstlosigkeit.

Sein in einem merkwürdigen Winkel vom Körper abstehendes rechtes Bein gab beim Nachziehen ein knirschendes Geräusch von sich, das er nicht einordnen konnte.

Gefühlte Stunden später hatte er den gepflasterten Hof erreicht und ließ seinen blutenden Kopf in den frischen Schnee sinken. Dann schaltete jemand, der es offensichtlich gut mit ihm meinte, den Strom in seinem Gehirn ab.

3

Kassel, ein paar Tage später.

»Wir müssen los, Maria«, rief Hauptkommissar Paul Lenz. »Es ist 11:30 Uhr.«

»Bin gleich so weit. Nur noch ein bisschen Lippenstift, dann bin ich vorzeigbar.« Sie stand vor dem Spiegel im Badezimmer und verzog den Mund in einer Art, wie es nur Frauen und zu dieser Gelegenheit konnten.

»Aber du bist doch immer vorzeigbar«, unternahm er einen hoffnungslosen Versuch, sie aus dem Badezimmer zu lotsen.

»Und du musst dir keine Mühe geben«, erwiderte sie grinsend in seine Richtung, »weil du genau weißt, dass ich erst das Haus verlasse, wenn ich mit mir und meinem Äußeren restlos zufrieden bin.« Sie drehte sich wieder dem Spiegel zu.

»Das nennt man übrigens Eitelkeit.«

Ein paar Sekunden später trat sie mit in die Hüften gestützten Händen auf den Flur und sah ihn herausfordernd an. »Und, zufrieden?«

Er ging auf sie zu und legte seine Hand zärtlich in ihren Nacken. »Mehr als das, und das weißt du auch.«

»Schön. Dann steht unserer Abfahrt ja nichts mehr im Weg.« Sie schmiegte sich an ihn.

»Immerhin ist es unser erster gesellschaftlicher Auftritt als Liebespaar. Da will ich mich einfach wohl fühlen mit mir. Und mit dir natürlich«, fügte sie schnell hinzu.

Eine knappe halbe Stunde später stand das nicht mehr sehr geheime Liebespaar Zeislinger/Lenz am unteren Ende der Rathaustreppe. Beide sahen nach oben und dann jeweils zum anderen.

»Bist du bereit, dem Feind ins Auge zu blicken?«, fragte Maria grinsend.

»Bin ich«, erwiderte Lenz zackig. »Soll ich dich hinauftragen?«

»Untersteh dich. Ich hake mich bei dir unter und los geht's.« Sie schob ihren linken Arm unter seinen rechten und setzte sich in Bewegung.

»Verdammt, ist das wieder kalt geworden«, stellte sie fest, nachdem sie etwa die Hälfte der Stufen hinter sich gebracht hatten.

»Stimmt. Ich hätte lieber den dicken Mantel anziehen sollen.« Er sah mitleidig in ihre Richtung. »Aber in deinem Fummel möchte ich noch viel weniger stecken.«

»Wer schön sein will, muss leiden«, gab sie ungerührt zurück und beschleunigte ihre Schritte. Hinter den prunkvollen Rathaustüren erkannte sie das Gesicht von Judy Stoddart und winkte aufgeregt. Die Amerikanerin hielt ihnen die Tür auf, drückte zuerst Maria und danach den Kommissar fest an sich und holte dann tief Luft.

»Ich habe schon gedacht, ihr würdet vielleicht doch noch kneifen«, erklärte sie.

»Spinnst du?«, gab Maria mit gespielter Empörung zurück. »Die einmalige Gelegenheit, im Arbeitsbunker meines hoffentlich baldigen Exmannes der Hochzeit meiner besten Freundin beizuwohnen, noch dazu als Trauzeugin, würde ich mir niemals entgehen lassen. Aber das weißt du doch ganz genau.«

Von der Seite näherte sich Judy Stoddarts zukünftiger Gatte Robert Fricker, ein amerikanischer Pilot im Ruhestand. Die beiden hatten sich während Judys letztem Aufenthalt in ihrem Ferienhaus in Maine kennen- und lieben gelernt und waren seitdem unzertrennlich. Fricker hatte danach die meiste Zeit in Kassel verbracht und war richtiggehend angetan von der nordhessischen Metropole, die so ganz anders war als sein bisheriger Lebensmittelpunkt Newark in der Nähe von New York City.

»Und, Robert, bist du so weit?«, fragte Judy auf Englisch.

»Sprich doch endlich deutsch mit mir«, forderte Fricker, der seit seinem ersten Besuch in Kassel ebenso begeistert wie erfolgreich mehrere Sprachkurse belegt hatte, von ihr. »Immer Englisch, Englisch, Englisch«, beschwerte er sich bei Lenz und Maria, die nur mit den Schultern zucken konnten. »Ich will hier in diesem Land leben, also will ich auch die Sprache sprechen können«, fuhr der Amerikaner fast akzentfrei fort.

»Gib ihr noch ein klein bisschen Zeit«, wurde er von Lenz beschwichtigt, der dabei auf seine Uhr sah. »In gut 20 Minuten bist du eh der Boss und kannst einfach festlegen, in welcher Sprache ihr euch unterhalten müsst.«

Maria stieß ihm ihren Ellenbogen in die Seite. »Machoarsch.«

Judy Stoddart hatte glücklicherweise nicht zugehört, weil sie noch einmal die notwendigen Unterlagen durchgesehen hatte.

»Wir hätten doch nach Vegas gehen sollen, Darling«, resümierte sie mit Blick auf den Stapel Papiere in ihrer Hand auf Deutsch.

»Niemals«, widersprach der ehemalige Pilot, der nach einem leichten Herzinfarkt seinen aktiven Dienst als 747-Kapitän hatte quittieren müssen. »Diesen Wahnsinn habe ich einmal mitgemacht, aber nie mehr wieder.«

»Ich glaube, es wird Zeit, nach oben zu gehen«, warf Maria ein. »Nicht, dass ihr euren Termin noch verpasst.«

Das Brautpaar nickte.

20 Minuten und eine nüchterne deutsche Eheschließungszeremonie später standen die vier inmitten einer Menschentraube auf dem Flur des Rathauses und grinsten um die Wette. Obwohl Judy erst für den Abend zu einer offiziellen Feier geladen hatte, waren mindestens 40 Freunde, Bekannte und Arbeitskollegen der Amerikanerin gekommen, die gratulieren und mit ihr und ihrem neuen Ehemann anstoßen wollten. Lenz und Maria traten ein wenig zur Seite, um nicht im Weg zu stehen. Und genau in diesem Augenblick tauchte das dunkelrote Bluthochdruckgesicht von Erich Zeislinger am unteren Ende der Treppe auf, die in den zweiten Stock führte. Der Hauptkommissar drehte sich zur Seite und wollte Maria mit sich ziehen, doch die hatte ihren Noch-Ehegatten ebenfalls gesehen und dabei die Augen zu kleinen, feindselig aussehenden Schlitzen verengt.

»Das glaube ich jetzt nicht!«, zischte sie.

Lenz verstärkte seinen sanften Druck auf ihren Arm, doch sie wollte sich offensichtlich nicht bewegen. Zeislinger marschierte mit breitem Grinsen und schwerfälligem Gang auf die Hochzeitsgesellschaft zu, zwängte sich zwischen den Gästen hindurch, breitete die Arme aus und trat auf Judy Stoddart und Robert Fricker zu.

»Liebes Brautpaar«, setzte er pathetisch und mit immer noch zur Decke weisenden Händen an, doch Judy Stoddarts schlagartig erhobener Arm bremste ihn aus.

»Sie sind leider zu unserer Feier nicht eingeladen, Herr Oberbürgermeister«, erklärte sie dem völlig verdutzt dreinblickenden Zeislinger ebenso freundlich wie bestimmt. Ihr frisch gebackener Ehemann nickte charmant dazu.

»Deshalb bitten wir Sie, sich auf der Stelle zurückzuziehen. Ich bin sicher, Sie haben sehr viele wichtige Dinge zu tun, die keinen Aufschub dulden. Einen schönen Tag noch, Herr Oberbürgermeister.«

Zeislinger wurde innerhalb von Sekunden zuerst puterrrot und danach kreidebleich. »Aber ich wollte doch nur, das müssen Sie mir glauben, nicht…«, stotterte er, doch Judy und ihr Mann hatten sich längst wieder ihren Gästen zugewendet. Der Oberbürgermeister stand wie ein dummer Schuljunge daneben und schluckte.

»Aber …«, machte er einen letzten hoffnungslosen Versuch, bevor er sich in Marias Richtung drehte, die, noch immer bei Lenz untergehakt, etwas abseits stand und die Szene beobachtete. Der Bürgermeister ging einen Schritt auf die beiden zu, hob die rechte Hand und deutete mit dem Zeigefinger auf seine Frau.

»Du«, fauchte er, »das ist ganz allein dein Werk. Dafür werde ich dich …«

Er stoppte. Offenbar wurde ihm klar, dass es sich nicht gut machen würde, seine von ihm getrennt lebende Ehefrau vor den Augen und Ohren so vieler Menschen zu bedrohen oder zu beschimpfen. Er drehte sich erneut, diesmal in die Richtung, aus der er gekommen war, und stapfte davon. Als er um die Ecke verschwunden war, brandete aus der Schar der Hochzeitsgäste spontaner Beifall auf.

Judy Stoddart winkte ab. »Das war das Mindeste, was ich für meine beste Freundin tun konnte«, erklärte sie mit einem augenzwinkernden Blick auf Maria.

*

»Hattest du dich auf den Auftritt von heute Mittag vorbereitet?«, wollte Maria wissen, als die beiden Frauen sich nach dem Abendessen vor der Toilette des Restaurants trafen, in dem die Feier stattfand.

»Ach was. Du weißt, dass ich nie viel von ihm gehalten habe, aber diese Dummheit hätte ich ihm wirklich nicht zugetraut. Robert und ich haben gestern Abend noch einmal über dich und deinen Nochehemann gesprochen. Dabei streiften wir ganz kurz das Thema, wie wir uns verhalten, falls er tatsächlich auftauchen sollte, was ich aber ins Reich der Fabel verwiesen habe. Nun, ich hatte mich geirrt, aber es ist ja gut ausgegangen.«

Sie nahm ihre Freundin in den Arm. »Oder war es dir nicht recht, wie wir es gemacht haben?«

Maria fing an zu lachen. »Natürlich war es gut. Diesen Kerl muss man ausbremsen, bevor er die Menschen auf seine pseudocharmante Art für sich einzunehmen versucht. Er ist und bleibt nun mal ein Politiker.«

»Aber einer von der übelsten Sorte«, konterte Judy. »Und ich frage mich beinahe jeden Tag, wie du es so lange mit ihm aushalten konntest.«

»Das frage ich mich mittlerweile auch«, erwiderte Maria ernst. »Es ist mir absolut schleierhaft, wie ich mir jahrelang das Glück vorenthalten konnte, das ich jetzt erlebe.«

Judy sah sie zufrieden an. »Ja. Du siehst sehr glücklich aus, seit das mit Paul und dir wahr geworden ist.«

Ihre Aussprache von Paul klang wie Poul.

»Und das Zusammenleben in der neuen Wohnung klappt immer noch gut?«

Maria winkte ab. »Klar gibt es hier und da mal was, worüber man reden muss, aber im Großen und Ganzen bin ich sehr, sehr zufrieden.«

Lenz und sie hatten einen Monat zuvor eine elegante, große Altbauwohnung im Stadtteil Wilhelmshöhe bezogen. Der Kommissar hatte ihr bei der Einrichtung völlig freie Hand gelassen und war nur in Erscheinung getreten, wenn etwas in den dritten Stock, in dem sich die Wohnung befand, zu schleppen war, oder Löcher in die Wände gebohrt werden mussten für die vielen Dinge, die Maria aufhängen wollte.

»Ich habe meine Freiheit, Freunde, auf die ich mich verlassen kann, und einen Mann, der mich auf Händen trägt. Was will ich mehr?«

»Vielleicht manchmal ein bisschen weniger zickig sein?«, frotzelte Judy kichernd.

»Vergiss es. Das hat er gewusst, bevor er ja gesagt hat. Außerdem bin ich in den letzten Jahren, was das angeht, doch deutlich ruhiger geworden, oder?«

»Mir gegenüber warst du ja nie so schlimm«, schränkte die Amerikanerin ein, »aber ich glaube, dass Paul, und speziell dein Erich ganz schön unter dir zu leiden hatten.«

»Na«, erwiderte Maria lachend, »dann kann ich aber nicht verstehen, warum dieser mit mir so gestrafte und so furchtbar schlecht Behandelte immer noch versucht, mich zurückzugewinnen.«

»Immer noch? Ich dachte, das sei vorbei?«

»Ach was. Erst letzte Woche kam eine SMS, in der er mich inständig gebeten hat, zu ihm zurückzukehren. Wobei ich mich immer noch frage, woher er eigentlich meine neue Mobilnummer hat.«

»Was du natürlich sofort und ganz ernsthaft in Erwägung gezogen hast«, giggelte Judy.

»Klar«, stimmte Maria in ihr fröhliches Lachen ein.

In diesem Augenblick kam Lenz um die Ecke geschlendert, der offenbar nach seiner Freundin Ausschau hielt. Er sah die beiden bestens gelaunten Frauen und wollte sich schon zurückziehen, um nicht zu stören, doch Maria hatte ihn entdeckt und bedeutete ihm, näher zu kommen.

»Na, Mädels, so fröhlich?«

»Ja«, bestätigte seine Freundin noch immer lachend, »wir sind fröhlich, obwohl wir gerade von dir gesprochen haben.«

Damit warf sie sich in seine Arme und küsste seinen Hals. Lenz warf Judy einen entschuldigenden Blick zu.

»Keinen Alkohol mehr für diese Frau«, forderte er grinsend.

»Dann würde dir aber vielleicht im weiteren Verlauf der Nacht etwas entgehen«, flüsterte Maria ihm ins Ohr.

»Ich lasse euch besser mal allein«, meinte Judy und drückte sich an ihnen vorbei. »Und wegen des Alkoholkonsums musst du dir, glaube ich, keine Sorgen machen«, gab sie Lenz noch mit. »Ich habe Maria nur ein einziges Mal richtig blau erlebt. Danach hat sie so gelitten, dass es vermutlich für den Rest ihres Lebens reicht.«

Damit war sie auch schon aus dem Blickwinkel des Polizisten verschwunden.

»Stimmt das?«, fragte Lenz scheinheilig.

Maria nickte. »Leider, ja.«

»Wann war das?«

Sie schmiegte sich etwas enger an ihn. »Irgendwann.«

»Genauer.«

»Ach, Paul, ich weiß es wirklich nicht mehr. Wir hatten uns gestritten, weil ich mich mal wieder blöd benommen habe. Danach wollte ich mich bei dir entschuldigen, aber du warst einfach nicht zu erreichen. Dann nahm das Schicksal eben seinen Lauf. Mir wird heute noch ganz übel, wenn ich an diesen Ramazotti-Abend denke.«

Sie sah ihm tief in die Augen. »Obwohl der Morgen danach war viel, viel schlimmer.«

»Und seitdem bist du vorsichtiger geworden mit dem Alkoholgenuss.«

»Absolut«, bestätigte sie.

»Na, dann will ich zufrieden sein. Jetzt komm, lass uns wieder rüber gehen, sonst denken die Leute noch, dass wir es uns auf dem Klo gemütlich gemacht haben.«

Ein paar Stunden später standen der Kommissar und seine große Liebe eng umschlungen auf der improvisierten Tanzfläche im Saal des Restaurants. Aus den Lautsprecherboxen drang gedämpft die Stimme von Eric Clapton, der davon sang, dass ein Mann sich in der Nähe seiner Frau Wonderful Tonight fühlt.

»Lass uns nach Hause fahren«, murmelte Maria. »Ich bin gut angeschickert und mir ist, als bräuchte ich jetzt einen starken Arm unter meinem Kopf und eine sonore Stimme, die mich in den Schlaf redet.«

»Und was ist mit dem, das mir vielleicht im Lauf der Nacht noch entgehen könnte?«, hakte Lenz nach.

»Oh je«, erwiderte Maria kleinlaut, »da habe ich den Mund wohl etwas zu voll genommen. Vielleicht können wir es auf morgen früh verschieben?«

Der Kommissar streichelte zärtlich ihren Nacken. »Ganz gern. Ich glaube nämlich, dass ich in dieser Nacht auch nicht mehr zum großen Caruso tauge.«

4

Frank Weiler stellte sein elegantes Sportcoupé am äußersten Ende des großen Parkplatzes ab, schaltete den Motor aus, öffnete die Fahrertür, griff nach seinem Mantel, und drückte dann auf einen Knopf des kleinen Senders in seiner Hand. Der Geschäftsmann aus Kassel entfernte sich langsam von dem Fahrzeug und ging auf den Eingang des großen, etwas heruntergekommen wirkenden Baus des Krankenhauses von Ziegenhain zu. An der Information fragte er nach dem Patienten, den er besuchen wollte, und fuhr danach in den dritten Stock. Dort angekommen sah er sich kurz um, fand das Zimmer, das er suchte, und trat ohne anzuklopfen ein.

»Hallo, bitte warten Sie einen Moment draußen, bis ich fertig bin«, wurde er von einer erschrocken dreinblickenden Krankenschwester zurechtgewiesen. »Und das nächste Mal versuchen Sie es mit anklopfen«, schickte sie ihm genervt hinterher.

Weiler schloss die Tür hinter sich und trat wieder auf den Flur, wo er ein paar Minuten warten musste, bis die Schwester auftauchte.

»Cooler Auftritt, eben«, zischte er, als die junge Frau an ihm vorbeiging.

»Notwendigerweise«, gab sie trocken zurück, und war auch schon in einem der anderen Krankenzimmer verschwunden. Weiler stieß einen obszönen Fluch aus, der sie jedoch nicht mehr erreichte, und betrat erneut das Zimmer, aus dem er kurz zuvor weichen musste.

Darin stand ein einzelnes Krankenbett, in dem eine Person mit dick verbundenem Gesicht und Kopf lag. Nur die Augen und der Mund waren durch Öffnungen zu erkennen. Das rechte Bein des Kranken lag erhöht auf einem Schaumstoffkeil, war dick verbunden und steckte zur Hälfte in einer Schiene, das andere wurde von der Bettdecke verborgen. Seine beiden Arme waren ebenfalls verbunden und lagen parallel zum Oberkörper. Gerold Schmitt versuchte, den Kopf zu drehen und in die Richtung seines Besuchers zu blicken, doch es gelang ihm nicht.

»Bleib ganz ruhig, Gerold«, wurde er von dem Mann begrüßt, der sich ein paar Augenblicke später neben dem Bett aufstellte, nach seiner rechten Hand griff, und sie vorsichtig drückte.

»Ja?«, fragte Schmitt irritiert, und zuckte wegen des durch den Händedruck ausgelösten Schmerzes leicht zusammen. »Wer sind Sie? Ich kenne Sie nicht.«

Seine Artikulation war nasal und nur schwer zu verstehen.

»Sicher kennst du mich, Gerold. Nicht persönlich, aber die Kameraden haben bestimmt schon von mir gesprochen.«

Der Verletzte atmete tief und schwer ein, sah seinem Besucher fest ins Gesicht und schüttelte langsam und kaum sichtbar den Kopf. »Nein, ich kenne Sie nicht.«

Nun setzte Frank Weiler sein gewinnenstes Lächeln auf und tätschelte Schmitt die Hand. Dann stellte er sich vor. »Ich bin Frank Weiler. Aus Kassel. Und ich bin davon überzeugt, dass du schon von mir gehört hast.«

Und ob Gerold Schmitt schon von Frank Weiler aus Kassel gehört hatte. Er sah den Mann an seinem Krankenbett bewundernd an. »Sie sind es wirklich?«

Weiler nickte.

»Und was wollen Sie von mir?«

»Mit dir reden. Einfach nur reden.«

»Worüber?«

Der Geschäftsmann deutete auf das Gesicht von Schmitt, dann die Arme, und schließlich das eingegipste Bein. »Darüber natürlich. Über deine Verletzungen, und wer dafür verantwortlich ist.«

Schmitt bewegte wieder langsam den Kopf hin und her. »Ich weiß es nicht«, flüsterte er. »Ich weiß es einfach nicht.«

Weiler hob beschwichtigend die Hand. »Vielleicht weißt du es nur *noch* nicht, Gerold. Vielleicht sind in deinem Unterbewusstsein Informationen verborgen, die wir nur wieder befreien müssen.«

Wieder bewegte Schmitt mühsam den Kopf. »Nein, nein. Ich habe, schon seit ich wieder bei Bewusstsein bin, nachgedacht, aber es will mir einfach nichts einfallen. Ich kann mich nicht erinnern. An nichts aus dieser Nacht kann ich mich erinnern.«

»Weißt du, dass du vorher in der Kneipe gewesen bist?«

»Das ist das Letzte, an das ich mich erinnern kann. Danach kommt der Filmriss.«

»Du warst auf dem Weg nach Hause.«

»Das hat mir der Polizist, der mich vernommen hat, auch gesagt, aber ich weiß es nicht. Jeder Depp könnte mir was erzählen, und ich müsste es glauben.«

»Also die Kneipe. Wer hat dich dort bedient?«

»Der Roland.«

»Roland?«

»Ja, der Wirt heißt Roland.«

»Und du weißt, wie er aussieht?«

»Klar«, erwiderte Schmitt mit einem Anflug von Widerwillen.

»Du hattest ziemlich getankt.«

»Das glaube ich auch.«

»Wie viel?«

»Eine ganze Menge Bier. Und ein paar Kurze. Aber wie viele genau, weiß ich nicht mehr. Keine Ahnung.«

»Du hattest 17 große Biere und 13 Schnäpse.«

»Woher wissen Sie das?«

»Ich habe dafür gesorgt, dass das alles bezahlt wurde.«

»Mein Deckel ist bezahlt?«

»Ja, alles erledigt.«

»Wow.« Schmitt atmete wieder tief ein und drehte seinen Oberkörper ein wenig nach rechts. Dabei stöhnte er leise auf. »Warum haben Sie das gemacht?«

»Weil wir keinen Kameraden, auch wenn er manchmal nicht so genau weiß, wo er zu Hause ist, im Regen stehen lassen. Wir sind immer für dich da.«

»Wow«, machte der Mann im Bett erneut.

»Du musst dich nicht bedanken. Wenn du versuchst, dich an die Nacht zu erinnern, reicht das schon.«

»Aber …«

»Psst«, bremste der Besucher. »Wir haben Zeit. Und ich bin sicher, dass sich das eine oder andere wiederfindet.«

Er drehte sich um, zog einen Stuhl vom Tisch zu sich heran und setzte sich. »Du warst auf dem Heimweg. Und du warst so betrunken, dass du dich schon allein deswegen vermutlich an nichts mehr erinnern kannst.«

»Vielleicht, ja.«

»Es hat geschneit in dieser Nacht?«

»Ja, das hat mir meine Mutter erzählt. Alles war verschneit und weiß. «

»Bestimmt, ja. Dann bist du bei dem alten Bauwagen angekommen. Was ist dort passiert?«

Das dick vermummte Gesicht bewegte sich wieder hin und her. »Keine Ahnung.«

»Die Kerle, die dich so übel zugerichtet haben, waren stumm? Die haben nichts gesagt? Keinen Ton?«

»Ich kann mich einfach an nichts erinnern.«

Weiler beugte sich nach vorne und kam mit seinem Gesicht ganz nah an den Verletzten heran. »Stimmt es, dass du vor ein paar Monaten Ärger mit ein paar Türken hattest?«

Schmitt dachte kurz nach. »Ja, warum?«

»Ach, nur so.«

»Meinen Sie, die könnten was damit zu tun haben?«

»Wer weiß? Ausgeschlossen ist bei diesem Geschmeiß nichts, würde ich sagen.«

»Aber dass die einem auf dem Nachhauseweg auflauern?«

»Kann doch sein.«

»Und wenn es so wäre, ich kann mich einfach nicht daran erinnern«, stöhnte der Mann auf dem Bett.

»Das macht nichts, Gerold«, wurde er von seinem Besucher beschwichtigt. »Aber ich muss noch einmal auf diese Sache mit den Türken zurückkommen.«

»Das war doch nichts Großes. Die waren einfach scheiße laut, als wir an ihrem Partykeller vorbeigekommen sind, und wir haben die Jungs ein bisschen geklatscht. Wirklich nichts Schlimmes, das können Sie mir glauben.«

»Die Polizei und die Staatsanwaltschaft sehen das leider ganz anders. Die sagen, du hättest auf ein am Boden liegendes Mädchen eingetreten.«

»Moment«, wollte Schmitt dazwischenrufen, doch eine schnelle Handbewegung Weilers bremste ihn.

»Egal. Mir würde es auch nichts ausmachen, wenn

du diese kleine Fotze totgetreten hättest. Hätten wir ein Problem weniger in Deutschland. Bedauerlich ist nur, dass es Zeugen gibt, die es gesehen haben wollen.«

»Diese Wichser«, fluchte Schmitt mit zusammengebissenen Zähnen, »denen glaubt doch hoffentlich keine Sau!«

Wieder eine beschwichtigende Handbewegung Weilers. »Darum kümmern wir uns, wenn es Zeit dafür ist«, erklärte er mit der Andeutung eines Lächelns. »Stimmt es, dass dich, nachdem die Polizei angekommen war, einer der Türken lautstark bedroht hat?«

Der Geschäftsmann zog einen kleinen Zettel aus der Tasche und fing laut an zu lesen. »›Ich ficke deine Mutter‹«, soll er gesagt haben. »Und, dass er dir den Schädel einschlagen will.«

Schmitt nickte. »Solche Sachen hat er, glaube ich, gesagt, ja. Aber das war ein Lutscher, einer von der Sorte, die ich noch vor dem Frühstück auf links mache.«

Der Geschäftsmann aus Kassel betrachtete erneut und sehr ausführlich Schmitts Verletzungen. »Und das gibt dir überhaupt nicht zu denken?«

Nun wurde der Mann mit dem dick verbundenen Gesicht unsicher. »Sie meinen …?«

Weiler nickte. »Wie gesagt, ganz auszuschließen ist das nicht. Ich würde sogar sagen, dass es sehr wahrscheinlich ist, dass es diese Dreckschweine waren. Kennst du den Kerl, der dich beschimpft hat?«

»Ach was, nein. Ich habe den Arsch an diesem Abend zum ersten Mal zu Gesicht gekriegt.« Er sah seinen Besucher irritiert an. »Wieso? Sollte man den kennen?«

»Nein, nicht unbedingt. Er kommt aus Kassel, so viel habe ich bereits in Erfahrung gebracht. Er war an besagtem Abend bei seinen anatolischen Eseltreiberfreunden zu Besuch.«

Schmitt atmete schwer ein. Sein beeindruckender Brustkorb hob sich dabei um ein paar Zentimeter an. »Meinen Sie, dass ich wegen der Geschichte Ärger kriege? Immerhin habe ich noch Bewährung offen wegen der Sache vom See.«

»Ich weiß, Gerold. Aber auch darum kümmern wir uns, wenn die Zeit dafür gekommen ist. Hast du eine Ahnung«, deutete der Geschäftsmann wieder auf die Verletzungen des Mannes im Bett, »wie viele es gewesen sein könnten? Oder einen kleinen, ganz kleinen Verdacht vielleicht, wer es sonst gewesen sein könnte?«

Schmitt drehte verlegen den Kopf Richtung Tür und schloss die kaum zu erkennenden Augen.

»Eigentlich«, begann er nach ein paar Sekunden, »dachte ich, dass es die Kameraden waren.«

Wieder eine längere Pause.

»Weil ich, wie Sie es vorhin ausgedrückt haben, manchmal nicht weiß, wo ich zu Hause bin.«

»Du meinst die Sache mit der Freundin des Kameraden Rattay?«

Schmitt nickte kaum merklich. Offensichtlich war ihm das Thema unangenehm.

»Erzähl«, forderte Weiler ihn ruhig auf.

Eine erneute Pause.

»Das will ich nicht.«

»Ist es dir peinlich, darüber zu sprechen?«

»Das auch. Aber …«

»Was, aber?«

Stille.

»Ja?«

»Es ist mir peinlich und ich schäme mich dafür, dass

ich einem Kameraden so etwas angetan habe. Wenn ich nüchtern gewesen wäre …«

Wieder stockte er. Weiler griff sanft nach seinem verbundenen Arm und drückte ihn vorsichtig.

»Lass stecken, Gerold. Wir haben alle schon mal im Suff dummes Zeug gemacht. Das soll deine Aktion nicht unbedingt entschuldigen, aber ich kann verstehen, dass du bei der Kleinen schwach geworden bist. Ich habe sie gestern Abend kennengelernt, die hat es wirklich faustdick hinter den Ohren. Eine saftige Abreibung hättest du dafür ohne Frage verdient gehabt, aber die Kameraden waren es nicht, das weiß ich ganz genau. Also bleiben realistischerweise nur die Kameltreiber übrig, die dir das angetan haben können.«

»Wenn Sie es sagen.«

»Hast du noch eine andere Idee? Oder Ärger mit irgendjemandem?«

Schmitt schüttelte so energisch den Kopf, dass er dabei laut aufstöhnen musste. »Nein, ganz ehrlich. Ich würde es Ihnen sagen, aber da ist nichts mehr. Versprochen.«

»Ich glaube dir.« Weiler drückte wieder sanft seinen Arm. »Aber eine Sache würde mich trotzdem noch interessieren. Es geht dabei noch mal um die Nacht, in der du zusammengeschlagen wurdest.«

Wieder stöhnte Schmitt auf, diesmal mehr genervt. »Aber ich hab Ihnen doch gesagt, dass ich mich an nichts erinnern kann. An rein gar nichts, um es noch mal ganz klar zu sagen.«

»Ich meine nicht den Moment, in dem du so übel zugerichtet wurdest. Ich meine die Zeit vorher. Du bist also schon am Mittag in der Kneipe gewesen, oder?«

»Ja.«

»Und da ist dir nichts Ungewöhnliches aufgefallen? Den ganzen Tag nicht?«

»Nein.«

»Stimmt es nicht, dass am Nachmittag ein Türkenjunge in der Kneipe war, um Geld für den Zigarettenautomaten zu wechseln?«

Schmitt dachte nach. »Stimmt«, bestätigte er. »Da war so ein Türkenlümmel, der sich von Roland Kleingeld besorgt hat für Kippen. Aber das war doch lange vorher.«

»Ich weiß«, bestätigte Weiler. »Aber es ist bestimmt nicht ganz ohne Bedeutung, wenn sich in eine Dorfkneipe in der Schwalm ein völlig fremder Türke verläuft, der Geld gewechselt haben möchte. Ganz und gar nicht ohne Bedeutung ist es allerdings, wenn in der gleichen Nacht ein Kamerad fast zu Tode geprügelt wird.«

Schmitts von Mullbinden zum Teil umschlossene Augen signalisierten so etwas wie Erkenntnis.

»Da könnte was dran sein«, stellte er fest. »Da könnte absolut was dran sein.«

»Und deswegen bin ich hier. Es ist einfach zu offensichtlich, dass die Türken hinter diesem feigen Anschlag stecken.«

Der Verletzte hob den Kopf und sah Weiler unsicher an. »Wie kommt es eigentlich genau, dass Sie sich um mich kümmern? Ich meine, wir kennen uns gar nicht und haben uns auch noch nie gesehen.«

Der Geschäftsmann lehnte sich entspannt zurück. Über sein Gesicht huschte erneut der Anflug eines Lächelns. »Du hast Freunde, Gerold. Einflussreiche Freunde, glaube ich sogar.«

»Ach ja? Wer soll das denn sein?«

»Kannst du dir das nicht denken?«

Schmitt schüttelte wieder den Kopf und zuckte dabei mit den Schultern. »Nein, verdammt noch mal.«

Nun wurde Weiler ernst, und seine nächsten Worte

kamen mit gehörigem Pathos. »Der Jurist hält die Hand schützend über dich.«

»Der Jurist? Meine Fresse!«

»Also hast du schon von ihm gehört?«

»Natürlich. Wer hat das nicht?«

»Ja, wer hat das nicht.«

Der Mann mit den Verbänden drehte seinen Körper ungelenk nach rechts. »Kennen Sie ihn persönlich?«, formulierte er leise und mit Hochachtung.

Weiler zeigte keine Regung. »Niemand kennt ihn persönlich, weil niemand weiß, wer er ist, Gerold. Es gibt ihn, das wissen wir alle, aber er will einfach inkognito bleiben. Das müssen wir akzeptieren.«

»Aber irgendwer muss ihn doch kennen.«

»Hör auf, dir so viele Gedanken über seine Identität zu machen. Freu dich lieber darüber, dass er für dich da ist und sich für dich ganz persönlich interessiert.«

Schmitt schluckte. »Aber ich weiß doch gar nicht, woher …«

Der Besucher winkte ab. »Nimm es einfach, wie es ist. Betrachte ihn als deinen persönlichen Schutzengel, und lass es damit gut sein.«

»Wenn Sie es sagen.«

»Ja, so ist es am besten, glaub mir. Allerdings würde er sich bestimmt sehr darüber freuen, wenn er erfahren würde, dass du dich, und sei es auch nur ganz vage, daran erinnern könntest, dass die Jungs, die dich so übel zugerichtet haben, Türkisch gesprochen haben könnten.«

Schmitt brauchte eine Weile, bis er die Worte seines Gastes richtig eingeordnet hatte.

»Ja«, bestätigte er zögernd, »das könnte wirklich sein. Deutsch haben diese Bastarde jedenfalls ganz sicher nicht geredet.«

»Das solltest du gleich morgen zu Protokoll geben. Du kannst dich jetzt also wieder daran erinnern, sagst du, dass die Leute, die dich so übel zugerichtet haben, Türkisch gesprochen haben. Meinst du, das bekommst du hin?«

»Klar kriege ich das hin«, erwiderte Schmitt und sah an seinem zerschundenen Körper abwärts. »Mit Vergnügen sogar.«

»Dann wäre das ja geklärt. Eine Sache müssten wir trotzdem noch besprechen, Gerold.«

»Ja?«

»Wir möchten, dass du dich nach Kassel verlegen lässt.«

Schmitt sah ihn entgeistert an. »Warum denn das?«

»Weil wir der Meinung sind, dass dir dort viel besser geholfen werden kann als hier in diesem Provinzhospital.«

»Aber die Ärzte hier verstehen doch auch …«

»Der Jurist«, wurde der Mann mit dem Kopfverband von seinem Besucher sanft unterbrochen, »möchte es gerne so.«

»Aber«, unternahm Schmitt einen letzten hoffnungslosen Versuch, der erneut von Weiler gestoppt wurde.

»In zwei Stunden kommt der Krankenwagen, der dich überführen wird. Es ist alles vorbereitet. Und du willst den Juristen doch sicher nicht verärgern, oder?«

»Nein, nein, das will ich ganz bestimmt nicht.«

5

Emre Bilgin stürmte durch den Flur und riss sich den Hörer der Gegensprechanlage ans Ohr.

»Ja«, rief er.

»Ich bin's, Kemal«, kam es rauschend und knarzend aus dem kleinen Lautsprecher. »Mach auf, du häßliche Kröte, hier draußen ist es arschkalt.«

Der Junge mit den beeindruckenden rehbraunen Augen drückte auf den Knopf, der unten die Haustür öffnete, und zog danach die Wohnungstür nach innen. Sein großer Bruder kam federnd die Treppe hochgesprungen, nahm ihn in den Arm und drückte ihn fest an sich.

»Hör auf mit dem Scheiß«, protestierte Emre, was Kemal jedoch dazu veranlasste, ihn noch intensiver an sich zu pressen, weil er wusste, dass seinem kleinen Bruder das seit ein paar Jahren eher peinlich war.

»Hör auf zu jammern«, erwiderte er lachend. »Ich hab dich doch bestimmt einen ganzen Monat nicht gesehen.«

»Viel länger«, korrigierte Emre und stieß ihm dabei den Ellenbogen in die Rippen.

Der Ältere stöhnte auf, ließ ihn los und schlug ihm mit der flachen Hand so auf den linken Oberschenkel, dass es laut krachte.

»Wer ist das denn, Emre?«, hörten die beiden aus dem Wohnzimmer die Stimme ihrer Mutter.

»Ist der Alte da?«, fragte Kemal seinen Bruder leise.

Der nickte. »Ist aber in seine blöden Studien vertieft. Warum denn? Willst du was von ihm?«

»Mal sehen. Jetzt gehen wir erstmal rein und trinken einen Tee, was meinst du?« Damit schlug er seinem kleinen Bruder noch einmal auf den Oberschenkel.

»Du …« Weiter kam Emre nicht, weil aus dem Hintergrund Demet Bilgin auftauchte, die Arme hochriss und ihren Erstgeborenen überschwänglich begrüßte.

»So eine Freude. Ich hatte schon befürchtet, du hättest deine alte Mutter ganz vergessen«, rief sie mit Tränen in den Augen.

»Lass uns Deutsch reden, Mama, wie wir es verabredet haben«, gab Kemal Bilgin gütig zurück und nahm seine Mutter dabei ein weiteres Mal in die Arme.

»Ach, du immer mit deinem Deutsch. Ich rede in der Sprache mit dir, in der ich es am besten kann, und das ist nun einmal meine Muttersprache.«

»Aber«, wollte ihr Sohn sie noch einmal an die Vereinbarung erinnern, die auch er vor vielen Monaten mit seiner Mutter getroffen hatte, doch die winkte ab.

»Hast du Hunger? Du hast bestimmt Hunger.« Sie musterte ihn von oben bis unten. »Abgenommen hast du. Kiloweise abgenommen. Komm rein, ich mach dir etwas Schönes zu essen.«

»Mama …«, protestierte Kemal schwach in dem sicheren Bewusstsein, dass er keine Chance hatte.

»Erzähl, was gibt es Neues?«, wollte sie wissen, nachdem er den zweiten Teller Linsensuppe vertilgt hatte. »Hast du Arbeit gefunden?«

Kemal nickte. »Ja. Ich bin jetzt bei der großen Solarfirma.«

»Was ist das, eine Solarfirma?«

»Na die Firma, die in Bettenhausen und Sandershausen alles zugebaut hat. Die riesigen Hallen und so.«

»Ja«, erinnerte sich Demet Bilgin. »Und, ist es eine gute Arbeit?«

»Es ist eine verdammt gute Arbeit. Aber ich will sie nicht für immer machen.«

Seine Mutter stöhnte auf. »Bitte, Kemal, bereite mir nicht schon wieder Sorgen. Ich würde mich so freuen, wenn du es mal in einer Firma länger als ein paar Monate aushalten würdest.«

»Ich bin Schneider, Mama, und ein guter dazu, das weißt du. Also will ich als Schneider arbeiten.« Kemal hatte seit frühester Jugend bei seinem Vater im Betrieb geholfen und nach Abschluss der Hauptschule dort eine Ausbildung absolviert. Nach vier Jahren als Geselle hatte er als Abendschüler mit großem Erfolg seine Meisterprüfung abgelegt.

Mit den Jahren allerdings, befördert von den zunehmend radikaler werdenden Ansichten seines Vaters, hatten sich die beiden auseinandergelebt. Und nach dem Eklat des Sommers 2005 und dem Hinauswurf aus der elterlichen Wohnung war Kemal Bilgin nur noch sehr selten bei seiner Mutter zu Besuch gewesen. Sein Vater bedachte ihn mit geringschätzigen Blicken, wenn er ihn sah, verweigerte ihm den Handschlag und verurteilte ihn ohne Aussicht auf Begnadigung für seinen an die westliche Gesellschaft angepassten Lebensstil. Und doch war immer zu spüren, dass Gökhan Bilgin darunter litt, dass sein Sohn nicht seinen hochgesteckten Erwartungen, speziell den religiösen, entsprechen wollte.

»Du hast, seit du bei uns weggegangen bist, so viele Arbeiten angenommen und wieder aufgegeben, Kemal. Bleib doch einmal dabei, wenn es eine gute Arbeit ist.«

Die Küchentür wurde aufgeschoben und Gökhan

Bilgin kam herein. Ohne seinen Erstgeborenen eines Blickes zu würdigen, griff er zu einem Teeglas und füllte es auf.

»Hallo, Papa«, begrüßte ihn Kemal.

»Was willst du? Ist dein Kühlschrank mal wieder so leer, dass sich die Mäuse Blutblasen laufen?«

»Hör auf. Ich bin hier, und ich will freundlich zu dir sein. Also lass bitte diesen Unsinn.«

Der alte Bilgin sah an seinem Sohn herab und schüttelte den Kopf. »Wie du herumläufst. Als ob Löcher in den Hosen etwas wären, worauf man sich etwas einbilden kann.«

»Das ist modern, Papa. Das tragen wir jungen Leute heute nun mal.« Kemal trat auf seinen Vater zu und streckte ihm die Hand entgegen. »Noch mal: Hallo, Papa.«

»Du verlangst zu viel von mir, Junge. Das geht nicht so einfach, wie du dir das vorstellst.«

»Doch, Papa. Du musst nur einschlagen«, erwiderte Kemal selbstbewusst.

Sein Vater schüttelte erneut den Kopf. »Was willst du«, fragte er stattdessen.

»Ich will mich selbstständig machen«, erwiderte der Sohn nach einer kurzen Pause.

Gökhan Bilgin lachte laut auf. »Was soll das jetzt wieder? Reichen dir die Schulden nicht, die du schon gemacht hast?«

»Ich will mich als Schneider selbstständig machen. Und ich will, dass du mir dabei hilfst.«

Gökhan Bilgin sah seine Frau an, danach wieder seinen erwachsenen Sohn, und wieder seine Frau.

»Jetzt ist er wirklich übergeschnappt«, erklärte der alte Schneider ihr mit ärgerlichem Gesichtsausdruck.

»Ich bin nicht übergeschnappt, Papa. Ich will nur …«

»Du willst, du willst! Was willst du von mir?«, brüllte Bilgin nun schlagartig los. »Was will ein Mensch von mir, der so lebt wie du? In solcher Schande!«

»Gökhan!«, rief nun Demet Bilgin. »Versündige dich nicht!«

Bilgin drehte sich um und sah seine Frau durchdringend an. »Halt du noch zu ihm«, schnaubte der Schneider.

»Mama hält weder zu mir noch zu dir«, nahm Kemal seine Mutter in Schutz. »Und dich sollte ich vielleicht einmal daran erinnern, dass du nicht immer der gute Moslem gewesen bist, den du uns heute verkaufen willst«, schleuderte er seinem Vater entgegen. »Dass du früher einer guten Schweinewurst und einem großen Schnitzel nicht aus dem Weg gegangen bist und um die Moschee einen großen Bogen gemacht hast, das ist die Wahrheit, auch wenn sie dir heute nicht mehr schmeckt. Und dass du mich schon als Kind in deiner Werkstatt ausgebeutet hast, das ist auch wahr. Ich habe immer nach der Schule arbeiten müssen, während meine Freunde sich auf dem Spielplatz oder dem Fußballplatz ausgetobt haben. Und in den Ferien habe ich von morgens bis abends für dich geschuftet, während du dir die Falten aus dem Sack gehauen hast.« Die Stimme des jungen Türken überschlug sich nun. »Denn der Fleißigste warst du noch nie, auch nicht in der Zeit vor deiner Entdeckung des Islam als Pflaster für alle Wunden und Errettung der Welt von allem Bösen.«

»Kemal!«, wurde nun er von seiner Mutter zur Ordnung gerufen, achtete jedoch nicht auf sie, sondern fixierte seinen Vater, der ihm mit weit aufgerissenen Augen und vor Wut zitternden Lippen gegenüberstand.

»Und für die Zeit, in der du mich ausgenutzt und ausgebeutet hast, will ich jetzt eine Entschädigung. Ich will, dass du mir Geld gibst, damit ich meine Schneiderwerkstatt einrichten kann.«

Gökhan Bilgin ballte die Fäuste. Er sah aus, als würde er sich im nächsten Moment auf seinen Sohn stürzen. Seine Frau drückte Emre, den Nachzügler, fest an sich, und fing an zu weinen.

»Was bildest du dir ein, du Nichtsnutz?«, schrie der alte Schneider. »Was glaubst du, wer du bist? Du hast hier deine Beine unter den Tisch gesteckt und dafür eine kleine Gegenleistung erbringen müssen. Und dafür willst du jetzt Geld von mir und deiner Mutter?«

Kemal schüttelte den Kopf. »Ich will es von dir. Ich will es nur von dir.«

»Selbst, wenn ich wollte, was ganz sicher nicht so ist, wie stellst du dir das vor? Soll ich einen Kredit aufnehmen, damit mein Herr Sohn seine versponnenen Zukunftspläne ausleben kann? Damit er sich, mal wieder, eines seiner Hirngespinste erlauben kann?« Der Klang seiner Stimme hatte nun etwas Hämisches. »Nein, mein Junge, geh mal schön selbst zur Bank und kümmere dich um deine Angelegenheiten.«

Er hob den Kopf ein Stück höher und sah seinen Sohn an, als wäre ihm in diesem Augenblick ein Licht aufgegangen. »Ach so«, ätzte er, »da warst du bestimmt schon. Und sie haben dich weggeschickt, weil du ohnehin so viele Schulden hast. Sie wollen dir kein weiteres Geld mehr leihen, weil sie Angst haben, dass sie es genauso wenig zurückbekommen wie das, was du dir schon bei ihnen geliehen hast. So ist das. Und du denkst, dann gehe ich eben zu meinem Vater und hole mir das Geld von ihm. Aber nicht mit mir, mein Freund, nicht mit mir!«

Sein Sohn schluckte. Seine Stimme bebte, als er

antwortete. »Du hast das schöne, große Haus von Opa in der Türkei. Das kannst du beleihen. Oder verkauf es von mir aus, ist mir egal. Irgendwann würde ich es sowieso erben, also kann ich das Geld auch jetzt gleich haben.«

Gökhan Bilgin verzog das Gesicht zu einer Grimasse. »Ich soll mein Elternhaus verkaufen, damit du das Geld hier in Deutschland in den Sand setzen kannst? Damit ein Rotzlöffel, der nicht weiß, wie sich das Klingeln eines Weckers anhört, seinen Traum von einer eigenen Schneiderwerkstatt erfüllen kann? Bei allem, was mir heilig ist, das wäre das Letzte, was ich machen würde! Und ob du eines Tages der Erbe dieses Hauses sein wirst, steht in den Sternen. Und zwar ganz weit in den Sternen. Lieber würde ich es …« Er stockte.

»Ja, sag es nur«, brüllte Kemal. »Sag, dass du das Haus lieber dem Imam in den Rachen werfen würdest, als es deinem Sohn zu geben. Sag es ruhig!«

»Ja«, schrie der alte Bilgin in der gleichen Lautstärke zurück, »genauso ist es. Wenn ich mein Haus in der Türkei verkaufe und das Geld der Gemeinde zur Verfügung stelle, geschieht wenigstens etwas Sinnvolles damit. Wenn ich es dir gebe, kann ich es auch gleich verbrennen.«

»Gökhan, Kemal, bitte«, machte Demet Bilgin mit weinerlicher Stimme einen weiteren Versuch, den Streit zu schlichten, doch sie erreichte damit weder ihren Mann noch ihren älteren Sohn.

»Du bist ein Menschenschinder und kleinkarierter Fundi, ein Hardliner, wie er im Buche steht«, schleuderte Kemal Bilgin seinem Vater hasserfüllt entgegen. »Du hast mich ausgebeutet und wie deinen Sklaven behandelt, und jetzt willst du nichts mehr damit zu tun haben. Das ist genau der Grund, warum ich mit deiner Religion nichts zu tun haben will. Weil Arschlöcher wie du, die den ganzen Tag nichts Besseres zu tun haben als Koransuren zu lesen, sich darüber aufregen, dass es so viele Ungläubige gibt auf der Welt. Aber die Ungläubigen sind eigentlich der einzige Grund, warum du so gläubig sein willst. Du willst den anderen beweisen, dass du etwas Besseres bist, etwas Besonderes. Aber das bist du nicht. Du bist immer noch der faule, intolerante Drecksack, der vor ein paar Jahrzehnten nach Deutschland gekommen ist. Und der allen Menschen vorschreiben will, was guter Glaube ist und wie sie zu leben haben.«

Der junge Türke spuckte vor seinem Vater auf den Boden. »Im Grunde deines Herzens bist du ein kleinkariertes armes Schwein, das sich auf seiner Religiosität ausruht.«

Er drehte sich zu seiner Mutter hin. »Es tut mir leid für dich, Mama. Es tut mir so ewig leid, dass du mit diesem Arschloch leben musst.«

Damit wandte er sich von seiner Familie ab und verließ ohne ein weiteres Wort die Wohnung.

*

Demet Bilgin saß auf dem abgewetzten, alten Sofa im Wohnzimmer und weinte. Emre stand in der Tür zum Flur, sah seine Mutter mitleidig an, und hätte seinem Vater, der ihr gegenübersaß, am liebsten ein Messer in den Rücken gerammt.

»Er ist kein guter Junge«, zischte Gökhan Bilgin. »Er ist nicht mehr der Junge, den wir großgezogen haben.«

»Aber was soll er denn machen?«, warf seine Frau ein. »Wenn er sich doch so gerne selbstständig machen will? Die Bank gibt ihm kein Geld, das weißt du.«

»Er hätte weiter bei uns arbeiten können, das habe ich ihm immer gesagt«, widersprach Bilgin. »Aber nein, der Herr Sohn ist ja etwas ganz Besonderes, der hat es nicht nötig, Hosen zu kürzen oder Reißverschlüsse einzunähen. Das ist unter seiner Würde.«

»Aber Gökhan, das ist doch nicht wahr. Er hat damals aufgehört bei dir zu arbeiten, weil ihr euch immer gestritten habt, nicht, weil es ihm nicht gefallen hätte, ein Änderungsschneider zu sein. Er ist nicht gerne fortgegangen, aber er hatte keine andere Wahl.«

Bilgin funkelte seine Frau feindselig an. »Willst du damit sagen, dass ich schuld daran bin, dass er weggegangen ist?«

Sie legte die Stirn in Falten. »Schuld ist niemand an der ganzen Sache. Aber auch du hättest auf ihn zugehen können. Und dass er von klein auf arbeiten musste, das ist nicht gelogen, das ist die Wahrheit.«

»Ach, so ist das«, echauffierte sich der Schneider. »Jetzt bin ich an der Sache schuld und soll das Haus meiner Eltern verkaufen und ihm das Geld geben. Das kann nicht dein Ernst sein, Demet.«

»Warum denn nicht? Was wäre so schlimm daran?«

Gökhan Bilgin sah seine Frau an, als habe sie ihm mit der Trennung gedroht. »Vergiss bitte nicht, mit wem du sprichst. Und vergiss nicht, dass wir von meinem Elternhaus reden.«

Demet Bilgin griff nach der Packung Papiertaschentücher auf dem Tisch, zog ein frisches heraus, und putzte sich damit die Nase. »Aber du hast doch erst neulich zu mir gesagt, dass du nicht weißt, was du mit dem Haus und dem Grundstück machen sollst. Seit dem Tod deiner Eltern sind wir nicht mehr dort gewesen, und die Miete, die es einbringt, ist kaum der Rede wert. Die wird fast völlig von den Steuern und den Kosten der Instandhaltung aufgefressen. Neulich das Dach, dann das Badezimmer, und bestimmt ist auch bald wieder ein neuer Anstrich fällig.«

»Immerhin haben wir die Sicherheit«, erwiderte Bilgin trotzig, »dass wir immer ein Dach über dem Kopf haben, egal, was aus uns werden wird.«

»Hör auf«, gab seine Frau erregt zurück, »das ist doch Unsinn. Weder du noch ich noch der Junge wollen in der Türkei leben. Wir leben hier in Deutschland, und so soll es auch bleiben. Vergiss nicht, dass du es in der Türkei bei allem, was du so tust, viel schwerer haben würdest als hier in Deutschland. Bei allem!«

»Wir können überall leben, Demet«, widersprach er.

»Natürlich könnten wir überall leben, aber können wir es auch so gut wie hier? Bist du da ganz sicher?«

»Bestimmt.«

Sie knüllte das Taschentuch zusammen und ballte die linke Hand zusammen. »Stimmt es, dass du das Haus dem Imam schenken würdest?«

Bilgin kniff die Augen zusammen. »Nein, ja ...«, druckste er herum. »Das Geld, das der Verkauf einbringen würde, wäre ein schöner Beitrag zum Bau der neuen Moschee. Aber ...«

»Du würdest also«, unterbrach sie ihn barsch, »wirklich lieber den Bau der Moschee unterstützen, als deinem eigenen Sohn zu helfen, eine Schneiderei zu eröffnen?«

Bilgin schüttelte den Kopf. »Kemal ist nicht mehr mein Sohn. Das ist vorbei.«

6

Der abgetrennte Raum des Restaurants mit dem merkwürdigen Tiernamen, in dem sich die juristische Elite Nordhessens an diesem Abend traf, bot einen herrlichen Blick über die Lichter der verschneiten Stadt. Der illustre Kreis, der sich dort versammelt hatte, bestand aus Rechtsanwälten, Richtern, Staatsanwälten und einigen Hochschullehrern. Nach dem Essen zündete sich Herbert Basthoff, Richter am Landgericht Kassel, Mitinitiator und so etwas wie der nie offiziell gewählte Vorsitzende der Runde, eine Zigarre an, erhob sich von seinem Platz, schlug sacht mit dem Zigarrenschneider an das Cognacglas in seiner Hand, und bat um Ruhe.

»Liebe Kollegen«, hob er an, »es ist mir eine große Freude, euch, auch wenn es etwas später geschieht als normal, zu unserem Quartalstreffen zu begrüßen. Leider bin ich etwas zu spät erschienen, was damit zusammenhing, dass mir ein Jungspund mit Sommerreifen auf seinem alten Golf in die Seite gekracht ist. Deshalb«, fuhr er lachend fort, »könnte es sein, dass ich in der nächsten Zeit die Dienste eines guten Anwalts für Verkehrsrecht in Anspruch nehmen muss, aber daran mangelt es unserer Runde ja gottlob nicht.«

Er zog genüsslich an seiner Zigarre. »Der Herr mit dem schönen muselmanischen Namen, den ich schon wieder vergessen habe, bestand auf das Hinzuziehen der Polizei, weil er der Meinung war, dass ich ihm die Vorfahrt genommen habe, was jedoch Unsinn ist. Also, langer Rede kurzer Sinn, deshalb bin ich erst angekommen, als der erste Gang des wie immer vorzüglichen Menüs schon auf dem Tisch stand.«

Ein weiterer Zug, gefolgt von einem formvollendeten Rauchring, der sich wie in Zeitlupe von ihm wegbewegte. »Und nun, da wir alle satt und zufrieden sind, ist es mir eine große Ehre, unserem langjährigen Mitstreiter Peter Wiotas unsere Glückwünsche zu seinem 60. Geburtstag auszusprechen.« Er wandte sich an einen braun gebrannten, drahtig wirkenden Mann am anderen Ende der Tafel. »Dir, Peter, alles erdenklich Gute von uns allen, und noch viele Jahre als geschätzter Anwalt und honoriger Notar in unserer Stadt. Immerhin hast du noch ein paar schöne Jahre vor dir, bevor du dich dem Diktat des Alters unterwerfen musst.«

Von allen Seiten brandete Beifall auf.

»Keinesfalls will ich aber unterschlagen, dass du mir, als ich noch Staatsanwalt war, als junger Strafverteidiger in so mancher Schlacht das Leben zur Hölle gemacht hast. Aber diese Zeiten sind ja glücklicherweise lange vorbei. Und so erhebe ich mein Glas auf dich und wünsche dir, zusammen mit allen Kollegen hier im Raum, Gesundheit, erholsame Tage auf deinem Segelboot, und immer solvente Mandanten. Und natürlich noch viele schöne Jahre mit deiner charmanten Gattin Eva.«

Er nahm einen Schluck Cognac auf den Jubilar. »Alles Gute, Peter.«

Etwas später, die Runde hatte sich merklich verkleinert, saßen ein paar Männer und eine Frau etwas abseits der anderen, unterhielten sich, rauchten und genossen den hervorragenden Wein.

»Du bist mir letzte Woche ganz schön auf den Keks gegangen, Uschi«, flachste einer der Herren.

»Wegen der Sache mit diesem komischen Anbau, ich weiß«, gab Ursula Pickburg, Fachanwältin für Bau-

und Mietrecht, gespielt zerknirscht zurück. »Aber es war nicht persönlich gemeint. Allerdings ist mir deine Mandantschaft schon ziemlich bescheuert vorgekommen. Ich hatte vom ersten Augenblick einen echten Hals auf sie.«

»Und ich erst«, bestätigte Guido Wimmer, ein Kollege aus dem gleichen Fachgebiet. »So blödes Volk erlebst du wirklich selten. Obwohl«, gab er zu, »was sich in den letzten Jahren so alles in meine Kanzlei verlaufen hat, da kann es einen schon manchmal grausen. Ich muss dann immer daran denken, dass es für die Ausbildung der Kinder ist, sonst würde ich dieses Volk wohl kaum aushalten.«

Die beiden vertieften sich in den Fall, den sie vor Gericht für die jeweiligen Parteien vertreten hatten, und nahmen keine Notiz von zwei anderen Juristen, die kurz nacheinander aufgestanden waren und sich in eine Ecke zurückgezogen hatten.

»Gibt's was Neues in meiner Sache?«, fragte Dr. Justus Gebauer seinen Kollegen Ewald Limbourg.

Der junge Staatsanwalt sah verlegen zu Boden. »Es tut mir leid, Herr Gebauer, aber im Augenblick kann ich rein gar nichts für Sie tun. Mein Chef schaut mir seit der Sache mit dem Türken dermaßen genau auf die Finger, dass ich nicht mal schnäuzen kann, ohne dass er davon erfährt.«

Limbourg sprach den Fall eines türkischstämmigen Bankrotteurs an, der ein paar Monate zuvor durch die Kasseler Gazetten gegeistert war. Der Mann war der Justiz durch die Lappen gegangen und hatte sich in die Türkei abgesetzt, weil Limbourg, nach offizieller Darstellung, den Haftbefehl zu spät beantragt hatte.

»Aber das hat doch gar nichts mit meiner Sache zu

tun, Limbourg. Hier geht es um eine Kleinigkeit im Verkehr. Eine noch nicht einmal bewiesene Kleinigkeit übrigens.«

»Unerlaubtes Entfernen vom Unfallort ist alles andere als eine Kleinigkeit, wenn ich das mal so sagen darf, Herr Gebauer. Immerhin gibt es einen Zeugen, und das macht die Sache so überaus kompliziert.«

»Ich will mit Ihnen nicht die Komplexität des Falles besprechen, sondern von Ihnen hören, dass die Sache erledigt ist. Dieser Zeuge ist mir doch so was von scheißegal. Machen Sie von mir aus mit diesem Kretin, was Sie wollen, aber spätestens nächste Woche will ich Vollzug gemeldet bekommen. Sind wir so weit d'accord?« Der Jurist hatte die Stimme leicht erhoben und sah sich nun prüfend um, ob jemand Notiz von seinem Ausbruch genommen hatte, aber keiner der im Raum Anwesenden interessierte sich für ihn und seinen Gesprächspartner.

»Immerhin«, fügte Gebauer nun deutlich leiser hinzu, »wollen Sie doch in unserer Partei etwas werden, oder sehe ich das falsch?«

»Herr Gebauer ...«, setzte Limbourg zu einem Protest an, der jedoch von seinem Gegenüber barsch abgebügelt wurde.

»Hören Sie auf, mir die Ohren vollzusülzen. Für so einen Scheiß habe ich keine Zeit, verstanden? Tun Sie, was ich von Ihnen erwarte, dann bleiben wir Freunde, und Sie können immer mit meiner Unterstützung rechnen.« Er drehte sich um. »Spätestens nächste Woche«, zischte er noch einmal finster dreinblickend. Dann nahm er Kurs auf Herbert Basthoff, der sich mit dem Mobiltelefon am Ohr in eine Ecke zurückgezogen hatte. Der Richter bedeutete ihm, sich auf den Stuhl gegenüber zu setzen, und beendete kurze Zeit später das Gespräch.

»Na, Justus«, begann er, »Ärger mit dem jungen Limbourg?«

»Ach was, so ein Idiot kann mir doch keinen Ärger machen. Er ist, wie immer, ein klein wenig tranig. Da kommt er übrigens genau nach seinem Vater.«

Basthoff hob eine Augenbraue. »Du weißt, dass sein Vater und ich gute Freunde gewesen sind, Justus. Und ich erzähle dir bestimmt kein Geheimnis, wenn ich dir sage, dass ich Roland Limbourg auf dem Sterbebett versprochen habe, mich um seinen Jungen zu kümmern. Das habe ich bisher gemacht, und das werde ich auch in Zukunft so handhaben.«

»Aber klar«, winkte Gebauer ab. »Nur sollte er sich ein wenig mehr ins Zeug legen, wenn es um die Sache von Freunden, oder noch besser, Parteifreunden, geht.«

»Was du von ihm verlangst, könnte ihn seinen Job und seine berufliche Zukunft kosten, Justus.«

Nun schluckte Gebauer. »Du weißt davon?«

»Was glaubst du denn? Natürlich weiß ich davon. Und ich frage mich ernsthaft, was so schlimm daran wäre, die Sache auszutragen und dir ein, wie auch immer geartetes, Urteil abzuholen. Immerhin hast du dir, nach eigener Aussage, nichts vorzuwerfen.«

»Mensch, Herbert, das kann ich im Moment gebrauchen wie Fußpilz. Du weißt ganz genau, dass mir, seit ich nicht mehr in den Landtag gewählt worden bin, sowohl innerparteilich wie auch von außen ein ziemlich rauer Wind entgegenweht. Diese Sache wäre doch für alle Kritiker ein gefundenes Fressen. Die würden über mich herfallen wie eine Horde Schakale.«

»Das glaube ich allerdings auch«, nickte der Richter bestätigend. »Aber rechtfertigt das alles, die Zukunft von Ewald Limbourg aufs Spiel zu setzen? Du weißt genau, dass sein Boss seit der Sache mit dem Türken nicht gut auf ihn zu sprechen ist und ihm vermutlich extrem auf die Finger sieht. Und das, obwohl der Junge eigentlich gar nichts dazu konnte.«

Gebauer sah Basthoff erstaunt an. »Wie meinst du das, er konnte nichts dazu?«

»Oberstaatsanwalt Marnet, sein Boss, hat ihn zum Sündenbock gemacht. Wegen der großen Publicity hat er den Insolvenzfall des Türken zur Chefsache erklärt, und er war es in letzter Konsequenz, der die Sache mit dem Haftbefehl versemmelt hat. Weil sich das aber in der Außendarstellung nicht so gut gemacht hätte, hat er es so gedreht, als ob er Limbourg eine Mail mit einer Anweisung geschrieben hätte, die dann leider nie angekommen ist.«

»Dieser Drecksack«, echauffierte sich Gebauer.

»Nun bleib mal auf dem Teppich, Justus. Ich vermute, du oder ich hätten es genauso gemacht, wenn wir in einer vergleichbaren Bredouille gesteckt hätten. Dafür unter anderem gibt es doch die jungen Staatsanwälte. Und wer in diesem Job etwas werden will, der schluckt, hält den Mund, und macht gute Miene zum bösen Spiel. Das ist der Deal, oder?«

»Das ist der Deal, ja«, bestätigte Gebauer zögernd.

Basthoff zog an seiner Zigarre und legte den Rest auf den Rand eines großen Aschenbechers. »Aber du hast dich doch sicher nicht zu mir gesellt, um mit mir die unappetitlichen Pannen bei der Flucht des Türken oder deiner mutmaßlichen Fahrerflucht zu besprechen, nicht wahr?«

»Das stimmt. Ich will etwas mit dir diskutieren, was auf keinen Fall an die große Glocke gelangen darf. Und deshalb will ich es auch nicht hier tun. Kann ich morgen mal bei dir im Büro vorbeikommen?«

Der Richter winkte ab. »Morgen geht gar nichts. Da

bin ich komplett in die Sache wegen des Eishockeyklubs eingespannt.«

»Stimmt«, schlug Gebauer sich an die Stirn, »das ist ja morgen.«

»Nächste Woche ist es besser. Ruf einfach an und komm am besten zur Mittagszeit, dann können wir gemeinsam eine Kleinigkeit essen und dabei thematisieren, was dir auf der Seele liegt.«

»Gern«, erwiderte Gebauer, stand auf, und verließ die Veranstaltung. Auf dem Parkstreifen gegenüber dem Restaurant am noblen Brasselsberg, der feinsten Wohngegend Kassels, drehte er sich noch einmal um, bevor er in den Wagen stieg, und blickte stirnrunzelnd zurück.

*

Niemals hätte der 54-jährige Mann damit gerechnet, sich seinen Lebensunterhalt noch einmal als Rechtsanwalt verdienen zu müssen. Seine politische Karriere kannte bis zu jenem verhängnisvollen 15. Januar 2009 nur eine Richtung, nämlich steil bergauf. Er hatte seinen Wahlkreis beim vorangegangenen Urnengang so souverän gewonnen, dass er für die Hessischen Landtagswahlen am 18. Januar 2009 mit an Arroganz grenzender Selbstsicherheit auf die Absicherung über die Landesliste verzichtet hatte. Dann kam der Donnerstag vor der Wahl. Die Veranstaltung in der Kasseler Stadthalle sollte den Endspurt des Wahlkampfes einläuten. Alle Meinungsumfragen sahen seine Partei vorne, und sein persönlicher Erfolg wurde zu keiner Zeit infrage gestellt. Der Ministerpräsident hatte gesprochen, hatte die noch unentschlossenen Zuhörer umworben, und sich im Anschluss für ihn stark gemacht.

Das ist der zukünftige starke Mann unserer Partei in Nordhessen, und nicht nur dort, hatte der Landesvater mit einem Fingerzeig auf ihn postuliert, bevor er sich aufgemacht hatte zum Hubschrauber und zur nächsten Veranstaltung an diesem Abend.

Gebauer war während seiner anschließenden Rede über sich hinausgewachsen. Mit großer Sorgfalt hatte er alle Wahlkampfthemen, die er für wichtig erachtete, Punkt für Punkt abgearbeitet. Der anschließende Beifall wäre mit tosend noch am treffendsten beschrieben, und der Jurist sonnte sich deutlich sichtbar im Licht seiner bevorstehenden grandiosen Erfolge. Ihn, den viele, auch in den Reihen seiner eigenen Partei, als Rechtsausleger bezeichneten, würden sie brauchen, um den erzkonservativen Flügel der Parteienlandschaft zu bedienen. Und war nicht in der Rede des Ministerpräsidenten sogar so etwas wie der unausgesprochene Wunsch angeklungen, in Gebauer einen potenziellen Nachfolger zu sehen?

Eine Stunde, nachdem er gesprochen hatte, war die Veranstaltung mit dem Absingen der Nationalhymne zu Ende gegangen. Gebauer hatte sich seinen Mantel geschnappt und wollte schnellstens nach Hause, auch, weil er zu diesem Zeitpunkt seit mehr als 15 Stunden auf den Beinen war. In normalen Zeiten wäre das für ihn kein Problem gewesen, doch die zurückliegenden Wochen waren hart und kräftezehrend gewesen. Hastig verabschiedete er sich von seinem Team, griff nach seiner Aktentasche, und stürmte aus der Halle. Schon auf der Treppe, die ins Foyer führt, erkannte er an deren Ende das Gesicht von Andreas Bärsch. Der behinderte Mann, der seit vielen Jahren im Rollstuhl saß, sah ihm hämisch grinsend entgegen.

Es war durchaus nicht übertrieben, das Verhältnis der beiden Juristen zueinander als spinnefeind zu bezeichnen. Schon während des gemeinsamen Studiums in Marburg hatte sich diese herzliche Abneigung entwickelt, und in den darauffolgenden Jahren, auch, weil sich beide immer wieder auf den Fluren und in den Sälen der nordhessischen Gerichte begegneten, dramatisch verstärkt. Gebauer stand für die eine politische Richtung, Bärsch für die diametral entgegengesetzte. Und jeder hätte dem anderen zu jeder Stunde seines Lebens die schlimmste vorstellbare Krankheit an den Hals gewünscht.

Nun wartete Andreas Bärsch mit diesem, wie Gebauer fand, fiesen Gesichtsausdruck am Ende der Treppe auf ihn. Es war klar, dass der Mann im Rollstuhl ihm eine Gemeinheit mit auf den Weg geben wollte, was schon zu einer gewissen Routine geworden war. Immer wieder besuchte er die politischen Veranstaltungen Gebauers und versuchte, sie durch Störungen zu torpedieren. Oder er wartete, wie an diesem Abend, auf seinen Lieblingsfeind, um ihn mit vermeintlich unangenehmen Fragen zu löchern.

Gebauer nahm sich vor, Bärsch einfach zu ignorieren und sprang, jeweils zwei Stufen auf einmal nehmend, die Treppe hinunter. Unten angekommen drehte er sich nach links, in Richtung des Seitenausgangs, wo sein Wagen parkte, doch Bärsch hatte offenbar mit dieser Finte gerechnet. Er bewegte sich mit seinem Rollstuhl blitzartig nach vorne und wurde dabei viel schneller, als er eigentlich beabsichtigt hatte. Genau in dem Augenblick, in dem er versuchte, die aufgenommene Geschwindigkeit zu drosseln, bekam er noch einen Stoß von hinten. Es passierte, was nicht zu vermeiden war: die beiden Juristen kollidierten. Gebauer schlug der

Länge nach hin, der Inhalt seiner Tasche verteilte sich über mehrere Quadratmeter; Bärsch wurde aus seinem Stuhl katapultiert und stürzte mit einem spitzen Schrei zu Boden. Das alles passierte, wie sich ein Zeuge später erinnerte, so rasend schnell, dass man dem Geschehen kaum folgen konnte. Auf jeden Fall lagen die beiden nebeneinander auf dem kalten Marmor des Foyers der Kasseler Stadthalle. Gebauer, dessen rechter Fuß an einem Trittbrett des Rollstuhls hängen geblieben war und der sich eine tiefe, sofort stark blutende Fleischwunde am Knöchel zugezogen hatte, kam vor Wut schnaubend auf die Knie und wollte gerade aufstehen, als er in das immer noch hämisch grinsende Gesicht des Rollstuhlfahrers blickte. In diesem Moment setzten alle in den vielen Jahren als Politiker geschulten und geschärften Instinkte bei dem sonst als Iceman verschrienen Juristen aus. Der Schmerz im Fuß, das grinsende Gesicht seines Gegenübers, die peinliche Situation, das alles war an diesem Abend und in seiner angespannten Verfassung zu viel für ihn. Er schrie laut auf, hob den Arm, und schlug Bärsch mit aller Kraft ins Gesicht.

Noch bevor seine flache Hand Bärschs Wange erreicht hatte, war er sich über die Tragweite seiner Handlungsweise im Klaren, und doch konnte er nichts mehr tun, um die Bewegung zu stoppen. Es folgte das hässliche Klatschen, das in seinem Kopf wie eine Explosion klang, und die daraufhin einsetzende, lähmende Stille. Die Mehrzahl der Menschen, die eben noch versucht hatten, möglichst schnell aus der Halle und nach Hause zu kommen, blickten entsetzt in seine Richtung. Manche Frauen hielten sich schockiert eine Hand vor den Mund, andere schüttelten einfach nur den Kopf. Dann begann Bärsch zu schreien.

Manchmal kamen Politiker mit den absurdesten Ausreden durch. In diesem Fall gab es keine Ausrede, die auch nur im Ansatz der Sache gerecht geworden wäre. Die personifizierte Zukunft der Partei in Hessen, wie es der Ministerpräsident noch kurz zuvor ausgedrückt hatte, war ausgerastet und hatte einem Behinderten unter den Augen hunderter Zeugen wutentbrannt ins Gesicht geschlagen.

Die Folgen waren verheerend. Die Medien stürzten sich bundesweit auf die Geschichte, und seine Herausforderin, die unter normalen Umständen nicht den Hauch einer Chance gehabt hätte, gewann den Wahlkreis haushoch.

Am Abend des 18. Januar 2009, als seine Partei die vorgezogenen Wahlen zum Hessischen Landtag souverän gewonnen hatte, saß Justus Gebauer betrunken und schlecht rasiert im Wohnzimmer seines Hauses im Kasseler Stadtteil Fasanenhof vor dem Fernseher und konnte noch immer nicht fassen, was dort gerade ablief. Es wollte nicht in seinen Kopf, dass er nicht strahlender Teilnehmer war in diesen Befragungen, Talkrunden und Siegesfeiern, sondern isoliert und machtlos zusehen musste, wie andere den Lohn seiner langen und harten Arbeit einfuhren.

Vonseiten seiner politischen Mitstreiter war ihm nahegelegt worden, sich zunächst nicht in der Öffentlichkeit zu zeigen und auf gar keinen Fall für die Partei zu sprechen, was dem politischen Todesurteil gleichkam.

Nachdem er einen spontanen dreiwöchigen Urlaub beendet hatte, machte er sich an das Aufkehren der Scherben, die sein Verhalten produziert hatte. Zunächst hatte er versucht, Andreas Bärsch zu überreden, die Sache außergerichtlich beizulegen, was jedoch an dessen rigoroser Weigerung scheiterte. Im Frühjahr des gleichen Jahres war es zum Prozess gekommen, der zuerst ein allgemeines Medienecho und nach Verkündung des Urteils einen allgemeinen Aufschrei der Empörung ausgelöst hatte. Der Richter hatte Gebauer nur zu einer Geldstrafe wegen einfacher Körperverletzung verurteilt, wobei er für die Zukunft jedoch als vorbestraft galt.

7

Lenz nahm ein Mittel gegen das Sodbrennen, das ihn im Schlaf gequält hatte und immer schlimmer geworden war, schloss hinter sich die Badezimmertür und wollte das Licht ausschalten, doch wie so häufig in den letzten Wochen griff er zuerst mit der falschen Hand zu, so, wie er es jahrelang in seiner alten Wohnung gewohnt gewesen war. Für einen Augenblick blieb er stehen und musste über seinen Fauxpas schmunzeln. Auf dem Weg zum Schlafzimmer hörte er Marias ruhiges, entspanntes Atmen und freute sich auf den erneuten Körperkontakt mit ihr.

Eine knappe Viertelstunde später wurde er vom Klingeln des Telefons aufgeschreckt. Der Kommissar hob den Kopf, sah sich in der Dunkelheit um, und stieg aus dem Bett.

»Was ist denn los?«, nuschelte Maria mehr schlafend als wach.

»Schlaf weiter«, flüsterte Lenz ihr ins Ohr, verließ das Zimmer und zog die Tür hinter sich zu.

»Ja, Lenz«, meldete sich der Polizist mürrisch, nachdem er das leuchtende Telefon auf dem Küchentisch entdeckt hatte.

»Ich bin's, Thilo.«

»Ach, welch überraschende Nachricht.«

»Hör auf rumzuätzen und sag mir, wie lange du brauchst, bis du bei mir im Auto sitzt.«

Der Hauptkommissar stieß einen leisen Fluch aus. »Ich bin ziemlich angetütert, Thilo, weil ich erst vor einer Stunde von einer Hochzeitsparty nach Hause gekommen bin. Was gibt es denn so Wichtiges?«

»Wir haben drei Tote in der Nordstadt. Die Geschichte sieht ganz schön krass aus.«

Schlagartig verflogen ein großer Teil der Alkoholnebel, die Lenz umschwirrten. »Gib mir zehn Minuten.«

»Gut. Bis gleich dann.«

*

»Tut mir leid, dass ich dich aus dem Bett geholt habe, aber du hättest mir morgen garantiert den Kopf runtergerissen, wenn ich es nicht getan hätte«, wurde Lenz von seinem Kollegen begrüßt, noch bevor er richtig im Sitz des kleinen Japaners gelandet war.

»Schon gut«, erwiderte der Hauptkommissar und drehte den Regler der Heizung hoch.

»Gibt es schon irgendwelche Informationen?«, wollte er wissen.

»Drei Tote, mehr kann ich dir nicht sagen. Aber die Kollegen vor Ort meinten, dass es richtig übel aussehen würde. Alles voller Blut und so.«

»Deutsche?«

»Wie gesagt, keine Ahnung. Aber wenn ich Nordstadt

höre, denke ich auch immer als Erstes, dass es wohl keine Deutschen sind.«

Das Viertel, von dem die beiden sprachen, war für seinen hohen Ausländeranteil bekannt. Speziell die türkischen Mitbürger lebten gerne in dem alten Arbeiterquartier.

»Und ich hatte ganz vergessen, dass du ja heute auf dieser Party gewesen bist. War es gut?«

»Ging so«, erwiderte Lenz gähnend. »Du weißt ja, dass ich ohnehin nicht der Partylöwe vor dem Herrn bin. Immerhin hat es mir wieder mal aufgezeigt, dass ich, selbst wenn ich auf meine alten Tage noch mal heiraten sollte, von jeglicher bürgerlichen Feier Abstand nehmen würde.«

Hain sah ihn verwundert an. »Denkst du wirklich darüber nach, Maria zu heiraten?«

Der Hauptkommissar konnte sich den Hauch eines Grinsens nicht verkneifen. »Wär doch cool, oder?«

»Na ja«, relativierte sein junger Kollege. »Im Moment ist sie offiziell ja noch bei Schoppen-Erich unter der Haube.«

Die Fassade des roten Backsteinhauses wirkte im Widerschein der kreisenden blauen Streifenwagenlichter wie die Inszenierung eines Künstlers, doch die Realität hatte so gar nichts Künstlerisches zu bieten. Lenz versuchte, im Vorübergehen einen Blick in die kleine Schneiderwerkstatt im Erdgeschoss zu werfen, doch seine Sicht wurde durch die fast komplett geschlossenen Vertikaljalousien behindert. Vor der Tür standen mehrere uniformierte Beamte, darunter eine Polizistin, Evelyn Brede, mit der die beiden Kripoleute schon öfter zu tun gehabt hatten.

»Hallo, Frau Brede«, begrüßte Lenz die Frau.

»Morgen, Herr Kommissar«, erwiderte sie freundlich und bedachte auch Thilo Hain mit einem aufmunternden Blick. Ihre Kollegen grüßten ebenfalls.

»Was ist denn passiert?«, fragte Hain.

»Nach Lage der Dinge ist eine komplette türkische Familie betroffen. Vater, Mutter und ein Kind. Ein Junge.«

»Gibt es schon etwas zur Identität der Leute?«

»Wie es aussieht ist es die Familie Bilgin, deren Name auf dem Klingelbrett steht. Sie wohnen in der Tatwohnung und betreiben hier unten die Schneiderei. Die Eltern sind anhand ihrer Reisepässe identifiziert worden, und von dem Jungen wimmelt es angeblich oben nur so von Fotos.«

»Hat sich schon jemand der anderen Bewohner des Hauses blicken lassen?«

»Nur der Mann, der uns verständigt hat. Sonst habe ich noch niemanden gesehen.«

»Was ist das für einer?«

»Ein türkischer Bäcker. War auf dem Weg zur Arbeit, als er die sich ausbreitende Blutlache vor der Wohnungstür gesehen hat. Er hat einen Schock und sitzt zitternd und weinend in seiner Wohnung im fünften Stock. «

Lenz schluckte. »So schlimm?«

Die junge Frau nickte. »Ich habe nur ganz kurz einen Blick in den Flur geworfen, wo der Junge liegt, das hat mir gereicht. In der Küche sieht es nach Aussage der Kollegen noch viel schlimmer aus.«

Lenz fragte sich für einen Augenblick, in wie vielen Nächten er schon frierend vor Häusern wie diesem gestanden hatte, wo im Innern in irgendeiner Wohnung eine oder mehrere Leichen lagen.

»Alles klar, Paul?«, wollte Thilo Hain wissen.

»Ja, natürlich, alles klar. Ist die medizinische Abteilung schon da?«, wandte sich der Hauptkommissar wieder an die Polizistin.

»Die nicht, wohl aber die Herren von der Spurensicherung«, erwiderte sie mit einem leichten Grinsen. »Der Kollege Kostkamp sieht allerdings maximal genervt aus.«

»War das jemals anders?«, gab Hain zurück und drängte sich an den Uniformierten vorbei in den Hausflur.

»Im dritten Stock«, rief Evelyn Brede ihnen noch hinterher.

Diesen nett gemeinten Hinweis hätten die Beamten nicht gebraucht. Auf dem Absatz des dritten Stocks standen zwei Beamte, die dafür sorgen sollten, dass sich niemand Unbefugtes dort herumtrieb, doch dieser Aufwand war definitiv übertrieben. Anders als in anderen Häusern, in denen ein Kapitalverbrechen stattgefunden hatte, war hier niemand zu sehen. Unten, auf der Straße nicht und auch nicht im Haus. Während des Aufstiegs hatte Lenz in jedem Stockwerk einen Blick auf die Klingelschilder geworfen, und alle Namen darauf klangen türkisch.

Im Eingangsbereich um die Wohnungstür herum standen mehrere kleine Kunststoffdreiecke mit Nummern darauf. Lenz und Hain blieben stehen und betrachteten die tiefdunkle Blutlache, die sich unter dem alten Holz der Tür hindurch ausgebreitet hatte.

»Merkwürdig«, fiel Hain auf, »dass es keine Stufe oder kleinen Absatz gibt. Da hat es doch bestimmt drunter durchgezogen wie Hechtsuppe.«

Lenz umkurvte die rote Pfütze und trat in den Flur, wo direkt neben der Tür die Leiche eines Jungen lag, dessen aufgerissene, leere Augen einen imaginären Punkt an der Decke zu fixieren schienen. Sein Körper ragte in den vom Flur abgehenden Raum, der allem Augenschein nach sein Jugendzimmer war. Der Kopf des Kindes stand in einem merkwürdigen Winkel vom Brustkorb ab. In der Mitte seiner Stirn gab es ein hässliches Einschussloch.

»Er lag dem Mörder im Weg, als dieser raus wollte«, konstatierte Lenz.

»Hm«, machte sein Kollege. »Wie alt wird der sein?«

Der Hauptkommissar beugte sich ein wenig nach unten, um das Gesicht besser erkennen zu können. »12, vielleicht 14, nicht älter.«

»Manchmal wünschte ich mir, ich hätte auf den Rat meiner Großmutter gehört und eine Banklehre gemacht«, sinnierte Hain mit belegter Stimme. »Im Augenblick ist dieser Wunsch gerade wieder sehr, sehr ausgeprägt.«

»Ah, die Herren Ermittler«, hörten sie eine vertraute Tonlage vom hinteren Ende des Flurs. Sie gehörte zu Heini Kostkamp, dem Leiter der Spurensicherung. Der rundliche Mann mit dem roten Gesicht trat aus dem Raum, in dem er seiner Arbeit nachging, und fing beim Anblick der beiden sofort an zu fluchen.

»Seid ihr wahnsinnig?«, wollte er wissen, obwohl ihn die Antwort nicht im Mindesten interessierte. »Zieht euch wenigstens was über die Füße, bevor ihr hier rumlatscht.« Er schüttelte resigniert den Kopf. »Dass ich diese Litanei jedes Mal, wenn ich euch an einem Tatort sehe, wiederholen muss«, fuhr er beleidigt fort.

Hain kramte zwei Paar blaue Füßlinge aus seiner Jackentasche, riss die Verpackung auf, und hielt Lenz ein Paar hin. Der Hauptkommissar schlüpfte umständlich mit den Schuhen hinein und quittierte seine Aktion mit einem Lächeln in Kostkamps Richtung.

»Na bitte, geht doch«, kommentierte der Mann von der Spurensicherung.

»Wir lieben dich auch, Heini«, ätzte Hain, doch Lenz gab ihm mit einem kurzen Blick zu verstehen, dass es im Moment wohl angebracht sein könnte, das Feuer, das grell in Kostkamp loderte, nicht noch mit Öl zu tränken.

»Moin, Heini«, rief Lenz freundlich über den Flur. »Und sei nicht so streng mit uns.«

Vom anderen Ende kam ein langgezogenes Stöhnen. »Womit hab ich das nur verdient?«, fragte der Spurensicherer mehr rhetorisch.

Lenz und Hain stapften mit raschelnden Füßen auf ihn zu, drückten ihm die Hand, sahen in den Raum, aus dem er gekommen war, und begrüßten einen weiteren Mann im Tyvek-Anzug, der mit dem Rücken zur Tür stand.

»Ach du heilige Scheiße«, murmelte der Oberkommissar.

Der Anblick, der sich den Kripobeamten bot, war gruselig. Am Küchentisch saß, mit nach unten hängenden Armen und zurückliegendem Kopf, eine etwa 60-jährige Frau. Ihr Oberkörper wies zwei Einschusslöcher auf, der Kopf eines. Das ehemals weiße, knielange Nachthemd, das sie trug, glänzte auf der Vorderseite dunkelrot. Ihr Haar hing wirr zu allen Seiten herunter, und es war offensichtlich, dass der letzte Färbetermin schon eine Weile zurücklag. Die ersten zwei Zentimeter ab der Kopfhaut waren hellgrau, danach ging die Farbe in ein schmutziges Braun über. Zu ihren Füßen hatte sich eine große Lache aus Blut und Urin gebildet. Trotz der tödlichen Verletzungen und der Schmerzen, die sie in den letzten Augenblicken ihres Lebens durchlitten haben dürfte, wirkte ihr Gesicht weder verzerrt noch angestrengt. Eher war ihrem Ausdruck etwas Gütiges, Zufriedenes zu entnehmen. Vor ihr auf dem Tisch stand eine halb gefüllte Teetasse, an die Lenz den Handrücken hielt. Sie war so eiskalt wie die ganze Küche.

Der Mann lag auf der anderen Seite des Tisches auf dem Boden, auch um ihn hatte sich eine große, rote Lache gebildet. Seine Hände waren vor dem Bauch mit einem stabilen grauen Kabelbinder gefesselt, die Haut darum war wundgescheuert. Vermutlich hatte er versucht, das Kunststoffband zu zerreißen; ein Unterfangen, an dem schon jüngere und wesentlich kräftigere Männer gescheitert waren. Seine Beine waren gekreuzt, in etwa einem Meter Entfernung unter dem Tisch lagen zwei braun karierte Hausschlappen. Lenz beugte sich zu der Leiche hinunter und kam gleich wieder hoch.

»Hat jemand mal eine Taschenlampe für mich?«, erkundigte er sich.

Martin Hansmann, Kostkamps Mitarbeiter, der mit einer Pinzette in der Hand dastand und gerade etwas in einen kleinen Plastikbeutel schob, wies mit dem Kopf auf einen Aluminiumkoffer neben der Küchentür. Hain reichte seinem Chef die kleine LED-Lampe.

»Auch zwei in die Brust und einen in den Kopf«, stellte der Hauptkommissar fest.

»Das hätte ich dir auch sagen können«, murmelte Kostkamp und hielt eine Patronenhülse hoch. »Ich könnte dir weiterhin sagen, dass ich nicht glaube, dass hier ein Anfänger am Werk gewesen ist. Irgendwie sieht das alles nach extremer militärischer Präzision aus, wenn du mich fragst.«

»Wie kommst du darauf?«

»Ganz einfach. Ein Profikiller hätte seine Hülsen vermutlich eingesammelt und mitgenommen. Außerdem ballern die wenigsten von denen heute noch mit Kaliber 7.65 Parabellum in der Gegend herum.«

»Das stimmt wohl. Hast du dir übrigens schon die Eingangstür angesehen?«

Kostkamp nickte. »Ja, hab ich, gleich, als wir angekommen sind. Keine Spuren, keine Anzeichen von irgendeiner Gewalt, nichts. Wenn ich mich nicht sehr irre, und das könnte ich dir frühestens morgen Nachmittag genau sagen, haben sie dem oder den Tätern die Tür freiwillig geöffnet.«

»Oder der oder die hatten einen Schlüssel.«

»Ja«, murmelte Kostkamp, »oder das.«

Lenz bückte sich erneut und sah dem Toten ins Gesicht. Dort konnte er deutlich die Anspannung und Erregung des Mannes erkennen, in der er sich vor seinem Tod wohl befunden hatte. Lenz schwenkte die Lampe und leuchtete den Körper ab, danach die Arme und die Beine. An den Händen angekommen stockte er.

»Was hat der da in der rechten Hand?«, fragte er in die Runde. Die drei anderen Männer im Raum stellten sich hinter ihm auf und betrachteten die rechte Hand des Toten, wo ein Teil einer Holzkette zu sehen war.

»Ein Tasbih.«

Der Hauptkommissar drehte sich um und sah Kostkamp, der ihm geantwortet hatte, beeindruckt an. »Und was ist das?«

»Eine Gebetskette. Die benutzt man, um Dhikr auszuführen. Oder sie hilft irgendwie dabei, so genau weiß ich das auch nicht.«

»Wobei genau hilft das Ding?«, fragte Hain verwirrt.

»Beim Gebet, um es mal ganz profan auszudrücken.

Hast du noch nie beobachtet, wie jemand so eine Kette durch die Hand hat kreisen lassen?«

»Offen gestanden, nein. Aber gesehen habe ich solche Ketten schon. Manchmal haben die türkischen Jungs die Dinger an den Rückspiegeln ihrer Autos hängen.«

»Gut erkannt, junger Freund. Dort baumeln solche Ketten tatsächlich ab und an herum. Was sie an der Stelle allerdings genau bewirken sollen, kann ich dir auch nicht erklären.«

»Wobei wir feststellen müssen«, bemerkte Hain ohne übertriebenes Mitgefühl, »dass alles Beten ihm und seiner Familie nicht den Arsch gerettet hat. Weil nämlich irgendjemand einen Grund gehabt hat, diese Sauerei hier zu veranstalten.«

Lenz reckte sich hoch und nickte. »Aber warum sollte …?« Er unterbrach sich, weil in der Tür Dr. Peter Franz auftauchte, der Rechtsmediziner.

»Morgen, die Herren«, grüßte er freundlich und stellte seine abgewetzte Ledertasche neben sich auf den Boden. Kostkamp, der mit starrem Blick auf die glänzenden Schuhe des Mediziners glotzte, verzog genervt das Gesicht. Doch noch bevor er etwas sagen konnte, bemerkte der Mediziner seinen Lapsus und zog ein paar blaue Füßlinge über die feinen Ledertreter.

»Ihr Todeszeitpunkt liegt etwa drei Stunden zurück«, informierte der Arzt die Polizisten, ohne auch nur eine Hand an die Toten gelegt zu haben.

Lenz und Hain sahen sich irritiert an.

»Wer hat Ihnen denn das gesteckt?«, wollte der Hauptkommissar erstaunt wissen.

»Die Leiche des Jungen im Flur. Den habe ich mir schon mal etwas näher angesehen, weil es mir so schön vorkam, meiner Arbeit ohne jegliche Störung oder Ablenkung nachzugehen. Und was Dummes gefragt hat mich da draußen auch niemand.«

Lenz verstand den Hinweis ohne Nachfrage. Dr. Franz beschwerte sich nämlich schon seit Jahren darüber, dass die Kripobeamten immer noch am Tatort alle Details von ihm wissen wollten, die er in der Regel erst im Verlauf der Obduktion herausfinden konnte.

»Wenn ich mich nicht schwer täusche, sind alle Opfer ihren Schussverletzungen erlegen. Aber ganz genau und wasserdicht kann ich Ihnen das alles sagen, wenn sie bei mir auf dem Tisch waren.«

Der Hauptkommissar war immer wieder erstaunt darüber, wie emotionslos Dr. Franz über den Tod sprechen konnte.

»Und bevor es hier noch zu einer Überfüllung kommt«, mischte Kostkamp sich in Richtung Lenz und Hain gewandt ein, »verschwindet ihr beiden am besten.«

Es ist nicht die Nacht, in der man Heini Kostkamp widersprechen sollte, dachte Lenz und schob seinen Mitarbeiter vor sich her aus der Wohnung.

»Meine Fresse, der hat ja eine Laune«, bemerkte der Oberkommissar im Hausflur, während er sich der Füßlinge entledigte.

»Er hat nicht mehr lange, bis er in Rente geht«, erwiderte Lenz. »Ich hab neulich ein Bier mit ihm getrunken, dabei hat er mir erzählt, dass er einen ganz schönen Bammel davor hat, nicht mehr jeden Tag zur Arbeit zu gehen. ›Das Einzige, was nach meiner Pensionierung auf mich wartet, ist ein tiefes, schwarzes Loch‹, hat er gesagt und klang wirklich nicht sehr optimistisch dabei.«

Hain legte die Stirn in Falten. »Was für ein armer Hund. Hat er denn wirklich keine Hobbys oder so was?«

»Klar. Aber es ist etwas anderes, ein Hobby zu haben, als eine berufliche Aufgabe. Er reist nicht gerne, ist eher ein Eigenbrötler, und mit seiner Frau läuft es auch nicht so ganz astrein, glaube ich. Noch Fragen?«

»Keine. Meinst du, er hat recht, dass die Geschichte da drin die Handschrift eines militärisch ausgebildeten Killers aufweist?«

»Was weiß ich? Wir haben eine türkische Familie, von der wir bisher nicht die Bohne wissen. Es gibt tausend Gründe, warum so etwas passiert. Eifersucht, Religion, Familie, Machogehabe. Und so weiter.« Der Hauptkommissar sah sich in dem sauber und adrett wirkenden, aber verlassenen Treppenhaus um.

»Wir brauchen ein paar Leute, die sich um die anderen Bewohner des Hauses kümmern, Thilo«, erklärte Lenz seinem Mitarbeiter. »Auch wenn es hier so aussieht, als sei eine Neutronenbombe hochgegangen, will ich trotzdem wissen, ob nicht irgendjemand doch etwas mitbekommen hat.«

Hain nickte. »Ich kümmere mich darum.«

Sie hörten ein Geräusch aus dem Stockwerk unter ihnen. Ein Klacken, als ob jemand leise eine Tür geöffnet hätte.

»Hallo«, rief Hain und war auch schon auf dem Weg nach unten. Im diffusen Licht konnte er gerade noch erkennen, dass die Tür der linken Wohnung langsam und lautlos zugeschoben wurde.

»Hallo«, rief er erneut, »bitte machen Sie die Tür auf. Wir sind von der Polizei und haben nur ein paar kurze Fragen an Sie.«

Keine Reaktion. Das Licht im Flur schaltete sich in diesem Augenblick aus, und der Oberkommissar konnte deutlich den Schemen eines Menschen hinter den Vorhängen der einfachen Türverglasung sehen. Es klackte laut im unteren Teil des Hauses, als Hain den Lichtschalter betätigte. Danach klopfte er leise, aber bestimmt an der Tür, hinter der vermutlich noch immer jemand stand.

»Machen Sie doch auf, ich habe Sie ohnehin gesehen.«

Hinter ihm kam Lenz langsam die Treppe herunter. »Lass gut sein, Thilo«, flüsterte er, als wolle er damit einen Kontrapunkt zum lauten Auftreten seines Kollegen setzen, »wenn Sie nicht wollen, können wir …«

Er stockte, weil sich in diesem Moment die Tür langsam nach innen bewegte und der Kopf einer jungen Frau sichtbar wurde.

»Bitte nix so laut«, flüsterte sie und legte dabei den linken Zeigefinger vor den Mund, »meine kleine Kind schlafen.«

Hain hob entschuldigend die Hände. »Es tut mir leid, wenn ich Sie gestört habe, und ich wollte auch ganz bestimmt Ihr Kind nicht wecken. Aber ich habe gesehen, dass Sie in den Flur geschaut haben.«

Die Frau nickte. »So laut hier. Sonst nix so laut in Nacht.« Sie sah die beiden Kripobeamten an. »Sie Polizei? Was passiert?«

Lenz musterte die Frau so unauffällig wie möglich. Sie war etwa 19 Jahre alt, trug ein gelbes Kopftuch, und war trotz der unchristlichen Uhrzeit tadellos gekleidet. Aus ihrem hübschen Gesicht leuchteten zwei wache, intelligente Augen.

»Sozusagen, ja«, bestätigte Hain. »Sie sind Frau …?«

»Nasit«, antwortete sie mit einem Fingerzeig auf das provisorisch aussehende Schild an der Klingel. »Frau Nasit.«

»Ja, Frau Nasit«, bestätigte Lenz, »es gab heute Nacht eine Gewalttat hier im Haus. Kennen Sie die Familie …?« Er stockte.

»Bilgin«, half sein Kollege ihm weiter.

»Kennen Sie die Familie Bilgin?«

»Was los mit Familie Bilgin?«, fragte sie erschrocken zurück.

Der Hauptkommissar zögerte einen Augenblick. »Dürfen wir kurz hereinkommen, Frau Nasit?«

Sie schüttelte energisch den Kopf. »Nein, nix hereinkommen. Meine Mann nix zu Hause.«

»Aber …«, wollte Hain etwas entgegnen, wurde jedoch von seinem Chef unterbrochen.

»Das macht gar nichts, Frau Nasit. Wir müssen nicht zu Ihnen in die Wohnung kommen. Wir können uns auch gerne im Treppenhaus unterhalten. Obwohl es ganz schön kalt ist hier draußen.«

»Ja, kalt hier«, stimmte sie ihm zu, und Lenz konnte sich des Eindrucks nicht erwehren, dass die Frau den Inhalt dessen, was er ihr gesagt hatte, nicht so richtig verstanden hatte.

»Also«, begann er langsam, »Sie kannten die Familie Bilgin.«

Ein Nicken. »Ich kennen, ja.«

»Dann muss ich Ihnen leider mitteilen, dass die Familie Bilgin heute Nacht getötet worden ist.«

Sie zuckte mit den Schultern. »Was bedeuten getöten?«

Lenz holte tief Luft. »Sie sind tot. Nicht mehr am Leben.«

Nun hatte Frau Nasit ihn verstanden. Sie riss die Augen auf und schlug sich im Anschluss die Hände vors Gesicht. »Wie tot? Vater tot?«

»Nein, sie sind alle nicht mehr am Leben«, korrigierte Lenz. »Vater tot, Mutter tot, Sohn tot.«

»Aber heute sehen. Mittag sehen, unten in Werkstatt.«

»Wen von der Familie haben Sie heute Mittag gesehen?«

Sie sah den Polizisten fragend an.

»Haben Sie den Vater gesehen? Oder die Mutter?«

»Alle. Alle in Werkstatt. Mittag.«

»Die ganze Familie war also heute Mittag in der Werkstatt?«

Sie nickte.

»War sonst noch jemand dort? Haben Sie außer den Bilgins sonst noch jemanden gesehen?«

»Nix anderes. Nur Familie. Aber viel laut. Abend laut. Viel schimpfen.«

Nun wurden die beiden Polizisten hellhörig.

»Was meinen Sie mit laut und schimpfen? Gab es heute Abend Streit bei den Bilgins?«

Wieder nickte sie. »Ja, ganz Streit. Und laut schimpfen.«

»Wer hat laut geschimpft? Der Vater?«

»Ja, Vater. Und anderes Sohn.«

»In der Wohnung lebt noch ein Sohn?«

Frau Nasit machte eine Bewegung mit dem Zeigefinger. »Nix hier wohnen. Andere Haus. Aber heute hier sein.«

»Wissen Sie, wie der andere Sohn heißt? Seinen Namen?«

Der Hauptkommissar buchstabierte nun fast seine Sätze, damit die Frau wenigstens eine Chance hatte, ihn halbwegs zu verstehen.

»Nix wissen. Nix oft hier.«

»Wie alt ist er?«, erkundigte sich Hain, der nun seinen Notizblock in der Hand hielt.

»Viel alt. Viel mehr alt Emre.«

»Er ist viel älter als Emre, der Junge, der mit seinen Eltern hier im Haus gelebt hat?«

»Viel alt, ja.«

»So alt wie mein Kollege?«, hakte Lenz mit einem Hinweis auf Hain nach.

Sie wog unsicher ab und zuckte erneut mit den Schultern. »So viel alt, ja.«

»Wissen Sie, wann der andere Sohn gegangen ist? Fortgegangen?«

»Nix wissen. Meine Mann heim, meine Kind heim, ich nix hören mehr.«

Lenz deutete auf seine Armbanduhr. »Und um wieviel Uhr war der Streit bei den Bilgins?«

»Sieben Uhr.«

»Es war also schon dunkel draußen«, hakte Hain nach, weil er sich vergewissern wollte, dass die Frau Lenz richtig verstanden hatte.

»Ja, nix mehr hell. Viel dunkel.«

»Der Junge hat sich also lautstark mit seinen Eltern gestritten und dann die Wohnung verlassen«, zitierte der Hauptkommissar leise und mehr für sich selbst ihre Worte. »Und in der gleichen Nacht wird die ganze Familie erschossen. Wenn das mal kein Zufall ist.«

Hain zog sein Mobiltelefon aus der Tasche und wählte eine Nummer. Als die Verbindung stand, trat er außer Hörweite der beiden.

»Gab es öfter Streit bei der Familie Bilgin?«

Frau Nasit sah den Hauptkommissar unsicher an.

»Viel Streit bei Familie Bilgin? Immer Streit?«, brach Lenz seine Frage auf ihr Sprachniveau herunter.

Die Frau zog die Schultern hoch. »Nix wissen. Wir Tür zu, Familie Bilgin Tür zu. Manchmal sehen, dann gutes Tag, aber nix mehr.«

»Ach so«, murmelte Lenz. »Und ich dachte immer, das gäbe es nur in besseren deutschen Kreisen.«

»Was sagen?«

»Nichts, nichts«, winkte der Polizist ab.

Aus dem Innern der Wohnung war nun leises Babygewimmer zu vernehmen. Die Frau drehte sich erschrocken um und griff nach der Türklinke.

»Ich nix mehr wissen«, erklärte sie und deutete hinter sich in Richtung der Wohnung. »Und jetzt meine Kind aufwachen.«

»Ja, bitte, gehen Sie nur«, antwortete Lenz freundlich und registrierte, dass sich in seinem Kopf ein leichter Kopfschmerz breitmachte.

»Der Junge heißt Kemal Bilgin und wohnt in Waldau«, kam es aus seinem Rücken, wo Hain gerade dabei war, sein Telefon in die Jacke zurückzustecken.

»Aber Junge ist in dem Fall wohl der falsche Ausdruck, denn der Mann ist 1979 geboren. Nach Aussage des Kollegen im Präsidium, der die Personenabfrage durchgeführt hat, liegt aktuell gegen ihn nichts vor, und auch sonst ist er bisher nicht als böser Bube in Erscheinung getreten. Wollen wir gleich zu ihm fahren?«

»Gibt es noch weitere Geschwister?«, ließ Lenz nicht locker.

»Keine Ahnung. Ich habe nur nach einem Herrn Bilgin suchen lassen, der vom Alter her passen könnte. Und wie es der Zufall will, hat Kemal Bilgin sich von der Adresse hier nach Waldau umgemeldet. Das sollte also passen.«

»Gut«, nickte Lenz, »dann fahren wir nach Waldau. Trotzdem interessiert es mich, ob es weitere Geschwister gibt. Wer weiß, was noch alles passieren kann, wenn dieser Kemal Bilgin wirklich Amok läuft und seine Familie da oben umgebracht hat.«

Ein paar Minuten später hatten sie die uniformierten Kollegen beauftragt, die übrigen Hausbewohner nach eventuellen Beobachtungen zu befragen, und waren auf dem Weg in den Stadtteil Waldau, zur Meldeadresse von Kemal Bilgin.

8

Gerold Schmitt hatte die Operation am Vormittag relativ gut überstanden. Mehr als zwei Stunden hatten die Ärzte und das Team des Klinikums Kassel damit zugebracht, sein zertrümmertes Sprunggelenk am linken Fuß zu reparieren. Von beiden Seiten hatten sie sich den völlig zerstörten Knochen genähert und mit Hilfe von Stahlstiften, Schrauben und zwei Edelstahlplatten die üble Verletzung fixiert.

Schmitt war, wie schon im Ziegenhainer Krankenhaus in der Woche zuvor, keine große Wertschätzung zuteil geworden, weil mittlerweile jeder, der mit ihm zu tun hatte, wusste, dass er Mitglied der Freien Gruppe Schwalm-Eder war, einer extrem rechtsorientierten Schlägerbande, die seit Jahren in dem Landkreis südlich von Kassel und auch darüber hinaus ihr Unwesen trieb.

Der Anästhesist, der mit ihm die Einzelheiten der Narkose durchging, war ebenso kurz angebunden gewesen wie der Operateur selbst. Jeder der beiden gab ihm durch seinen Auftritt und seine Körpersprache zu verstehen, dass ihr Einsatz keinesfalls über die Mindeststandards einer menschenwürdigen Versorgung hinausgehen würde. Der Operateur selbst hatte in den Tagen zuvor, in denen die

Schwellung des Fußes sich so weit reduzieren musste, dass eine Operation möglich war, darüber nachgedacht, den Patienten in ein anderes Krankenhaus verlegen zu lassen, weil er nicht vollständig davon überzeugt war, dem Mann wirklich helfen zu wollen. Diese Zweifel lagen in einem Vorfall ein paar Jahre zuvor begründet, bei dem ein junges Mädchen, das an einem Zeltlager einer linken Jugendgruppe teilgenommen hatte, von eben jenen Schlägern der Freien Gruppe Schwalm-Eder mit einem Klappspaten halb tot geschlagen und von ihm während einer Notoperation wieder zusammengeflickt worden war. Doch am Vortag hatte es ein Meeting gegeben, während dem man sich im Team geeinigt hatte, den Vorgang so professionell wie möglich zu handhaben und die OP durchzuführen.

Nachdem er aus dem Aufwachraum in sein Zimmer verlegt worden war und die Wirkung der Narkose nachgelassen hatte, bekam Schmitt Schmerzen, sehr starke Schmerzen sogar. Er hatte sich immer für einen ganz harten Jungen gehalten, aber an diesem Nachmittag wünschte er sich, noch deutlich härter zu sein, oder ein stärkeres Schmerzmittel zu bekommen, doch dieses Verlangen wurde für eine nach seiner Meinung viel zu lange Zeit nicht erfüllt. Er hatte bis halb sechs am Abend fünf Mal geklingelt und darum gebeten, eine weitere Dosis des Schmerzmittels zu bekommen, das man ihm verabreicht hatte, oder, noch besser, gleich etwas, das ihn, wie er es nannte, voll aus dem Verkehr ziehen würde.

Krankenschwestern und Krankenpfleger sind auch nur Menschen, daran ändert auch die Tatsache nichts, dass es ihr Beruf ist, anderen so gut wie möglich zu helfen. Dieser Ansatz galt natürlich auch für den Patienten Gerold Schmitt, aber wie in allen Organisationen gehen die Laufwege manchmal schneller, manchmal langsamer. Im Fall des Glatzkopfes von Zimmer 213 waren die Laufwege extrem langsam. Manchmal an diesem Nachmittag ging auch gar niemand für Gerold Schmitt. Dieses Verhalten war nicht abgesprochen, so wie es im Pflegeteam nicht abgesprochen war, sich bei der Auswahl der schmerzstillenden Medikamente am unteren Ende der möglichen Wirksamkeitsskala zu orientieren. Es war auch nicht abgesprochen, diese für die Wundschmerzen des frisch operierten Patienten eher harmlosen Medikamente in absolut minimaler Dosierung zu verabreichen.

Natürlich hatte man sich auf der Station über den Mann von Zimmer 213 ausgetauscht, auch darüber, dass er einer derjenigen war, die wegen des brutalen Überfalls auf die Gruppe junger Leute am Neuenhainer See verurteilt worden waren, bei der das 13-jährige Mädchen beinahe ihr Leben gelassen hätte. Weil die meisten der Pfleger und Schwestern selbst Kinder hatten, um die sie sich immer dann die größten Sorgen machten, wenn sie eines der Feste in der Stadt oder eine Kirmes im Kreis besuchten, bei denen immer mit einem Angriff der Freien Gruppe Schwalm-Eder zu rechnen war, hatten sie, jeder für sich, ihre ganz privaten Konsequenzen gezogen, was nichts anderes bedeutete, als dass Gerold Schmitt den wohl schlimmsten Nachmittag seines Lebens verbrachte und lernte, was es bedeutete, Schmerzen zu erleiden. Dann, um kurz nach sieben, war einer altgedienten Schwester, die kurz vor der Pensionierung stand, das Gejammer des bulligen Mannes zu viel geworden. Sie hatte ihm einen langen, harzigen Vortrag über das Geben und Nehmen im Leben gehalten, den Schmitt mit zusammengekniffenen und feuchten Augen über sich ergehen ließ, und ihm danach eine garantiert wirksame Dosis eines starken

Schmerzmittels in den Oberschenkel injiziert. Kurze Zeit später war der Patient mit glasigen Augen in einen für ihn zutiefst angenehmen, schmerzfreien Dämmerzustand gefallen, in dem er sich um kurz nach zehn noch immer befand, als die Tür des Krankenzimmers geöffnet wurde und mit schnellen Bewegungen eine Gestalt hereinschlüpfte.

Schmitt hatte gerade einen schönen Traum gehabt, an dessen Ende er sich mit der Frau des Kameraden, die er im Suff gevögelt hatte, auf einer Harley Davidson aus dem Staub machte. In eine bessere Zukunft, irgendwohin. Wo genau, daran konnte er sich nicht mehr erinnern. Er fasste sich zwischen die Beine und fing an zu grinsen, als er eine monströse Erektion spüren konnte.

Na bitte, wenigstens das geht noch, dachte er, bevor er wieder in die Welt zwischen Wachen und Schlafen eintauchte. Von der Tatsache, dass außer ihm noch jemand im Zimmer war, hatte er nichts mitbekommen.

Die drahtige Person, die sich nun im schummrigen Dämmerschein der Notbeleuchtung dem unteren Ende des Bettes näherte, trug eine dunkle Lederjacke, schwarze Jeans und schwarze, mattglänzende Sportschuhe, doch all das ging völlig an Gerold Schmitt vorbei, weil der schon wieder die Frau, die es angeblich so faustdick hinter den Ohren hatte, fickte. Diesmal trieben sie es an einem Strand, und in seinem Traum konnte er deutlich das Branden der Wellen hören, obwohl er noch nie in seinem Leben das Meer gesehen, geschweige denn die dazugehörige Brandung gehört hatte.

Er bekam nicht mit, dass die Gestalt in die Tasche der Lederjacke griff, etwas herauszog, und es am unteren Ende des Bettes ablegte, direkt neben seinem linken, dem frisch operierten Fuß. Und natürlich bekam er auch nichts davon mit, dass die Person mit geschickten Fingern den Kunststoffdurchlass des Infusionstropfes auf null drehte und danach den Anschluss an der Braunüle herauszog. Hätte Schmitt gesehen, dass die Finger danach zum unteren Ende des Bettes und der mitgebrachten Spritze griffen, sie auf den Infusionsanschluss aufsetzten und langsam den Kolben nach unten drückten, wäre ihm vermutlich gedämmert, dass diese Nacht ein böses Ende für ihn nehmen würde. So aber lag er auf dem weißen Laken des Krankenbettes, träumte von einem, wie er fand, saugeilen Fick an einem einsamen Strand irgendwo am Ende der Welt und ahnte nicht, dass die Uhr seines Lebens in den nächsten Sekunden abgelaufen war. In dem Augenblick, in dem die Luftblase, die ihm von seinem ungebetenen Gast in die Vene injiziert worden war, das Herz erreicht hatte, bäumte Schmitt sich kurz auf, weil kein Schmerzmittel der Welt dieses Gefühl unterdrücken konnte. Dann jedoch fiel er zurück und starb.

Die dunkel gekleidete Gestalt zog die Pumpe aus der Braunüle, schob sie zurück in die Tasche, steckte den Schlauch der Infusion wieder an und gab der Flüssigkeit in dem Kunststoffbeutel über seinem Kopf durch einen Dreh am Dosierer den Weg frei. Für einen kurzen Augenblick spannten sich die Züge der Person, weil das Licht des Flures, das unter der Tür in dem Raum zu sehen war, einen Wimpernschlag lang im Schatten lag. Offenbar war jemand an der Tür vorübergegangen. Nach einem kurzen Moment des Wartens drehte sich die Gestalt um, schob sich zwischen den beiden Vorhangseiten hindurch, öffnete das Fenster und stieg aus dem ebenerdigen Krankenzimmer hinaus ins Freie. Dort zog sie mit einem kräftigen Ruck das Fenster hinter sich zu und machte sich lautlos über die Gitterroste direkt an der Fassade davon, immer darauf bedacht, keine Spuren zu hinterlassen.

9

Im dichten Schneetreiben stiegen die beiden Polizisten aus dem kleinen japanischen Cabrio, das Hain sowohl im Sommer wie auch im Winter benutzte, und standen ein paar Sekunden später vor einem riesigen Klingelbrett des Hauses in Waldau, an dessen Oberseite in schwarzen, großen Lettern Waldemar-Petersen-Straße 12 zu lesen war. Darunter befanden sich neben den dazugehörigen Klingeltastern etwa 80 Namensschilder, die teilweise vom Schnee bedeckt waren.

»Oh, Madonna«, jammerte Hain, »kann der nicht in einem normalen Reihenhaus wohnen?«

Lenz fuhr mit dem Ärmel über das Klingelbrett, während sein Kollege eine kleine LED-Taschenlampe aus der Jackentasche holte, sie einschaltete und die Reihen durchging. Bei manchen Klingelschildern waren die Namen unleserlich, bei einigen anderen blickten die Kommissare in ein dunkles, tiefes Loch.

»Hier«, vermeldete Hain ein wenig später und deutete im Lichtschein der Taschenlampe auf ein rotes Namensschild in der Mitte der riesigen Tafel.

»K. Bilgin und S. Wennemeyer. Volltreffer.«

Lenz sah an der Fassade des Hauses nach oben. An zwei Fenstern war, trotz der schlechten Sicht wegen des Schnees, Licht auszumachen, bei zwei weiteren lief der

Fernseher, zu erkennen an dem typischen, stakkatoartigen Flackern hinter den Vorhängen. Der Hauptkommissar ging auf den Eingang zu und drückte die schwere Glastür nach innen.

»Bingo«, bemerkte er wenig überrascht. Hain zählte auf dem Klingelbrett die Etagen ab und folgte seinem Chef.

»Siebter Stock, wenn die Klingeln nach Stockwerken geordnet sind.« Er drängte sich an Lenz vorbei in Richtung des Fahrstuhls, doch sein Boss winkte ab.

»Es ist deutlich zu früh für eine Exposition, Thilo. Lass uns die Treppe nehmen.«

»Feigling«, brummte der Oberkommissar und stapfte nach rechts, auf die Treppe zu. Hintereinander gehend erklommen sie Stufe für Stufe und hatten wenig später die siebte Etage erreicht. Dort drückte Lenz den Lichtschalter, woraufhin an der Decke mehrere Neonleuchten aufflammten.

»Du links, ich rechts. Wir sehen uns gleich hier wieder«, kommandierte Hain, sah auf das Namensschild der Wohnung gegenüber und schüttelte den Kopf.

»Warte«, flüsterte er beim Blick auf die nächste Tür. »Hier ist es.«

Lenz stellte sich neben seinen Kollegen auf und sah ihn fragend an.

»Einfach klingeln?«

»Nee«, erwiderte Hain sarkastisch, »lass uns erst ein Telegramm schicken, dass wir vor der Tür stehen und uns nicht trauen, ihn aus dem Bett zu werfen.«

Damit legte er den Zeigefinger auf den kleinen, silbernen Knopf. »Du kannst Fragen fragen …«

Hinter der Tür erklang ein leiser Summton. Hain drückte erneut auf den Taster, um direkt im Anschluss mit dem Handrücken an das hohl klingende Holz der Tür zu schlagen.

Sie hörten leise Geräusche von der anderen Seite, so, als würde vorsichtig eine Tür geöffnet. Hain schlug erneut mit der Hand gegen das Holz.

»Wer ist denn da?«, wollte eine verschlafen klingende Frau nun wissen.

»Hier ist die Polizei, können Sie bitte die Tür aufmachen?«

Durch den Spion wurde Licht sichtbar, das kurz darauf wieder verlosch. Offenbar sah jemand durch die kleine Öffnung.

»Das kann ja jeder sagen.«

Wieder die Stimme der Frau.

Die beiden Polizisten zogen ihre Dienstausweise aus der Tasche und hielten sie hoch.

»Ich kann nichts erkennen. Die Dinger sehen aus wie von der Kirmes«, erklärte sie nun mit breitem Ruhrpottdialekt.

Hain zog erneut seine Lampe aus der Tasche und richtete den Lichtkegel auf die Dokumente. »Besser so?«

»Na ja«, machte sie. »Was gibt's denn überhaupt? Was wollen Sie denn von uns?«

»Wenn Sie die Tür öffnen, müssen wir das nicht im Hausflur besprechen, vor den Ohren Ihrer Nachbarn.«

»Sie heißen …« Sie stockte. »Hain und Lenz. Lese ich das richtig?«

»Das ist korrekt, ja.«

»Warten Sie, ich rufe mal eben auf Ihrer Dienststelle an. Wie ist die Nummer?«

Hain nannte ihr die Nummer des Präsidiums.

»Und denken Sie bitte daran, dass wir von der Kriminalpolizei sind«, fügte er überflüssigerweise hinzu. Eine knappe

Minute später hörten die beiden Polizisten das Klacken des Schlosses und sahen, dass sich die Tür langsam öffnete.

»Scheint alles in Ordnung zu sein«, stellte die nun sichtbar werdende junge Frau fest. Sie trug einen bodenlangen, lilafarbenen Bademantel, dicke Hausschuhe, und die Haare hatte sie zu einem Zopf zusammengebunden.

»Sie sind Frau …?«, wollte Lenz wissen.

Sie stellte sich als Sonja Wennemeyer vor. »Viertel nach drei, und die Polizei steht vor der Tür. Das hatte ich auch noch nicht«, erklärte sie den Beamten. »Aber Sie haben bestimmt eine gute Erklärung dafür.«

»Wohnt hier ein Kemal Bilgin?«, fragte Hain, ohne auf sie einzugehen.

»Klar, steht doch an der Klingel. Was wollen Sie denn von ihm?«

»Ist er zu Hause?«

Sie nickte. »Er schläft. Und wenn er das erstmal macht, könnte neben ihm eine Granate explodieren, der wird nicht wach.«

»War er die ganze Nacht hier?«, erkundigte sich Lenz, doch die Frau winkte sofort ab.

»Ich habe nicht die geringste Ahnung«, gab sie den Beamten gähnend zu verstehen, »weil ich selbst erst um halb drei nach Hause gekommen bin. Ich arbeite in einer Kneipe in der Innenstadt und habe um kurz nach zwei Feierabend gemacht. Aber warum wollen Sie das denn wissen? Glauben Sie, Kemal hätte was angestellt?«

»War er zu Hause, als Sie hier angekommen sind?«

Sie gähnte erneut. »Klar, der hat im Bett gelegen und gepennt wie ein Baby. Aber jetzt beantworten Sie mir doch erstmal meine Frage! Meinen Sie, er hat was angestellt?«

»Das fragen wir ihn doch lieber selbst«, schlug Hain

vor und deutete auf die Tür am Ende des kurzen Flurs. »Das Schlafzimmer, nehme ich an?«

Die Frau nickte. »Aber immer mit der Ruhe, ich wecke ihn besser. Sonst kriegt er am Ende noch einen Herzkasper, wenn plötzlich zwei wildfremde Kerle neben dem Bett stehen.«

Damit wollte sie sich umdrehen und losmarschieren, doch Hain griff nach ihrem Arm und stoppte sie.

»Lassen Sie mal, Ihr Kemal ist ja noch jung. Den werden unsere beiden Gesichter schon nicht umhauen. Und Sie warten hier und rühren sich derweil bitte nicht vom Fleck, verstanden?«

»He«, rief sie empört und wollte sich zur Seite wegdrehen, doch der Griff des Polizisten war unerbittlich.

»Machen Sie keinen Quatsch und hören Sie auf mich, dann wird niemandem etwas passieren«, fauchte der junge Oberkommissar sie an und zeigte ihr dabei sein entschlossenes Gesicht.

Das machte Eindruck auf Sonja Wennemeyer. »Ist ja schon gut«, erwiderte sie rasch.

»Nicht bewegen«, wiederholte Hain, bevor er ihren Arm freigab. Lenz ging auf die Tür zu und stellte sich daneben auf. Hain drückte die Klinke herunter und schob das leichte Türblatt nach vorne. Dann ging alles rasend schnell. Die Tür wurde nach innen gerissen, und im matten Schein der Flurbeleuchtung wurde schemenhaft die schlanke Gestalt eines Mannes in Jeans und T-Shirt sichtbar, der sich zwischen den Polizisten hindurchzwängte und nur Sekundenbruchteile später die Wohnungseingangstür aufriss. Mit einem einzigen Satz war er im Flur und aus dem Blickfeld der Beamten verschwunden. Obwohl Hain schnell schaltete und mit minimaler Verzögerung die Verfolgung aufnahm, hatte der Flüchtende das Überraschungsmoment auf seiner Seite und ein paar Augenblicke Vorsprung herausgeholt, die sich schlagartig dadurch vergrößerten, dass der Oberkommissar mit Sonja Wennemeyer kollidierte, die mit einer einzigen Bewegung den gesamten Flur blockiert hatte. Gemeinsam lagen sie für ein paar Sekundenbruchteile vor einem überquellenden Schuhschrank.

»Weg da!«, brüllte Hain sie an, war schon wieder auf den Beinen und nahm die Verfolgung auf. Sein Boss hatte bereits sein Telefon in der Hand und drückte darauf herum.

Hain war schnell, aber an diesem Morgen nicht schnell genug. Obwohl er immer vier oder fünf Stufen auf einmal nahm, vergrößerte sich Bilgins Vorsprung von Stockwerk zu Stockwerk. Als er an der gelben, aufgemalten ›3‹ vorbei hastete, realisierte er, dass er vermutlich verloren hatte, denn unter ihm wurde in diesem Moment die Haustür aufgerissen. Trotzdem jagte er weiter die Treppen hinunter, hatte keine 20 Sekunden später ebenfalls den Ausgang erreicht und starrte auf den Boden, wo sich im Schnee deutlich frische Spuren abzeichneten. Irgendwo links von ihm wurde ein Motor gestartet, der kurz danach aufheulte und sich schnell entfernte.

»Verdammte Scheiße«, murmelte der Polizist mit auf den Oberschenkeln liegenden Händen, und rang dabei nach Luft.

*

»Und Sie wollen uns allen Ernstes erzählen, dass Sie nicht wussten, dass Ihr Freund hinter der Schlafzimmertür auf uns lauerte?«, fuhr Lenz die junge Frau an, die wie ein Häufchen Elend auf einem Küchenstuhl saß und weinte.

Sie nickte unsicher.

»Mit welchem Wagen hat er sich aus dem Staub gemacht?«, wollte Hain von ihr wissen.

»Er fährt einen alten Ford. Einen Fiesta.«

»Das Kennzeichen und die Farbe?«

Sie nannte ihm die Zulassungsnummer, die der Oberkommissar sofort per Telefon weitergab.

»Farbe?«

»Silber.«

»Sie haben uns nach allen Regeln der Kunst verladen«, zischte er, nachdem das Gespräch beendet war.

»Aber …«

»Hören Sie auf mit dieser Aber-Scheiße«, unterbrach der Oberkommissar sie barsch, der ihr mit hochrotem Kopf gegenüber saß und noch immer keuchte. »Und wenn Sie sich noch so anstrengen, es wird Ihnen nicht gelingen, mich davon zu überzeugen, dass Sie mir unabsichtlich in den Weg gesprungen sind.«

»Aber …«, begann sie wieder, wurde sich jedoch schlagartig der Tatsache bewusst, dass dieses Wort im Augenblick nicht opportun war.

»Ich schwöre Ihnen, dass ich nur sehen wollte, was da passiert«, verbesserte sie sich. »Ich wusste doch nicht, dass Kemal wie ein Irrer aus dem Schlafzimmer stürmen würde. Und ich weiß doch bis jetzt auch gar nicht, worum es hier eigentlich geht.« Dicke Tränen liefen über ihr Gesicht, während sie sprach.

»Dann reden wir jetzt mal Klartext«, schrie Hain, der wirklich zornig war. »Vor ein paar Stunden sind nämlich der Vater, die Mutter und der kleine Bruder Ihres flotten

Freundes umgebracht worden. Und wie es der Zufall will, gab es heute am frühen Abend einen bösen, lauten und heftigen Familienzwist, an dem Ihr Kemal offenbar erste Reihe Mitte beteiligt war.«

Sonja Wennemeyer starrte zuerst Hain und danach Lenz mit blutleerem Gesicht an. »Das kann doch gar nicht sein. Wieso denn umgebracht? Wie ist das denn passiert?«

»Die drei wurden vor ein paar Stunden in ihrer Wohnung in der Nordstadt erschossen.«

»Erschossen? Alle drei? Mein Gott. Aber Sie glauben doch nicht, dass Kemal ... Das ist doch total irre, was Sie da sagen!«

»Und warum hat er dann mit so viel Tempo die Biege gemacht?«

Wieder schluchzte die Frau laut. »Das weiß ich doch auch nicht«, erwiderte sie mit einer Mischung aus Trotz und Unverständnis, »aber Kemal hat seiner Familie nichts angetan. Das hätte er gar nicht gekonnt. Niemals!«

»Was macht Sie da so sicher?«, wollte Lenz in ruhigem Ton von ihr wissen.

Sie musste ein paarmal tief Luft holen, bevor sie antworten konnte. »Kemal und sein Alter haben sich nicht gut verstanden, das stimmt. Aber er hat immer respektvoll von ihm gesprochen, obwohl er ihn für einen religiös verblendeten Spinner gehalten hat. Und seine Mutter und seine Geschwister hat er geliebt, für die wäre er durchs Feuer gegangen. Das müssen Sie mir glauben.«

»Es gibt noch mehr Geschwister?«

»Ja, klar. Außer dem Kleinen noch drei Schwestern.«

»Die alle in Kassel leben?«

»Ich glaube, ja. Aber ganz genau kann ich es Ihnen nicht sagen, weil Kemal und ich mehr mit uns selbst beschäftigt waren als mit seinen Familienproblemen. Außerdem habe ich selbst eine Sippe am Haken, die alles andere als einfach ist.«

»Haben Sie eine Idee, worum es bei dem Streit zwischen Kemal und seinem Vater gestern Abend gegangen sein könnte?«

Sie zuckte mit den Schultern. »Nein, überhaupt nicht. Ich wusste ja nicht mal, dass er dorthin wollte. Er ist nämlich schon länger nicht mehr bei seiner Familie gewesen.«

»Wann zuletzt?«

Sie dachte kurz nach. »Vor einem Monat, vielleicht etwas länger. Und als er nach Hause kam, war er total sauer, weil sein Alter ihm mal wieder Vorhaltungen gemacht hatte, wegen seines angeblich verlotterten und unislamischen Lebensstils.«

»Kennen Sie die Familie?«

»Nein, wo denken Sie hin? Sein Vater hätte mich bestimmt nicht mal in die Wohnung gelassen. Ich bin …, ich war in seinen Augen nur eine gewöhnliche Ungläubige. Sagt zumindest Kemal.«

»Wie lange sind Sie schon mit ihm zusammen?«

»Seit einem knappen Vierteljahr.«

»Und leben schon hier unter einem Dach?«

»Ja, das ging etwas schnell. Aber wir kommen ganz gut zurecht.«

»Was arbeitet Ihr Freund?«

»Er ist seit ein paar Wochen bei dieser Solarfirma in Sandershausen. Aber er würde lieber als Schneider arbeiten; er ist nämlich Schneidermeister, wie sein Vater.«

»Aha«, machte Lenz. »Haben Sie ein Bild von ihm?«

»Ja, klar. Was wollen Sie damit?«

»Wie es im Augenblick aussieht, ist Ihr Freund der Hauptverdächtige in einem Mordfall. Natürlich werden wir mit allen uns zur Verfügung stehenden Mitteln nach ihm fahnden. Und da ist es ganz hilfreich, ein Bild von ihm in der Hand zu haben.«

Sie fing wieder an zu schluchzen. »Aber er war das nicht, so glauben Sie mir doch. Er hat die drei nicht umgebracht.«

»Dazu wollen wir ihn am liebsten selbst befragen, und das klappt erfahrungsgemäß am besten, wenn er uns gegenübersitzt«, mischte Hain sich ein. »Äußerst kontraproduktiv dabei ist natürlich eine Flucht«, fügte er hinzu, »das sehen Ermittler gerne mal als kleines Schuldeingeständnis an.«

»A…«, wollte sie zu ihrem Lieblingswort ansetzen, doch ein strenger Blick von Lenz ließ die Frau verstummen.

»Wenn Sie so felsenfest davon überzeugt sind, dass er unschuldig ist, helfen Sie ihm am ehesten, wenn Sie mit uns kooperieren«, erklärte der Hauptkommissar der Frau.

»Das bin ich wirklich.«

»Also, wo könnte er dann stecken? Gibt es so was wie einen besten Freund oder eine beste Freundin?«

Sie überlegte ein paar Sekunden. »Ja, natürlich hat er Freunde. Aber da fällt mir jetzt keiner ein, zu dem er gehen könnte. Vielleicht ist er bei einer seiner Schwestern. Mit denen versteht er sich richtig gut.«

»Mit allen?«

Sie nickte. »Ja, mit allen.«

»Kennen Sie seine Schwestern?«

Wieder ein Nicken.

»Ja, ich habe sie neulich kennengelernt. Sie waren zu

viert in der Kneipe, also er und seine Schwestern, und haben mich besucht; danach sind wir zusammen noch um die Häuser gezogen.«

»Die Frauen führen«, stutzte Lenz, »demnach also auch kein geordnetes islamisches Leben, um auf Ihre Bemerkung von vorhin zurückzukommen?«

»Nein. Der Alte von Kemal hat sie alle irgendwann mal rausgeworfen und danach regelrecht verstoßen. Wir haben in der Nacht ein bisschen darüber geredet, aber so viel weiß ich darüber auch nicht. Auf jeden Fall sind die Mädels in Ordnung.«

»Sind die drei verheiratet?«

»Nein. Und das war wohl auch einer der Gründe, warum der alte Bilgin sich mit ihnen verkracht hat. Er wollte, dass sie sich einen netten Türken suchen, oder noch besser, dass er ihnen einen aussucht, aber das wollten sie auf gar keinen Fall. Die sind in Kassel geboren und aufgewachsen und haben immer hier gelebt. Außerdem war ihr Vater früher ganz anders, sagt Kemal, und es war für die Familie echt schwer auszuhalten, als er sich in den letzten Jahren so verändert hat.«

»Gab es einen bestimmten Grund für seine Veränderung?«

»Das weiß ich nicht, darüber wollte Kemal nicht sprechen.«

»Haben Sie ihn denn danach gefragt?«

»Ja«, nickte sie. »Aber wie gesagt, er wollte nicht darüber sprechen.«

»Wissen Sie, wo die Schwestern leben?«

Sie hob die Schultern. »Sie wohnen, wie gesagt, wohl alle in Kassel, aber wo genau kann ich Ihnen leider nicht sagen.«

Hain, der seinen Notizblock in der Hand hielt und eifrig

mitschrieb, kniff die Augen zusammen, als sei ihm etwas Wichtiges eingefallen.

»Ist Kemal eigentlich türkischer Staatsbürger, oder Deutscher?«, wollte er wissen.

Die Frau zögerte für einen Augenblick. Einen Augenblick zu lang, dachte der Polizist.

»Er ist auf jeden Fall Deutscher. Das weiß ich, weil er einen deutschen Pass hat, den habe ich gesehen.«

»Und«, fragte Hain herausfordernd.

»Was und?«

»Das ist nicht alles, was Sie uns dazu sagen könnten«, stellte er spitz fest.

Sie zog die Schultern hoch. »Ich weiß nicht, was Sie meinen.«

Der Oberkommissar warf den Block vor sich auf den Tisch und stützte den Kopf in die Hände. »Sie können mit uns zusammenarbeiten, Frau Wennemeyer, oder Sie können es lassen. Wenn Sie es nicht tun, verschlimmern Sie die Situation für Ihren Freund allerdings nur unnötig. Also, was wissen Sie, was Sie uns verheimlichen wollen?«

Sie schluckte. »Ich will nicht, dass er Ärger kriegt deswegen.«

Hain lachte laut und polternd los. »Ärger hat er jetzt schon jede Menge am Hals, und solange wir ihn nicht gefunden haben und mit ihm reden können, wird das vermutlich auch nicht besser. Also, hat Ihr Kemal sich, nachdem er Deutscher geworden war, wieder die türkische Staatsbürgerschaft besorgt, wie so viele andere auch?«

Die Frau schloss die Augen und schwieg.

»Frau Wennemeyer?«, bohrte Hain nach.

Nun nickte sie vorsichtig. »Ich glaube, ja. Aber ich will nicht, dass er deswegen Ärger kriegt. Bitte!«

Hain verschwand mit dem Telefon in der Hand im Flur.

»Seit wann ist Herr Bilgin denn Deutscher?«

»Seit knapp vier Jahren, so hat er es mir jedenfalls erzählt.«

Der Kommissar nickte. »Und jetzt hätte ich gerne das Bild«, bat er sie freundlich. »Und wenn es mehrere wären, hätte ich auch nichts dagegen.«

Sie stand auf, verließ die Küche, und kam kurze Zeit später mit einem kleinen Schuhkarton in der Hand zurück. »Die meisten Fotos stecken leider im Computer«, erklärte sie dem Polizisten und wählte ein paar Aufnahmen von sich und Kemal Bilgin mit der freien Hand aus. Darauf war ein schlanker, junger Mann mit bronzefarbener Haut zu sehen, dessen freundliches Lachen so gar nicht zu dem Verdacht passen wollte, dem er gerade ausgesetzt war. Lenz wählte drei Fotos aus, steckte sie in seine Jackentasche und bedankte sich.

»Wissen Sie, ob Herr Bilgin eine Waffe besitzt?«

Die junge Frau sah den Kommissar entgeistert an. »Ja, das weiß ich zufällig ganz genau. Nämlich, dass er keine besitzt. Ich habe nämlich jeden Gegenstand in der Hand gehabt, als er hier eingezogen ist. Wirklich jeden. Hier gibt es keine Waffe, das schwöre ich.«

»Macht es Ihnen etwas aus, wenn ich mich trotzdem ein wenig umsehe, Frau Wennemeyer?«

Sie nickte, nun wieder trotzig. »Klar macht mir das was aus. Warum sollte ich es zulassen, dass Sie in meinen Sachen rumschnüffeln?«

»Weil mein Kollege schon längst einen Durchsuchungsbeschluss beantragt hat, und bei dieser Faktenlage kann ich mir nicht vorstellen, dass dem Gesuch nicht entsprochen wird. Wir werden also auf jeden Fall Ihre gemeinsame Wohnung durchsuchen.«

»Gut. Aber dann müssen Sie eben warten, bis dieser Wisch hier vor mir auf dem Tisch liegt.«

»Das mache ich«, gab Lenz zurück und betrachtete erneut die Fotos von Kemal Bilgin, die er nicht in seine Tasche gesteckt hatte. Und er erinnerte sich an eine Aussage von Heini Kostkamp, dem alten Spurensicherer.

»Hat Herr Bilgin Ihnen etwas davon erzählt, ob er seinen Wehrdienst abgeleistet hat? Und was er gemacht hat, falls er beim Militär war?«

Wieder ließ sich die Frau ein paar Sekunden Zeit, ehe sie antwortete. »Er war beim Militär, ja, aber in der Türkei. Das hat er mir mal erzählt. Und dass es die schlimmste Zeit in seinem Leben gewesen ist, das hat er mir auch erzählt.«

»Wie lange musste er dort bleiben?«

»Keine Ahnung, davon hat er nichts erwähnt. Er hat nur gesagt, dass er so eine Scheiße nie mehr in seinem Leben mitmachen will.«

»Und was genau hat er damit gemeint?«

Sie rollte mit den Augen. »Mein Gott, was weiß ich denn? Es scheint ihm halt nicht so gut gefallen zu haben beim türkischen Militär, mehr weiß ich auch nicht.«

»Wissen Sie, was er dort gemacht hat? Ich meine, ob er eine besondere Ausbildung absolviert hat?«

»Darüber wollte er sich nicht richtig auslassen; ich glaube, dass es ihm peinlich oder unangenehm war, darüber zu reden. Auf jeden Fall war er in irgend so einer komischen Spezialeinheit, das hat er mir immerhin mal erzählt. Aber mehr wollte er nicht rauslassen.«

10

Agata Roggisch sah auf die Uhr an der Wand gegenüber. Viertel nach fünf. Noch eine gute Stunde, dann hatte sie ihren Nachtdienst auf der chirurgischen Station des Klinikums Kassel hinter sich. Sie dachte an Victor, den jüngeren ihrer beiden Söhne, der mit einer schweren Bronchitis zu Hause im Bett lag. Die letzten Tage waren die reinste Hölle gewesen für die 37-jährige, in Danzig geborene Frau. Der Kleinere ihrer beiden Jungs mit Fieber im Bett, der große wegen Liebeskummer völlig von der Rolle und nicht wiederzuerkennen. Zweimal hatte sie ihn, Vaclav, vor dem Haus des Mädchens, das ihn zum Teufel gejagt hatte, wegholen müssen, weil deren Eltern bei ihr angerufen und sich beschwert hatten. Seit sie als alleinerziehende Mutter für die Jungs da sein musste, weil ihr Mann sie nach quälenden Monaten des Hinhaltens wegen einer anderen Frau verlassen hatte, entwickelte sich die Erziehungsaufgabe mehr und mehr zu einem ausgewachsenen Desaster. Zwei Stunden Schlaf hatte sie gehabt, seit sie am Morgen zuvor von der Station geschlichen war, und am Tag davor waren es auch nicht mehr gewesen. Die leicht korpulente Frau hatte einen seifigen Geschmack im Mund und konnte kaum noch die Augen offen halten, obwohl sie ihr in den vergangenen Stunden mehrfach für ein paar Minuten zugefallen waren. Die kurze Zeit bis zum Feierabend würde sie schon noch durchhalten, so wie sie es immer getan hatte.

Wieder blieb ihr Blick an der großen Wanduhr über der Tür des Schwesternzimmers hängen. Nun muss ich mich sputen, dachte sie, sonst schaffe ich es nicht mehr, alle Patienten zu waschen.

Kurze Zeit später betrat sie Zimmer 213, in dem Gerold Schmitt als Einziger untergebracht war, schaltete das Licht ein, und schickte ein freundliches »Guten Morgen« hinüber zum Bett. Schmitt schien tief und fest zu schlafen; kein Wunder, fiel ihr dazu ein, nach der Dosis Schmerzmittel, die er von der Kollegin der Spätschicht verabreicht bekommen hatte. Natürlich war es auch ihr nicht entgangen, was man sich über den Mann auf der Station erzählte, doch das war ihr relativ egal. Sie versuchte, jeden Patienten so freundlich wie irgend möglich zu behandeln, was sich meistens am Ende durch ein kleines Trinkgeld auszahlte. Mit schnellen Schritten hatte sie die wenigen Meter zur Toilette, in der sich auch das Waschbecken befand, hinter sich gebracht, griff nach der glänzenden Edelstahlschüssel neben dem Handtuchhalter, ließ warmes Wasser einlaufen, und fügte einen Schuss Flüssigseife hinzu. Dann drehte sie den Hahn ab, warf einen Waschlappen in die Flüssigkeit, und ging mit der Schüssel vor dem Bauch Richtung Bett.

»Aufwachen, Herr Schmitt«, rief sie ihm bestimmt zu und stellte das Metallgefäß auf seinem Nachttisch ab, wobei ein paar Spritzer auf der Resopaloberfläche verteilt wurden.

»Aufwachen«, wiederholte sie, nun noch etwas energischer, und gab ihm einen Stups mit der rechten Hand, bei dem sein Körper sich kaum bewegte.

Erst jetzt warf sie einen längeren Blick auf den Mann im Bett, der mit nach rechts, zur Wand, geneigtem Kopf dalag. Irgendetwas stimmt hier nicht, fiel ihr auf, doch noch konnte sie sich keinen Reim darauf machen. Dann jedoch nahm sie Gerold Schmitts linke Hand, die neben der Bettdecke lag, hoch, und ließ sie im gleichen Augenblick wieder fallen. Oder besser, sie schleuderte sie zurück aufs Bett.

Todesfälle waren auf der Station, auf der Agata Roggisch seit etwa vier Jahren Dienst tat, eher eine Seltenheit. Und noch seltener hatte sie als Nachtschwester bisher damit zu tun gehabt. Eigentlich, um genau zu sein, war während ihrer Nachtdienste bisher nicht ein einziger Patient gestorben. Bei einem war es einmal sehr knapp gewesen, doch die Ärzte hatten ihn in letzter Sekunde retten können. Und nun das. Sie schluckte, griff noch einmal vorsichtig nach der Hand, fuhr mit ihrem Handrücken über den Handrücken des Mannes auf dem Bett, und zuckte erneut zurück. Die Hand war eiskalt, ebenso wie die Wange, bei der sie es als Nächstes probierte. Mist, dachte sie, verdammter Mist. Das gibt Ärger.

Die Befürchtungen der Nachtschwester waren durchaus berechtigt, denn sie war ihren Pflichten in den vergangenen acht Stunden nicht in dem Maße nachgekommen, wie es von ihr erwartet wurde. Die Gründe dafür würden im weiteren Verlauf des Tages ganz sicher niemanden interessieren. Hektisch sah sich die Frau in dem hell gestrichenen und doch in diesem Moment bedrohlich düsteren Krankenzimmer um. Sie musste sofort den diensthabenden Arzt rufen, und sie würde ihm haarklein erläutern müssen, warum sie den Tod des Patienten von Zimmer 213, der wahrscheinlich schon vor mehreren Stunden eingetreten war, nicht mitbekommen hatte.

Fieberhaft ging sie im Kopf die Liste der möglichen Ausreden durch, doch keine erschien ihr auch nur halbwegs plausibel. Ihre Müdigkeit war mit einem Schlag einer krampfartigen Anspannung gewichen, und langsam fingen ihre Augen an, sich mit Feuchtigkeit zu füllen. Es gab kein Beschönigen, sie hatte eine Leiche am Hals, die sie ganz und gar nicht gebrauchen konnte. Dann griff sie zum Telefon in ihrer Kitteltasche und drückte ein paar Tasten.

*

»Das kann doch nicht wahr sein!«, brüllte der Assistenzarzt, der sich neben der Leiche von Gerold Schmitt aufgebaut hatte, und fassungslos auf den kräftigen Mann hinabsah.

»Haben Sie denn die ganze Nacht gepennt?«, schrie er die Frau an, die am Fuß des Krankenbettes stand.

»Nein …«, versuchte sie den Ansatz einer hilflosen Ausrede, die er jedoch überhaupt nicht hören wollte.

»Halten Sie den Mund«, fuhr er sie an. »Dass diese Scheiße hier für uns beide einen Haufen Theater bedeutet, brauche ich Ihnen bestimmt nicht zu sagen. Und für Sie ganz sicher mehr als für mich, darauf können Sie Gift nehmen! Bleiben Sie hier und rühren Sie sich bloß nicht von der Stelle, bis ich zurück bin. Verstanden?«

Sie nickte ergeben, und noch bevor der Arzt aus dem Zimmer war, liefen ihr dicke Tränen über das Gesicht.

Genau drei Minuten und 20 Sekunden später schoss der Assistenzarzt mit dem für die Station verantwortlichen Oberarzt ins Zimmer. Der hatte es nicht einmal geschafft, in seinen Kittel zu steigen, und trug das weiße Kleidungsstück auf dem Arm. Beide keuchten.

»Verschwinden Sie«, fauchte der Assistenzarzt Agata Roggisch an, »aber bleiben Sie in der Nähe, für den Fall, dass es noch etwas zu klären gibt.«

»Aber ich muss mich um meine beiden …«, wollte sie vorsichtig einwenden, wurde jedoch wieder brüsk gestoppt, diesmal vom Oberarzt.

»Sie müssen sich um nichts anderes kümmern als das, was ich Ihnen sage, um absolut nichts anderes!«, schrie er sie an. »Zu niemandem ein Wort, und jetzt raus hier.«

Bevor die ersten Mitarbeiter der Frühschicht auf der Station eintrafen, saß die Nachtschwester dem Oberarzt Dr. Walther Geyer gegenüber und hörte aufmerksam seinen nun sehr sachlichen Worten zu.

»Wir können es uns nicht leisten, wegen dieser Sache in die Schlagzeilen zu geraten, Frau …«, er sah auf den Sticker an ihrem Revers, »Frau Roggisch. Deshalb muss alles, was sich daraus ergibt, so dezent und diskret wie nur irgend möglich ablaufen. Haben Sie das verstanden? Das ist kein Spaß, mit dem wir es hier zu tun haben, sondern ein sehr schweres Dienstvergehen.«

Agata Roggisch sah ihn hoffnungsvoll an. »Das heißt, dass …«

»Das heißt«, fuhr er ihr erneut ins Wort, »dass Sie eine riesengroße Scheiße angezettelt haben, die Dr. Witzel und ich jetzt irgendwie wieder ins Lot bringen müssen. Wenn rauskommt, dass der Mann mindestens vier oder fünf Stunden tot in seinem Bett gelegen hat, können Sie sich einen anderen Job suchen, wobei das vermutlich noch Ihr kleinstes Problem sein dürfte.« Er verschwieg dabei großzügig gegenüber der Schwester, dass dies in der gleichen Weise für ihn und den Assistenzarzt Dr. Witzel zutraf. »Und das heißt weiterhin, dass wir ein paar Dinge tun müssen, die in der letzten Konsequenz nicht illegal sind, aber eben auch nicht ganz legal.«

Er sah sie eindringlich und mit forschendem Blick an, so, als wolle er damit herausfinden, ob die Frau dieser Herausforderung gewachsen sein würde.

»Sie können sich hundertprozentig auf mich verlassen, Herr Doktor«, beschwor sie ihn. »Ich mache alles, was Sie mir sagen. Wirklich alles!«

»Gut«, schien er fürs Erste beruhigt zu sein. »Dann erkläre ich Ihnen jetzt, wie der ganz genaue Ablauf der Nacht gewesen ist. Und Sie prägen sich das alles mit chirurgischer Präzision ein. Ich will keine Mätzchen erleben, ist das klar?«

»Ja, ganz klar«, erwiderte sie erleichtert.

11

»Jetzt wird nicht mehr gekniffen«, legte Thilo Hain die Marschrichtung für ihren Abgang aus dem Hochhaus fest und drängte seinen Chef in Richtung der Fahrstuhltür.

»Och nö«, sperrte sich der Hauptkommissar. »Ich …«

»Hör auf zu wimmern, du Jammerlappen. Vorhin hast du dich durchgesetzt, jetzt bin ich dran. Also.« Er hielt die Tür zu der kleinen Kabine weit geöffnet und machte eine einladende Handbewegung. »Du kannst mir nicht ständig erzählen, dass du jetzt endlich damit anfangen willst, dich dieser Scheiße zu stellen, und dann jedes Mal die Treppe nehmen.«

»Mensch, Thilo …«, startete Lenz einen letzten hoffnungslosen Versuch, wurde jedoch sanft in Richtung der abgewetzten Edelstahltür geschoben.

»Los, beweg dich.«

Der Hauptkommissar betrat unsicher die Fahrstuhlkabine, machte ein paar kurze Schritte bis zum gegenüberliegenden Ende, und sah die verkratzte und mit Farbe besprühte Wand an.

Hain lehnte sich mit dem Rücken gegen das in Beckenhöhe angebrachte Geländer und drückte auf den Knopf mit dem großen, hell hinterleuchteten E.

»Als Erstes sollten wir die drei Schwestern abklappern, was meinst du?«

»Hmm.«

»Heißt das ja oder nein?«

Lenz schluckte. »Ja heißt das. Aber dazu brauchen wir die Adressen«, erwiderte er leise.

»Ist was mit dir?«, feixte Hain. »Ich kann dich so schlecht verstehen.«

»Ich kotz mir gleich auf die Schuhe«, murmelte sein Kollege.

Den Rest der Fahrt in die Tiefe verbrachten sie schweigend. Dann hatte die Kabine das Erdgeschoss erreicht und bremste ruckelnd ab.

»Was meinst du, wollen wir noch mal rauffahren?«, fragte Hain grinsend.

Lenz drehte sich um und funkelte ihn mit zusammengekniffenen Augen an. »Klar, mach doch. Ist mir völlig egal.«

Damit wollte er sich aus dem engen Kasten verdrücken, doch sein Kollege war schneller. Blitzartig hatte er den Finger auf den Knopf mit der 13 gelegt und sich in der Mitte der Kabine breit gemacht. Keine Sekunde später setzte sich der Lift wieder in Bewegung.

»Sei froh, dass ich keine Kanone dabei habe, sonst würde ich dich jetzt abknallen«, kommentierte Lenz die Aktion.

»Ach was, das ist doch Quatsch, Paul. Wir fahren jetzt ein bisschen hoch und runter und besprechen dabei, was wir eh besprechen müssen. Und gleichzeitig verlierst du einen kleinen Teil von dieser echt blöden Panik in Fahrstühlen.«

»Das ist keine Panik. Ich mag es halt einfach nicht.«

Thilo Hain grinste ihn an. »Ja, ja, am Arsch hängt der Hammer.«

Lenz, der sich mit Abfahrt des Aufzuges wieder Richtung Wand gedrehte hatte, wandte sich seinem Kollegen zu. »Und, was willst du mit mir besprechen?«

»Ich will von dir gelobt werden.«

»Wofür?«

»Dafür, dass mir das mit der Staatsbürgerschaft eingefallen ist.«

»Lob.«

»Dafür, dass ich Land und Leute informiert habe, weil er unter Umständen versuchen wird, mithilfe seines türkischen Passes das Land zu verlassen.«

»Lob.«

Der Lift erreichte das dreizehnte Stockwerk und hielt an, woraufhin Hain sofort wieder den Knopf mit dem E drückte.

»Und dafür«, fuhr er fort, »dass ich schon die Adressen der drei Tussis habe.«

Lenz sah ihn erstaunt an. »Besonderes Lob.«

»Weiterhin auch noch dafür, dass ich dein bester Therapeut bin und dich zu Expositionen animiere, die du viel besser aus eigenem Antrieb starten solltest.«

»Noch ein Lob, aber ein kleines.«

Wieder stoppte der Aufzug ruckelnd im Erdgeschoss. Hain drehte sich um und drückte die Tür nach außen auf, doch Lenz bewegte sich keinen Millimeter.

»Was ist? Immer noch am Würgen?«, ätzte der junge Oberkommissar. Lenz drückte in aller Seelenruhe mit dem ausgefahrenen Mittelfinger der linken Hand auf die 13.

»Komm rein, wenn du mit willst. Kostet auch nichts extra«, gab er ebenso ätzend zurück.

»Madonna, er ist geheilt«, frohlockte Hain und stieg zurück.

»Geheilt ist er noch nicht«, widersprach Lenz, »aber das Zittern hat wenigstens ein bisschen nachgelassen.« Er schob seinen Kollegen zur Seite und stellte sich in der Mitte der Kabine auf.

»Du hast jetzt dreieinhalb kleine Lobpunkte«, resümierte der Hauptkommissar. »Aber die verlierst du alle gleich wieder, weil der gute Kemal dich leider abgehängt hat wie einen Anfänger. Früher wäre dir das übrigens nicht passiert.«

»Und ganz früher wärst du vermutlich wenigstens mitgesprintet, auch wenn es für dich sowieso nur um die goldene Ananas gegangen wäre.«

Vier weitere Fahrten in den 13. Stock und zurück später standen sie vor dem für Kasseler Verhältnisse hohen Haus und starrten auf die Abdrücke im Schnee.

»Er hatte nicht mal Schuhe an«, bemerkte Lenz süffisant.

»Ich weiß. Das macht die Niederlage für mich ja so besonders schlimm.« Er zog die Schultern hoch. »Und ich hatte gehofft, dass du es nicht bemerken würdest.«

»Wenn du noch mal in dieser Art an meiner Intelligenz zweifelst«, entgegnete der Hauptkommissar, während er auf den Mazda zustrebte, »fahr ich auf der Stelle ins Präsidium, hol meine Knarre, und knall dich wirklich ab.«

»Welche Schwester besuchen wir zuerst?«, fragte Hain, ohne auf die Morddrohung einzugehen, während er auf den Auslöser der Fernbedienung drückte und sich in den kleinen Japaner zwängte.

*

Wie Lenz es befürchtet hatte, war in der gemeinsamen Wohnung von Kemal Bilgin und Sonja Wennemeyer während ihrer ersten kurzen Inaugenscheinnahme nichts gefunden worden, was auf eine Tatbeteiligung des Sohnes am Mord an seinen Eltern und seinem Bruder hindeutete. Kurz nachdem die Besatzung eines Streifenwagens den beiden in der Wohnung wartenden Kripobeamten den Durchsuchungsbeschluss gebracht hatte, waren auch zwei Kollegen der Spurensicherung erschienen, die nun, während die Kripobeamten auf dem Weg zu einer der Schwestern waren, die Wohnung gründlich untersuchten.

»Fangen wir mit der ältesten an«, schlug Lenz vor.

Hain reichte ihm sein Mobiltelefon. »Es ist die letzte SMS. Such dir eine aus, aber ich wette, dass die Kollegen das Alter der Frauen nicht mitgeliefert haben.«

Der Hauptkommissar kämpfte sich durch das Menü des Telefons und las.

»Leider verloren, es gibt Geburtsdaten. Also nach Wilhelmshöhe, in die Landgraf-Karl-Straße.«

Etwas mehr als eine Viertelstunde später stellte Hain den Wagen im Hof des gepflegt wirkenden Hauses ab, in dem nach Auskunft des Melderegisters der Stadt Kassel die älteste der drei Bilgin-Schwestern, Sükren, wohnte.

»Ja, bitte«, meldete sich eine verschlafen klingende, krächzende Stimme, nachdem Hain geklingelt hatte.

»Thilo Hain, Kriminalpolizei Kassel. Sind Sie Frau Bilgin?«

»Polizei? Was ist denn passiert?«

»Könnten Sie uns bitte hereinlassen?«

Die Frage wurde von einem Rasseln beantwortet, das die schwere Holztür freigab.

»In den zweiten Stock, bitte«, tönte es hinter den Beamten her.

Dort wurden sie von einer etwa 30-jährigen Frau in T-Shirt und Jogginghose empfangen, die durch einen schmalen Spalt sah. Lenz und Hain hielten ihr ihre Dienstausweise entgegen.

»Was wollen Sie denn von Sükren?«, fragte sie nach einem kurzen Blick auf die Dokumente schroff.

»Sie sind nicht Frau Bilgin?«

»Nein«, erwiderte sie genervt, »Frau Bilgin liegt im Bett und schläft. Worum geht es denn?«

»Dürfen wir hereinkommen?«

Die Frau öffnete wortlos die Tür bis zum Anschlag, bat die ungebetenen Besucher herein, und ging vor ihnen her in ein geschmackvoll eingerichtetes Wohnzimmer.

»Also, worum geht es?«

Lenz blickte sie freundlich an. »Dürften wir erfahren, mit wem wir es zu tun haben?«

»Dürfen Sie«, schnaubte sie. »Mein Name ist Ramona Berner, und ich bin die Partnerin von Frau Bilgin.«

»Aha«, machte Lenz.

»Gut. Nachdem wir jetzt das Offizielle geklärt haben, möchte ich wirklich gerne wissen, was die Polizei um diese Uhrzeit von uns will. Oder von Sükren.«

»Es geht um die Eltern und den kleinen Bruder von Frau Bilgin. Der Familie ist etwas zugestoßen.«

Ihre Haltung veränderte sich schlagartig. Sie schluckte, holte tief Luft, und schluckte erneut.

»Warten Sie, ich hole Sükren.« Damit verzog sie sich und ließ die Beamten allein.

Es dauerte etwa eine Minute, dann wurde die Tür wieder geöffnet, durch die Ramona Berner verschwunden war, und in ihrem Schlepptau erschien eine ausnehmend hübsche, mandeläugige Frau etwa gleichen Alters, deren wohlgeformter Körper in einem gelben Morgenmantel steckte.

»Guten Morgen«, murmelte sie verschlafen. »Was ist denn mit meiner Familie passiert?«

Ihr Ausdruck wirkte nicht sehr interessiert, und Lenz fragte sich, ob sie schon mehr wusste, als sie zugab, und sie vielleicht eine Show für die Beamten abzog. Trotzdem stellte er sich und Hain kurz vor.

»Es tut mir leid, Frau Bilgin«, fuhr er fort, »Ihnen mitteilen zu müssen, dass Ihr Vater, Ihre Mutter und Ihr kleiner Bruder heute Nacht die Opfer eines Verbrechens geworden sind.«

»Wie, Verbrechen?«, fragte sie zurück. »Sind sie überfallen worden? Bei denen gibt es doch gar nichts zu holen.«

Nun atmete der Hauptkommissar tief durch. »Nein, Sie haben mich leider falsch verstanden, Frau Bilgin. Die drei sind ermordet worden.«

Die Frau wankte. »Das kann nicht sein. Sind Sie sicher, dass Sie von meinen Eltern sprechen?«

»Ja, ganz sicher. Leider.«

»Meine Mutter und der kleine Emre sollen tot sein? Das ist der größte Quatsch, den ich je gehört habe.«

»Nein, jeder Irrtum ist ausgeschlossen, so leid es mir für Sie tut.«

Nun realisierte sie, wovon der Kommissar tatsächlich sprach, und wurde bleich im Gesicht. »Was ist mit ihnen passiert?«

»Sie wurden erschossen. Alle drei.«

Die Frau griff nach der Hand ihrer Freundin, ließ sie

jedoch sofort wieder los, ging einen Schritt auf die Polizisten zu und setzte sich in einen der dunkelroten Designersessel, die um einen großen, runden Glastisch herum gruppiert waren. Dann schlug sie die Hände vors Gesicht und fing an zu weinen.

»Wer hat denn den alten Fascho umgebracht?«, mischte Ramona Berner sich ein.

»Ramona!«, schrie die Türkin. »Hör auf, so einen Unsinn zu sprechen. Meine Mutter ist umgebracht worden. Und mein kleiner Bruder.«

»Frau Bilgin, wann haben Sie Ihren Bruder Kemal zum letzten Mal gesehen?«, wollte Hain wissen.

Sie sah dem Polizisten entsetzt ins Gesicht. »Warum fragen Sie das? Ist Kemal vielleicht auch umgebracht worden?«

»Nein, das vermutlich nicht«, stellte Lenz klar. »Trotzdem hätten wir gerne von Ihnen gewusst, wann Sie ihn zuletzt gesehen haben.«

»Letzte Woche. Wir haben uns abends in der Stadt getroffen. Aber warum fragen Sie mich nach ihm?«

»Es gibt Hinweise darauf, dass Ihr Bruder etwas mit dem Tod Ihrer Eltern zu tun haben könnte.«

Sie brauchte ein paar Sekunden, bis sie die Brisanz in den Worten des Kripobeamten begriffen hatte. »Sind Sie verrückt? Kemal soll …? Sie haben doch nicht mehr alle Tassen im Schrank!«

Lenz hob beschwichtigend die Arme. »Wie gesagt, es gibt Hinweise. Deutliche Hinweise sogar. In den letzten Stunden hat Ihr Bruder sich nicht bei Ihnen gemeldet?«

»Nein, wenn ich es Ihnen doch sage.«

»Frau Bilgin«, wandte sich Hain wieder an die Frau, »es kommt mir so vor, als seien Sie entsetzt darüber, dass Ihre

Mutter und Ihr Bruder getötet wurden, für Ihren Vater scheint das allerdings nicht oder nur bedingt zu gelten. Stimmt mein Eindruck, oder täusche ich mich?«

»Nein, das sehen Sie richtig. Ich hatte kein besonders gutes Verhältnis zu meinem Vater; bei meiner Mutter und meinen Geschwistern sieht das aber ganz anders aus.«

»Außerdem scheint es mir so, als seien Sie ganz und gar nicht überrascht, dass man Ihren Vater getötet hat.«

Nun zuckte sie mit den Schultern. »Ich …«

»Wenn man mit den Schweinen suhlt, darf man sich nicht wundern, wenn man nach Scheiße stinkt«, wurde sie von Ramona Berger unterbrochen. Lenz und Hain sahen die Frau mit großen Augen an.

»Lass sein, Baby. Das gehört nicht hierher«, forderte Sükren Bilgin sie eine Spur zu sanft auf.

»Vielleicht ja doch«, entgegnete Hain. »Wir sind an allem interessiert, was uns bei der Aufklärung eines dreifachen Mordfalles weiterhelfen könnte.«

»Bei meinem Vater war vermutlich in der Realität nicht alles so wie es von außen aussah. Was ich Ihnen dazu sagen könnte, weiß ich aber nur aus zweiter oder dritter Hand, und darüber möchte ich absolut nicht reden. Ich bitte Sie, das …«

Sie wurde vom Klingeln an der Haustür unterbrochen. Ramona Berner drehte sich um und verschwand im Hausflur, Hain folgte ihr in kurzem Abstand.

»Was soll das denn?«, fragte sie pampig, noch bevor sie die Tür erreicht hatten.

»Ich will mich nur vergewissern, dass mir nicht am Ende etwas Wichtiges entgeht«, antwortete er freundlich, aber sehr bestimmt.

Die Frau verdrehte missbilligend die Augen, nahm den

Hörer der Gegensprechanlage in die Hand, und hielt ihn ans Ohr. »Ja, bitte.«

Hain konnte nur Wortfetzen verstehen, aber nicht, ob es ein Mann oder eine Frau war, die unten sprach.

»Ist gut, komm hoch«, wies die Frau den Besuch an und drückte auf einen Knopf an der Basisstation neben der Tür.

»Wer ist es?«, wollte Hain wissen.

»Sükrens kleine Schwester Melek«, blaffte Ramona Berner den Polizisten an.

»Ist sie allein?«

Wieder ein missbilligender Blick, diesmal einer der ganz extremen Sorte.

»Das hat sie mir nicht gesagt, Herr Inspektor«, fauchte sie ihn an, »aber wenn Sie ein paar Sekunden warten, werden Sie es erfahren, nehme ich an.«

Damit öffnete sie die Haustür und sah in den Flur, wo sich von unten Geräusche näherten. Dann tauchte eine pummelige, in einer viel zu engen Jeans steckende junge Frau mit hochgebundenen Haaren auf, die sich am Treppengeländer hochzog und dabei nach Luft schnappte. Ihr Gesicht sah verheult aus und war unter beiden Augen von einem schmalen, schwarzen Streifen durchzogen. Als sie auf dem obersten Treppenabsatz angekommen war, hielt sie kurz inne und schnaufte durch. Dann setzte sie sich wieder in Bewegung, doch schon im nächsten Augenblick blieb sie erneut stehen und starrte Thilo Hain an, der sich neben Ramona Berner in der Tür aufgebaut hatte.

»Wer ist das denn?«, rief sie mit hoher Stimme.

»Das ist ein B…, ein Polizist«, antwortete die Freundin ihrer Schwester.

Die Antwort trieb der jungen Frau sofort eine größere Ladung Tränen in die Augen.

»Mama ist tot«, schrie sie. »Und Emre auch. Und Papa.«

»Das wissen wir«, zischte Frau Berner. »Und du chill mal ein bisschen und brüll hier nicht so rum.«

Damit griff sie der Besucherin unter den Arm, zog sie in den Flur und wollte die Tür hinter sich ins Schloss werfen, doch Hain brachte gerade noch rechtzeitig einen Fuß in den Spalt, um nicht ausgesperrt zu werden.

»Sükren ist im Wohnzimmer.«

Die jüngste Tochter von Demet und Gökhan Bilgin stürmte in den Raum und warf sich in die Arme ihrer Schwester.

»Sie sind tot, sie sind alle tot«, schrie sie.

»Ich weiß«, antwortete Sükren Bilgin, legte ihr sanft eine Hand auf den Rücken und streichelte ihr Genick.

Lenz betrachtete die Szene mit einer gehörigen Portion Beklemmung.

»Woher weißt du es denn?«, wollte Sükren dann leise von Melek wissen.

»Kemal hat mich vorhin angerufen.«

12

Dr. Walther Geyer stand schwitzend am offenen Fenster, zog gierig an der Zigarette in seiner linken Hand, und wartete auf das Eintreffen seines Bosses. Er rauchte, obwohl er genau wusste, dass Prof. Dr. Hartenstein, der Chefarzt des Klinikums, das nicht ausstehen konnte. Er wusste ebenso genau, dass seine Tage gezählt und seine Ambitionen auf den Chefposten sich in Luft auflösen würden, wenn etwas von diesem Vorfall aus der vergangenen Nacht an die Öffentlichkeit dringen würde. Hartenstein war ein fairer, aber kompromissloser Halbgott in Weiß der alten Schule, der alles tat, damit Dinge, die nach seiner Meinung nicht an die große Glocke gehörten, dort auch nicht hingelangten. Dazu zählte er, neben vielem anderen, auf jeden Fall Versäumnisse, Fehler und Irrtümer, die seinen Ruf als angesehenen Mediziner untergraben oder schädigen könnten. Und das, was in der vergangenen Nacht auf der chirurgischen Station passiert war, war ganz sicher ein Versäumnis in diesem Sinn gewesen. Geyer war lange genug im Geschäft, um sich nicht auf die berühmte Delegationsverantwortung und die sich daraus ergebende Durchführungsverantwortung herausreden zu können oder zu wollen. Diese dämliche Nachtschwester hatte es verpennt, nach dem Patienten zu sehen, wie es ihre verdammte Pflicht gewesen wäre, daran gab es nichts zu deuteln. Als Nächster in der Kette war Witzel, der Assi, dran, doch auch dem konnte er nicht die komplette Schuld in die Schuhe schieben, leider. Geyer wusste, dass Hartenstein von ihm erwarten würde, diese Sache so diskret und leise aus der Welt zu schaffen wie nur möglich, und bis zu diesem Moment an diesem unsäglichen Morgen hatte er auch alles getan, um seinen Chef zufriedenzustellen. Er hatte die notwendigen Papiere gefälscht und mit zwei anderen Ärzten Vereinbarungen getroffen, wobei der eine der beiden ihm ohnehin einen Gefallen schuldete; er hatte den Totenschein ausgestellt und darauf bescheinigt, dass Gerold Schmitt an einer Embolie in Folge seiner Verletzungen nach dem Überfall sowie der daraus folgenden, dringend notwendigen Operation gestorben war. Unglücklich, aber nicht ungewöhnlich.

Die Tür wurde aufgerissen, und Prof. Dr. Wolfgang Hartenstein stürmte ins Zimmer.

»Na, Herr Kollege, so früh schon am Fenster?«, konstatierte er gut gelaunt, doch sein Tonfall aktivierte bei Geyer sämtliche Alarmsysteme. »Ich dachte, Sie hätten sich das Rauchen endgültig abgewöhnt?«

»Ja, na ja, das dachte ich auch. Aber leider …«

»Machen Sie mal besser das Fenster zu, sonst frieren wir uns für den weiteren Verlauf des Morgens noch den Zapfen ab«, wies der Chefarzt den Oberarzt an.

Geyer gehorchte willig und trat dann in die Mitte des Raumes. »Wir hatten letzte Nacht leider einen Exitus.«

Hartenstein sah ihn erstaunt an. »Ja, und? Wer ist es denn?«

»Der Neonazi.«

»So?«, stellte der Professor sich dumm, obwohl Geyer ganz sicher war, dass sein Boss längst durch den Flurfunk von Schmitts Tod informiert worden war.

»Vielleicht gibt es ja doch einen Gott, der für Gerechtigkeit sorgt«, fuhr Hartenstein heiter fort. »Obwohl …«

Geyer trippelte nervös von einem Bein auf das andere, während er seinen Chef dabei beobachtete, wie der einen frischen, blütenweißen Kittel aus dem Schrank zog.

»Und, Geyer, wollen Sie mir was dazu sagen? Muss ich noch etwas wissen?«

Der Oberarzt schluckte. »Nein, Chef, mehr gibt es dazu nicht zu sagen.«

»Gut, dann sollten wir es auch dabei …«

Hartenstein wurde von seinem Pieper unterbrochen,

griff zum Telefon, wählte, hörte kurz zu, und warf dann den Hörer wieder auf die Gabel.

»Wir haben ein Polytrauma im Anmarsch. Verkehrsunfall. Irgendwo am Rasthof muss es brutal geknallt haben.«

13

Justus Gebauer nahm die Espressotasse unter dem Auslauf der Kaffeemaschine hervor und stellte sie neben die anderen Frühstückszutaten auf das Tablett. Dann steuerte er den großen Buchentisch an, drapierte die Utensilien in der für ihn typischen Manier, und setzte sich.

Ordnung. Ordnung war für den in einer kleinen Zonenrandgemeinde geborenen und aus ärmlichen Verhältnissen stammenden, von seiner Frau getrennt lebenden Vater zweier erwachsener Kinder immer der Stützpfeiler in seinem Leben gewesen. Mit Ordnung verband er Vertrauen, Halt und Sicherheit. Ordnung brachte Struktur in sein Leben, das unter keinem schlechteren Stern hätte beginnen können.

Gezeugt von einer Fleischereifachverkäuferin und einem Karusselbremser während einer lauschigen Juninacht hinter einem Jahrmarktstand, wuchs er in der Hauptsache bei den Großeltern auf. Der Vater hatte Reißaus genommen, nachdem die Mutter ihn einige Wochen nach dem verhängnisvollen Tête-à-tête aufgesucht und von dem freudigen Ereignis unterrichtet hatte, sie selbst war bei der Geburt des schmächtigen Babys eher noch ein Kind gewesen, woran sich auch in der Folgezeit wenig ändern sollte. An die ersten Jahre der Schulzeit erinnerte Gebauer sich regelmäßig mit Grauen, denn als Kind, das ohne Vater aufwuchs, war er sowohl für die Klassenkameraden wie auch die Lehrer als Fußabtreter prädestiniert. Wann immer es eine Ohrfeige zu verteilen gab, Justus Gebauer war als Empfänger nicht weit entfernt.

In dieser Zeit lernte er, dass Regeln und das Befolgen derselben einen wichtigen Teil des Zusammenlebens darstellten. Sein Großvater, ein im Zweiten Weltkrieg schwer verwundeter, aber trotzdem Zeit seines Lebens strammer Rechtsnationaler, gab ihm als eine der Grundweisheiten mit, dass man es im Leben zu etwas bringen konnte, wenn man nur an sich glaubte. Außerdem natürlich, wenn man sich den Regeln von Zucht und Ordnung zu unterwerfen bereit war.

Justus Gebauer, dessen Vorname seine Großmutter, eine strenggläubige Katholikin, in Anlehnung an den Märtyrer Justus durchgesetzt hatte, den sie nach einer Erwähnung in einer Predigt des Dorfpfarrers verehrte, wäre nach der Betrachtung seines Starts ins Leben eine eher düstere Prognose zuteil geworden. Doch es gab eine Eigenschaft im Charakter des Heranwachsenden, die alles andere in den Schatten stellte und ihm half, sich über die meisten Hindernisse in seinem jungen Leben hinwegzusetzen: Ehrgeiz.

Schon früh hatte er erkannt, dass Wissen über die vielen Defizite hinweghalf, die er mit sich herumtragen musste. Und so las er, was immer ihm in die Finger kam. Selbst die Jerry-Cotton-Groschenhefte, die er nachts heimlich unter der Bettdecke lesen musste, halfen ihm weiter, und wenn es auch nur darum ging, sich die einzelnen Stadtteile von New York einzuprägen, oder die wichtigsten Straßennamen der Metropole herunterbeten zu können.

In seiner Jugend war Justus Gebauer das, was man viele Jahre später einmal als ›Nerd‹ bezeichnen würde. Ein Junge, den die anderen Jugendlichen mieden, und der die anderen Jugendlichen ebenso mied. Ein Junge, der viel las und nach und nach lernte, das Wissen, das er sich angeeignet hatte, auch umsetzen zu können. Er war nicht groß, er war nicht stark, und alles andere als attraktiv, aber er wusste viel. Zunächst sollte ihm dieses Wissen nichts bringen, aber nachdem er als Einziger seiner Klasse den Sprung aufs Gymnasium geschafft hatte und auch dort mit guten Leistungen glänzte, wuchs sein Selbstvertrauen ganz von allein. Während der Zeit, in der er in der Kreisstadt aufs Gymnasium ging, begann er, sich politisch zu engagieren, und natürlich gab es nur diese eine Partei, die später auch seine politische Heimat werden sollte, bei der er sich zu einhundert Prozent gut aufgehoben fühlte. Noch vor dem Abitur, das er mit einem herausragenden Notendurchschnitt erledigt hatte, war für ihn klar, dass er in Marburg Rechtswissenschaften studieren würde, was nach dem Erhalt eines Stipendiums einer parteinahen Stiftung auch finanziell machbar war. Nur seinem sehnlichen Wunsch, zunächst den Grundwehrdienst abzuleisten, kam ein Militärarzt dazwischen, der ihn wegen eines Asthmaleidens ausmusterte.

Er sah aus dem Fenster und nippte dabei am Espresso. Draußen fielen vereinzelte Schneeflocken vom Himmel. So isoliert und von anderen abgetrennt hatte er sich auch zu manchen Zeiten seines Studiums gefühlt. Zwar war es ihm gelungen, schon nach relativ kurzer Zeit ein Zimmer im Wohnheim einer studentischen Verbindung zu ergattern, und er hatte dort natürlich Kontakte knüpfen können, die ihm auch im späteren Leben noch vieles erleichterten, doch intellektuell hatten ihn die vielen Saufgelage und der elitäre Habitus dieser ältesten Marburger Burschenschaft eher gelangweilt. Natürlich waren die Auswirkungen der 68er-Bewegung auch an der kleinen oberhessischen Universitätsstadt nicht spurlos vorbeigegangen. Überall saßen und lagen Langhaarige in den Parks, kifften und gammelten herum anstatt, wie Justus Gebauer, möglichst schnell ihr Studium zu beenden. Lange hatte es außerdem so ausgesehen, als würde er Marburg als männliche Jungfrau verlassen müssen, doch dann hatte er im letzten Semester Erika kennengelernt, eine unscheinbare, blasse Bibliothekarin, mit der er zwei Jahre später vor dem Traualtar gelandet war und die ihm zwei Kinder geboren hatte. Leider Mädchen, wie er einmal in einer stillen Stunde einem Kollegen gegenüber bemerkt hatte.

Nach dem ersten und zweiten Staatsexamen wurde er zunächst zum Richter auf Probe und drei Jahre später zum Richter am Amtsgericht Kassel ernannt. Neben seinem beruflichen Fortkommen betrieb er immer konsequent und mit großem Nachdruck seine Parteikarriere, die ihn 1999 als Nachrücker in den Hessischen Landtag führte, dem er bis zu seinem überraschenden, selbst verschuldeten Ausscheiden im Februar 2009 ohne Unterbrechung angehörte.

Noch einmal nippte er an dem inzwischen lauwarm gewordenen italienischen Kaffee und stellte die kleine Tasse danach bedächtig zurück. Wieder sah er dabei aus dem Fenster, und wieder kamen vor seinem geistigen Auge die Ereignisse von damals hoch, die sich vor ein paar Wochen zum zweiten Mal gejährt hatten. Und noch immer konnte er nicht verstehen, was in dieser Sekunde in ihn gefahren war, was ihn dazu veranlasst hatte, diesem verdammten Krüppel ins Gesicht zu schlagen. Er konnte und wollte nicht begreifen, dass die Partei, seine Partei, ihm seitdem nicht einmal den Hauch einer Chance gegeben hatte, ins Rampenlicht zurückzukehren. Und doch huschte in diesem Augenblick ein Lächeln über das Gesicht des Mannes, der in den vergangenen 24 Monaten sichtbar ergraut war. Dessen Frau sich schon kurz nach dieser Dummheit, wie sie es zuvor noch nannte, von ihm abgewendet hatte und ausgezogen war. Wobei die Ehe der beiden, das war ihm längst klar geworden, seit langer Zeit in Trümmern gelegen hatte. Mit den Jahren hatten er und Erika sich einfach auseinandergelebt. Er verbrachte die meiste Zeit der Woche in Wiesbaden, und nachdem die Mädchen aus dem Haus waren, saß sie mehr und mehr einsam und unglücklich in dem riesigen goldenen Käfig am Kasseler Fasanenhof herum. Natürlich trug, nach seiner Meinung, auch diese dämliche Psychotherapeutin ihren Teil dazu bei, mit der Erika sich seit ein paar Jahren einmal in der Woche austauschte. Diese dumme Pute hatte ihr immer wieder Flausen in den Kopf gesetzt und auf eine späte Emanzipierung gedrängt; zumindest hatte er es so verstanden. Aber was machte das schon, er war, was das Liebesleben anlangte, nicht in schwerer Not. Wenigstens dort nicht.

Sein politisches Lebenswerk allerdings lag in Trümmern, seine Karriere war ebenso abrupt wie vollständig zum Stillstand gekommen, seine Ehe war gescheitert, und seine beiden Töchter hatten sich auch schon ein paar Monate nicht mehr bei ihm gemeldet. Und trotzdem war Justus Gebauer in einer Stimmung, die so ganz und gar nicht zu seinen derzeitigen Lebensumständen passen wollte. Er fühlte sich, als könne er Bäume ausreißen, und er war sich sicher, dass er schon bald wieder die Gelegenheit dazu bekommen sollte. Er würde die Möglichkeit zu einem Comeback erhalten, das stand für ihn außer Frage. Er hatte etwas, das seit dem überraschenden Abgang des Ministerpräsidenten etwa ein halbes Jahr zuvor der gesamten politischen Führungselite abging, nämlich Charisma und rhetorisches Geschick. Auch konnte er polarisieren, was nach seiner Meinung ein Geschenk Gottes war. Er war davon überzeugt, dass die Wiesbadener Regierungskoalition in den kommenden Monaten auseinanderbrechen würde, und er war weiterhin davon überzeugt, dass es für den politischen Erfolg eines Menschen wie ihn darauf ankam, die Wähler am rechten Rand anzusprechen. Es war entscheidend, diejenigen Menschen zu mobilisieren, die sich bisher nicht zu Wort gemeldet hatten, die sich wie er nach Recht, Gerechtigkeit und Ordnung sehnten. Es gab keinen Politiker im ganzen Land, der sich so gut mit dem Wunsch dieser Menschen identifizieren konnte, wie ihn, Justus Gebauer.

14

Hain hob den Kopf und sah Melek Bilgin, die jüngste Tochter des ermordeten türkischen Ehepaares, mit großen Augen an. »Wann genau hat Ihr Bruder Sie angerufen?«, wollte er wissen.

»Vor einer halben Stunde.«

»Und wo war er zu dieser Zeit?«

Die junge Frau hob den Kopf und warf ihrer Schwester einen fragenden Blick zu.

»Ich habe mit Ihnen gesprochen, Frau Bilgin«, raunzte Hain sie an. »Und ich habe mit meiner Frage garantiert nicht verbunden, dass Sie sich bei Ihrer Schwester rückversichern, was Sie antworten dürfen.«

Auch wenn der Einwand des Polizisten energisch und rhetorisch gut vorgetragen war, mit einer wahrheitsgemäßen Antwort rechnete er nun nicht mehr.

»Das wollte er mir nicht sagen«, wurde Hains Gedanke von ihr bestätigt.

»Sie tun Ihrem Bruder keinen Gefallen, wenn Sie ihm ermöglichen, sich vor uns zu verstecken«, erklärte er den Frauen.

»Aber ich sage Ihnen noch einmal, dass Kemal nichts mit der Sache zu tun hat«, schleuderte Sükren Bilgin dem Oberkommissar als Antwort entgegen.

»Psst, Baby«, mischte sich Ramona Berner ein. »Lass dich nicht provozieren.«

Lenz wollte noch eine Frage zu dem Vater der beiden nachschieben, wurde jedoch vom Klingeln seines Telefons unterbrochen. Er stand auf, ging hinaus auf den Flur, und nahm das Gespräch an.

»Ich bin's, Ludger«, hörte er die Stimme seines Vorgesetzten, des Kriminalrats Ludger Brandt.

»Morgen, Ludger. Was gibt's?«

»Ich bin hier am Tatort in der Holländischen Straße und frage mich, ob wir den Staatsschutz einschalten sollten.«

»Darüber habe ich auch schon nachgedacht«, antwortete der Hauptkommissar müde und unterdrückte dabei ein Gähnen. »Aber wie es aussieht, ist es eine Tat im familiären Umfeld. Es gab gestern Abend einen heftigen Streit zwischen dem ermordeten Ehepaar und seinem ältesten Sohn, der sich zu allem Überfluss vorhin auch noch seiner Befragung entzogen hat.«

»Dann ist das der, nach dem ihr die Fahndung eingeleitet habt? Dieser …« Brandt kramte offensichtlich nach einem Zettel. »Kemal Bilgin?«

»Genau der ist es, und er steht unter dringendem Tatverdacht.«

»Also meinst du, wir brauchen keinen Staatsschutz?«

Lenz überlegte einen Moment, bevor er seinem Chef antwortete. »Mach es, wenn du dich damit besser fühlst; aber meinetwegen ist es bei der derzeitigen Faktenlage nicht notwendig.«

»Nein, dann lassen wir es. Ist ohnehin besser, wenn es ohne geht, auch wegen der Medienwirkung.«

Ludger Brandt spielte auf die Tatsache an, dass Delikte mit Opfern aus dem Migrantenmilieu gerne medial ausgeschlachtet wurden, speziell dann, wenn der Staatsschutz sich mit der Sache beschäftigte.

»Gut, so machen wir es. Thilo und ich sind noch bei der ältesten Schwester des Verdächtigen, aber viel gibt es hier nicht zu holen.« Er sah auf seine Armbanduhr. »Wir sehen uns später im Präsidium, ja?«

»Ja, klar.«

Es entstand eine kurze Pause.

»Und, Paul …«

»Ja, Ludger?«

»Seid möglichst sensibel und denkt daran, keinen großen Aufstand zu machen, wenn ihr den Jungen habt.«

»Was meinst du damit?«

Wieder eine Pause.

»Na ja, du weißt doch, wie die türkische Community so tickt. Nehmt den Kerl fest, aber tut ihm nichts dabei. So oder so ähnlich wäre schön.«

»Wir werden uns anstrengen, Ludger«, gab Lenz ein klein wenig genervt zurück und kappte die Verbindung.

»Wir sollen ihm nichts tun, hat Ludger gesagt«, erklärte er seinem Kollegen zwei Minuten danach auf dem Weg nach unten.

Der sah ihn verständnislos an. »Was?«

»Wir sollen ihn festnehmen, aber ihm nichts tun, so hat Ludger sich ausgedrückt. Wegen der türkischen Community.«

»Wegen der was?« Der junge Oberkommissar wollte gerade zu einer Tirade über den Boss seines Bosses ansetzen, wurde jedoch durch das erneute Klingeln von Lenz' Telefon unterbrochen.

»Ja?«, meldete sich der Hauptkommissar, nachdem er gesehen hatte, dass es sich bei dem Anrufer wieder um Ludger Brandt handelte.

»Komm doch bitte noch mal hierher zum Tatort«, forderte der Kriminalrat ihn ohne große Vorrede auf.

»Was gibt es denn?«

»Komm einfach her, Paul!«, schnaubte es aus dem kleinen Lautsprecher, dann war die Leitung tot.

*

»Das gibt's doch gar nicht«, machte Hain seiner Verwunderung Luft, nachdem er die Papiere, die ihm bei ihrer Ankunft am Tatort von Ludger Brandt in die Hand gedrückt worden waren, zum dritten Mal durchgesehen hatte.

»Zum einen hat die Familie Bilgin, also der Mann, die Frau, und der Sohn Emre, laut dieser Unterlagen das Einkommen aufgestockt bekommen, weil sie so wenig verdient haben …«, er nahm ein anderes Blatt in die Hand, das wie ein Kontoauszug aussah. »Zum anderen befanden sich auf vier Konten insgesamt 186.000 Euro. Wie geht das denn zusammen?« Er sah Lenz ziemlich konsterniert an.

Der Hauptkommissar zog seine Lesebrille von der Stirn wieder auf die Nase, griff sich die Unterlagen, betrachtete die einzelnen Blätter und versuchte, eine Antwort auf die Frage zu finden. »Was weiß ich, Thilo. Irgendwie haben sie es jedenfalls geschafft. Vielleicht haben sie einfach die zuständigen Behörden nach Strich und Faden verarscht.«

Hain fasste sich an den Kopf. »Guck dich doch nur mal hier um, Paul«, entgegnete er mit einem schnellen Blick über das alte Mobiliar im Wohnzimmer der Bilgins, in dem sie standen, und wo alles einen ziemlich abgewohnten, heruntergekommenen Eindruck machte.

»Mit so viel Kohle auf dem Konto als Aufstocker zum Amt gehen? Und dann noch in solch einer Borkenbude hausen?« Er tippte sich an die Schläfe. »Nein, mein

Freund, das kann mir keiner erzählen. Hier ist irgendetwas total faul.« Damit nahm sich der junge Polizist noch einmal die Unterlagen zur Hand und begann wieder zu lesen.

»Bingo!«, stieß er kurze Zeit später aus und deutete dabei auf einen der Kontoauszüge. »Das ist der Schlüssel.«

»Hm«, machte Lenz skeptisch. »Lass hören.«

Sein Kollege hielt ihm mit triumphierendem Gesichtsausdruck eines der kleineren Papiere unter die Nase.

»Lies«, forderte er.

Lenz überflog die Unterlage, konnte jedoch nichts finden, was nach seiner Meinung ein Bingo auch nur im Ansatz gerechtfertigt hätte.

»Hab ich«, verkündete er. »Aber ich kann dir nicht folgen.«

Hain deutete auf das Adressfeld. »Darum geht es.«

Lenz las erneut den Namen und die Adresse des Türken. »Ich sehe es nicht, Thilo! Hilf mir bitte weiter. Was genau meinst du?«

»Unser leider recht toter türkischer Familienvater hieß Gökhan Bilgin, richtig?«

»Richtig«, bestätigte der Hauptkommissar sehr, sehr leise. Er war nur noch ein paar hundertstel Millimeter von einem veritablen Wutausbruch entfernt. Hain, der mit dem Zeigefinger auf eine Stelle in der obersten Zeile der Adresse deutete, konnte manchmal extrem enervierende Wesenszüge an den Tag legen.

»Und nun schau mal genau hier hin.«

Lenz folgte dem Finger und zwinkerte unsicher. »Das ist doch…«

»Genau das ist es, Paul! Der Mann hieß Gökhan Bilgin, die Kontoauszüge lauten aber auf Gökhan Biglin. Biglin!«

»Das würde zumindest erklären, warum es dem Arbeitsamt nicht aufgefallen ist, dass sie es hier mit einem in keinster Weise Bedürftigen zu tun hatten.«

»Der Arbeitsagentur«, verbesserte ihn sein Kollege.

»Von mir aus auch der Arbeitsagentur. Stellt sich nur die Frage, ob er es bewusst so gemacht hat, oder ob es ein Fehler der Bank bei der Eröffnung des Kontos gewesen ist.«

Hain warf ihm einen mitleidigen Blick zu. »Ein Fehler bei der Kontoeröffnung? Dann glaubst du wohl auch an den Weihnachtsmann …«

»Wie auch immer. Wir müssen auf jeden Fall herausfinden, woher das Geld stammt. Und vielleicht ergibt sich dadurch ja auch eine Erklärung für das merkwürdige Verhalten und die Aussagen seiner ältesten Tochter. Und ihrer noch seltsameren Partnerin.«

Ludger Brandt, der sich ein paar Minuten zuvor schon von ihnen verabschiedet hatte, erschien wieder auf der Bildfläche. Im Schlepptau hatte er einen Kollegen.

»Seht mal, wen ich euch mitgebracht habe«, grinste der Kriminalrat.

Die beiden Kommissare drehten sich um und sahen in das schmaler gewordene, aber gesund aussehende Gesicht von Rolf-Werner Gecks, der wegen einer Krebserkrankung ein paar Monate nicht im Dienst gewesen war.

»Mensch, RW, dich schickt der Himmel«, freute Lenz sich, und Hain nahm den von allen geschätzten Kollegen zur Begrüßung sogar in den Arm.

»Nun lasst es aber mal gut sein, Jungs«, mahnte der altgediente Hauptkommissar sichtlich gerührt, »sonst entsteht bei mir am Ende noch der Eindruck, als hättet ihr gar nicht mehr mit meinem Erscheinen gerechnet.«

»Wir haben immer mit deiner Genesung gerechnet«, korrigierte Hain, »und ich schon aus purem Eigeninteresse. Immerhin verteilt sich die Last eines Chefs wie unserem Paule besser auf mehreren Schultern.«

Gecks winkte ab. »Meine Schultern sind ein bisschen weniger belastbar geworden, wie man sieht. Aber das soll nicht heißen, dass ich mir für die paar Jahre bis zu meiner Pension nicht noch was vorgenommen hätte.«

Nun trat auch Lenz auf seinen Kollegen zu und nahm ihn fest in die Arme. »Echt schön, dass du wieder da bist, RW. Und noch viel schöner, dass es dir offensichtlich deutlich besser geht als vor einem halben Jahr.«

»Das kann man so sagen, Paul. Leider ist es wie immer im Leben. Man kriegt etwas, und man muss etwas dafür hergeben. Was es genau ist, das ich geben musste, das verrate ich euch aber erst nach meiner Pensionierung.«

»Bevor ihr jetzt in einen kollektiven Freudentaumel fallt«, mischte Brandt sich aus dem Hintergrund ein, »solltet ihr euch lieber mit den Details dieses unappetitlichen Falls beschäftigen. Ich habe RW auf dem Weg hier hoch schon ein paar Sachen erklärt, aber das meiste ist noch zu tun.«

Er drehte sich um und deutete auf die offen stehenden Schränke. »Also, Männer, macht euch an die Arbeit. Je schneller wir Ergebnisse liefern und diesen Sohn gefasst haben, desto besser stehen wir da, auch in den Medien.«

Ein paar Minuten später war Rolf-Werner Gecks über alle Einzelheiten des Dreifachmordes an der türkischen Familie informiert und hielt die Papiere in der Hand, über die Heini Kostkamp und sein Kollege ein paar Stunden zuvor bei der Sicherung der Spuren gestolpert waren. Ludger Brandt hatte sich ins Präsidium verabschiedet.

»Und das lag alles einfach so im Schrank herum?«, fragte Gecks ungläubig.

»Na ja, es war hinter einer Schublade versteckt«, korrigierte Hain und deutete auf die Schrankwand. »Dort hatte er alles aufbewahrt, fein säuberlich geordnet und chronologisch sortiert, wie es sich gehört.«

»Dann hatte er offenbar keine allzu große Angst, dass ihm dieser Betrug auf die Füße fallen würde«, schloss Gecks aus dieser Tatsache. »Oder besser, warum denn auch? Diese Nummer mit den verschiedenen Namen ist ziemlich ausgekocht und dazu auch noch wasserdicht, das muss man ihm lassen.«

»Du meinst also, dass dieser Buchstabendreher kein Versehen gewesen ist?«

Gecks sah seinen Chef amüsiert an. »Quatsch, das war kein Versehen. Wenn du ein Konto eröffnest, musst du dich ausweisen, und deine Daten werden dabei fein säuberlich übernommen. Normalerweise fotokopieren die Banken sogar den Ausweis, um auf der absolut sicheren Seite zu sein. Immerhin leben wir im 21. Jahrhundert, in dem es eine ganze Menge böser Buben gibt, die mit herrenlosem Geld üble Dinge anstellen können. Deshalb muss jedes Konto dem rechtmäßigen Inhaber zuzuordnen sein.«

»Was«, warf Hain skeptisch ein, »stellt ein alter türkischer Schneider aber für böse Sachen an, RW?«

»Keine Ahnung. Außerdem ist es eure Aufgabe, das herauszufinden.« Er deutete auf die Papiere in seinen Händen. »Ich mach mich auf die Socken und schaue, was ich über die Konten in Erfahrung bringen kann. Außerdem spreche ich bei der ARGE vor und erkundige mich, was man dort über die finanziellen Verhältnisse von Gökhan Bilgin wusste. Und speziell, was man dort alles nicht gewusst hat.«

»Äh, RW«, wollte Hain sichtlich irritiert wissen, »wer oder was ist eine ARGE?«

Gecks warf seinem jungen Kollegen einen mitleidigen Blick zu. »Die ARGE, du Blitzbirne, ist die zuständige Arbeitsgemeinschaft der Stadt Kassel und der Agentur für Arbeit, die sich um die Betreuung von Langzeitarbeitslosen und Aufstockern wie unserem Herrn Bilgin hier kümmert.«

»Ach so.«

Wenn Hain beleidigt war, ließ er es sich zumindest nicht anmerken.

»Gut, RW …«, setzte Lenz an, wurde jedoch vom Klingeln seines Mobiltelefons unterbrochen. Am anderen Ende meldete sich Heini Kostkamp.

»Hallo, Heini«, begrüßte der Hauptkommissar seinen Kollegen von der Spurensicherung.

»Moin. Hast du Lust auf eine interessante Information?«

»Immer.«

»Ich hab in der Wohnung der Türken einen Fingerabdruck gefunden.«

»Ach, ja? Nur einen?«

»Soll ich wieder auflegen und dich auf meinen Bericht warten lassen?«

Mensch, Heini, sei doch nicht so verdammt empfindlich, hätte Lenz am liebsten gebrüllt, doch er wusste, dass so etwas bei Heini Kostkamp gar nicht gut ankam.

»Nein, bitte vergiss meine dumme Ansage«, flötete er stattdessen.

»Also, wir haben an einer Tasse, die in der Spüle stand,

einen Fingerabdruck gesichert. Natürlich gab es viele andere, aber dieser war für mich der interessanteste, weil er ein Einzelstück ist.«

»Das heißt«, fragte Lenz nach, »dass er nur auf dieser Tasse zu finden war, und nirgendwo anders?«

»Genau. In der Bude hat es von Fingerabdrücken nur so gewimmelt, alles war voll davon, wie eigentlich immer an Tatorten; insgesamt haben wir zwölf verschiedene gesichert.«

»Und was macht den einen jetzt so interessant?«, hakte Lenz vorsichtig nach.

»Die Tatsache, zu wem er gehört, macht ihn so interessant, Paul.«

»Das weißt du schon?«

»Sonst würde ich dich sicher nicht anrufen, oder?«

»Stimmt auch wieder. Also, wessen Abdruck ist es?«

»Es ist der rechte Daumenabdruck von Per Stemmler. Und er ist frisch, nicht älter als höchstens 48 Stunden.«

»Per Stemmler?«, gab Lenz enttäuscht zurück. »Wer ist das? Muss man den kennen?«

»Muss man nicht, kann man aber. Der Mann ist Journalist. Enthüllungsjournalist. Nein, eigentlich ist er *der* deutsche Enthüllungsjournalist.«

Lenz dachte ein paar Augenblicke nach, kam jedoch zu dem Schluss, dass er den Namen noch nie in seinem Leben gehört hatte. »Woher kommt der denn?«

»Aus dem Rheinland.«

»Und was macht der Herr Enthüllungsjournalist aus dem Rheinland bei einem türkischen Schneider in Kassel, der dann auch noch mitsamt seiner halben Familie ermordet wird? Und der auf einem Haufen Kohle sitzt, die er unter merkwürdigen Umständen versteckt hält?«

»Das herauszufinden, mein Lieber, ist Gott sei Dank deine Aufgabe. Ich bin meiner Pflicht nachgekommen und hab dich darüber informiert, dass Fingerabdrücke dieses Stemmlers in der Wohnung waren. Und nun mach's gut, ich hab zu arbeiten.«

Und ich leg mich am besten wieder hin, wollte Lenz ätzen, ihm fiel jedoch noch eine Frage ein. »Warum ist der Herr Journalist überhaupt in unserer Kartei vertreten, Heini? Hat er was auf dem Kerbholz?«

»Ach Quatsch!«, bellte Kostkamp zurück. »Er hat mal an einer Demo teilgenommen, wurde eingekesselt, und danach hat man ihn erkennungsdienstlich behandelt. Das ist Ewigkeiten her, und vermutlich weiß er gar nicht mehr, dass er bei uns registriert ist. Aber er ist es nun mal, wie du und ich seit heute Morgen wissen.«

»Stimmt. Hast du vielleicht auch schon herausgefunden, wo der Mann zu erreichen ist?«

Als Antwort hörte der Hauptkommissar ein Knacken in der Leitung. Kostkamp hatte das Gespräch beendet.

»Auch eine Art«, murmelte Lenz, und steckte das Telefon zurück in die Jacke.

»Kennt jemand von euch einen Per Stemmler?«, fragte er in die Runde.

»Klar«, erwiderten seine beiden Kollegen wie aus einem Mund.

»Das ist doch dieser Enthüllungsjournalist«, präzisierte der Oberkommissar. »Warum, was ist mit ihm?«

»Er war hier in der Wohnung. Heini hat einen Fingerabdruck von ihm an einem Glas in der Spüle gefunden, höchstens 48 Stunden alt.«

15

Polizeiobermeister Werner Obermann legte den ersten Gang ein und fuhr vom Hof des Polizeipräsidiums. Sein Kollege, der ein paar Jahre jüngere Polizeimeister Mario Klausner, schob sich den Beifahrersitz zurück und griff nach der Zigarettenpackung in der Brusttasche seines Hemdes.

»Auch eine?«, wollte er wissen.

Obermann winkte ab. »Ich versuch gerade, mir das Rauchen abzugewöhnen. Mein Doc hat mir nämlich eröffnet, dass mein Blutdruck bedenklich hoch ist.«

Klausner betrachtete die Zigarette in seiner Hand und warf dem Kollegen einen unsicheren Blick zu.

»Nein, nein, rauch nur«, gestattete der Ältere generös. »Ich bin es, der davon weg will, und ich habe immer die Leute gehasst, die danach zu militanten Nichtrauchern geworden sind. Außerdem ist es längst noch nicht ausgemacht, ob ich es auch wirklich schaffe.«

»Na, denn«, ließ sich Klausner, der aus Dresden stammte und einen deutlich hörbaren sächsischen Akzent pflegte, nicht lange bitten, und griff zum Feuerzeug.

»Und, wie war dein Skiurlaub?«, wollte Obermann wissen, nachdem sein Kollege ein paarmal an dem Glimmstängel gezogen hatte und blauer Dunst durch den Innenraum des Opel Vectra zog.

»Geil, absolut geil. Super Schnee, blauer Himmel, und schicke Tussis, so weit das Auge gereicht hat. Da tat es manchmal richtig weh, verheiratet zu sein.«

Seine Tussis klangen ein bisschen wie Dussis.

»Ich war noch nie weg zum Skifahren«, sinnierte Obermann und betätigte den Scheibenwischer, weil draußen gerade wieder leichter Schneefall einsetzte. »Als ich noch verheiratet war, ging es nicht, weil Lore alles, was mit Sport zu tun hatte, als Teufelszeug angesehen hat. Außerdem wäre ihr das sowieso viel zu teuer gewesen. Die hat das Geld lieber für ihre dämlichen Fingernägel ausgegeben.«

»Das hat sie jetzt davon«, erwiderte Klausner laut lachend. »Gemachte Fingernägel, aber 110 Kilo auf den Rippen. Ich habe sie neulich in einer Videothek getroffen und gedacht, ich seh nicht richtig. Sie ist nämlich, seit ich sie zum letzten Mal gesehen hatte, aufgegangen wie ein Hefekloß.«

Obermann stimmte in das Lachen ein. »Stimmt genau. Und ich bin heilfroh, dass sie sich diesen anderen Typen angelacht hat, dem sie jetzt auf der Tasche liegt.«

»Du musst gar nichts mehr für sie zahlen?«, fragte Klausner irritiert nach.

»Nada, null. Ich bin komplett raus aus der Sache. Der Kerl wollte sie unbedingt heiraten, glaube ich, aber da wog sie auch noch nicht ganz so viel.«

»Mein lieber Mann, da kannst du ja von Glück …«

Der junge Polizist wurde von einem Funkspruch unterbrochen, in dem erneut auf die Fahndung nach Kemal Bilgin und dem Ford Fiesta hingewiesen wurde, mit dem er vermutlich unterwegs war.

»Schreib mal das Kennzeichen auf«, bat Obermann seinen Kollegen.

»Gerne«, gab Klausner zurück, »aber ich halte das für komplett überflüssig.«

»Warum denn das?«

Der Mann auf dem Beifahrersitz deutete auf den Verkehr und die Autos um sie herum. »Weil ein alter Ford Fiesta wie der, nach dem gefahndet wird, seit den Tagen der Abwrackprämie im Straßenverkehr auffällt wie ein UFO. Die Dinger gibt es einfach nicht mehr. Das ist, als würde man nach einem Ferrari oder einem Lamborghini suchen.«

So hatte Obermann das noch nicht gesehen. Er warf einen Blick auf die Fahrzeuge, die sich mit ihnen auf die Kreuzung am Altmarkt zubewegten, und musste seinem Kollegen recht geben. Es befanden sich fast keine alten Autos mehr auf Deutschlands Straßen.

»Na ja, was soll ich dazu sagen?«, nahm Klausner kurz danach den Faden wieder auf. »Immerhin bin ich dadurch auch meine alte Karre zu einem guten Kurs losgeworden. Und so ein nagelneues Auto ist schon geil.«

»Geht mir genauso«, bestätigte Obermann, der sich im Jahr der Abwrackprämie einen fabrikneuen VW Passat zugelegt hatte. Damit beschleunigte er den Streifenwagen in Richtung Platz der Deutschen Einheit.

»Kannst du mal kurz zur Tankstelle fahren?«, fragte Klausner. »Meine Telefonkarte ist leer, ich muss sie unbedingt aufladen.«

Obermann wusste, dass die Frau seines jungen Kollegen in den nächsten Tagen niederkommen würde, und dass Mario Klausner deshalb schon seit ein paar Wochen ziemlich nervös war. Eigentlich hatte er auch den Skiurlaub absagen wollen, doch Astrid, seine Frau, hatte ihn förmlich aus dem Haus und in den österreichischen Schnee gejagt.

»Bring mir bitte einen Kaffee mit«, rief Obermann ihm hinterher, doch der Mann in der blauen Uniform war schon durch die Eingangstür und in den hell erleuchteten Verkaufsraum geschlüpft.

»Dann eben nicht«, murmelte er, streckte die Beine durch, drehte das Radio etwas leiser, und lehnte sich in den Sitz zurück. Seine linke Hand trommelte auf dem Lenkradkranz die Melodie des Liedes mit, das aus den Lautsprechern drang, und er dachte mit gehörigem Herzklopfen an das Treffen am nächsten Abend mit der Kollegin, für die er sich schon so lange interessierte. Endlich, nach mehr als einem Jahr, hatte er sich ein Herz gefasst und sie zum Abendessen bei einem Italiener eingeladen. Zu seiner großen Überraschung hatte sie erfreut zugesagt.

Im Augenwinkel nahm er wahr, dass ein großer, schwerer SUV auf die Tankstelle rollte und sich an der einen Zapfsäule anstellte, die noch von einem VW Golf blockiert wurde, dessen Fahrer offenbar an der Kasse war. Der groß gewachsene, bullige Polizist, der seit dem Erscheinen des Porsche Cayenne für diesen Typ schwärmte, am besten in der 8-Zylinder-Turbo-Version, drehte den Kopf und wollte nachsehen, ob es sich um einen dieser Wagen handelte, doch noch in der Bewegung hielt er inne. Sein Blick erfasste die Silhouette eines Kleinwagens, der mit deutlich zu hoher Geschwindigkeit auf den großen Kreisel zuhielt. Ein Kleinwagen, der durch seine kantige Form auffiel, genau wie sein Kollege es ein paar Minuten zuvor dargelegt hatte. Die Hand des Polizisten bewegte sich nach vorn und drehte den Zündschlüssel, bis die Kontrolllampen im Armaturenbrett aufleuchteten und die Lüftung leise zu surren begann. Davon hörte Obermann nichts, weil er sofort mit der linken Hand auf den Pralltopf in der Mitte des Lenkrades schlug und ihn gedrückt hielt. Mit dem Einsetzen des enervierend lauten Huptons drehte Obermann den Schlüssel ein Stück weiter und der Motor begann zu laufen. Und genau in diesem Augenblick tauchte das jungenhafte Gesicht seines Kollegen hinter der Glastür auf, die sich auseinander schob, als er nah genug heran war. Der Polizeimeister hörte den Hupton, sah die wild rudernden Arme seines Kollegen, und reagierte sofort. Er stürzte nach vorn, wobei er die beiden Plastikbecher mit dem heißen Kaffee darin, die er auf Verdacht mitgebracht hatte, einfach zur Seite wegstieß, losrannte, und zwei Sekunden später die Tür des Streifenwagens aufriss.

»Der Fiesta«, brüllte Obermann, zog den Wahlhebel der Automatik nach hinten und jagte los, obwohl Klausners rechter Fuß noch in der Luft zappelte. Als der junge Polizist saß und die Tür zugeflogen war, betätigte er die Schalter für Blaulicht und Folgetonhorn. Sofort ertönte der ohrenbetäubende Lärm der Alarmsirene auf dem Dach.

»Wo ist er?«

Obermann wies mit dem Kopf auf die Nürnberger Straße, die nach Waldau und Richtung Autobahn führt. »Richtung Bahn.«

Dann nahm er den rechten Arm hoch und deutete auf ein Fahrzeug etwa 200 Meter vor ihnen. »Da, der silberne Fiesta.«

Klausner griff zum Funkgerät und meldete die Situation, verbunden mit der Bitte um Unterstützung, während Obermann sich mit hoher Geschwindigkeit dem Kleinwagen näherte. Dann jedoch beschleunigte der Fiesta, fuhr rechts und links an den Fahrzeugen vor ihm vorbei, und überfuhr die gerade auf Rot springende Ampel an der Kreuzung gegenüber dem BUGA-Gelände. Der Polizist musste wegen eines Kleintransporters, der, ohne auf den Polizeiwagen zu achten, auf die Hauptstraße einbog, voll in die Bremse steigen, wich nach links aus, umfuhr den Fiat Ducato, und beschleunigte wieder. Diese Sekunden hatten den Vorsprung des Fiesta schlagartig erhöht, sodass die Schutzpolizisten ihn zunächst aus den Augen verloren.

»Da vorne ist er!«, brüllte Klausner in den Lärm, nachdem er den Kleinwagen zwischen den anderen Autos wieder ausgemacht hatte, der in diesem Moment die Ampelkreuzung der Autobahnauffahrt zur A49 in Richtung Süden überquerte. Das dabei vorgelegte Tempo nötigte Obermann, der mit Vollgas hinterher raste, ein Schlucken ab.

»Pass auf!«, schrie Klausner und deutete mit wild fuchtelnden Armen auf einen großen LKW, der sich von links auf die Kreuzung zubewegte. Obermann wich nach rechts aus, wobei er die Abbiegespur zu den Messehallen in seinen Weg einbezog, dann jedoch den Vectra ruckartig wieder auf die Hauptstraße zurücklenkte.

»Der Kerl ist ja irre!«, brüllte Klausner, der beobachten musste, dass der Ford ungebremst auf die nächste Kreuzung zuhielt, deren beide Spuren jedoch wegen mehrerer an der roten Ampel wartender Autos blockiert waren.

»Das geht garantiert in die Hose«, fuhr der Polizeimeister entsetzt fort, doch in genau jenem Augenblick, in dem der Fiesta dort ankam, bildete sich eine Gasse zwischen den Wagen, deren Fahrer offenbar die Sirene des Polizeiwagens gehört hatten.

»Verdammt, das war knapp«, zischte Obermann, während er mit klopfendem Herzen und Schweißperlen auf der Stirn über die Kreuzung raste. Zwischen den beiden Fahrzeugen lagen nun etwa 100 Meter, und der Vorsprung verkleinerte sich durch die viel höhere Motorleistung des Einsatzfahrzeugs mit jeder Sekunde. Trotzdem kam der Kleinwagen als Erster an der nächsten Kreuzung an, deren Ampel auf Grün stand, und die zum Glück für alle

Beteiligten nicht von anderen Autos blockiert wurde. Kurz danach hatte Obermann mit seinem Vectra den Rückstand auf null reduziert und klebte bei Tempo 140 an der Stoßstange des Fluchtwagens. Überholen oder daneben fahren jedoch konnte er nicht, weil sich wegen des Pendlerverkehrs in die Stadt auf der Gegenspur ein Auto ans andere reihte. Klausner war wieder mit dem Funk beschäftigt, worum es ging, konnte der Polizeiobermeister jedoch nicht verstehen.

Vor der nächsten Kreuzung, an der es rechts nach Bergshausen und links zur Autobahnauffahrt an der Raststätte Kassel ging, nahm der Beamte kurz den Fuß vom Gas und legte so ein paar Meter mehr zwischen sich und den Fiesta, was sich schon Sekundenbruchteile später als überaus weitsichtig herausstellte, denn ohne diese Maßnahme wäre er dem voll bremsenden und nach links, Richtung Autobahn, abbiegenden Kleinwagen fast ins Heck gerauscht. So allerdings folgte er dem mit über die Vorderräder durch die Kurve schiebenden Fiesta, ohne den sonst unvermeidlichen Unfall zu provozieren.

»Da vorne«, deutete Klausner mit der linken Hand auf einen weiteren Einsatzwagen der Polizei, der sich aus Richtung Lohfelden näherte und gerade die Brücke über die A7 überquerte.

»Halt an, du Idiot«, murmelte Obermann in Richtung des vor ihm fahrenden Kleinwagens, doch dessen Fahrer dachte nicht daran, sein Tempo auch nur um einen Stundenkilometer zu reduzieren, ganz im Gegenteil.

Die Front des Streifenwagens, der ihnen entgegen kam, duckte sich nun auf die Straße, und die beiden Polizisten realisierten, dass der Fahrer damit eine Vollbremsung einleitete. Dann schlug er die Lenkung ein, sodass die Vorderräder sich nach links bewegten und das Heck des Autos ausbrach. Sekundenbruchteile später war die Auffahrt zur Autobahn ebenso blockiert wie die Weiterfahrt auf die Brücke.

Der Fiesta begann zu wackeln, weil sein Fahrer nun ebenfalls eine Vollbremsung einleitete, das kleine Auto verfügte jedoch weder über ABS noch über ein modernes ESP. Aus allen vier Radkästen stieg blauer Rauch auf, weil die Räder blockierten. Der vordere linke Reifen, so stellte später ein Sachverständiger fest, platzte vermutlich unter der Belastung, sodass der Kleinwagen nicht mehr zu kontrollieren war. Obwohl er sich mit vier stehenden Rädern dem Polizeifahrzeug näherte, verringerte sich die Geschwindigkeit des Fiesta auf der feuchten Asphaltdecke nur marginal. Obermann erkannte, dass die beiden Kollegen in dem Polizeifahrzeug die Arme hochrissen, als der Einschlag unmittelbar bevorstand. Dann knallte die Front des Kleinwagens auf den rechten vorderen Kotflügel des Passat Kombi, der sich dadurch um etwa zwei Meter nach hinten verschob, stieg auf, schlug wie in Zeitlupe einen fast kompletten Salto, der ihn etwa 3 Meter in die Höhe und 15 Meter weit nach vorne katapultierte. Ausgelöst und begünstigt durch eine leichte Rotation um die Längsachse schlug der Fiesta mit dem Schweller der Fahrerseite auf das Geländer der Brücke, zerdrückte die leichte Aluminiumkonstruktion wie ein Zahnstochergebilde, und blieb für einen Augenblick in dieser Position hängen, nahezu frei über der voll befahrenen Autobahn. Aus dem total zerstörten Vorderwagen stieg blauer und weißer Rauch auf, und Ölnebel verteilte sich auf den Windschutzscheiben der Fahrzeuge etwa 8 Meter weiter unten. Obermann hatte den Eindruck, dass damit die Reise des kleinen Wagens zu Ende wäre, doch dann setzte sich das Wrack langsam in Bewegung, rutschte über die Kante, wurde für einen Sekundenbruchteil von einem Teil des Geländers aufgehalten, das jedoch viel zu fragil gebaut war für das Gewicht des Autos, und stürzte dann lautlos in die Tiefe.

*

Wolfgang Keil drehte die Countrymusik aus dem CD-Spieler etwas lauter, nippte an seinem Kaffee, und freute sich auf zu Hause. Noch 260 Kilometer oder etwas mehr als drei Stunden musste er durchhalten bis Heppenheim, wo sich der Stammsitz der Spedition befand, für die er seit mehr als 10 Jahren als Fernfahrer auf Achse war. Die ganze Nacht hatte er am Lenkrad verbracht und gerade einmal die gesetzlich notwendigen Ruhezeiten eingehalten, weil er sich so sehr auf seine Frau und die beiden Kinder freute. Die Kleine hatte eine Eins in Mathe nach Hause gebracht, das erste sehr gut überhaupt. Wenn das kein Grund war, sich die Nacht um die Ohren zu schlagen!

Er hatte mit ein paar Staus gerechnet, wegen der Witterung. Immer wieder hatte es leicht geschneit, und er wusste, dass die Kasseler Berge im Winter ein heißes Pflaster für schwere LKWs waren, doch im Verkehrsfunk hatten sie bis jetzt nichts Dramatisches gemeldet. Nur den üblichen Berufsverkehr um Frankfurt, aber bis er dort ankommen würde, sollte das längst gegessen sein. Seine drückende Blase hatte er eigentlich schon in Göttingen entleeren wollen, sich dann jedoch anders entschieden, weil es auf der Straße so gut lief. Immer schön an der Grenze der Legalität, was so eben aus dem eingebremsten und abgeriegelten Motor herauszuholen war; zumal er seit Hamburg nur zur Hälfte beladen war.

Jetzt drückte die Blase allerdings mächtig. Rasthof Kassel 5 Kilometer, las er auf dem blauen Hinweisschild kurz vor der Ausfahrt Kassel-Nord.

Nein, nicht der Rasthof Kassel, dachte er. Auf dem Weg nach Norden gerne, aber nicht Richtung Süden. Nie auf dem Weg nach Süden, aus einem ganz einfachen, praktischen Grund übrigens. Jeder LKW-Fahrer versucht, mit möglichst viel Schwung in eine Steigung hineinzufahren. Die Steigungsstrecke, die sich dem Rasthof Kassel in südlicher Fahrtrichtung anschließt, ist kein großes Problem, weil man mit Höchstgeschwindigkeit hineinfahren kann und durch den Schwung fast immer mit 60 oder 70 Stundenkilometern das obere Ende erreicht. Nicht jedoch, wenn man auf dem Rasthof angehalten hat und sich danach mit geringer Geschwindigkeit und in den unteren Gängen die Steigung hinaufkämpfen muss, was im Extremfall, zusätzlich zu dem Aufenthalt auf dem Rasthof, vier oder fünf Minuten extra Zeitverlust bedeutete.

Er würde den Rasthof Hasselberg anfahren, etwa 40 Kilometer weiter südlich. So lange konnte er es noch aushalten, da hatte er schon ganz andere Dinge erlebt.

Keil trat das Gaspedal voll durch, um ja auch mit dem größtmöglichen Schwung in die Steigung hinter der Raststätte einzufahren und hoffte dabei, dass nicht irgendeiner dieser lahmen Bulgaren oder Rumänen mit ihrem alten Fuhrpark im Weg stehen würde. Durch einen kurzen Blick nach rechts überzeugte er sich, dass in der Einfahrt zur Raststätte nicht doch einer der Radarwagen stand, wie es öfter vorkam, und nahm danach mit einem Gefühl großer Zufriedenheit zur Kenntnis, dass auf dem Rasthof ohnehin kein Platz mehr für seinen LKW gewesen wäre.

Wie immer eigentlich, mehr fiel ihm dazu nicht ein.

Als er den Kopf hob und nach oben, zur Stereoanlage, griff, um die Musik noch ein klein wenig lauter zu machen, wunderte er sich über den Polizeiwagen, der mit Blaulicht über die Brücke jagte, scharf bremste, und sich quer zur Fahrbahn stellte. Sieht ja aus, als würden die da oben einen Actionfilm drehen, dachte er grinsend und regelte den Ton ganz auf null. Nun konnte er die Sirenen von mehreren Polizeifahrzeugen hören. Was er dann allerdings zu sehen bekam, ließ ihm das Blut in den Adern gefrieren und sorgte dafür, dass er bis zum völlig unerwarteten und ebenso abrupten Ende seines Lebens kein einziges Mal mehr Luft holen würde.

Der Kombi der Polizei, dessen Front er nurmehr erahnen konnte, wurde wie von Geisterhand nach hinten verschoben, und direkt im Anschluss nahm er wahr, dass ein silberfarbener Kleinwagen über den Polizeiwagen aufstieg und sich überschlagend auf ihn zubewegte.

Himmel, dachte er, wenn das eine Filmaufnahme ist, dann geht hier aber ganz schön was schief. In dem Auto, dessen Auspuff sich in der Luft löste und in hohem Bogen davonflog, dessen Kühler seinen Inhalt in einer fast künstlerisch anmutenden Kreisbewegung in die Luft schleuderte, und der nun krachend auf dem Brückengeländer aufschlug, erkannte Wolfgang Keil einen Menschen. Der Wagen blieb für einen ganz kurzen Moment in einer stabilen Position, kippte dann jedoch zur Seite, stoppte wieder kurz ab, sackte weiter durch, und in diesem Augenblick wurde dem Fernfahrer klar, dass sich der Weg seines Scania-Trucks hier unten auf der Autobahn und der Weg des Fahrzeugs dort oben auf der Brücke kreuzen würden. Er nahm den Fuß vom Gas, riss das Lenkrad nach links und trat mit aller Kraft auf die Bremse, schob zur Unterstützung den linken Fuß noch mit auf das große

Pedal, doch auch damit konnte er den Aufprall nicht verhindern.

Einer der Gutachter, die hinterher den Unfallhergang rekonstruierten, sprach von einem höchst unglücklichen Aufeinandertreffen mehrerer Umstände. Wäre der Laster voll beladen gewesen, so der Sachverständige, wäre dem Fahrer vermutlich nicht einmal ein Haar gekrümmt worden, weil sich durch das höhere Gewicht der Bremsweg signifikant verlängert hätte und sich die Fahrerkabine zum Zeitpunkt des Aufpralls längst ein paar Meter weiter vorne befunden hätte. Der Tod des Fernfahrers, dem der herabstürzende Fiesta mit der Bodenseite frontal in die linke Windschutzscheibenseite krachte und die Fahrerkabine bis zum Auflieger komplett zerstörte, trat unmittelbar ein. Es dauerte mehr als drei Stunden, bis die Feuerwehrleute und Rettungssanitäter die Überreste des Mannes endlich geborgen hatten.

16

Die Kopfschmerzen, die Lenz seit ein paar Stunden quälten, hatten ein Maß erreicht, das geradezu nach einer chemischen Intervention schrie.

»Ich brauche dringend ein Aspirin«, murmelte er in Hains Richtung.

»Ich hab eine Packung im Auto«, ließ der seinen Boss wissen. »Sogar die Sorte, die ohne Wasser funktioniert.«

»Klasse«, gab der Hauptkommissar erfreut zurück, und

ließ seinen Blick dabei noch einmal durch die Wohnstube der Bilgins kreisen. »Dann lass uns abhauen. Hier gibt es ohnehin nichts mehr zu tun.«

Die Leichen der drei Türken waren auf dem Weg in die Rechtsmedizin oder schon dort angekommen, Rolf-Werner Gecks war seit ein paar Minuten unterwegs zu der Bank, bei der Bilgin seinen ominösen Reichtum gebunkert hatte, und Ludger Brandt saß vermutlich längst mit einer Tasse Kaffee in der Hand im Büro von Uwe Wagner, dem Pressesprecher des Polizeipräsidiums Nordhessen, und klärte ihn über die Einzelheiten des Dreifachmordes in der Nordstadt auf. Die Befragung der Nachbarn, die Lenz ein paar Stunden zuvor veranlasst hatte, war ergebnislos geblieben. In dem Backsteinhaus, in dem die Familie Bilgin gelebt hatte, kannte man sich zwar, mehr jedoch nicht. Und bemerkt haben wollte zur Tatzeit niemand etwas.

Während die beiden Polizisten die Wohnung verließen, hörten sie aus der Etage unter ihnen türkisches Sprachgeflüster, das schlagartig verstummte, als sie auf die alte, knarrende Holztreppe traten. Hain nahm schnell ein paar Stufen, sah neugierig um das Treppengeländer herum und blickte in das ebenmäßige Gesicht von Frau Nasit, deren Augen im Tageslicht noch schöner wirkten, und die ein schlafendes Baby auf dem Arm hielt. Ihr gegenüber stand ein blonder, hoch aufgeschossener Mann in Jeans und Cowboystiefeln, dessen erschreckter Gesichtsausdruck das Interesse des Oberkommissars weckte.

»Hallo, Frau Nasit«, begann er, und trabte mit Lenz im Schlepptau langsam die restlichen Treppenstufen hinunter.

»Guten Tag«, erwiderte sie, wobei die Polizisten den Eindruck gewannen, dass ihr Auftauchen der Frau sehr gelegen kam.

»Ich wollen gerade wieder in Wohnung«, erklärte sie mit der Andeutung eines Lächelns.

»Ich muss dann auch weiter«, schob der Mann neben ihr eilig hinterher und wandte sich zum Gehen. »Auf Wiedersehen, Frau …«

Hain stellte sich ihm mit ein paar schnellen Schritten in den Weg. »Kripo Kassel, guten Tag. Darf ich fragen, wer Sie sind?«, wollte er höflich, aber bestimmt wissen, kramte dabei seinen Dienstausweis aus der Tasche und hielt ihn hoch, sodass der Mann ihn sehen konnte.

»Ich bin, ich war nur hier, weil Frau … Aber jetzt muss ich wirklich weiter.«

»Das klingt nicht sehr überzeugend, Herr …?«

»Müller. Peter Müller.«

»Sind Sie ein Bekannter von Frau Nasit?«

Der Mann nickte eifrig, wollte an Hain vorbei und auf die Treppe treten, doch der Oberkommissar stellte sich ihm erneut in den Weg. »Bitte nicht ganz so schnell, Herr Müller.«

Damit wandte er sich an die Frau mit den schönen Augen. »Der Herr ist ein Bekannter von Ihnen? Stimmt das?«

Sie sah ihn mit verständnislosem Gesichtsausdruck an. »Was Bekannter?«

»Ein Freund«, mischte Lenz sich ein. »Ist Herr Müller ein Freund von Ihnen?«

»Nein, nix Freund. Ich nix gesehen vor heute. Nix kennen das Mann.« Sie wies mit dem ausgestreckten linken Arm auf ihn. »Er wollen wissen, was Familie Bilgin passiert. Sprechen Türkisch. Gut sprechen Türkisch.«

Der Mann, der sich Peter Müller nannte, knurrte genervt. »O. K«, murmelte er, und wollte in die Innentasche seines Parkas greifen, doch Hain war schneller. Der

Polizist stoppte die Hand, bevor sie unter dem Stoff verschwinden konnte, zog sie zu sich, drehte den Arm nach hinten, und schob den Mann mit dem Gesicht zur Hauswand.

»Aua«, brüllte der, »sind Sie irre?«, doch Hain dachte nicht daran, seinen Griff zu lockern. Frau Nasit folgte der Szene mit weit aufgerissenen Augen, die Arme fest um das Kleinkind vor ihrem Bauch geschlungen.

»Und nun Klartext«, schrie der Oberkommissar, während Lenz, der neben ihn gesprungen war, den Mann abtastete. »Wer sind Sie?«

»Mein Name ist Stemmler. Per Stemmler.«

*

Der Journalist winkte ab. »Sie glauben doch nicht ernsthaft, dass ich mit Ihnen darüber rede, wann und warum ich die Familie Bilgin aufgesucht habe.«

Hain sah den groß gewachsenen Mann, der ihm in seinem Büro im Polizeipräsidium gegenübersaß, mit zusammengekniffenen Augen an.

»Doch, das glaube ich, und zwar ganz und gar ernsthaft. Weil ich Sie nämlich, sollten Sie sich weiterhin weigern, einbuchten lasse. Sie scheinen sich irgendwie über Ihre Situation nicht so richtig im Klaren zu sein, Herr Stemmler. Für uns sind Sie einer der Verdächtigen in einem ziemlich unappetitlichen Mordfall.«

Wieder winkte der Journalist ab. »Wenn Sie sich nur die Mühe machen würden, mein Alibi zu überprüfen, wären wir einen großen Schritt weiter, Herr Kommissar. Und je länger Sie sich weigern, das zu tun, um so unangenehmer wird die Situation für Sie, wenn ich erst hier raus bin.«

Hain maß der unverhohlenen Drohung keine Bedeutung bei.

»Sie bestreiten also gar nicht«, mischte Lenz sich ein, der auf dem Heizkörper am Fenster saß, »dass Sie bei den Bilgins gewesen sind?«

Nun kniff Stemmler genervt die Augen zusammen. »Hört mir hier eigentlich irgendwer zu?« Er warf zuerst Lenz und danach Hain einen arroganten Blick zu. »Hallo? Jemand zu Hause? Natürlich bestreite ich nicht, dass ich die Familie Bilgin besucht habe. Nur wann das war, geht Sie rein gar nichts an. Und nach dem Warum brauchen Sie gleich überhaupt nicht zu fragen, weil das unter den hoffentlich auch Ihnen nicht unbekannten Begriff Informantenschutz fällt.«

Er streckte provokativ die Beine aus, griff in die Brusttasche seines grünen Parkas und kramte eine Packung Tabak hervor. Mit spitzen Fingern drehte er eine Zigarette, die er nach der Fertigstellung genüsslich hinter das linke Ohr steckte. »Die rauche ich gleich, wenn mein Anwalt Sie und Ihren Kollegen gefaltet und eingetütet hat.«

Lenz holte tief Luft, ging zum Schreibtisch und nahm einen Zettel und einen Stift in die Hand.

»Sagen Sie mir noch mal kurz den Namen, die Adresse und die Telefonnummer der Frau, mit der Sie die Nacht verbracht haben wollen, Herr Stemmler. Danach können Sie Ihren Arsch hier rausbewegen und die Kippe hinter Ihrem Ohr in den Mund stecken und rauchen. Von mir aus können Sie sich das Ding auch ganz woanders hinstecken, es ist mir gleichgültig.«

Der Journalist nannte ihm die Daten.

»Danke«, erwiderte Lenz gequält. »Und jetzt raus hier. Und glauben Sie nicht, dass die Geschichte damit für Sie erledigt ist, wir werden uns sicher noch einmal mit Ihnen befassen.«

Stemmler erhob sich betont langsam und bewegte sich herausfordernd im Stil eines Cowboys auf die Tür zu. »Ich kann es kaum erwarten, meine Herren.«

»Warum hast du ihn laufen lassen?«, wollte Hain ein wenig angesäuert von seinem Chef wissen, nachdem der Journalist die Tür hinter sich ins Schloss gezogen hatte und ein paar Sekunden verstrichen waren.

»Weil er zwar ein Monstrumsarschloch ist, aber kein Mörder. Der ist aalglatt und smart und bestimmt hinter einer Superstory her, aber warum sollte er die Bilgins umgebracht haben? Außerdem glaube ich ihm aufs Wort, dass er gestern Abend diese Tussi aufgerissen hat, so wie der aussieht.«

»Du hättest ihn wenigstens fragen können, ob er etwas über die Konten und das Geld weiß.«

Lenz schüttelte den Kopf. »Denk doch mal nach, Thilo. Vielleicht ist es genau das, was er noch nicht weiß, und er war deswegen bei den Bilgins. Wir fragen ihn danach, und schwuppdiwupp liefern wir ihm damit den fehlenden Mosaikstein für seine Story.«

Hains Gesicht hellte sich auf. »Oh Mann, da bin ich aber froh, dass ich mein Maul gehalten hab. Es lag mir nämlich ganz weit vorne auf der Zunge, ihn danach zu fragen.«

»Na, dann haben …«, wollte Lenz antworten, wurde jedoch vom Klingeln seines Mobiltelefons unterbrochen.

»Ja, Lenz«, meldete er sich.

»Pia Ritter«, hörte er die Stimme einer Frau, »guten Morgen, Herr Kommissar.«

Lenz brauchte einen Augenblick, bis er sich daran erinnert hatte, dass Pia Ritter eine Beamtin der Schutzpolizei war.

»Hallo, guten Morgen, Frau Ritter. Was gibt's denn?«

»Sie fahnden doch nach einem Kemal Bilgin?«

»Ja, korrekt. Haben Sie ihn?«

»So könnte man es nennen. Er ist im Klinikum gelandet, vermutlich wird er gerade operiert. Wie es aussieht, ist seine Flucht zu Ende.«

»Was genau ist passiert?«

»Sein Fahrzeug war zwei Kollegen in der Nähe des großen Kreisels aufgefallen. Bei der anschließenden Verfolgung gab es in der Nähe der Autobahnraststätte einen ziemlichen üblen Unfall, bei dem vermutlich ein Unbeteiligter zu Tode gekommen ist, ein LKW-Fahrer. Wegen der genauen Umstände muss ich mich aber selbst erst noch schlau machen.«

»Vielen Dank, Frau Ritter. Bilgin ist am Leben, sagen Sie?«

»Noch, ja. Die Kollegen, die vor Ort waren, sagen, dass er zwar verdammt viel Glück gehabt hat, aber dass er überleben wird, halten sie für unwahrscheinlich.«

»Scheiße«, murmelte Lenz, entschuldigte sich jedoch sofort bei der Frau für seine Wortwahl.

»Macht nichts, Herr Kommissar. Kann ich sonst noch was für Sie tun?«

»Nein, danke, Frau Ritter. Sie sagen, er ist ins Klinikum gebracht worden?«

»Genau, in die Unfallambulanz.«

Lenz dankte der Frau noch einmal und beendete das Gespräch. Hain wollte zu seiner Jacke greifen, doch nun wurde er vom Klingeln des Telefons auf seinem Schreibtisch gestört. Der Anrufer war Uwe Wagner.

»Die A7 ist in beiden Richtungen voll gesperrt, weil euer

türkischer Verdächtiger mit seinem Auto von der Brücke auf einen LKW gestürzt ist«, begann er ohne große Begrüßung.

»Paul hat es soeben von der Schutzpolizei erfahren«, bestätigte der Oberkommissar. »Weißt du Genaueres?«

»Michi Berger von den Autobahnjungs hat mich gerade angerufen. Da oben sieht es aus, als hätte eine Bombe eingeschlagen, sagt er.«

Dann kam eine kurze, aber präzise Schilderung, wie sich der Unfall abgespielt hatte. »Der Fahrer des LKW war sofort tot; euer Türke lebt noch, aber nicht mehr allzu viel und allzu lange. Michi sagt, dass er noch nie einen Laster gesehen hat, dessen Führerhaus so kaputt gewesen sei, und das soll schon was heißen bei den vielen Dienstjahren, die er auf dem Buckel hat. Es gab noch ein paar Leichtverletzte in den Autos, die in den querstehenden LKW geknallt sind, aber nichts Schlimmes dabei. Da ist der Sachschaden das Gravierendste.«

»Der Türke ist im Klinikum gelandet?«

»Ja, klar«, erwiderte Wagner gehetzt, »aber ich muss jetzt Schluss machen, auf der anderen Leitung wartet ein Anruf.«

»Du willst nicht mit Paul sprechen?«

»Nein, jetzt nicht. Mach's gut.«

Damit war das Telefonat beendet. Hain griff zu seiner Jacke.

»Jetzt wissen wir es aber ganz genau«, murmelte er im Gehen seinem Chef zu.

17

Ewald Limbourg trat ans Fenster seines Büros, öffnete es einen Spalt, atmete die kalte, würzige Winterluft ein und wieder aus, schloss das Fenster, setzte sich zurück an seinen Schreibtisch, atmete erneut tief ein und schlug dann völlig unvermittelt und so fest mit der linken Faust auf die Pressspanplatte mit der Buchenfolierung, dass die Kaffeetasse, die darauf stand, im hohen Bogen zu Boden segelte und dort zerschellte.

»Verdammter Mist«, hörte er sich murmeln, sprang um den Tisch herum und sammelte die Überreste auf.

Verdammter Mist.

Seit mehr als zwei Wochen beschäftigte den jungen Staatsanwalt der Fall seines Parteifreundes Justus Gebauer, oder, besser gesagt, das unerlaubte Entfernen vom Unfallort, dessen sich Gebauer ohne Frage schuldig gemacht hatte. Limbourgs Blick streifte zum wiederholten Mal jene Akte, die er, seit er sie zum ersten Mal in die Hände bekommen hatte, von einer Schreibtischseite auf die andere und wieder zurückschob.

Dieser verdammte Zeuge.

Ohne diesen Zeugen wäre die Sache ganz einfach. Aber ohne diesen Zeugen wäre die Fahrerflucht auch nie und nimmer auf seinem Schreibtisch gelandet. Gebauer hatte den Toyota dieser alleinerziehenden Mutter beim Ausparken gerammt, das war nicht wegzudiskutieren. Er war aus seiner S-Klasse ausgestiegen, hatte sich den Schaden angesehen, war wieder eingestiegen und weggefahren. Und dabei hatte der Vollidiot sich auch noch von dem Zeugen beobachten lassen. Gebauer war dran, da gab es einfach nichts mehr zu verschleiern oder zu erledigen. Ohne den Zeugen hätte die Frau niemals auf dem Lacktest bestanden, schon alleine wegen der Kosten. Aber so?

Wieder kreisten die Gedanken des jungen Juristen, um vielleicht doch noch irgendeine wie auch immer geartete Lösung aus dem Ärmel zu zaubern, aber es gab einfach keine. Es gab keine andere Lösung als die Anklageerhebung und den daraus resultierenden Strafbefehl, was für den Juristen Justus Gebauer wegen seiner Vorstrafe aufgrund der Verurteilung im Fall Bärsch den endgültigen gesellschaftlichen und beruflichen K. o. bedeuten würde. Und er, Ewald Limbourg, hätte ihm den entscheidenden Schlag versetzt.

Du verdammter Idiot, dachte er noch einmal. Hättest du nicht einfach auf diese Frau warten und ihr einen oder zwei Scheine in die Hand drücken können? Damit wäre die Sache erledigt gewesen. Weil du das nicht für nötig befunden hast, bist du jetzt erledigt.

Es klopfte an der Tür. Limbourg klappte die Akte zu und legte sie zur Seite.

»Ja, bitte«, wollte er rufen, doch noch während er Luft holte, wurde die Tür in den Raum geschoben und das solariumsgegerbte Gesicht seines Chefs Franz Marnet sichtbar.

»Guten Morgen, Herr Marnet«, begrüßte Limbourg den Oberstaatsanwalt.

»Morgen, Limbourg«, kam die knappe Erwiderung. Danach kreiste Marnets Blick suchend über den Schreibtisch und wurde sehr schnell fündig. »Ist das die Akte Gebauer?«

»Ja, äh, ich bin noch nicht dazu gekommen, weil …«

»Lassen Sie das Gestottere«, wurde der junge Jurist hinter dem Schreibtisch von seinem Boss barsch unterbrochen, »und sagen Sie mir, wann endlich und wie die Sache weitergehen soll.«

»Nun ja …«, erwiderte Limbourg, der sich nicht unwohler hätte fühlen können.

»Ja?«, fragte Marnet zurück, und jeder Buchstabe klang für den Mann am Schreibtisch dabei wie das Horngerassel einer Klapperschlange.

»Es gibt noch ein paar Dinge zu überlegen, bevor ich die Sache abschließend beurteilen kann. Aber spätestens nächste Woche sollte ich so weit sein.«

Marnet gab ihm mit seiner unwirschen Miene zu verstehen, dass diese Antwort ihn keinesfalls erfreute. »Nein, nein, so geht das nicht, Limbourg. Wenn eine einfache Fahrerflucht Sie schon überfordert, wie soll ich Ihnen dann weitere, am Ende viel kompliziertere Fälle übertragen? Wie soll das gehen?«

»Aber Herr Marnet, die Sache ist wirklich nicht so ein …«

Wieder wurde er von dem Oberstaatsanwalt unterbrochen, diesmal jedoch mit einer einfachen Handbewegung und ein wenig sanfter. »Sie müssen sich nicht rechtfertigen, bitte. Ich weiß, dass wir hier in der Abteilung alle an der Grenze unserer Leistungsfähigkeit ackern, um die ganzen Fälle bearbeiten zu können.«

Der plötzliche Stimmungswechsel seines Chefs ließ bei Limbourg alle Alarmglocken schrillen.

»Aber es muss auch klar sein, dass vor dem Gesetz alle Menschen gleich sind, egal, welcher Partei sie auch angehören. Und es sollte natürlich auch egal sein, ob ein Parteifreund den Fall bearbeitet oder ein anderer, möglicherweise weniger subjektiver Kollege. Aber das alles muss ich Ihnen doch sicher nicht explizit darlegen, Herr Kollege.«

Limbourg schluckte. »Nein. Herr Marnet, das müssen Sie nicht.«

»Gut. Dann ist das ja zur Zufriedenheit aller Beteiligten geklärt«, gab der Oberstaatsanwalt zurück und schloss ohne irgendeinen Gruß oder ein weiteres Wort die Tür von außen.

Justus Gebauer. Es hatte Zeiten gegeben, da horchte Eduard Limbourg bewundernd auf, wenn dieser Name genannt wurde. Gebauer eilte der Ruf voraus, ein veritabler Kandidat für den Posten des Ministerpräsidenten zu sein. Später, wenn … Ja, es hätte vielleicht so kommen können, es wäre sogar mit an Sicherheit grenzender Wahrscheinlichkeit so weit gekommen, wenn er nicht diesen Behinderten geschlagen hätte.

Limbourg hatte seine politischen Überzeugungen sozusagen seit Kindesbeinen von seinem Vater, einem angesehenen Juristen und langjährigen Mitglied der Partei, vorgelebt bekommen. Er hatte schon in den Jahren an der Universität begriffen, dass die Vernetzung in dieser politischen Gruppierung sein Leben und seinen beruflichen Werdegang signifikant bestimmen würden, wenn er sich an die in diesen Kreisen gültigen, oftmals unausgesprochenen Spielregeln halten würde. Weil er das tat, öffneten sich für ihn, obwohl nicht mit besonderen intellektuellen Fähigkeiten ausgestattet, viele Türen, die anderen jungen Männern seines Alters stets verschlossen blieben. Lange war es die feste Überzeugung seines Vaters gewesen, dass aus dem Knaben, der bis zum Ende der Pubertät brauchte, um über den Unfalltod seiner Mutter im Alter von acht Jahren hinwegzukommen, nichts werden würde. Doch aus Ewald Limbourg wurde ein Abiturient, ein Student, und nach dem Studium ein Jurist, allerdings alles auf bescheidenem Niveau. Den letzten Schritt seines beruflichen Werdegangs jedoch hatte sein Vater nicht mehr miterleben können, weil er vor etwas mehr als zwei Jahren an einem Gehirntumor gestorben war.

Wie auch immer, nun war er Staatsanwalt. Er war Staatsanwalt, obwohl er wusste, dass er es in diesem Beruf nie weit bringen würde, weil ihm einfach die Begabung zum großen Auftritt fehlte. Oder, treffender ausgedrückt, er konnte nur unter größten Schwierigkeiten vor anderen Menschen frei reden, und das war für einen Staatsanwalt ohne Frage ein echtes Ausschlusskriterium.

Wann immer er in seiner Zeit als Student oder später als Rechtsreferendar vor Menschen sprechen musste, und das kam zwangsläufig öfter vor, benötigte er die Unterstützung eines Beruhigungsmittels, was zur Folge hatte, dass er seit mehreren Jahren stark diazepamabhängig war. Die Crux bei dieser Form von Sucht besteht jedoch darin, dass der Betroffene wegen des Gewöhnungseffekts eine ständig größer werdende Dosis des Mittels braucht, um die so dringend benötigte Wirkung zu erzielen. Im Fall von Ewald Limbourg bedeutete das nichts anderes, als dass er ständig müde und unkonzentriert war, sich häufig übergeben musste, einen unsicheren Gang hatte und vieles schnell vergaß. Außerdem war er, besonders in den letzten Monaten, äußerst reizbar und dünnhäutig geworden.

Sein Arzt, der schon seinen Vater behandelt hatte, versagte ihm aus Sorge wegen des Abhängigkeitsrisikos bereits seit längerer Zeit die Verschreibung des Medikaments, weswegen Limbourg sich im Internet einen Lieferanten aus Übersee organisiert hatte. So ging der junge Jurist keinen Meter aus dem Haus, ohne das Präparat in seiner Tasche zu wissen. Er schluckte vor jeder

Verhandlung, an der er teilnehmen musste, mindestens zwei der Pillen, und meist begann er den Tag schon mit der Einnahme, einfach weil die Sucht ihm diesen Fahrplan diktierte.

Vor etwa einem Jahr war er, vermutlich auch wegen der Dosis Diazepam, die in seinem Blutkreislauf zirkulierte, nicht aufmerksam gewesen beim Überqueren der vierspurigen Hauptverkehrsstraße, die den Gerichtstrakt von der Innenstadt trennt, wurde von einem Lieferwagen angefahren und etwa 30 Meter mitgeschleift. Wegen fünf gebrochener Rippen und eines leichten Schädel-Hirn-Traumas versetzten ihn die Ärzte in ein fünftägiges künstliches Koma, aus dem er mit schweren Entzugserscheinungen erwachte. Die erste der beiden Wochen, die er danach noch im Krankenhaus verbringen musste, war die schlimmste seines Lebens, und obwohl er den größten Teil des körperlichen Entzuges zu diesem Zeitpunkt schon hinter sich hatte, begann er direkt im Anschluss an seine Entlassung aus dem Klinikum wieder damit, sich ruhigzustellen. Die Lehre, die er aus dieser unangenehmen Zeit zog, war ebenso typisch wie irrational für Menschen in seiner Situation: Er legte einfach noch größeren Wert darauf, ständig mit Diazepam versorgt zu sein, es ständig in seiner Nähe und Griffbereitschaft zu wissen.

Nun saß er am Schreibtisch seines frisch renovierten Büros, starrte auf die Akte vor seinen Armen und wusste, dass diese Sache nur böse ausgehen konnte für ihn. Er musste sich zwischen Erhängen und Erschießen entscheiden, eine Alternative gab es nicht. Wenn er dem Drängen von Gebauer nachgab und die Angelegenheit unter den Teppich kehrte, würde Marnet ihn vierteilen und danach aus dem Amt jagen. Die Alternative allerdings, nämlich Gebauer einen Strafbefehl zu schicken und den Parteifreund damit endgültig zu ruinieren, hatte ebenfalls keinen Charme. Trotzdem war er sich darüber im Klaren, dass er diese Option ziehen musste, egal, was ihm in der Partei deswegen blühen würde. Sollten sie ihn doch rausschmeißen, was juckte es ihn? Er hatte seinen Job zu retten, das war das Wichtigste. Ohne diese Arbeit, die ihm Anerkennung einbrachte und Gewicht verlieh, wäre er, trotz der Medikamente, die er brauchte, um sie zu erledigen, vermutlich in der Gosse gelandet. Er zog die Laufmappe zu sich her, klappte den Deckel auf und wollte mit dem Lesen beginnen, obwohl er vermutlich alle Details auswendig kannte. Dann jedoch zögerte er, schob den Karton mit den A4-Blättern wieder ein Stück nach vorne, griff in die abgewetzt-schicke Ledertasche, die neben dem Schreibtisch stand, und zog ein altes Medikamentenröhrchen heraus. Mit zitternden Fingern hob er den kleinen Kunststoffdeckel an, kramte das geknüllte Papiertaschentuch, das jegliches Geräusch aus dem Innern unterdrücken sollte, heraus, und legte beides vor sich auf den Tisch. Wie immer, wenn er sich einen der Glücklichmacher gönnte, wurde sein Handeln von dem Gefühl begleitet, etwas Falsches zu tun, etwas Verbotenes. Das Röhrchen drehte sich, eine Bewegung, die er schon tausendfach ausgeführt hatte, und schon lagen zwei der weißen Tabletten in seiner Hand. Mit den Jahren hatte er herausgefunden, dass die Wirkung ein paar Minuten schneller einsetzte, wenn er die Pillen nicht im ganzen mit Wasser herunterspülte, sondern sie wie Lutschpastillen im Mund zergehen ließ. Das schmeckte zwar furchtbar, aber der Zweck heiligte die Mittel. Als der bittere Geschmack sich verzogen hatte, steckte er das Pillendöschen wieder in die Tasche, lehnte sich im Stuhl zurück und wartete auf die Vorboten jener Woge der Erleichterung, die in einer knappen halben Stunde einsetzen würde.

18

Das Areal um den Rasthof Kassel war weiträumig abgesperrt.

Lenz und Hain, die sich der Unfallstelle aus westlicher Richtung, also aus Bergshausen, näherten, wurden etwa 50 Meter vor der Brücke von einem Uniformierten angehalten und durften erst weiterfahren, nachdem Hain sich ausgewiesen hatte. Die letzten Meter gingen die Beamten zu Fuß, weil die Brücke durch mehrere querstehende Streifenwagen komplett gesperrt worden war.

»Ach du große Scheiße«, murmelte Lenz, als er das durchschlagene Geländer und die Unfallsituation eine Etage tiefer sah. Dort hing der LKW noch immer mit der vorderen Hälfte auf der Fahrbahn der Nordrichtung, der hintere Teil blockierte die beiden linken Spuren der Südrichtung. Die Staus auf beiden Seiten erschienen endlos. Hain folgte seinem Chef, der sich über die Brücke und in Richtung Motel in Bewegung gesetzt hatte, damit er einen Blick auf die Fahrerkabine werfen konnte.

Auch hier bot sich ein Bild des Grauens. Der von der Brücke gestürzte Fiesta hatte sich nach dem Aufprall mit dem Unterboden in der linken Seite des Fahrerhauses verkeilt und war erst durch die Hilfe eines großen Krans von dem Lastwagen zu trennen gewesen. Danach waren der

Fahrer des Kleinwagens und der LKW-Fahrer geborgen worden; der Fiesta-Fahrer mehr tot als lebendig, der andere war schon beim Aufschlag gestorben. Lenz sah ein ganzes Rudel von Männern der Spurensicherung, die in ihren weißen Tyvek-Anzügen wie Schneemänner aussahen und vor und neben den Autowracks umherwuselten.

»Scheint so, als ob es hier im Augenblick nichts zu tun gibt für uns«, bemerkte Hain, während er wegen der Kälte von einem Fuß auf den anderen trippelte. Lenz nickte.

»Ja, der gute Kemal hat ganze Arbeit geleistet. Lass uns zum Klinikum fahren«, setzte er mit hochgezogenen Augenbrauen hinzu, »vielleicht lebt er ja noch ein bisschen und ist in der Stimmung, ein Geständnis abzulegen.«

Hain bedachte ihn mit einem Blick der Marke ›du hast sie doch nicht alle‹.

»Werd bloß nicht auf deine alten Tage noch zum Zyniker.«

»Keine Angst«, erwiderte Lenz leise, »vorher quittiere ich lieber den Dienst.«

*

»Ich glaube, um ganz ehrlich zu sein, nicht, dass der Mann diese wirklich schweren Verletzungen überleben wird«, erklärte Prof. Dr. Wolfgang Hartenstein den Polizisten eine halbe Stunde später auf dem Flur vor seinem Dienstzimmer. »Im Augenblick sind mein Oberarzt und sein Team dabei, ihn so gut es geht zu versorgen, aber große Hoffnungen sollte man sich in diesem Fall nicht machen.«

»Welche Verletzungen hat er davongetragen?«, wollte Hain wissen und zog seinen Notizblock aus der Jackentasche.

Der Chefarzt sah ihn an wie einen Schuljungen aus der sechsten Klasse, der eine Frage gestellt hatte, deren Beantwortung aber erst in der zehnten Klasse auf dem Stundenplan steht.

»Ich bin sicher, das würde Ihren medizinischen Sachverstand bei Weitem überfordern, Herr Inspektor. Lassen wir es einfach so stehen, dass er es vermutlich nicht überleben wird. Nicht überleben kann. Der Mann wirkt zwar gut konstituiert und macht einen durchtrainierten Eindruck, aber das darf nicht über den Ernst seiner Lage hinwegtäuschen. Wir …« Der Mediziner baute eine wohlüberlegte Kunstpause in seinen kleinen Vortrag ein. »… würden natürlich gerne jeden Menschen retten, auch ihn, doch zaubern können wir nun mal nicht, leider.«

»Das heißt«, warf Lenz vorsichtig ein, »dass es zur Stunde müßig ist, über eine eventuelle Vernehmung zu spekulieren?«

Wenn der Chefarzt seine Missbilligung hätte steigern wollen, hätte er laut loslachen müssen. So aber schüttelte er nur mit einer Mischung aus gespieltem Mitleid und tadelndem Naserümpfen den Kopf.

»Wenn Sie mir besser zugehört hätten, müsste ich das nicht wiederholen: Der Mann liegt im Sterben. Punkt. Vielleicht streifen sich meine Kollegen jetzt gerade die Handschuhe von den Fingern, weil sie es nicht geschafft haben, sein Herz noch ein paar Minuten länger am Schlagen zu halten. Über eine Vernehmung nachzudenken, ist absurd. Absoluter Blödsinn ist das.« Damit drehte er sich um, schlug erbost auf die Klinke der Tür zu seinem Büro und verschwand darin.

»Huiuiui, der ist aber leicht reizbar«, murmelte Lenz.

»Das walte Hugo. Was er allerdings nicht weiß ist, dass mit Kemal Bilgins Tod unser Hauptverdächtiger in einem Mordfall sterben würde, was wir auf gar keinen Fall goutieren können.«

Sein Boss sah ihn schräg an. »Jetzt muss ich mir aber Sorgen machen, dass du zum Zyniker mutierst, was?«

»Schon möglich«, erwiderte Hain und strebte Richtung Ausgang. »Aber irgendwie sagen mir mein rechtes Ei und mein siebter Sinn, dass an der ganzen Geschichte irgendetwas nicht stimmt. Irgendwas ist faul daran.«

Lenz, der ihm langsam folgte, legte die Stirn in Falten. »Und was genau sagen dir dein rechtes Ei und dein siebter Sinn? Dass es jemand anderes war? Und warum ist er dann zuerst vor uns und danach vor den Kollegen im Streifenwagen abgehauen?«

Hain stöhnte auf. »Das weiß ich nicht, Paul. Es erscheint alles so einfach. Zu einfach, wenn du mich fragst. Wir haben die drei Toten, und wir haben als Verdächtigen den Sohn, der zu allem Unglück nach einer blöden Flucht auch noch im Sterben liegt. Irgendwie merkwürdig, das alles.«

Lenz dachte ein paar Sekunden nach. »Es ist natürlich überhaupt nicht klar, dass er der Täter ist, allerdings haben wir im Augenblick keinen, der mehr dafür infrage kommen würde.«

»Und das Motiv?«, gab Hain zurück.

»Immerhin gab es diesen Streit mit seinem Vater. Einen heftigen Streit.«

»Aber, wie du schon sagst, betraf das ausschließlich seinen Vater. Warum also sollte er seine Mutter und den kleinen Bruder gleich mit umgebracht haben? Das ergibt für mich absolut keinen Sinn.«

19

Frank Weiler drückte so fest auf den roten Knopf an seinem Mobiltelefon, dass die Stelle am Finger schmerzte.

»Verdammte Scheiße«, murmelte er, und schleuderte das kleine Gerät auf den Tisch, sodass sich der Deckel des Akkufachs löste und im hohen Bogen davonflog. Wutschnaubend bückte er sich, klaubte das Plastikteil vom Boden auf und schob es in seine angestammte Position zurück. Hastig drehte er das Telefon um, überzeugte sich durch einen kurzen Blick, dass es keinen Schaden genommen hatte, und drückte eine der Schnellwahltasten.

»Ich bin's. Es gibt ein Problem.«

»Ja?«, kam es aus dem kleinen Lautsprecher zurück. »Was für ein Problem?«

»Können wir uns sehen?«

Eine kurze Pause.

»In einer halben Stunde. Bis gleich.«

Weiler legte das Mobiltelefon auf den Tisch, sah auf die Uhr an seinem rechten Handgelenk, ging Richtung Bad und stand eine Minute später unter der Dusche. Nachdem er sich gewaschen hatte, rasierte er sich, putzte seine Zähne und zog sich an. Genau 29 Minuten, nachdem er das Telefonat beendet hatte, betrat er das kleine Café in Wilhelmshöhe. Sein Gesprächspartner saß bereits an einem der Tische am hinteren Ende des schlauchförmigen Lokals, weit weg von der Theke, hielt eine Ausgabe der Lokalzeitung in der Hand, und lächelte ihn vielsagend an. Weiler setzte sich, bestellte bei der Bedienung einen doppelten Espresso, und holte tief Luft, doch der Mann am Tisch war schneller.

»Der Kaffee hier ist immer wieder ein Genuss«, begann Justus Gebauer, und legte dabei die Zeitung zur Seite.

Weiler sah ihn irritiert an. »Ja, das mag sein. Aber …« Er stockte, weil Gebauer den Arm gehoben hatte.

»Nun komm doch erstmal zur Ruhe, Frankie. Komm ein bisschen runter, trink deinen Espresso, atme tief durch, und du wirst sehen, dass alles gut wird.«

Weiler glaubte, nicht richtig zu hören. »Justus, du hast ja keine Ahnung! Dieses verdammte Krankenhaus …«

Wieder wurde er von einer Geste seines Gegenübers unterbrochen, der ihn weiterhin völlig entspannt anblickte.

»Das Krankenhaus versucht, den Tod von Schmitt zu vertuschen. Ich weiß.«

Nun wirkte Weiler geradezu schockiert. »Was, warum?«, versuchte er, seine völlige Verunsicherung in Worte zu fassen.

»Ich habe gerade mit einem Freund telefoniert, einem Staatsanwalt, und der hat mir versichert, dass es im Klinikum Kassel keinen ungeklärten Todesfall gibt. Geschweige denn, ein Gewaltverbrechen.«

»Und was soll das Ganze? Die können doch nicht …«

»Doch«, wurde der Geschäftsmann wieder von Gebauer unterbrochen, »das können die, und zwar richtig gut. Totenschein ausstellen, natürliche Todesursache bestätigen, und Feierabend. Und glaub mir, die sind sicher, dass ihnen nichts passieren kann. Gar nichts.«

Nun hatte Weiler nichts mehr zu entgegnen. Gebauer griff nach seinem Arm und legte die Hand beruhigend auf den teuren Stoff des Anzugs.

»Ganz entspannt, Frankie, die Sache ist schon angelaufen. Es gab da einen anonymen Hinweis, dem die Polizei auf Anweisung der Staatsanwaltschaft nachgeht. Wahrscheinlich«, er blickte auf die Uhr an seinem Handgelenk, »müssen sich die Ärzte der Abteilung, in der Schmitt ums Leben gekommen ist, just in diesen Minuten ein paar überaus unangenehmen Fragen stellen. Und sei versichert, dass der Leichnam dieses Blödmannes noch heute obduziert werden wird. Und dann läuft alles wieder genau nach Plan.«

Erneut huschte ein Lächeln über sein Gesicht. »Du glaubst nicht, was es sonst noch für gute Nachrichten gibt.« Während er sprach, hatte er die Fäuste geballt und sich damit voller Freude gegen die Brust geschlagen.

»Jetzt machst du mich aber wirklich neugierig, Justus«, erwiderte Weiler völlig entnervt.

»Die Familie dieses gottverdammten Türken ist letzte Nacht massakriert worden. Sein Vater, seine Mutter und sein Bruder. Ich weiß noch nicht alles, aber es klingt wie ein Geschenk des Himmels, was da passiert ist.«

»Moment, Moment«, dämpfte Weiler Gebauers Enthusiasmus. »Du willst mir doch nicht im Ernst erklären, dass dieser Dreifachmord von letzter Nacht etwas mit unserem Bilgin zu tun hat? Das kann unmöglich sein!«

Der Rechtsanwalt auf der anderen Seite des Tisches hob die Augenbrauen und strahlte dabei über das ganze Gesicht. »Doch, Frank, genau das will ich dir erklären. Und das ist bei Weitem nicht alles, es kommt nämlich noch viel besser. Laut meinem Spezl bei der Staatsanwaltschaft ist Kemal Bilgin dringend tatverdächtig und obendrein auf der Flucht.«

Er fuchtelte mit den Händen in der Luft herum, wie er es auch bei seinen Auftritten vor Gericht gerne tat. »Unser kleiner Türke, den wir um jeden Preis hinhängen wollten, hat letzte Nacht einen Teil seiner Familie umgebracht.«

Weiler schluckte und wollte etwas erwidern, wurde jedoch vom Auftauchen der Bedienung gebremst, die mit einem zuvorkommenden Nicken den Espresso vor ihm abstellte.

»Tut mir leid, dass es etwas länger gedauert hat, aber es gab ein kleines Problem mit der Kaffeemaschine«, erklärte sie freundlich.

»Macht nichts«, gab Weiler kurz angebunden zurück und bedeutete ihr mit einer Handbewegung, dass ihre Anwesenheit nicht länger erwünscht war.

»Lassen Sie ihn sich trotzdem schmecken.«

Wenn das Verhalten des Gastes sie verärgert hatte, so ließ sie es sich zumindest nicht anmerken und verließ, noch immer freundlich dreinblickend, die Nische, in der die beiden Männer sich niedergelassen hatten. Weiler wartete, bis die junge Frau außer Hörweite war, bevor er weitersprach.

»Das kann doch gar nicht sein, Justus, solche Zufälle gibt es nicht; die kann es einfach nicht geben. Es ist nie und nimmer vorstellbar, dass der Typ in der gleichen Nacht, in der wir diesen Zinnober seinetwegen veranstalten, seine Familie um die Ecke bringt. Da stimmt irgendetwas nicht.«

Gebauer winkte ab. »Jetzt komm mal wieder auf den Teppich und verschon mich mit deinen Verschwörungstheorien. Jeder kleine Polizist in der Stadt sucht nach ihm, glaub mir einfach. Und wenn sie ihn erwischt haben, kriegt er die Sache mit dem Nazi noch obendrauf gehauen. Denk doch mal nach, Frankie, etwas Besseres konnte uns doch überhaupt nicht passieren.«

Nun wurde Weiler tatsächlich etwas ruhiger. »Und es ist wirklich so, dass seine Eltern und sein Bruder hopsgegangen sind?«

»Ja, die Sache ist völlig eindeutig. Die drei wurden in

ihrer Wohnung erschossen. Und es ist ebenso eindeutig, dass sich Kemal Bilgin und sein Vater am Nachmittag ganz ordentlich gefetzt haben, dafür gibt es eine Zeugin. Jetzt muss die Exekutive den Kerl nur noch schnappen, und die Sache läuft.«

Weiler schloss die Augen und fing an zu grinsen. »Und wir machen uns solche Umstände mit dem Neonazi …«

»Das stimmt, Frankie, aber es konnte ja niemand ahnen, dass das alles passieren würde. Von daher ist es gut, wie es ist.«

»Und im Krankenhaus brennt jetzt gerade die Hütte?«, feixte Weiler.

»Bis unters Dach, Frankie«, erwiderte Gebauer gut gelaunt, »bis unters Dach.«

20

Hain fuhr das Auto aus der Parklücke, drehte die Heizung auf die höchste Stufe und schaltete das Radio ein. Nach ein paar Takten Musik erklang das Jingle des Senders, mit dem jeweils zur vollen Stunde die Nachrichten angekündigt wurden. Schon bei der Verlesung der ersten Meldung stoppte der Oberkommissar und drehte den Zündschlüssel so weit zurück, dass zwar der Motor abstarb, das Radio jedoch weiter lief.

Kassel: Schon wenige Stunden nach Bekanntwerden einer schrecklichen Familientragödie in Kassel mit drei Toten ist der Täter gefasst worden. Wie der leitende Ober-

staatsanwalt Franz Marnet gegenüber unserem Sender bekanntgab, wurde Kemal B. am Ende einer wilden Verfolgungsjagd in Höhe des Rasthofs Kassel nach einem spektakulären Unfall gestellt, bei dem er sich schwerste Verletzungen zuzog. Zur Stunde kämpfen die Ärzte des Kasseler Klinikums um sein Leben. Marnet erklärte weiter, dass alles auf eine Familientragödie im Migrantenmilieu hindeutet, nachdem sich der Täter am frühen Abend eine hitzige Auseinandersetzung mit seinem Vater, einem der Opfer der Bluttat, geliefert hatte. Worum es bei dem Streit ging, konnte noch nicht geklärt werden. Frankfurt: Die Deutsche Bank hat im vergangenen Jahr einen Verlust von …

Lenz sah noch einen Augenblick lang das Radio und dann seinen Kollegen völlig konsterniert an.

»Was ist denn in den Marnet gefahren?«, fragte er mehr sich selbst als Hain. »Es ist doch noch gar nicht sicher, dass es der Türke war.«

Hain nickte. »Und wie kommt er eigentlich an die Informationen?«

Lenz hatte sein Telefon schon in der Hand. »Das interessiert mich auch, und zwar ganz brennend«, antwortete er und wählte dabei.

»Brandt«, erklang es aus dem kleinen Lautsprecher an seinem Ohr.

»Ludger, hier ist Paul. Ich hab gerade im Radio gehört, dass Staatsanwalt Marnet den Türken als Täter verkauft. Nicht als Verdächtigen, sondern als Täter! Das kann er doch unmöglich von dir haben?«

Den letzten Satz hatte er etwas zu laut abgeschickt.

»Nun komm mal wieder runter, Paul«, erwiderte der Kriminalrat am anderen Ende gereizt. »Ich habe mit

Oberstaatsanwalt Marnet telefoniert, was durchaus nicht außergewöhnlich ist, immerhin ist er der Herr des Verfahrens. Dafür, was er aus den Informationen macht, die er von mir bekommt, kann ich nichts. Der Mann ist alt und erfahren genug, um zu dem stehen zu können, was er erzählt.«

»Aber es gibt doch jede Menge Indizien, die in andere Richtungen weisen. Warum also versucht Marnet, so schnell den Deckel auf die Geschichte zu kriegen?«

»Mensch, Paul, die Sachlage ist doch so unklar nicht. Marnet lehnt sich ein klein bisschen weit aus dem Fenster, das finde ich auch, aber für mich steht der Sohn als Täter quasi ebenso fest wie für ihn.«

»Quasi, Ludger! Quasi! Und in diesem Quasi stecken noch jede Menge Zweifel, wenn du mich fragst.«

»Ich frage dich aber nicht«, kam es nach einer kurzen Pause zurück. »Und ich gebe dir weiterhin den wirklich gut gemeinten Rat, dich nicht in der Öffentlichkeit zu dem Fall zu äußern, egal in welcher Form. Wenn dich jemand danach fragen sollte, verweist du am besten auf die Pressestelle der Staatsanwaltschaft.«

Nun brauchte Lenz ein paar Sekunden, um seine Gedanken zu ordnen. Und eine weitere, um seinen Chef nicht anzubrüllen.

»Wer steht dir auf den Füßen rum, Ludger? Wie hoch reicht die Einflussnahme?«

»Vergiss bitte nicht, mit wem du redest, Paul. Ich bin immer noch dein Vorgesetzter. Und ich brauche niemanden, der mir erklärt, wie ich meine Arbeit zu machen habe. Dich nicht, und auch sonst niemanden. Verstanden?«

Statt einer Antwort drückte Lenz auf die rote Taste des Telefons und steckte es zurück in die Jackentasche, überlegte es sich dann aber anders, kramte das Gerät wieder hervor und schaltete es komplett aus.

»Das wird Ludger ganz und gar nicht gefallen«, gab Hain zu bedenken, der sein Treiben mit gerunzelter Stirn beobachtet hatte.

»Und das ist mir gerade so was von scheißegal, das glaubst du gar nicht.«

»Doch, das glaube ich dir gern. Aber wenn Marnet es so will, sollten wir …«

»Marnet will«, wurde er von Lenz unterbrochen, »dass wir alle Anfragen zu dem Fall an die Pressestelle der Staatsanwaltschaft weiterleiten. Wir haben nicht nur einen Täter aufs Auge, sondern auch einen Maulkorb verpasst bekommen.«

Hains Telefon meldete sich. Der Oberkommissar griff danach und sah aufs Display.

»Ludger.«

Lenz nickte. »Wie nicht anders zu erwarten«, nuschelte er. »Gib her.«

Hain reichte ihm das kleine Mobiltelefon.

»Hallo, Ludger, hier ist Paul.«

»Was fällt dir ein? Bist du noch zu retten, mich einfach wegzudrücken und danach dein Telefon auszuschalten? Willst du wirklich diese Konfrontation mit mir?«

»Nein«, gab Lenz kurz angebunden zurück.

»Dann hör auf mit diesem Unsinn, Paul. Ich würde mir, genau wie du, manchmal wünschen, völlig losgelöst von anderen Menschen meine Entscheidungen treffen zu können, aber das klappt leider nicht. Und dieses Dilemma kennst du genauso gut wie ich. Also, sei vernünftig und mach keinen Ärger.«

Lenz holte tief Luft. »Heißt das, wir sollen unsere weiteren Ermittlungen einstellen?«

»Das heißt es, ja. Wenn der Türke wieder aufwacht, was nicht zu erwarten ist, legt er hoffentlich ein Geständnis ab. Wenn er stirbt, was viel wahrscheinlicher ist, kräht sowieso kein Hahn mehr nach der Sache. Es gibt die Tat, es gibt den Täter, der leider verstorben ist, und basta.«

»Gut«, presste Lenz nach einer kurzen Pause hervor. »Bleibt nur die Frage von eben, Ludger. Wie weit nach oben reicht die Einflussnahme? Wie weit oben ist der Wunsch angesiedelt, Kemal Bilgin möge der Täter sein?«

Der Hauptkommissar konnte das Schlucken seines Chefs deutlich hören, bevor der antwortete. »Ziemlich weit oben, Paul.«

*

»Das ist doch mal ein Grund, den Job auf der Stelle hinzuschmeißen«, sinnierte Lenz mit einem Blick auf die teilweise zugefrorene Fulda.

»Nun krieg mal keinen Koller«, mahnte Thilo Hain und nippte an dem mit etwas Ähnlichem wie Kaffee gefüllten Plastikbecher in seiner Hand. »Wir haben es immer wieder mit Dingen zu tun, die wir nicht mögen, genauso wie wir es mit Menschen zu tun haben, die uns nicht mögen. Daraus etwas zu konstruieren, weswegen man den Job hinschmeißen könnte, kannst du jeden Tag haben.«

»Ich weiß«, gab Lenz müde zurück und sah dabei auf seine Armbanduhr. »Es ist 13:15, und wir machen jetzt Dienst nach Vorschrift. Ich setz mich in die Straßenbahn und fahr heim. Der Mörder ist gefasst, alle sind zufrieden, und wir kommen noch zu etwas Schlaf. Wenn das kein erfolgreicher Tag ist.«

»Du wirst doch noch zynisch auf deine alten Tage«, nahm Hain das Thema von vor ein paar Stunden wieder auf.

»Von mir aus, für heute ist es mir egal.« Damit wandte er sich ab und setzte sich in Bewegung. Im Gehen sah er noch einmal zurück. »Wenn du Lust hast, kannst du Ludger anrufen und ihn davon unterrichten, dass wir acht Stunden im Dienst waren und jetzt Feierabend machen.«

»He, Paul«, rief Hain ihm hinterher, »muss ich mir Sorgen um dich machen?«

Lenz antwortete nicht, sondern schüttelte nur leicht den Kopf.

»Na denn«, murmelte der Oberkommissar, und machte sich auf den Weg zu seinem Wagen.

21

»Ich weiß, dass ich meiner Partei in den letzten Jahren nicht ausschließlich Freude gemacht habe, und ich weiß ebenso gut, dass ich mir in meiner Partei auch nicht immer nur Freunde gemacht habe«, antwortete Justus Gebauer auf die Frage des Chefredakteurs der Lokalzeitung nach seinen weiteren politischen Plänen.

Das Interview, wegen dem sich die beiden seit Langem befreundeten Männer im Gebäude der Zeitung getroffen hatten, war vor ein paar Tagen vereinbart worden. Gebauer hatte den Zeitungsmann darum gebeten, der überaus gerne zugestimmt hatte. Justus Gebauer war immer für eine Schlagzeile gut, das wusste der Chefredakteur nur zu genau. Auszüge der Fragerunde sollten am nächsten Tag in der Printausgabe veröffentlicht werden, das komplette Gespräch würde es im Online-Portal des Blattes als Video zu sehen geben. Deswegen waren auch ein paar Techniker anwesend, die sich jedoch dezent im Hintergrund hielten.

»Und trotzdem bin ich der Meinung, dass jeder Mensch eine zweite Chance verdient hat. Oder, besser gesagt, dass jeder Mensch diese zweite Chance bekommen sollte. Ich habe einen Fehler gemacht, für den ich sehr hart bestraft wurde, den ich büßen musste, und den ich zutiefst bereue. Aber ich möchte nicht, dass damit mein gesamtes politisches Wirken in Zusammenhang gebracht wird.« Nun zählte Gebauer einige der Dinge auf, die das Land seiner Meinung nach ihm zu verdanken habe.

»Und deswegen denke ich, dass ich diesen zweiten Versuch verdient habe. Umso mehr, als dass sich Kassel in einer wirklich nicht als komfortabel zu bezeichnenden Position befindet, was das Erscheinungsbild und die Außendarstellung angeht.«

Der Chefredakteur sah ihn mit gespieltem Erstaunen an. »Heißt das, wir sehen Sie in Zukunft eher als Kommunalpolitiker? Vielleicht als zukünftigen Bürgermeister von Kassel?«

Die Frage, wie das gesamte Interview zuvor mit Gebauer abgesprochen, wurde von dem Politiker zunächst mit einem generösen Schulterzucken kommentiert.

»Nun«, gab er danach preis, »eine Entscheidung wie diese lässt sich nicht übers Knie brechen. Allerdings komme ich nicht umhin festzustellen, dass wir Bürger von Kassel schon deutlich bessere Zeiten gesehen haben.«

»Nun weichen Sie mir aber aus, Herr Dr. Gebauer.«

»Keinesfalls. Natürlich wäre es eine große Herausforderung, sich um das Amt des Oberbürgermeisters der Stadt Kassel zu bemühen, aber wie gesagt, entschieden ist in dieser Sache noch nichts.«

»Lese ich aus Ihren Worten nicht so etwas wie deutliches Interesse?«, hakte der Chefredakteur nach.

»OB Erich Zeislinger hat bisher einen wirklich tollen Job gemacht, keine Frage. Allerdings stellen sich mit den Jahren Reibungsverluste und Abnutzungserscheinungen ein, die selbstverständlich auch an der Art abzulesen sind, wie das Amt geführt wird und wie die Stadt sich in der schon zitierten Außenwirkung darstellt.«

»Wie darf ich das verstehen?«

»Nun, vermutlich sehen die Bürger die Stadt mit den gleichen Augen wie ich. Und was ich zu sehen bekomme, gefällt mir nicht immer. Wenn ich nur die Innenstadt betrachte, da liegt vieles im Argen.«

»Was genau meinen Sie?«

»Mir als Kunden gefällt es beispielsweise nicht, dass sich immer mehr Geschäfte der Billigketten in der Innenstadt breit machen. Das Bild, das dadurch erzeugt wird, ist nicht typisch für Kassel, meine ich. Bei uns in der Stadt gibt es einfach viel mehr als nur diese ›Geiz-ist-geil-Mentalität‹, die von diesen Ketten ausgeht.«

»Da kann ich Ihnen nur beipflichten, Herr Dr. Gebauer«, kroch der Zeitungsmann tief in den Hintern des Juristen, »als Kasseler Bürger sehe ich das genauso.«

»Und wenn man es bis zum Königsplatz geschafft hat«, fuhr Gebauer fort, »muss man sich mit allerlei zwielichtigen Gestalten herumschlagen, die sich bettelnd und schnorrend dort herumtreiben. Es ist deswegen dringend notwendig, dass wir eine Gefahrenabwehrverordnung bekommen, die diesen Namen auch verdient, und zwar lieber heute als morgen.«

»Also sind Sie der Meinung, dass der aktuelle Oberbürgermeister seinen Amtspflichten nicht mehr in ausreichendem Maß nachkommt?«

»Das haben jetzt Sie gesagt. Ich beziehe mich nur auf Defizite im Erscheinungsbild unserer Stadt, die dringend beseitigt werden müssten. Allerdings gilt es festzustellen, dass der von mir hoch geschätzte OB Erich Zeislinger es in der letzten Zeit nicht einfach hatte, seinen Amtsverpflichtungen nachzukommen, auch befördert durch Ereignisse, die in seinem privaten Umfeld für Spannungen gesorgt haben.«

»Sie sprechen die Trennung von seiner Frau an?«

»Das gehört sicher dazu, ja. Man kann eine solche Situation nicht losgelöst vom Amt sehen. Außerdem möchte ich noch einmal an meine Einlassung bezüglich der Amtszeit von Erich Zeislinger erinnern. Manchmal sollte man einfach erkennen, wenn es genug ist, denke ich, wenn eine Erneuerung, die natürlich auch personeller Art sein kann, allen Beteiligten gut zu Gesicht stehen würde.«

»Zurück zu Ihnen und der Zeit, die Sie durchstehen mussten, Herr Dr. Gebauer«, lenkte der Zeitungsmann das Gespräch gekonnt auf ein anderes ihm wichtiges Thema. »Nach der Verurteilung durch das Amtsgericht wegen Körperverletzung hatten Sie sich komplett aus der Politik zurückgezogen. Was bewegt Sie nun, diesen Schritt zu revidieren? Was genau bewegt Sie zum Rücktritt vom Rücktritt?«

Gebauer ließ sich sehr lange Zeit, bevor er zu einer Antwort ansetzte. »Lassen Sie es mich so sagen: Ich bin ein vorbestrafter Mann, ein ..., ja wirklich, ich bin ein

Gebrandmarkter. Ich kann nur noch einmal darauf hinweisen, dass mir die Umstände, die zu der damaligen Verurteilung geführt haben, sehr, sehr leid tun. Ich muss und werde mit dieser Schuld leben, da gibt es gar keine Ausreden. Aber es muss einem Mann auch gestattet sein, wieder festen Boden unter die Füße zu bekommen, und das möchte ich mit meinem Comeback erreichen. Ich möchte wieder das tun, was ich über viele Jahre für die Menschen in diesem Land getan habe, nämlich für sie da sein, mich um sie kümmern, mich für ihre Belange einsetzen. Ja, ich bin vorbestraft, ja, ich habe Schuld auf mich geladen, und ja, ich bete jeden Tag zu Gott, dass er mir verzeihen möge, genau wie ich übrigens Andreas Bärsch aus tiefstem Herzen um Verzeihung gebeten habe.«

Er atmete tief durch, als ob ihm eine Last von den Schultern genommen worden sei. »Ich bin sicher, dass es dort draußen Menschen gibt, die sagen, der Gebauer hat nichts mehr in der Politik zu suchen; der Gebauer darf nie mehr ein öffentliches Amt bekleiden. All denen kann ich nur mit einem Bibelzitat aus dem Johannesevangelium antworten: Wer von euch ohne Sünde ist, der werfe den ersten Stein.«

»Ja, auch da muss ich Ihnen recht geben, Herr Dr. Gebauer. Was für einen Cem Özdemir im Bund gilt, das muss auch für einen verdienten hessischen Politiker gelten.«

Der Journalist nahm Bezug auf den Fall des aktuellen Bundesvorsitzenden einer anderen deutschen Partei, der nach seinem spektakulären Rücktritt einige Jahre zuvor wegen der Annahme eines Privatkredites von einem Lobbyisten und der unzulässigen Verwendung von Bonusmeilen nach ein paar Ehrenrunden im Europäischen

Parlament eine beeindruckende politische Rolle rückwärts hingelegt hatte.

»Nun«, entgegnete der Jurist mit staatstragendem Pathos in der Stimme, »ich möchte mich hier nicht zum Richter über einen Menschen erheben, dessen Fall ich nur aus den Medien kenne, aber wenn ich mich recht erinnere, hatte diese Causa doch eine ganz andere Dimension als die Dinge, die mir seinerzeit vorgeworfen wurden.«

»Das ist unbestritten wahr«, stimmte der Chefredakteur zu, um gleich seine nächste Frage anzuhängen. »Sie sind als Hardliner bekannt, Herr Dr. Gebauer, als harter Hund, wie man hier in Nordhessen auch sagt, und Sie haben nie ein Blatt vor den Mund genommen. Worauf dürfen sich die Bürger nach Ihrem erfolgreichen Comeback einstellen? Wofür steht der neue Justus Gebauer?«

Der Jurist schmunzelte berechnend. »Nun ja, ein harter Hund … Das klingt in der heutigen Zeit, in der in unserem Land leider viele Alt-68er das Zepter des Handelns in der Hand haben, eher nach einem Vorwurf denn einem Kompliment. Aber ich gebe Ihnen recht, verbiegen lassen habe ich mich in meiner gesamten politischen Laufbahn nie. Demzufolge können die Bürger in Kassel und Hessen weiterhin von mir klare Worte erwarten, wenn diese angebracht sind.«

»Klare Kante also?«

»Ja, eindeutig klare Kante«, erwiderte Gebauer, und sein Gesichtsausdruck änderte sich erneut, diesmal wurde so etwas wie Wut sichtbar.

»Beispielsweise weigere ich mich zu tolerieren, dass ein junger Mann mit Migrationshintergrund seine gesamte Familie auslöscht, so wie es in der letzten Nacht wohl offensichtlich in der Nordstadt geschehen ist. Vater, Mutter und Bruder, der nicht einmal 13 Jahre alt war, wurden, wenn man den Berichten der Ermittlungsbehörden Glauben schenken kann, und ich habe überhaupt keinen Grund, daran zu zweifeln, von ihm nach einem eher harmlosen Streit, wie er in jeder Familie vorkommen kann, rücksichtslos, brutal und völlig kaltblütig erschossen. Das, sage ich, sind die Folgen und Spätfolgen einer völlig verfehlten Integrationspolitik, gegen die ich immer Stellung bezogen habe, und die ich, sollten mir die Bürger das notwendige Mandat übertragen, grundlegend revidieren werde. Ich kann und will es zum Beispiel nicht zulassen, dass es in Kassel oder anderswo in Hessen Ghettos gibt, in denen Menschen leben, die sich den Werten und Überzeugungen, welche wir uns in den Jahren nach dem Zweiten Weltkrieg sehr hart erarbeiten mussten, grundlegend entziehen. Diese Parallelgesellschaften müssen mit allen uns zur Verfügung stehenden Mitteln zerschlagen werden.« Seinen letzten Satz hatte Gebauer mit erhobenem Zeigefinger untermalt.

»Und«, fuhr er ruhig, souverän und rhetorisch geschliffen fort, »bevor mich jetzt wieder irgendwelche Sozialromantiker in die rechte Ecke abdrängen sollten, will ich denen gleich Folgendes ins Stammbuch schreiben: Wir, und ich hoffe, dass ich zu gegebener Zeit wieder zu den Mandats- und Amtsträgern gehören werde, von denen ich hier spreche, sind für die Bürger dieser Stadt und dieses Landes verantwortlich. Wir sind für das Wohlergehen und die Zukunft der Menschen verantwortlich, aber wir sind es für alle Menschen, und nicht nur für die Minderheiten innerhalb der Gesellschaft. Wir sind es gerade eben auch für die Mehrheit, oder, besser gesagt, die schweigende Mehrheit, die verdrossen und verzagt ist und glaubt, dass der Einzelne in seiner Anonymität nichts ändern kann. Dass eine Stimme, meine Stimme, nichts bewirken kann. All denen sage ich, dass sie irren, sie sich täuschen lassen von denjenigen, die von dieser Haltung profitieren und mit dieser Haltung gut leben können. Ich sage ihnen, dass sie wählen gehen sollen und damit, mit ihrer einzelnen, kleinen Stimme, Teil einer großen Bewegung sind oder werden können.«

Fast wäre dem Chefredakteur ein ›grandios‹ oder noch besser ein ›genau so ist es‹ herausgerutscht, doch er konnte sich im letzten Augenblick bremsen.

»Eine interessante und sicher nicht ganz unrealistische Betrachtung der aktuellen Situation in unserer Stadt, Herr Gebauer. Da hört man wirklich die klare Kante heraus. Aber lassen Sie mich bitte zum Schluss noch eine Frage stellen, die mir schon seit ein paar Minuten unter den Nägeln brennt, die unter Umständen etwas heikel von Ihnen aufgenommen werden könnte.«

»Bitte, fragen Sie nur«, erwiderte Gebauer generös.

Der Journalist tat, als würde er die Karteikarten, die er in der Hand hielt, nach einem Anhaltspunkt durchforsten, doch für diese Frage brauchte er definitiv keinen Spickzettel.

»Der Nominierungsparteitag Ihrer Partei für die anstehende OB-Wahl findet in der kommenden Woche statt, und bis jetzt galt Erich Zeislinger immer als gesetzt. Er ist der Amtsinhaber, und wenn man seinen Erklärungen der letzten Wochen folgt, zieht er aus seinem Amt große Zufriedenheit und übt es mit aller ihm zur Verfügung stehenden Kraft aus. Wollen Sie es wirklich auf eine Kampfkandidatur ank …«

Gebauer hatte die Hand gehoben und damit den Satz

des Interviewers abgewürgt. »Entschuldigen Sie bitte, dass ich Sie unterbreche, aber diese Laudatio kann ich nicht unkommentiert stehen lassen«, warf er ein und verfiel dabei in eine weitere Rolle, der Rolle des jugendlichen Rebellen.

»Erich Zeislinger hat in der Vergangenheit viel für unsere Stadt geleistet, dem will ich gar nicht widersprechen. Aber seine Amtsführung wirft bei vielen Menschen, zu denen ich mich übrigens auch zähle, zunehmend Fragen auf. Und die wichtigste Frage lautet: Reicht seine Kraft noch für weitere sechs Jahre als Rathauschef?«

»Wie ist Ihre Meinung dazu?«

»Ich bin da völlig im Reinen mit mir, wenn ich meine, dass dem nicht so ist.«

»Das heißt also Kampfkandidatur gegen Erich Zeislinger?«

»Nein, das heißt es absolut nicht. Es heißt nicht mehr und nicht weniger, als dass ich in und mit diesem Interview den Austritt aus meiner Partei öffentlich mache und gleichzeitig meine Kandidatur als unabhängiger Kandidat für das Amt des Oberbürgermeisters der Stadt Kassel bekanntgebe.«

22

Lenz stieg die letzten Stufen bis zur Tür seiner neuen Wohnung hinauf und steckte den Schlüssel ins Schloss. Während er die Tür in den Flur schob, hörte er aus dem Wohnzimmer Marias Lachen.

»Ich bin wieder zu Hause«, rief er müde und legte das Schlüsselbund auf den kleinen Tisch neben der Tür.

Maria trat mit dem Telefon am Ohr auf den Flur und riss die Augen auf. »Warte mal, Rita, ich … Oder nein, ich ruf dich später zurück. Bis dann.«

Damit drückte sie auf den roten Knopf an dem Gerät, warf es in hohem Bogen auf das Sofa und sprang in seine weit ausgebreiteten Arme.

»Halleluja, hast du zugenommen?«, ächzte der Hauptkommissar mit gespielter Mühe.

»Ich kratz dir mit bloßen Händen die Augen aus, wenn du diese für eine akribisch auf ihr Gewicht achtende Frau zutiefst beleidigende Frage nicht sofort und auf der Stelle zurücknimmst«, erwiderte die Nochehefrau des Kasseler Oberbürgermeisters mit ebenso unechter Entrüstung und küsste den Polizisten dabei stürmisch.

»Einverstanden«, keuchte Lenz, betrat mit ihr auf den Armen das Wohnzimmer und setzte sie behutsam in einem Sessel ab. Danach streckte er sich, ließ sich auf der Lehne des Sitzmöbels nieder, und küsste ihr Haar.

»Was für ein Scheißtag«, fasste er die Ereignisse der vergangenen Stunden zusammen.

»Erzähl«, forderte sie ihn sanft auf, während sie ihren Kopf auf seinen Oberschenkel sinken ließ.

»Das würdest du nicht hören wollen, Maria«, entgegnete er ebenso behutsam, doch im Subtext seiner Worte schwang unüberhörbar mit, dass er gerne noch einmal aufgefordert werden wollte, ihr seinen Tag zu schildern, und Maria Zeislinger kam dieser nicht ausgesprochenen Bitte umgehend nach.

»Komm, erzähl schon. Wobei ich glaube, dass ich schon weiß, wo du hingerufen wurdest. Die Sache mit der türkischen Familie läuft schon den ganzen Tag im Radio.«

»Stimmt, um die geht es. Um eine tote türkische Familie, einen Sohn und Bruder, der vielleicht der Täter ist, vielleicht aber auch nicht, der aber auf jeden Fall im Koma liegt und vermutlich nie mehr aufwachen wird, wenn er nicht schon längst gestorben ist. Es geht weiterhin um eine große Menge Geld, die der Vater auf Konten gehortet hatte, jedoch nicht unter seinem, sondern unter falschem Namen. Außerdem geht es um politische Einflussnahme, der sich mein Chef beugt, obwohl er es eigentlich besser wissen sollte.«

»Wow«, machte Maria, hob erstaunt den Kopf und sah ihm tief in die Augen. »Das klingt verflixt noch mal genau so wie das, was Erich mir in früheren Jahren zu berichten wusste, wenn er von Parteitagen nach Hause kam.«

Wenn Lenz eine passende Antwort parat gehabt hätte, so schluckte er sie zumindest für den Moment hinunter.

»Bekomme ich einen Kaffee?«, fragte er stattdessen.

»Alles, was du willst.«

Eine Viertelstunde später saß der Hauptkommissar auf dem roten Sofa, das Maria schon gekauft hatte, als die beiden noch relativ beengt in Lenz' ehemaliger Wohnung gelebt hatten. Ihr Kopf lag in seinem Schoß, ihre Beine baumelten über der Lehne.

»Du bist nicht davon überzeugt, dass der Sohn der Täter ist?«, wollte sie zweifelnd von ihm wissen.

Der Polizist stellte den Kaffeebecher vor sich auf dem Tisch ab und liebkoste mit seiner rechten Hand zärtlich ihre Brust. »Nein, ganz und gar nicht. Es gibt viele Indizien, die dagegen sprechen.«

»Du meinst das Geld, das ihr gefunden habt?«

»Das ist eins davon, ja.«

»Und weiter?«

Er dachte eine Weile nach. »Die Art, wie die Morde passiert sind. Das macht einen eher militärisch geprägten Eindruck und wirkt auf mich nicht wie eine Tat im Familienumfeld. Obwohl …«, er griff nach der Kaffeetasse, »… der Mann hat der türkischen Armee in irgendeiner Spezialabteilung gedient. Wir wissen noch nicht genau, was er da gemacht und vielleicht auch gelernt hat, doch das könnte auch ein Indiz in die andere Richtung sein.«

»Dafür, dass er es gewesen ist?«

Lenz nickte. »Ja. Dafür, dass er es gewesen ist. Aber da sind so viele andere Dinge, die mir durch den Kopf gehen. Zum Beispiel hat eine seiner Schwestern, die übrigens mit ihrer Freundin zusammenlebt, etwas davon gesagt, dass bei ihrem Vater nicht alles so war, wie es von außen den Anschein hatte, oder so ähnlich. Dazu müssen wir sie auf jeden Fall noch mal befragen.«

»Das habt ihr nicht?«

Lenz erzählte seiner Freundin in kurzen, aber sehr eindrücklichen Worten, was sich nach Sükren Bilgins Bemerkung in der Wohnung zugetragen, und wie unwohl er sich nach dem Eintreffen der jüngsten Tochter von Gökhan und Demet Bilgin gefühlt hatte.

»Danach hatte keiner von uns beiden mehr die nötige Lust, die Frauen nach den Hintergründen dieser Bemerkung zu befragen. Aber, wie gesagt, das holen wir garantiert nach.«

Maria Zeislinger drehte den Kopf und streichelte ihm über das Bein. »Es fällt mir nicht leicht, dir das zu sagen, Paul, aber du wirkst auf mich gerade ganz, ganz niedergeschlagen. Stimmt das, oder täusche ich mich?«

Wieder dachte er ein paar Sekunden nach. »Nein, das stimmt. Aber wenn man von seinem eigenen Chef in einer Mordsache zurückgepfiffen wird, kann man sich schon mal so fühlen, was meinst du?«

»Das meine ich auf jeden Fall. Weißt du denn, wer da Druck ausgeübt hat?«

»Nein, und es interessiert mich auch überhaupt nicht. Wichtig ist, dass es passiert ist. Nach Aussage von meinem Boss hat Oberstaatsanwalt Marnet es so angeordnet, aber der ist ja auch nur ein kleines Licht, wenn man es genau betrachtet.«

»Der Marnet«, echote Maria, die zu Zeiten ihrer gelebten Ehe mit OB Erich Zeislinger eine lose Bekanntschaft mit der damals noch intakten Familie von Oberstaatsanwalt Marnet verbunden hatte. »Der Marnet ist ein Karrierist und Heuchler, wie er im Buche steht. Der wollte schon mit 30 in Karlsruhe gelandet sein, was leider nicht geklappt hat, aber dieses Ziel verfolgt er immer noch. Als seine Frau krank geworden ist, hat er sie ohne rot zu werden sitzen gelassen.«

»Dass die beiden sich getrennt haben«, erwiderte der Hauptkommissar perplex, »wusste ich, aber nicht, dass seine Frau krank ist.«

»Sie hat Multiple Sklerose, und Franz Marnet ist ein Monstrumsarschloch. Ich habe schon seit ein paar Jahren keinen Kontakt mehr zu den beiden, aber wenn ich mich recht erinnere, hat sie gearbeitet, als er noch studiert hat. Dann hat sie die Kinder fast allein großgezogen, damit er sich seiner Karriere widmen konnte. Der Typ widert mich an.«

»Warum ist der Kontakt eingeschlafen?«

»Den Kontakt gab es damals nur, weil Erich es so wollte. Ich konnte weder mit ihm noch mit ihr jemals richtig viel anfangen, und als mein Göttergatte sich einmal über den Oberstaatsanwalt ein wenig geärgert hatte, wurde er kurzerhand von allen Einladungslisten gestrichen. Und nach so was ist noch jeder Kontakt eingeschlafen, oder?«

»Kein Widerspruch«, gab Lenz zurück. »Aber wie gesagt, Marnet ist ganz sicher nur das ausführende Organ, und nicht der Entscheider.«

»Aber …« Weiter kam sie nicht mit ihrer Entgegnung, weil ihr Mobiltelefon mit einer Melodie auf sich aufmerksam machte.

»Lass es klingeln«, bat er, war sich jedoch über die Aussichtslosigkeit seines Wunsches im Klaren. Maria sprang auf, sah ihn mit um Entschuldigung bittendem Augenaufschlag an, und jagte in die Küche, wo das Telefon auf dem Tisch lag.

»Ja, Maria Zeislinger«, hörte Lenz sie sagen, gefolgt von einem kleinen Freudenausbruch.

»Mensch, von dir habe ich ja ewig nichts gehört, Astrid«, kam es gedämpft aus dem Nebenraum. Dann wurde die Stimme von Maria lauter, und einen Augenblick später stand sie mit dem Gerät in der Hand vor Lenz und fragte gestikulierend bei ihm nach, ob es in Ordnung sei, wenn sie das Telefonat führen würde. Der Kommissar nickte, stand auf, ging ins Schlafzimmer, wo er sich aufs Bett legte und keine Minute später eingeschlafen war. Schon in der ersten Phase träumte er den öfter vorkommenden Traum, dass Maria und er in blauweiß gestreifter Sträflingskleidung und mit Blechgeschirr in den gefesselten Händen an einem roh gehobelten Tisch irgendwo in einem Lager in Wisconsin saßen, und Maria ständig mit weinerlicher Stimme wissen wollte, was sie beiden denn dem armen Erich Zeislinger angetan hätten, dass er sich so furchtbar an ihnen rächen würde. Kurze Zeit später träumte er, dass sich Maria an seiner Hose zu schaffen machte, und streckte sich dabei wohlig brummend. Dann öffnete er ein Auge und stellte überrascht fest, dass dieser Teil des Traumes sehr real und sie schon mit ihrem Mund in der Nähe seiner erogensten Zone angekommen war.

»Maria!«, murmelte er tadelnd, doch sie ließ sich davon überhaupt nicht beirren.

»Ruhe da oben«, nuschelte sie glucksend zurück und hatte auch schon gefunden, wonach sie gesucht hatte.

*

»Wie lange habe ich geschlafen, bevor du über mich hergefallen bist?«, fragte er in die Dunkelheit.

Maria knipste die kleine Lampe neben dem Bett an und kniff die Augen wegen der Helligkeit zusammen. »Knapp eine Stunde.«

»Und so lange hast du telefoniert?«

»Die ganze Zeit. Die Anruferin war Astrid, eine ganz alte Freundin, die ich noch von der Schule kenne. Und für die es, wie sie mir erzählt hat, gar nicht so einfach war, meine neue Mobilnummer herauszufinden. Immerhin wusste sie, dass Erich und ich uns getrennt haben.«

»Soso, ihr habt euch also getrennt«, echote Lenz süffisant.

»Entschuldigung, Herr Kommissar, dass ich mich nicht ganz präzise ausgedrückt habe; natürlich habe ich meinen Exmann wegen eines anderen verlassen.«

»Wollte deine Freundin etwas Bestimmtes?«

Maria, die nichts trug außer einem verrutschten, schwarzen BH, zog mit den Füßen die Bettdecke nach oben und kuschelte sich ein.

»So ist's besser«, erklärte sie zufrieden, bevor sie auf seine Frage einging. »Doch, doch, sie wollte sogar etwas ganz Bestimmtes von mir. Sie wollte mir erzählen, dass es seit heute Mittag einen neuen Wettbewerber für Erichs Rathausstuhl gibt. Und noch dazu einen, den er besser ernst nehmen sollte.«

»Von wem sprichst du?«, hakte er neugierig nach.

»Von Justus Gebauer.«

»Gebauer? Der Justus Gebauer, der damals den Behinderten …?«

»Genau der Gebauer.«

»Aber der ist doch seit dieser Sache so was von weg vom Fenster«, setzte der Kommissar irritiert hinzu.

»Scheinbar nicht mehr. Wie es aussieht, hat er sich selbst wieder ins Licht der Öffentlichkeit gerückt.«

Lenz sah sie mit blankem Unverständnis an.

»Gut, also von ganz vorne: Astrid ist seit einem halben Jahr als Onlineredakteurin bei unserer Lokalpostille angestellt. Nachdem sie die Kinder aus dem Haus hatte, wollte sie gerne wieder was arbeiten, und für eine studierte Informatikerin scheint dieser Job genau der richtige zu sein. Vor etwa zwei Stunden bekam sie die Rohfassung eines Interviews auf den Tisch, das der Herr Chefredakteur mit Justus Gebauer geführt hat, und in dem er erklärt, dass er für die OB-Wahl den Hut in den Ring wirft.«

»Aber Gebauer ist doch ein Parteigänger deines zukünftigen Exmannes. Will er gegen einen Mann aus den eigenen Reihen antreten, noch dazu den Amtsinhaber?«

»Das ist ja genau das Interessante an der Geschichte. Gebauer hat, live und in Farbe, seiner politischen Heimat, also jener Partei, der er bestimmt 30 Jahre angehört hat, und mit deren Hilfe er seine größten Erfolge errungen hat, den Rücken gekehrt und will als parteiloser, unabhängiger Kandidat ins Rennen gehen.«

»Wie blöd ist das denn?«

»Wenn du mich fragst, ist das alles andere als blöd, denn in der bisherigen Konstellation wäre aus ihm politisch nichts mehr geworden; nach der Attacke auf den Behinderten ist er garantiert für alle Zeiten verbrannt. Gebauer ist ein cleverer Kerl, der ganz genau weiß, dass es für seine ultrarechten und manchmal ausländerfeindlichen Stammtischparolen viele Befürworter und Unterstützer in Kassel gibt, und damit auch Wähler.«

»Und was wird der gute Erich dazu sagen?«

»Der dürfte kotzen bei dem Gedanken. Nicht genug damit, dass er sich mit diesem jungen, gut aussehenden Schnösel aus der anderen politischen Ecke auseinandersetzen muss, der zu allem Übel auch noch wegen eines Formfehlers erfolgreich seine letzte Wiederwahl angefochten hat, nun kommt auch noch ein Konkurrent hinzu, mit dem er überhaupt nicht gerechnet hat, und den er, wie ich schon gesagt habe, durchaus ernst nehmen sollte.«

Lenz lehnte sich entspannt zurück und legte seinen Kopf auf ihrem Bauch ab. »Ach, Maria, was soll uns das scheren, was mit Erich und seinen politischen Ambitionen passiert.«

Er sah sich in dem spärlich, aber geschmackvoll möblierten Schlafraum um. »Ich bin so was von froh, dass ich jetzt mit dir hier auf dem Bett, auf unserem Bett, liegen kann, und mich nicht mehr heimlich mit dir in einer Arztpraxis treffen muss.«

»Aber«, widersprach sie dezent, »das hatte doch auch immer was. Den Reiz des Verbotenen zum Beispiel.«

»Das stimmt. Aber so ist es mir allemal lieber.«

»Und der Sex mit mir wird dir nicht langsam langweilig?«, fragte Maria vorsichtig, während sie seine Brusthaare durch die Finger kreisen ließ.

»Na ja, so ganz wie früher ist er nicht …«

Weiter kam Lenz nicht, weil sie ihn mit beiden Händen zu würgen begann. »Ich bring dich um, du Mistkerl, wenn du auch nur noch einen Ton in dieser Richtung von dir gibst!«, zischte sie vergnügt. Der Kommissar wand sich unter ihren Armen hervor, schob die Bettdecke zur Seite, drehte sich blitzschnell um die eigene Achse und lag ein paar Sekundenbruchteile später mit dem Kopf über ihrem Schoss. Er atmete tief ein und nahm den Duft ihres Körpers in sich auf. Dann näherte sich sein Mund dem magischen, wohlriechenden Dreieck zwischen ihren Beinen.

»Was du da machst, könnte böse Folgen haben«, gab sie ihm mit lustvollem Stöhnen zu verstehen.

»Das hoffe ich doch sehr«, erwiderte er und war dabei kaum zu verstehen.

»Wenn du noch einmal davon sprichst, dass unser Sex schlechter geworden sei, verlasse ich dich auf der Stelle und ziehe wieder bei meinem zukünftigen Exmann ein«, hauchte sie eine Weile später tonlos.

Lenz, dessen Kopf auf ihren Oberschenkeln lag, fing laut an zu lachen. »Das ist eine Drohung, die, bei allem gebotenen Respekt, an mir abperlt wie Wasser von einem Wachstuch. Warum solltest du dir selbst den Ast absägen, auf dem du so gut zum Sitzen gekommen bist?«

Maria beugte sich kraftlos zur Seite, griff nach einer Mineralwasserflasche, die neben dem Bett stand, und nahm einen großen Schluck. »Da hast du recht, das sollte ich vielleicht noch einmal überdenken«, erwiderte sie mit einem kleinen Rülpser.

»Außerdem steht in den Sternen, ob er in einem Vierteljahr überhaupt noch OB ist.«

»Ja, auch das sollte ich in meine Überlegungen mit einbauen«, stimmte sie zu.

»Kennst du eigentlich diesen Justus Gebauer?«

»Natürlich«, erwiderte sie schlapp, aber mit gespieltem Stolz. »Ich kenne alle Größen aus Erichs Partei.«

»Und was ist das für einer?«

»Oh, Mann, Paul, du kannst fragen.«

»Es interessiert mich halt.«

Sie stieß erneut leise auf und kringelte sich in seinen Arm. »Gebauer hat es schon immer geliebt, im Mittelpunkt zu stehen, das ist das Erste, was mir zu ihm einfällt. Und das ist garantiert nicht das Schlechteste, wenn man es in der Politik zu etwas bringen will. Er ist noch verheiratet, lebt aber getrennt. Die beiden Kinder sind schon länger aus dem Haus. Ich kann mich noch gut an die Rede des damaligen Ministerpräsidenten erinnern, das muss ein paar Tage vor der Wahl gewesen sein, und es war gleichzeitig der Abend, der Gebauer letztlich das politische Genick gebrochen hat. Damals hat der MP dem Sinn nach gesagt, dass Gebauer der zukünftige Mann in der Partei sei, zumindest in Nordhessen. Ich weiß nicht mehr den genauen Wortlaut, aber so was in der Art war es. Und auf dem Weg nach draußen haut der Typ diesem Rollstuhlfahrer eine runter.«

Sie griff erneut zur Flasche und trank den Inhalt mit einem Zug aus. »Sex macht durstig«, stellte sie kichernd fest.

»Und wie ging es weiter mit ihm, nach diesem Abend?«

»Wie es mit jedem weitergehen würde, der die Chancen der Partei auf ein gutes Wahlergebnis mit so einer hirnrissigen Aktion gefährdet. Sie haben ihn gemieden, geschnitten, in Urlaub geschickt, und als der zu Ende war, haben sie ihn abserviert. So was darfst du einfach nicht machen, wenn du in einer politischen Gruppierung noch mal einen Fuß auf den Boden bringen willst, aber bei Gebauer lag die Sache ein klein wenig anders. Irgendwie war nämlich immer klar, dass aus dem mal was Größeres werden würde, und so hat er auch gewirkt, nämlich arrogant und großkotzig, zumindest im Umgang mit den anderen Parteisoldaten. Damit macht man sich auf Dauer nicht nur Freunde, und all diese Menschen, mit denen er auf dem Weg nach oben mal angeeckt ist, haben sich natürlich die Hände gerieben, als er zum Abschuss freigegeben wurde.«

»Und du bist ganz fest davon überzeugt, dass er in der Partei nichts mehr geworden wäre?«

»Felsenfest und absolut. Die Karawane zieht weiter, Justus Gebauer bleibt zurück. Es gibt ein paar ungeschriebene Regeln in der Politik, gegen die man besser nicht verstoßen sollte.«

»They never come back?«

»Ja, das ist eine dieser Regeln.«

»Aber beim Boxen galt das auch mal, bis Floyd

Patterson kam. Der hat allen vorgemacht, dass es doch geht.«

Maria zog erneut die Decke über ihren und Lenz' Körper, bevor sie antwortete. »Das, mein lieber Paul, mag sein, aber wer auch immer dieser Mister Patterson ist, Justus Gebauer hat garantiert nicht seine Klasse.«

»Aber Gebauer ist ja auch kein Boxer«, entgegnete der Polizist selbstbewusst.

»Da muss ich dir, auch wenn es mir schwerfällt, zustimmen, aber unterschätz bitte nicht, wie eng die Politik und der Boxsport miteinander verwandt sind. In beiden Fällen geht es ausschließlich darum, dem anderen eine möglichst vernichtende, eine tödliche Niederlage beizubringen, und die dabei geltenden Regeln sind für Außenstehende höchst intransparent.«

Eine ganze Zeitlang nach diesem Gespräch stiegen die beiden aus der Badewanne, wo sie ständig warmes Wasser nachlaufen gelassen und mehr als zwei Stunden verbracht hatten.

»Ich habe Schrumpelhaut«, bemerkte Maria mit Blick auf ihre Beine und Füße.

»Ich wäre erstaunt, wenn nicht«, gab Lenz gähnend zurück und rubbelte sich dabei die Haare ab.

»Bringst du mich trotzdem ins Bett?«, wollte sie wissen.

Er legte das Handtuch auf dem Rand der Wanne ab und öffnete die Badezimmertür, um ein wenig frische Luft hereinzulassen.

»Aber selbstverständlich, gnädige Frau. Allerdings muss ich Sie darauf hinweisen, dass mein Vorrat an sexueller Leistungsfähigkeit für den heutigen Tag restlos erschöpft ist.«

»Oh Gott«, gluckste Maria, »wie soll das erst werden, wenn du wirklich alt bist?«

23

Am nächsten Morgen verabschiedete Lenz sich um Viertel vor acht von seiner großen Liebe, stieg in seinen Kleinwagen und fuhr zum Präsidium. Dort fand er Hain an dessen Schreibtisch vor, und der Oberkommissar saß dem Anschein nach schon etwas länger dort.

»Moin, Thilo. Alles klar bei dir?«

Sein jüngerer Kollege hob kurz den Kopf und erwiderte seinen Gruß. »Soweit schon, ja. Ich muss gerade noch unseren Skiurlaub buchen, dann bin ich für dich da.«

»Das mach mal«, gab Lenz brummelnd zurück. »Ich geh derweil mal bei Uwe vorbei und trink einen Kaffee.«

»Gute Idee. Wenn ich hier fertig bin, komme ich auch dorthin.«

Uwe Wagner, der Pressesprecher der Kasseler Kripo und langjährige Freund von Lenz, empfing den Kommissar mit einer herzlichen Umarmung.

»Wie geht's?«, erkundigte sich Lenz. Wagner, der ein gutes halbes Jahr zuvor bei einem Autounfall ziemlich übel im Gesicht und am Rücken verletzt worden war, goss seinem Freund einen Becher mit Kaffee ein, stellte ihn auf dem Schreibtisch ab und nahm selbst dahinter Platz.

»Ich will mich nicht beschweren. Die Therapie für die

Wirbelsäule funktioniert immer besser, und die Visage ist so langsam auch wieder zum Ansehen.«

»Na ja«, erwiderte Lenz mit Blick auf die zwei dicken, rot geränderten Narben, die sich durch Wagners Gesicht und über den Hals zogen. »Schön ist was anderes. Siehst immer noch ein bisschen aus wie Ribery für Arme«, fuhr er fort.

»Danke, mein Freund«, giftete Wagner zurück, doch er selbst war es, der Lenz ein paar Monate zuvor, als er noch im Krankenhaus lag, darum gebeten hatte, ihn nicht zu schonen, wenn es um seinen Heilungsprozess gehen würde. Damit wollte der Pressesprecher nach eigenem Bekunden bewirken, dass er sich nicht vor den beiden noch ausstehenden kosmetischen Operationen drücken würde. Wagners Angst vor allen Arten von operativen Eingriffen war inzwischen legendär.

»Heute Morgen, beim Blick in den Spiegel, hab ich so bei mir gedacht«, setzte der Pressemann an, doch der Hauptkommissar auf der Vorderseite des Schreibtisches winkte nur desinteressiert ab.

»Lass es, Uwe. Nächsten Monat die eine OP, im übernächsten die andere, und du bist diesen Scheiß so gut es geht los. Kneifen ist nicht, das weißt du doch.«

Wagner sah ein, dass es keinen Sinn hatte, mit seinem Freund verhandeln zu wollen.

»Ganz schön scheiße gelaufen gestern, oder?«, spielte er offenbar auf die Ereignisse um Kemal Bilgin an.

»Hast du auch einen Maulkorb verpasst bekommen?«, fragte Lenz zurück.

Wagner machte mit dem Kopf eine andeutende Geste in Richtung der obersten Schublade seines Schreibtisches und nickte. »Hab ihn weggelegt, weil er ein bisschen gedrückt hat«, gab er grinsend zurück. »Lag vielleicht daran, dass es nicht meine Größe war. Außerdem stehe ich eh nicht so auf Maulkörbe.«

»Verstehe.«

»Aber dir muss ich vermutlich nichts erzählen, du musstest ja auch so ein Ding tragen.«

Nun nickte Lenz. »Eindeutig, ja. Ich hätte Ludger erwürgen können, aber das hätte mich auch nicht weitergebracht. Also haben Thilo und ich am frühen Nachmittag Feierabend gemacht, was auch mal wieder eine schöne Erfahrung gewesen ist.«

»Mit deiner Maria?«

»Hm.«

»Immer noch über beide Ohren verliebt?«

»Hm.«

»Kannst du auch ganze Sätze?«

»Hm.«

»Ach leck mich doch …«

»Nö, das lieber nicht.«

»Wie geht es in dem Fall jetzt weiter?«, wollte Wagner wissen.

»Thilo und ich machen Dienst nach Vorschrift, ganz wie der Herr Oberstaatsanwalt Marnet es wünscht. Wenn ich meinen Kaffee hier getrunken habe, der im Übrigen mal wieder hervorragend ist, machen wir uns auf die Socken. Vielleicht war es ja wirklich der Türke.«

»Oder der Gärtner«, grinste Wagner.

»Oder der. Vielleicht hast du ja auch was Interessantes, um das wir uns vorrangig kümmern könnten? Gab es in der vergangenen Nacht kein Verbrechen, das Thilo und ich einfach mal so aufklären könnten? Das wäre immerhin gut fürs Ego.«

Wagner blätterte lustlos in einem Stapel Papiere, der vor ihm auf dem Schreibtisch lag. »Nein, tut mir leid, aber letzte Nacht waren nur Eierdiebe in Kassel unterwegs.« Er schob ein Blatt zur Seite. »Eine versuchte Vergewaltigung, aber der Täter ist leider schon gefasst. Also keine Medaille mehr drin für euch.« Die Din-A4-Seite wanderte auf einen anderen Stapel. »Hier, das wäre vielleicht was für euch. Schwere Körperverletzung.«

»Nee«, winkte Lenz ab, »damit brauche ich dem Thilo gar nicht zu kommen, das ist nun wirklich unter seiner Würde. Außerdem taugt es nicht zur Egopolitur. Und am Ende läuft man sowieso Gefahr, bei der Festnahme des Täters selbst noch was auf die Fresse zu kriegen.«

Wagner wollte das Blatt schon zur Seite legen, als sein Blick an einem Detail des Falles hängen blieb. »Selbst wenn es irgendeinen Reiz an dem Fall gegeben hätte, so wird er schon allein dadurch uninteressant, dass der Misshandelte noch nicht einmal in Kassel zu Hause ist.«

»Sag ich doch!«, fühlte Lenz sich bestätigt. »Irgendein Zugereister. Nein, darum soll sich mal schön jemand anderes kümmern.«

»Genau«, stimmte Wagner zu und versenkte das Blatt auf einem wieder anderen Stapel. »Außerdem ist der Mann Journalist. Und wer will schon mit Journalisten zu tun haben?«

»Ich ganz bestimmt nicht«, murmelte der Hauptkommissar, stand auf, und stellte seine benutzte Kaffeetasse in eine kleine Plastikwanne. Danach machte er sich auf den Weg zur Tür.

»Mach's gut, Paul«, gab der Pressesprecher ihm hinterher und griff zum Telefon, das zu klingeln angefangen hatte.

»Ja, du auch, Uwe. Und lass dich nicht …«, wollte Lenz

seinem Kollegen noch eine kleine Lebensweisheit mit in den Tag geben, verstummte jedoch urplötzlich.

»Ein Journalist, sagst du?«

Wagner war mit seinen Gedanken schon so weit weg, dass er keine Ahnung hatte, was sein Freund noch von ihm wollte.

»Was?«, murmelte er und stoppte die Bewegung, die den Hörer an sein Ohr führen sollte.

»Was ist das für ein Journalist, von dem du eben geredet hast?«

»Ja«, brummte Wagner kopfschüttelnd in die Sprechmuschel und lauschte ein paar Augenblicke.

»Ich rufe Sie gleich zurück, Herr Meier«, erklärte der Pressesprecher dem Anrufer und legte den Hörer zurück.

»Was willst du noch von mir?«, fragte er Lenz .

»Was das für ein Journalist ist, der letzte Nacht vermöbelt wurde.«

»Du willst doch nicht wirklich mit dieser Geschichte dein Ego aufpolieren?«, gab Wagner irritiert zurück und kramte erneut nach der Meldung. »Der Geschädigte heißt Stemmler. Per Stemmler. Liegt vermutlich im Klinikum, wenn ich dem Bericht der Kollegen trauen kann. Aber warum …?«

Weiterzusprechen lohnte sich nicht, weil Lenz schon durch die Tür verschwunden war.

»Ich melde mich später bei dir, Uwe«, hörte Wagner noch leise vom Flur.

*

»Per Stemmler liegt tatsächlich auf Station C10 im Klinikum«, informierte Hain seinen Chef und warf den Hörer des Telefons zurück auf die Gabel. »Aber vielleicht ist das auch nur ein dummer Zufall«, gab der Oberkommissar zu bedenken.

»Am Arsch hängt der Hammer. Erst taucht der Typ am Tatort auf, in der Nacht darauf wird er verprügelt, und das soll Zufall sein? Das kannst du deiner Großmutter verklickern. Wir fahren jetzt dort hin und fühlen dem Typen auf den Zahn.«

»Du hättest wenigstens die Meldung der Kollegen von Uwe mitbringen können«, nölte Hain im Treppenhaus.

»Das hätte ich auf jeden Fall machen können, aber ich wollte es nicht.«

»Warum das denn?«

»Weil ich genau weiß, dass wir all das, was da drin steht, ohnehin noch mal konkret erfragen müssen. Also brauche ich mir doch gar nicht erst die Mühe zu machen, mich damit abzugeben.«

»Auch wieder wahr.«

In der Innenstadt hatte mittlerweile starker Schneefall eingesetzt, auch dadurch begünstigt, dass es einige Grade wärmer geworden war. Hain lenkte den Wagen vorsichtig durch die mehr schlingernden als geradeaus fahrenden Fahrzeuge um ihn herum und war froh, als er den MX5 ohne Blessuren auf den Parkplatz des Klinikums bugsiert hatte.

»Vielleicht sollte ich mir irgendwann wirklich mal ein Winterauto kaufen«, wärmte er ein Thema auf, mit dem er seit Jahren jeweils im Herbst, wenn die Tage kürzer und das Wetter schlechter wurde, hausieren ging.

»Das glaube ich erst, wenn ich drin sitze, Thilo«, winkte Lenz ab, weil er wusste, wie heiß und innig sein Kollege das kleine Cabrio liebte. Auch im Winter.

Kurze Zeit später hatten die beiden Beamten sich zu

dem Krankenzimmer durchgefragt, in dem Per Stemmler lag, und klopften an der Tür. Von innen erklang ein leises, heiseres Herein.

»Tag, Herr Stemmler«, begrüßte Hain den Mann in dem einsamen Bett in der Mitte des Zimmers freundlich. »Schön haben Sie es hier.«

Stemmler drehte seinen Kopf zur Seite und sah demonstrativ aus dem Fenster, doch seine Hände zitterten dabei sichtbar. Lenz taxierte kurz die Verletzungen in seinem blau angelaufenen und von Schürfwunden gezeichneten Gesicht. Von der arroganten Attitüde des coolen Mannes mit den Cowboystiefeln, die den Kommissaren beim letzten Aufeinandertreffen im Flur des Mordhauses so auf die Nerven gegangen war, war nichts mehr zu bemerken.

»Na, Sie hat es aber ganz schön erwischt«, bemerkte der Oberkommissar mit süffisantem Grinsen. »Wer war das denn?«

Der Journalist bewegte den Kopf vorsichtig in die Richtung der beiden Polizisten. »Bearbeiten Sie den Fall?«

»Wenn Sie es unbedingt wollen«, erwiderte Hain, »kümmern wir uns natürlich ein bisschen darum. Aber grundsätzlich erstmal nicht. Warum fragen Sie?«

»Weil ich ...« Er stockte und sah wieder aus dem Fenster.

»Ja?«

»Weil ich Angst habe. Verdammte Angst.«

»Hui«, machte Hain, »das klingt jetzt aber ganz anders als gestern. Da hatten Sie scheinbar diese Angst noch nicht.«

Der Journalist drehte erneut den Kopf und sah den Oberkommissar vorwurfsvoll an. »Nein, gestern um diese

Zeit konnte ich auch noch nicht ahnen, welches Wespennest ich mit meinen Recherchen da wirklich angestochen habe.«

»Nun lassen Sie sich nicht jedes Wort aus der Nase ziehen, Herr Stemmler«, forderte Lenz den Mann im Bett auf. »Wer hat Sie verprügelt, und warum?«

Stemmler griff zu einer Packung Papiertaschentücher, die auf dem Nachtspind lag, zog mit zitternden Fingern einen der weißen Zellstofflappen heraus und putzte sich die Nase, was offensichtlich mit großen Schmerzen für ihn verbunden war.

»Es war kein Einzeltäter, sondern zwei«, begann er nach einer kleinen Pause. »Wer genau es war, kann ich Ihnen nicht sagen, weil ich die beiden Männer noch nie gesehen habe, und sehr genau habe ich sie auch in der letzten Nacht nicht zu Gesicht gekriegt, dazu ging das alles viel zu schnell.« Er machte wieder eine kleine Pause, weil ihm offenbar auch das Atmen große Schwierigkeiten bereitete. »Ich befürchte, wenn diese Pornogesellschaft nicht zufällig vorbeigekommen wäre, hätten die beiden mich totgeschlagen.«

Lenz und Hain sahen sich kurz an.

»Von welcher Pornogesellschaft sprechen Sie?«, fragte Hain irritiert nach. »Oder nein, lassen Sie es. Vielleicht ist es besser, wenn Sie ganz von vorne anfangen. Am besten an dem Punkt, wo Sie sich entschlossen haben, nach Kassel zu kommen.«

Stemmler atmete tief ein und warf einen Blick an die Decke. Es sah aus, als würde er abwägen, was er den Polizisten erzählen sollte.

»Ach, und wenn Sie sich entschließen anzufangen, Herr Stemmler«, unterbrach Hain seine Gedanken, »dann bitte die komplette Version. Wenn wir merken, dass da was fehlen sollte oder etwas nicht plausibel ist, streicheln wir Ihnen noch mal kurz über Ihren blutigen Schädel, wünschen Ihnen für Ihren weiteren Lebensweg das Beste und ziehen ab. Alles klar?«

Das zeigte Wirkung. Der Journalist lehnte sich zurück und nickte.

»Ja, alles klar.«

»Dann los.«

»Ich recherchiere seit etwa einem halben Jahr in einer Sache, die sich mit dem Geldfluss innerhalb der streng religiösen islamischen Organisationen beschäftigt. Kurz gesagt geht es darum, wie diese Organisationen an die benötigten Mittel kommen, und wie sie diese verwenden. Mir war schon zu Beginn klar, dass es dabei um ein sehr heißes Thema geht, weil sich diese Vereine und Verbände nicht gerne in die Karten schauen lassen, weder von mir, noch von jemand anderem. Zuerst bin ich auch auf eine Mauer des Schweigens und der Furcht getroffen, niemand wollte mit mir auch nur einen Termin für ein Gespräch vereinbaren. In den letzten Wochen gelang es mir jedoch, mit dem einen oder anderen Insider in Kontakt zu treten, und seitdem ist aus der Sache ein Selbstläufer geworden.«

»Und in Kassel gibt es diese Insider?«

»Ja, hier gibt es Personen, die ich als Insider bezeichnen würde. Aber ich bitte Sie zu akzeptieren, dass ich momentan nicht bereit bin, meine Informanten offenzulegen, zumal ich fest davon überzeugt bin, dass sie mit dem Überfall auf mich nichts zu tun haben.«

»Und wer hat Ihrer Meinung nach etwas damit zu tun?«

»Diese Frage zu beantworten, ist alles andere als einfach, meine Herren. Es gibt in Deutschland eine Menge vermeintlich dezentral organisierter islamischer Gruppen, die sich nach außen hin als zwar konservativ im islamischen Sinn, aber keinesfalls fundamentalistisch oder radikal geben. Das ist jedoch leider nur die halbe Wahrheit, denn Organisationen wie etwa Milli Görüş, in deren Umfeld ich recherchiert habe, haben diese Gruppen längst unterwandert und geben in vielen seit einiger Zeit den Ton an. Das heißt, dass …«

Lenz hob den Arm, um den Redefluss des Mannes im Krankenbett zu stoppen. »Ich habe das akustisch nicht verstanden. Wie nennt sich diese Organisation?«

»Milli Görüş.«

»Was genau heißt das?«, hakte Hain nach. »Hat das irgendeine Bedeutung?«

Stemmler nickte matt. »Die wörtliche Übersetzung ist Nationale Sicht.«

»Und diese Organisation ist in Kassel aktiv?«

»Milli Görüş ist auf der ganzen Welt aktiv, auf jeden Fall auch in Kassel.«

»Und wofür oder wogegen sind die?«

»Nun ja«, erwiderte Stemmler, zog sich mit dem bandagierten linken Arm an dem Dreieck über seinem Kopf ein wenig in die Höhe, und entlastete dadurch seinen Rücken. »Wofür oder wogegen Milli Görüş in letzter Konsequenz steht, ist eigentlich gar nicht so recht klar. Es ist aber zu vermuten, dass zumindest Teile davon dem radikalen Islamismus zuzurechnen sind. Aber weil die Ziele bewusst nebulös gehalten werden, ist das auch den meisten der Mitglieder nicht klar.«

»Und Sie meinen, dass hinter der Attacke auf Sie diese Milli-Görüş-Truppe steht?«, wollte Hain wissen, der mittlerweile seinen Notizblock in der Hand hielt und mitschrieb. »Warum sollten die so was machen?«

»Weil ich meine Nase zu tief in ihre Angelegenheiten gesteckt habe. Weil ich zumindest in Ansätzen herausgefunden habe, wie ihr System der Finanzierung und der Geldwäsche funktioniert.«

»Deswegen haben Sie mit Gökhan Bilgin gesprochen?«

»Ja. Aber der Mann war so verbohrt und so ideologisiert, dass ein vernünftiges Gespräch unmöglich gewesen ist.«

»Nach Ihrer Meinung hatte Bilgin etwas mit diesem Finanzsystem zu tun?«, erkundigte sich Lenz, der an die merkwürdigen Kontoauszüge in der Wohnung des Getöteten dachte.

»Gökhan Bilgin war auf jeden Fall einer der Kasseler Repräsentanten von Milli Görüş. Er hat Geld gesammelt und es auch wieder verteilt. Und das, obwohl er offiziell ein Arbeitslosengeld-II-Aufstocker gewesen ist, weil ihm der Verdienst aus seiner Schneiderei nicht zum Leben gereicht hat.«

»Woher wissen Sie das alles?«, fragte Hain den Mann im Krankenbett.

»Das herauszufinden war recht einfach, so was muss ein vernünftiger Journalist hinkriegen. Viel schwerer wäre es gewesen, im weiteren Verlauf die Geldströme nachzuverfolgen.«

»Warum wäre?«

»Weil die Schnittstelle von der Bildfläche genommen wurde.«

»Gökhan Bilgin?«

Stemmler nickte. »Bilgin war die Schlüsselfigur im Kasseler Netzwerk. Jetzt ist er tot, und damit sind die Verbindungslinien gekappt.«

»Aber Sie haben doch sicher weitere Namen?«

»Ja, aber das sind kleine Lichter. Nach meinen Recherchen hat Bilgin zur Zeit fast 100.000 Euro unter seiner Obhut, und ohne ihn endet die Spur im Nichts.«

Hain warf seinem Chef einen fragenden Blick zu, ob er dem Journalisten die korrekte Summe nennen sollte, doch Lenz reagierte nicht.

»Na ja, immerhin haben wir das Geld und die Kontoauszüge«, meinte er stattdessen. »Es sollte nicht allzu schwer sein, damit die Laufwege des Geldes nachzuvollziehen.«

»Hoffentlich werden Sie nicht eine böse Überraschung erleben. Bilgin war garantiert sehr findig, wenn es um die Verschleierung der Transaktionen ging, natürlich auch, weil er von der Organisation bestmöglich unterstützt wurde.«

»Hm«, machte Hain. »Bliebe eigentlich nur noch zu klären, warum er und seine Familie umgebracht wurden. Und natürlich, warum man Sie so übel zugerichtet hat.«

Der Journalist mühte sich ein mattes Grinsen ab. »Was uns wieder zurück zu der schon angesprochenen Pornogesellschaft bringt. Ich bin nämlich sicher, dass die beiden, die mich angegriffen haben, mich nicht nur verletzen, sondern töten wollten.«

»Was macht Sie da so sicher?«, hakte Hain nach. »Wenn das tatsächlich der Plan gewesen wäre, hätten Sie doch einfach mit der Knarre wedeln und abdrücken können.«

»Falsch«, korrigierte Stemmler. »Als die Pornogesellschaft um die Ecke kam, waren die beiden gerade dabei mich aufzurichten und fingen an, mir Fragen zu stellen.«

»Und diese ominöse Pornogesellschaft hat eingegriffen?«

»Genau.«

»Wo«, wollte Hain wissen, »hat sich das Ganze denn abgespielt?«

»Ich wohne in einem Hotel in der Innenstadt, dem Kasseler Hof. Dort haben die beiden an meine Zimmertür geklopft, und als ich aufgemacht habe, ging es ohne Vorwarnung mit den Faustschlägen los. Zu meinem großen Glück haben sie es versäumt, die Tür zu schließen, als sie auf mich eingeprügelt haben. Gerade in dem Moment, als sie anfangen wollten mich auszufragen, haben ein paar Zimmer weiter die Leute, die dort einen Pornofilm drehten, Feierabend gemacht. Zwei der Jungs waren ziemlich stämmig und sind dazwischengegangen, als ihnen klar wurde, was da in meinen Zimmer ablief.«

»Nur dass ich es richtig verstehe«, unterbrach Lenz die Ausführungen des Journalisten, »da treffen sich Leute in einem Hotel, um einen Pornofilm zu drehen?«

Stemmler nickte. »Ja.«

»Wussten Sie davon?«

»Nein. Aber ich fand es auch interessant, als alle ganz freimütig davon erzählten, während wir gemeinsam auf den Notarzt warteten. Die drei Frauen, also die Hauptdarstellerinnen, haben sich unterdessen ganz rührend und liebevoll um mich gekümmert.«

»Hoffentlich hatten sie sich wenigstens die Hände gewaschen«, nuschelte Hain, während er mitschrieb.

»Was passierte genau, als Ihre überraschenden Helfer aufgetaucht sind?«, fragte Lenz.

»Die zwei Pornodarsteller haben ohne zu fragen zugeschlagen, die beiden, die mich verprügelt hatten, sind ziemlich überrascht abgehauen, der Notarztwagen kam, und mit dem ging es hierher ins Krankenhaus. Das war alles.«

Der Hauptkommissar überlegte ein paar Sekunden.

»Und nun haben Sie natürlich Schiss, dass diese Kerle, nachdem sie gestern gestört wurden, es ein zweites Mal probieren werden?«

»Genau.«

»Aber Sie wollten uns nicht darüber informieren?«

Stemmler schluckte. »Kurz bevor Sie aufgetaucht sind, hatte ich den Entschluss gefasst, nach der Polizei zu verlangen, ganz ehrlich. Ich habe jedesmal, wenn die Tür aufgegangen ist und eine Schwester oder ein Arzt hereinkam, und das ist, seit ich hier liege, andauernd passiert, fast einen Schreikrampf bekommen vor Angst. So weit geht mein journalistischer Ehrgeiz dann doch nicht, dass ich ihn mit dem Leben bezahlen will.«

»Was wollten Sie gestern bei den Bilgins?«

»Ich wusste nach den Berichten im Radio, dass es sich bei den Toten nur um die Familie handeln konnte. Also bin ich hingefahren um zu sehen, wie sich das alles zugetragen hat.« Er druckste ein wenig herum. »Na ja, außerdem wollte ich versuchen, in die Wohnung zu kommen, um vielleicht irgendetwas zu finden, das mit den Finanztransaktionen zu tun haben könnte, die Bilgin vorgenommen hat.«

»Was genau wissen Sie von den Transaktionen?«, interessierte sich Hain.

»Er hat sie nicht unter seinem eigenen Namen ausgeführt, sondern die Buchstaben ein klein wenig gedreht, sodass aus Bilgin ohne viel Mühe Biglin wurde. Das ist übrigens ein Trick, den Milli Görüş gerne anwendet. Mittlerweile ist es ganz häufig so, dass in Stadtteilen mit großem türkischen Bevölkerungsanteil die Banken in den Filialen gerne auch türkische Muttersprachler einsetzen, meistens Türken der zweiten und dritten Generation. Gerade von denen stehen viele den Zielen von Milli Görüş offen gegenüber, sodass bei der Einrichtung des Kontos schon mal das eine oder andere Auge zugedrückt wird. Fliegt die Sache auf, ist es ein einfacher Buchstabendreher, geht es gut, hat man ein Konto, das zu niemandem gehört und dessen Spur bei eventuellen Nachforschungen, die ohnehin höchst selten stattfinden, im Sande verläuft.«

»So einfach und doch so effektiv«, stimmte Hain anerkennend zu.

»Das ist richtig. Und keiner weiß genau, wie viele von diesen Konten es in Deutschland, Europa oder der ganzen Welt gibt, von denen aus ganz einfach auch internationale Transaktionen durchzuführen sind, wenn man ein paar simple Grundregeln befolgt.«

»Welche zum Beispiel?«

»Das Wichtigste sind kleine Häppchen. Nie große Beträge überweisen ist die erste Regel. Und immer die Empfängerkonten variieren. Wenn zu viele Buchungen auf ein und demselben Konto gutgeschrieben werden, könnte sich am Ende doch mal jemand dafür interessieren, wer da wem eigentlich regelmäßig Geld überweist.«

»Und das alles haben Sie im Rahmen Ihrer Recherchen herausgefunden?«, wunderte sich Hain.

»Das ist der am wenigsten aufwendige Teil der Arbeit. In eine stramm geführte, funktionierende Organisation wie Milli Görüş einzudringen, ist schon bedeutend schwieriger.«

»Aber das scheinen Sie ja auch geschafft zu haben?«

»Stimmt.«

»Haben Sie eigentlich die Kinder der Bilgins kennengelernt?«, wollte Lenz wissen.

Der Journalist nickte und veränderte ein weiteres Mal seine Liegeposition. »Ja, ich habe mit allen gesprochen, mit Ausnahme des Kleinsten. Und es tut mir wirklich leid, dass er mit seinen Eltern sterben musste.«

»Welchen Eindruck hatten Sie von den anderen?«

»Sie haben den Alten gehasst«, erwiderte Stemmler ohne das geringste Nachdenken.

»Alle?«

»Ja, alle.«

»Das haben sie Ihnen erzählt?«

»Mehr oder weniger direkt, ja.«

»Was halten Sie von Kemal, dem Ältesten?«

Nun nahm sich der Reporter einen Moment Zeit, bevor er zu einer Antwort ansetzte. »Ein cleverer Bursche. Nicht strukturiert, aber clever.«

»Wie meinen Sie das?«

»Er hat ein paar Flausen im Kopf, die besser zu einem 20-Jährigen passen würden. Eigenes Geschäft, Designerklamotten anfertigen, und solche Sachen. Aber er hat bei mir einen sympathischen Eindruck hinterlassen.«

»Könnten Sie sich vorstellen, dass er seine Eltern und seinen Bruder umgebracht hat?«

Stemmler lachte unter großen Schmerzen auf. »Nein, nie im Leben. So was traue ich ihm auf gar keinen Fall zu.«

Nun erzählte Lenz dem Mann im Krankenbett von den Ereignissen des Morgens und den schwerwiegenden Verdachtsmomenten gegen Kemal Bilgin. Die Einflussnahme seines Vorgesetzten sowie den Druck der Staatsanwaltschaft ließ er unerwähnt.

Der Journalist winkte ab. »Das können Sie sich aus dem Kopf schlagen. Der Junge hat nicht das Format, mit einer Knarre in die Wohnung seiner Familie zu marschieren und dort ein Massaker zu veranstalten.«

»Sicher?«

»Hundertprozentig. Aber wenn ich Sie eben richtig verstanden habe, liegt er im Sterben und hat keine Chance mehr, sich zu dem Sachverhalt zu äußern.«

Nun nickte Lenz. »Das haben Sie, ja. Gibt es jemanden, dem Sie die Morde eher zutrauen würden? Oder haben Sie vielleicht einen konkreten Verdacht, wer es gewesen sein könnte?«

»Das war eine Sache im Umfeld von Milli Görüş, wenn Sie mich schon danach fragen. Wer genau so was macht, kann ich Ihnen natürlich nicht sagen, aber wenn einer umgebracht wird, der für die Organisation Geld gewaschen und verteilt hat, dann sollten Sie auch bei denen anfangen zu suchen.«

»Haben Sie einen Namen?«

Nun überlegte Stemmler sehr, sehr lange, bevor er antwortete.

Dann nannte er den Beamten den Namen und die Adresse eines türkischen Restaurantbesitzers in der Innenstadt. »Dieser Mann ist nach dem, was ich herausgefunden habe, die Nummer eins von Milli Görüş hier in Kassel. Ich glaube zwar nicht, dass er mit Ihnen reden wird, aber Sie können Ihr Glück gerne bei ihm versuchen. Ich gebe Ihnen allerdings den guten Rat, ihn nicht zu verärgern, denn er hat einen äußerst klagefreudigen Rechtsbeistand.«

»Danke für den Tipp«, gab Lenz zurück. »Meinen Sie, dass die Morde an den Bilgins und die Sache mit Ihnen in einem Zusammenhang stehen?«

»Wenn die Familie Bilgin von einem Killer umgebracht wurde, den Milli Görüş geschickt hat, dann ja. Ansonsten nicht. Aber die Chance dafür ist ziemlich gering.«

»Dann meinen Sie«, wollte Hain eine weitere Frage stellen, wurde jedoch von einem kurzen Klopfen und dem sofort folgenden Öffnen der Zimmertür unterbrochen.

»Tag, die Herren«, wurden alle im Raum von einer resolut auftretenden Krankenschwester begrüßt.

»Und für Sie beide«, deutete sie auf Lenz und Hain, die am Fuß des Krankenbettes standen, »heißt das leider gleichzeitig auf Wiedersehen. Unser Patient hier hat nämlich in einer knappen Stunde ein Rendezvous im OP mit unserem Chefarzt.«

»Wie«, fragte Stemmler unsicher zurück, »klappt das doch heute noch?«

»Ganz genau. Eine OP, die für heute Nachmittag angesetzt war, musste ausfallen, und deshalb operiert Professor Hartenstein zu diesem Termin statt einer Oberschenkelfraktur Ihr verschobenes Schlüsselbein.«

»Mit dem möchte ich jetzt auch nicht tauschen«, bemerkte Hain, nachdem die beiden sich von Stemmler verabschiedet hatten und die Tür hinter ihnen zugefallen war. »So verbeult aussehen und dann gleich noch eine Operation.«

»Da ist was dran, Thilo. Meinst du, wir sollten eine Schutzwache für ihn organisieren?«

»Auf jeden Fall, daran führt kein Weg vorbei. Nicht auszudenken, wenn ihm hier drin was passieren würde. Ich kümmere mich darum, sobald mein Telefon wieder Empfang hat.«

Sie stiegen in einen Fahrstuhl, und Hain schob den Arm nach vorne, um den Knopf für das Stockwerk zu wählen, erstarrte jedoch in der Vorwärtsbewegung und drehte sich zu Lenz um. »Rauf oder runter, Herr Kommissar?«, fragte er grinsend.

»Runter. Die Mutproben für diese Woche habe ich bestanden, und ich will auf dem schnellsten Weg hier raus. Irgendwie kriege ich immer Kopfschmerzen von dieser Krankenhausluft.«

»Wenn das mal keine Ausrede ist«, frotzelte Hain und legte den Zeigefinger auf den rot umrandeten Edelstahlknopf mit dem großen E in der Mitte. In der Halle angekommen nahmen die beiden Kurs auf den Ausgang, kamen jedoch nicht weit.

»Hallo, Jungs«, rief eine ebenso vertraute wie erstaunt klingende Stimme aus dem Hintergrund. Die beiden Kripobeamten drehten sich um und sahen in das volle Gesicht von Jürgen »Lemmi« Lehmann, einem Kollegen vom Kriminaldauerdienst des Polizeipräsidiums Kassel.

»Was macht ihr denn hier? Hat euch jemand gesteckt, dass wir in eurem Revier wildern?«

»Grüß dich, Lemmi«, erwiderte Hain ebenso erstaunt. »Wie meinst du das?«

»Wisst ihr noch gar nichts von dem Toten hier im Krankenhaus?«

»Dem Türkenjungen?«

»Welchem Türkenjungen?«

»Na, dem von der Autobahnbrücke.«

»Jungs!«, bremste Lenz das fruchtlose Ping-Pong-Spiel seiner beiden Kollegen aus. »So kommen wir nicht weiter. Von welchem Toten sprichst du, Lemmi?«

»Diesem Neonazi aus dem Schwalm-Eder-Kreis.« Er warf einen Blick in seine Unterlagen. »Gerold Schmitt. Wurde nach einer Schlägerei draußen auf dem Land gestern hier im Klinikum operiert und lag heute Morgen mit einer Post-Op-Embolie tot in seinem Bett.«

»So was kommt in den besten Familien vor«, entgegnete Hain ungerührt. »Und was hat euch auf den Plan gerufen?«

»Ein anonymer Anruf, der vor einer knappen Stunde im Präsidium eingegangen ist. Der Anrufer hat behauptet, Gerold Schmitt sei umgebracht worden. ›Das war Mord‹, waren seine genauen Worte.«

»Sachen gibt's«, meinte Hain, noch immer ungerührt.

»Und Irre gibt's auch jede Menge«, führte Lehmann seinen Gedanken fort. »Die Ärzte hier schwören Stein und Bein, dass er an einer stinknormalen Embolie verschieden ist, wie sie nun mal im Anschluss an eine Operation vorkommen kann. Sollte nicht, passiert aber leider manchmal.«

»Was macht ihr mit ihm?«

»Es hat mir zwar mächtig gestunken, genau wie den Ärzten auch, aber wir haben ihn in die Rechtsmedizin bringen lassen. Morgen früh wird er obduziert, und ich würde glatt die Hälfte meiner 40 überflüssigen Kilos verwetten, dass der Typ am Telefon Scheiße gelabert hat.«

»Warum sollte einer so was machen, Lemmi?«

Lehmann klappte die Kladde in seiner Hand auf. »Gerold Schmitt war einer von denen, die maßgeblich an der Sache mit dem Mädchen und dem Spaten vom Neuenhainer See beteiligt waren. Ihr erinnert euch? Er hat noch Bewährung offen gehabt deswegen.«

Lenz und Hain nickten.

»Vielleicht hat sich ja jemand gedacht, dass es eine gute Idee wäre, so einen Typen mit ein paar zusätzlichen Körperöffnungen in die ewigen Jagdgründe gehen zu lassen, was weiß ich?«

»Wir leben wirklich in einer kranken Welt«, bemerkte Lenz und wandte sich ab.

»Falls sich wider Erwarten herausstellen sollte«, rief Lehmann ihm hinterher, »dass an der Sache tatsächlich etwas faul ist, liegt der Ball allerdings sofort in eurem Garten. Klar?«

»Logo, Lemmi«, raunzte Hain, verabschiedete sich und folgte seinem Chef.

24

Justus Gebauer stoppte die DVD-Wiedergabe, fror das Bild, das er sich zuletzt angesehen hatte, ein und sah fasziniert dem Mann ins Gesicht, dessen Werdegang er auswendig kannte, und den er seit geraumer Zeit als ein politisches Vorbild betrachtete. Allerdings, das hatte er sich das eine oder andere Mal eingestanden, war Vorbild nicht der passende Ausdruck, weil Geert Wilders, der holländische Rechtspopulist, dessen Konterfei mit den gewellten, etwas zu langen, blonden Haaren er im Schlaf hätte zeichnen können, um einige Jahre jünger war als er selbst. Nein, Geert Wilders war ein Vorbild für ihn, wenn es darum ging, zu den Eigenschaften der nationalen Identität zu stehen. Wenn es darum ging, den Islam und alles, was damit in Verbindung stand, als das zu brandmarken, was es in Wirklichkeit war, nämlich ein Vehikel zur Erringung der Herrschaft einer Religion über die freie Welt.

Schon seit vielen Jahren hatte Gebauer seine Thesen über den radikalen Islamismus mit sich herumgetragen, jedoch war ihm immer klar gewesen, dass er in seiner Partei dafür keine offenen Befürworter finden würde. Sicher, im kleinen Kreis hatten sogar der Ministerpräsident und andere aus dem Führungszirkel schon davon gesprochen, dass man viele dieser religiösen Sozialschmarotzer am besten sofort dahin zurückschicken müsste, woher sie gekommen waren, doch in der Öffentlichkeit wären solche Forderungen dem politischen Selbstmord gleichgekommen. Also hatte der ehemalige Landtagsabgeordnete Justus Gebauer gute Miene zum bösen Spiel gemacht und sich immer gerade so weit aus dem Fenster gelehnt, wie es ohne Imageverlust möglich war. Natürlich, und das wusste auch jeder, stand er ideologisch am äußersten rechten Rand der Parteilinie, aber gerade Männer wie er waren es doch, die an eben diesem Rand die notwendigen Stimmen holten, die für die Einbindung derjenigen Menschen verantwortlich waren, die sonst bewusst rechtsextremistische Gruppierungen gewählt hätten. Man hatte ihn gebraucht, und als er einen Fehler gemacht hatte, keinen großen Fehler nach seiner Meinung übrigens, war er zur heißen Kartoffel geworden.

Er sah auf die Uhr. Noch eine knappe Viertelstunde. In einer knappen Viertelstunde würde ihm in einem extra angemieteten Saal eines großen Kasseler Hotels die Creme der Medienvertreter des Landes gegenüber sitzen oder stehen und sich anhören, was er zu der Situation in Kassel und dem Rest der Republik zu sagen hatte.

Geert Wilders, der Holländer. Ein guter Mann. Es gab viele neue, gute Männer, denen er sich im Denken verbunden fühlte. In Italien gab es in der Lega Nord Männer, die er unbedingt treffen musste, ebenso in Belgien und Frankreich. Politische Vordenker, die zu ihren Idealen standen und bereit waren, sich dafür in der Öffentlichkeit diffamieren und beleidigen zu lassen. Aber so gut diese Männer auch waren, und so sehr er sie bewunderte, es gab nur einen, den er wirklich verehrte. Den Besten. Er hätte seinen linken Arm dafür gegeben, diesen Mann zu dessen Lebzeiten kennengelernt zu haben, doch war das aus vielerlei Gründen bis zu dessen tragischem Tod nicht möglich gewesen. Dieser Mann hatte es verstanden, seinem ganzen Land einen völlig neuen, lange nicht mehr gekannten Nationalstolz zu vermitteln, und an dem Tag, an dem bekannt wurde, dass er einem Autounfall zum Opfer gefallen war, hatte Justus Gebauer zum erstem Mal seit sehr vielen Jahren wieder geweint. Er hatte bitterlich um Jörg Haider, sein großes Idol, geweint.

»Du musst raus«, steckte Frank Weiler den Kopf durch die Tür, riss ihn damit aus seinen Gedanken und deutete dabei auf die Uhr an der Wand.

»Ja, es wird Zeit«, bestätigte Gebauer und stand auf. Vor einem Spiegel rückte er sich die Krawatte zurecht, machte noch ein paar Grimassen, um seine Gesichtsmuskeln zu lockern, und schloss danach die oberen beiden Knöpfe seines modern geschnittenen, aber eleganten Einreihers.

»Herzlich willkommen, meine Damen und Herren«, begrüßte der Mann, der im Alleingang neuer Oberbürgermeister von Kassel werden wollte, die etwa 40 Medienvertreter, die seiner Einladung zu einer Pressekonferenz gefolgt waren, und drückte das kleine Mikrofon vor seinem Gesicht ein wenig nach unten.

»Ich freue mich, dass Sie gekommen sind«, fuhr er fort. »Lassen Sie mich zunächst kurz erklären, warum ich Sie zu dieser spontanen Pressekonferenz eingeladen habe. Im Anschluss stehe ich selbstverständlich für Ihre Fragen zur Verfügung.«

Er griff zu einer Mineralwasserflasche, goss eines der Gläser voll, die vor ihm auf dem Tisch standen und trank einen Schluck, bevor er weitersprach. »Sicher hat es sich schon zu Ihnen herumgesprochen, dass ich meiner Partei, meiner bisherigen politischen Heimat also, den Rücken gekehrt und mich entschlossen habe, als unabhängiger Kandidat für das Amt des Oberbürgermeisters der Stadt Kassel meinen Hut in den Ring zu werfen.«

Er blickte die Journalisten an, als wolle er erste Reaktionen aufnehmen, doch die Gesichter der Anwesenden spiegelten eher Langeweile denn Interesse wider.

»Sie können mir glauben, dass mir der Schritt, alle politischen Brücken hinter mir abzubrechen, nicht leicht gefallen ist. Dass dem ein langer, teilweise an die Grenzen der eigenen Belastbarkeit gehender Entscheidungsfindungsprozess vorausgegangen ist, muss ich vermutlich ebenso wenig explizit erwähnen. Und ich bin mir außerdem im Klaren darüber, dass, wenn man diesen Schritt erst einmal gegangen ist, dabei viele über die Jahre gewachsene Freundschaften auf der Strecke bleiben werden. Allerdings hege ich die Hoffnung, dass, sollte sich erst herumgesprochen haben, für welche Ziele und Werte ich in der Zukunft eintreten werde, einige dieser alten Freunde wieder einen Schritt näher an mich heranrücken werden.«

Ein junger Reporter mit einem Notizblock auf dem Schoß hob den Arm, wartete jedoch mit seiner Frage nicht, bis ihn irgendjemand aufforderte, sie zu stellen.

»Dass Sie kandidieren, ist seit Ihrem Interview von gestern nichts Neues mehr, Herr Gebauer, und ich bin mir relativ sicher, dass Sie uns nicht hierher eingeladen haben, um diese Nachricht ein weiteres Mal aufzuwärmen. Mich würde viel mehr interessieren, was sich hinter den neuen Zielen und Werten verbirgt, von denen Sie eben etwas nebulös gesprochen haben.«

Der Jurist nahm einen weiteren Schluck Wasser. Dann holte er tief Luft und sah ernst in die Runde. »Wie manch anderer Mitbürger der Stadt Kassel bin ich der Meinung, dass vieles, was seit Jahren in unserer Stadt passiert, nicht mehr länger tragbar ist. Ich will Sie jetzt nicht mit irgendwelchen Schwimmbadneubauten oder vielleicht überflüssigen Uferpromenaden nerven, zu denen längst alles mehrfach gesagt wurde, und ich will auch nicht auf dem erbärmlichen Erscheinungsbild herumreiten, das die Innenstadt seit vielen Jahren abgibt. Das sind nur die Symptome einer völlig verfehlten Kommunalpolitik, und, diese Kritik kann ich meiner ehemaligen Partei nicht ersparen, einer verfehlten Politik im Land und im Bund. Mir geht es darum, die Ursachen dafür zu beseitigen. Ursachen, die nach meinem Dafürhalten völlig neue Wege bei der Bewältigung der vielfältigen Probleme erfordern. Und es geht mir darum, seit Langem überfällige, aber dringend notwendige Schritte …«

»Entschuldigen Sie, Herr Gebauer, dass ich Sie unterbreche«, warf der junge Journalist dazwischen, »aber diese Verlautbarungen, dieses Politikersprech kennen wir alle hier im Raum zur Genüge. Haben Sie es nicht etwas greifbarer?«

»Greifbarer?«, echote Gebauer. »Sie wollen es greifbarer? Gut, machen wir es greifbarer.« Wieder der Griff zum Wasserglas. Aber demonstrativ ruhig ausgeführt, fast arrogant entspannt.

»Wie vielen Bürgern dieser Stadt geht es mir gegen den Strich, mich von jugendlichen Migranten auf der Straße anpöbeln zu lassen, wenn ich zur falschen Zeit im falschen Stadtteil unterwegs bin, das nach meiner Meinung ohnehin eher die Bezeichnung Ghetto verdient hätte. Es geht mir weiterhin auf die Nerven, wenn ich auf der gleichen Straße Burka tragende Frauen sehe, die drei Meter hinter ihren Männern hergehen müssen.«

Durch den Raum ging ein leichtes Raunen, doch Gebauer war keineswegs fertig mit seinen Ausführungen.

»Es kann weiterhin nicht angehen, dass es in der Stadt Viertel gibt, in denen man sich mehr an Istanbul als an

Kassel erinnert fühlt, meine Damen und Herren. Und ich werde, sollten mir die Bürger der Stadt ihr Vertrauen schenken und mich mit ihren Stimmen unterstützen, einen großen Teil meiner Energie dafür einsetzen, dass diesen Auswüchsen begegnet wird. Oder, um es ganz deutlich zu sagen: Damit muss Schluss sein!«

Nun entstand unter den Reportern nahezu ein Tumult. Jeder Einzelne reckte mindestens einen Arm in die Luft und rief dabei etwas in den Raum. Frank Weiler, der leicht versetzt in Gebauers Rücken stand, beugte sich zu ihm hinunter.

»Du bist gnadenlos gut heute«, flüsterte er dem Juristen ins Ohr, »mach weiter so.«

Der nickte kurz und gab einem jungen Mädchen, das mit einem langen Mikrofongalgen in der Hand in einer Ecke des Raumes stand, ein Zeichen, worauf sie sich in Bewegung setzte und das Mikrofon einer älteren, grauhaarigen Frau in der dritten Reihe vor die Nase hielt, die als Berichterstatterin für eine linke Tageszeitung dort saß.

»Bitte, meine Damen und Herren«, rief Gebauer. »Bitte beruhigen Sie sich. Ich garantiere Ihnen, dass ich diese Pressekonferenz nicht verlassen werde, so lange noch einer von Ihnen eine Frage an mich hat.« Damit deutete er auf die Frau, die sich nun ein wenig aufrichtete.

»Sie sind dafür bekannt, dass Sie aus Ihrem Herzen nie eine Mördergrube gemacht haben, Herr Gebauer, aber das, was ich soeben von Ihnen vernommen habe, hat mich auch vor diesem Hintergrund doch sehr überrascht, weswegen ich, um Missverständnissen vorzubeugen, lieber gleich nachfrage. Wollen Sie sich, neben Ihrer Kandidatur zum Kasseler OB, zu einem neuen Saubermann am rechten Rand des politischen Spektrums erheben? Und glauben

Sie ernsthaft, dass die Menschen dieser politischen Rattenfängerei auf den Leim gehen werden?«

Wieder gab es lautes Gemurmel.

»Nun«, setzte Gebauer zu einer Erwiderung an, wartete dann aber, bis etwas Ruhe eingekehrt war. »Zunächst muss ich Ihrem Vorwurf der politischen Rattenfängerei vehement widersprechen. Es geht bei der Bewältigung der Probleme unseres Landes doch längst nicht mehr um irgendwelche Ideologien. Es geht auch längst nicht mehr um die Frage, ob eine eher rechte oder eine eher linke politische Ausrichtung für die Erhaltung unserer mitteleuropäischen Werte und Traditionen die richtige Wahl ist. Es geht vielmehr darum, dass wir gewisse Auswüchse stoppen und darüber hinaus unbedingt zurückdrängen müssen, die unser Land an die Grenzen seiner ökonomischen und gesellschaftlichen Möglichkeiten gebracht haben.«

»Was für Auswüchse meinen Sie?«, rief ein Mann aus dem hinteren Teil des Raumes dazwischen.

»Das will ich Ihnen sagen, und ich breche es auch gerne auf ein paar Kernpunkte herunter, meine Damen und Herren.«

»Hoffentlich heute noch«, murmelte einer der Journalisten ebenso genervt wie deutlich vernehmbar.

»Wir müssen sowohl die schleichende wie die offene Islamisierung in Kassel, in Hessen und der Bundesrepublik stoppen. Wir müssen alles tun, um die Ghettoisierung und Fundamentalisierung innerhalb der islamisch geprägten Bevölkerungsgruppen aufzuhalten und Schritt für Schritt zurückzudrängen. So, wie die Situation sich im Augenblick darstellt, kann sie nach meiner Meinung definitiv nicht bleiben. Wir müssen dieser Entwicklung entschlossen entgegentreten; daran führt kein Weg vorbei, wenn unsere

Kinder und Enkelkinder nicht in 40 oder 50 Jahren Einwohner einer islamischen Republik Deutschland sein wollen.«

Nun war die Bombe geplatzt.

Der größte Teil der Medienvertreter füllte die Notizbücher, sprach aufgeregt mit den Kollegen oder in ein Diktiergerät, andere schüttelten einfach nur den Kopf. Eine Anzahl weiterer bemühte sich Fragen zu stellen, was jedoch im allgemeinen Lärm unterging. So verstrich nahezu eine gefühlte Ewigkeit, während der Justus Gebauer aufrecht in die surrenden und klickenden Kameras lächelte. Ein nicht mit den Ereignissen der letzten Minuten vertrauter Mensch würde Gebauers unschuldigem Gesichtsausdruck nach zu urteilen eher einen Filmstar oder einen honorigen Wissenschaftler in ihm sehen, der etwas Weltbewegendes erschaffen oder erreicht haben könnte. Aber Justus Gebauer hatte nichts dergleichen getan. Er hatte der Öffentlichkeit einfach mehr oder weniger mitgeteilt, dass er auf dem Weg war, sich als deutsche Ausgabe eines Jörg Haider oder eines Geert Wilders zu empfehlen. Als derjenige, der über langjährige politische Erfahrung verfügte, der intelligent und eloquent aufzutreten vermochte. Und der es zudem als Erster öffentlich wagte, extreme rechte Positionen zu vertreten und damit den Versuch unternahm, als Oberbürgermeister in das Rathaus eines deutschen Oberzentrums einzuziehen.

Eine gute Stunde später waren tatsächlich alle Fragen der Journalisten gestellt. Gebauer hatte geduldig bis zum Schluss ausgeharrt und auch noch die allerletzte der meist provozierend dargebrachten Nachfragen beantwortet. Und noch während er aufstand und sich von den wenigen im Saal verbliebenen Pressevertretern verabschiedete, liefen bereits die ersten Eilmeldungen über die Ticker der

Nachrichtenagenturen. Das dritte Programm des Hessischen Rundfunks unterbrach sein laufendes Programm und sendete eine ausführliche Aufzeichnung der Pressekonferenz.

Keine 300 Meter Luftlinie davon entfernt saßen mehrere Juristen in einem Hinterzimmer des Gerichtsgebäudes und betrachteten die Bilder auf einem modernen Flachbildfernseher. Unter ihnen waren auch Ewald Limbourg und Herbert Basthoff. Der Richter am Landgericht Kassel hielt, wie so häufig, eine dunkle Zigarre in der Hand, die langsam aufsteigenden Rauch produzierte. Ewald Limbourg, den seit vielen Jahren eine enge, nach dem Tod seines leiblichen Vaters ein paar Jahre zuvor noch mehr gewachsene Freundschaft mit dem alten Juristen verband, drehte sich um und sah Basthoff unsicher an. Der nickte ihm aufmunternd zu, hob die Zigarre und zog genussvoll daran.

»Jetzt dreht er durch, der Gebauer«, bemerkte er trocken, aber ohne jeglichen Humor.

Einen Straßenblock weiter davon entfernt, aber ebenso humorlos, verfolgten zwei der drei Referenten des amtierenden Oberbürgermeisters Erich Zeislinger den Auftritt des neuen Herausforderers ihres Chefs.

»Ach du Scheiße«, murmelte der eine, stand auf, und schaltete das Gerät aus, nachdem die Zusammenfassung der Pressekonferenz geendet hatte. »Wer sagt es ihm? Du oder ich?«

»Ich bin doch nicht bescheuert«, erwiderte der andere mit großer Vehemenz, in der allerdings auch ein wenig Panik mitschwang. »Das machst du mal schön selbst.«

25

Im gleichen Augenblick, in dem Hains Mobiltelefon sich wieder im Netz eingewählt hatte, erklang der Anrufton. Der Oberkommissar trat zur Seite, nahm das Gespräch an und ging danach ein paar Schritte zurück unter ein Vordach, um nicht im Schneetreiben stehen zu müssen. Lenz klappte den Kragen seiner Jacke hoch und trabte langsam weiter in Richtung des kleinen Japaners, als hinter ihm ein lauter Jubelschrei ertönte. Durch einen kurzen Blick über die Schulter nahm er wahr, dass sein Kollege mit weit aufgerissenen Augen, feistem Grinsen und dem Telefon etwa einen Meter vom Ohr entfernt dastand. Dann führte Hain das kleine Gerät wieder an seinen Kopf, sprach ein paar Sätze, beendete die Verbindung und lief schlitternd und mit weit ausgebreiteten Armen auf seinen Chef zu.

»Ich hab es endlich hingebracht«, brüllte er im Weiß der umherfliegenden Schneeflocken über das weitläufige Krankenhausgelände. »Ich hab es geschafft!«

Lenz, dem schon beim Beobachten des Anrufes klar gewesen war, worum es ging, breitete ebenfalls die Arme aus und bereitete sich auf den Einschlag seines jungen Kollegen vor, doch dessen knapp 80 Kilo Lebendgewicht schoben ihn auf dem spiegelglatten Boden zunächst einen halben Meter nach hinten, wo ihre Masse abrupt vom Bordstein gebremst wurde. Den Rest übernahm die Physik, die dafür sorgte, dass die beiden Polizisten wie Sandsäcke im weichen Schnee der hinter dem Bordstein beginnenden Wiese landeten. Lenz unten, Hain oben, lagen die beiden da wie Robben auf der Sandbank.

»Ich werde Vater!«, jodelte der junge Oberkommissar glücklich und küsste dabei die Stirn seines Chefs.

»Und ich werde nie mehr aufstehen«, ächzte Lenz nach Luft japsend, »wenn ich nicht auf der Stelle was zu Atmen kriege«, womit er unter dem wie Blei auf ihm ruhenden Körper hervorkrabbelte.

»W i r k r i e g e n e i n B a b y!«, schrie Hain erneut auf und wollte noch einmal nach Lenz greifen, doch der war schon wieder auf den Beinen.

»Ich hoffe sehr, dass Carla und du das Baby kriegt, und nicht wir beide«, keuchte er. »Und jetzt komm hoch, du Irrer, was sollen denn die Leute denken.«

*

Hain hatte sich auch eine Viertelstunde und zwei doppelte Espressi in einem Café gegenüber des Klinikums später noch nicht so weit unter Kontrolle, dass es Lenz sinnvoll erschienen wäre, den werdenden Vater ans Steuer seines Kraftfahrzeuges zu lassen. Deshalb saß der Hauptkommissar auf der für ihn ungewohnten linken Seite, hinter dem Steuer des Cabrios.

»Gute Winterreifen hast du drauf, oder?«

»Vor drei Monaten neu gekauft«, erwiderte sein Kollege mit verklärtem Gesicht. »Ich hab wirklich nicht mehr damit gerechnet«, fuhr er fort, »dass daraus noch mal was werden würde. Seit wie vielen Monaten sind wir schon dabei? Oder sind es schon Jahre? Keine Ahnung.«

Lenz fädelte sich in den beginnenden Feierabendverkehr ein und dachte kurz über eine Antwort auf die Frage nach, die Hain soeben aufgeworfen hatte.

»Bisschen mehr als sechs Monate, keine Woche mehr«, erklärte er wissend.

Sein Kollege warf ihm einen erstaunten Blick zu, ohne dabei sein debiles Grinsgesicht wirklich abzusetzen. »Woher willst du denn so genau wissen, wie lange Carla und ich schon …?« Den Rest der Frage schluckte er hinunter.

»Ich weiß es deshalb so genau, weil du mich vom ersten Moment an zum Mitwisser gemacht hast. Damals hast du die Riesenbeule am Kopf gehabt, nachdem dir der eine von diesen komischen Zwillingen im Klo einer Kneipe in Rothenditmold was über die Rübe gezogen hatte. Erinnerst du dich?«

Die Situation, die der Hauptkommissar beschrieb, hatte im Sommer zuvor stattgefunden. Damals hatten die beiden Polizisten den oder die Mörder von zwei ehemaligen Erziehern eines Jugendheimes in der Region gesucht.

»Stimmt!«, gab Hain ihm uneingeschränkt recht. »Mann, bin ich froh, dass es damals nicht geklappt hat, sonst wäre mein Kind bestimmt ein Egghead geworden. Bei der Beule …«

Lenz nahm Kurs auf die Innenstadt. Kurz vor der Kreuzung am Stern klingelte Hains Telefon erneut. Der Oberkommissar griff mit fliegenden Fingern in seine Jackentasche, schluckte, zog nervös die Nase hoch, und warf seinem Boss einen besorgten Blick zu.

»Wird doch nichts passiert sein?« Er drückte die grüne Taste, meldete sich und lauschte, ohne ein weiteres Wort zu sprechen. Wenige Sekunden später hatte der Anrufer aufgelegt und Hain steckte das Gerät zurück.

»Bevor du mir jetzt irgendwas zu dem Anruf sagst, Thilo«, unterbrach Lenz die gerade beginnenden Ausführungen seines Kollegen, »will ich eins klarstellen: Es wird nicht so sein, dass du jetzt sechs oder sieben

Monate lang bei jedem Anruf kreidebleich wirst und ein Horrormovie in deinem Schädel abgespielt wird, dessen Hauptdarsteller eine Fehlgeburt ist. Mit oder ohne Egghead, das ist mir schnuppe. Verstanden?«

»Ja, klar«, gab Hain kleinlaut zurück. »Es ging auch gar nicht um …, das war nämlich Ludger. Er sagt, dass er dich mobil nicht erreichen kann, was nie etwas Gutes bedeuten würde, und er wollte uns noch einmal daran erinnern, dass wir uns auf gar keinen Fall Ärger einhandeln sollen, was auch immer wir gerade planen würden. Der Fall Bilgin ist definitiv abgeschlossen, meinte er noch, und er klang dabei ziemlich überzeugend, wenn du mich fragst.«

Lenz schaltete herunter, weil er auf eine rote Ampel zurollte, und bremste den Mazda bis zum Stillstand ab. Danach drehte er langsam den Kopf in Hains Richtung. »Fühlst du dich gut, so als Vater in spe?«, fragte er leise, und in seinem Tonfall schwang eine bedrohliche Note mit.

»Hör auf mit diesem Scheiß, Paul. Wenn du so anfängst, schrumpeln mir die Eier immer sofort auf Rosinengröße. Ich kann nichts dafür, dass Ludger und Marnet sich den Türken als Täter ausgeguckt haben, also lass deine Wut auch nicht an mir aus. Ich glaube spätestens seit unserem Besuch eben im Krankenhaus nicht mehr, dass es der Sohn war, zumindest nicht alleine, aber die Story mit diesen komischen Milli-Vanilli-Typen, die uns Stemmler da aufgetischt hat, klingt jetzt für mich auch nicht so wirklich hochgradig überzeugend.«

Lenz knautschte das Gesicht zusammen. »Du hast recht, Thilo, das eben war nicht fair von mir.«

»Stimmt«, knurrte Hain. »Außerdem hast du mir schon mehr als einmal versprochen, dass du nicht mehr so mit mir umgehen willst. Wenn dich was nervt, lass es von mir aus raus, auch wenns weh tut, aber komm mir nicht immer wieder mit dieser hinterfotzigen Masche, plötzlich und unmotiviert das Thema zu wechseln in der Gewissheit, dass ich sowieso merken soll, dass du was anderes meinst.«

Die beiden hatten schon öfter über diese auch für Lenz selbst blöde Attitüde gestritten. Manchmal allerdings konnte der Hauptkommissar einfach nicht aus seiner Haut heraus und hatte einen Hang zur Ungerechtigkeit, die in der Regel sein engster Mitarbeiter abbekam.

»Tut mir leid …«, gab Lenz verlegen von sich.

»Ja, tut mir leid, tut mir leid. Dafür kann ich mir auch nichts kaufen, du Arsch«, konterte Hain etwas lauter als notwendig, doch schon seine Wortwahl ließ erkennen, dass der Stachel diesmal nicht so tief saß.

»Es wäre halt schön, wenn du dir dieses verdammte *es tut mir leid* einfach mal vorher überlegen würdest. Dann müssten wir nicht diese blöden Gespräche führen, und ich müsste mich nicht so elendig über dich aufregen.«

Lenz legte den ersten Gang ein und beschleunigte langsam und bedächtig, weil der Schneefall noch stärker geworden war.

»Wieder gut?«, fühlte er vorsichtig und devot vor, nachdem er über die Kreuzung gefahren war.

»Ja, wieder gut. Ich hab mir nur gerade überlegt, wie lange das mit dir und Maria gehen soll, wenn du die auch so mies behandelst wie mich.«

»Hey, Thilo, jetzt machst du haargenau das Gleiche, was du mir zu Recht vorwirfst, nämlich ungerecht sein. Ich bin zwar manchmal ein Blödmann, das gebe ich zu, aber wenn du daraus jetzt eine Regelmäßigkeit ableitest und sagst, das sei immer so, bist du keinen Deut besser als ich.«

»Nein«, ruderte der Oberkommissar zurück. »So war das nicht gemeint. Es ist ja auch schon wieder in Ordnung. Ich hab halt nur gedacht, weil du und deine Maria doch jetzt …«

Er brach seinen Gedanken ruckartig ab, weil ein Lieferwagen auf der Spur neben ihnen ins Schlingern geriet und den kleinen Mazda fast gerammt hätte. Lenz hatte das Lenkrad kurz verrissen und somit den Zusammenprall verhindert.

»Puh, das war hauteng«, konstatierte er knapp, um ein paar Meter weiter in eine Parklücke zu rollen. Hain verzichtete auf jeden weiteren Kommentar, jedoch war ihm der deftige Schreck, den er beim Näherkommen des Kleinlasters bekommen hatte, auch beim Aussteigen noch anzumerken.

›Döner King‹, war in großen, bunten Buchstaben über dem Eingang des türkischen Restaurants zu lesen, vor dem die Kripobeamten kurze Zeit später standen. Neben der Tür klebte das unvermeidliche Poster des wohlbeleibten, mit einem imposanten Messer und einer noch größeren Kochmütze ausgestatteten, bärtigen Servicemitarbeiters, der sich grinsend am Fleisch eines stilisierten Drehspießes zu schaffen machte. Im Innern umwehte die beiden sofort der Duft von exotischen Gewürzen und leicht verbranntem Grillgut. Die rund 50 Sitzplätze an den 12 von rot-weiß karierten Decken verhüllten Tischen waren etwa zur Hälfte besetzt, meist von Männern mittleren Alters mit dunklem Teint und vollen, schwarzen Oberlippenbärten. Hain ging voraus und setzte sich auf einen Barhocker am Tresen, Lenz folgte ihm.

»Guten Tag«, wurden sie von einem freundlich

lächelnden jungen Mann in weißem Hemd, schwarzer Hose und mit mitleiderregend abstehenden Ohren begrüßt. »Was kann ich für Sie tun?«

»Für mich einen Tee«, antwortete Hain, und drehte sich fragend zu seinem Boss um.

»Ich nehme einen Kaffee.«

Während der junge Kellner die Getränke zubereitete, sahen die Polizisten sich um. In ihrem Rücken, links von der Eingangstür, befand sich eine große, verglaste Theke, hinter der vier in grünen, ulkig aussehenden Serviceanzügen steckende Männer damit beschäftigt waren, Speisen zuzubereiten. In der Auslage gab es alles zu sehen, was die türkische Küche zu bieten hatte. Über den Köpfen schwebte ein Würfel mit vier Bildschirmen, sodass von jedem Platz im Gastraum der Genuss des angebotenen türkischen Fernsehprogramms möglich war.

»Wollen Sie auch etwas speisen?«, fragte der Junge mit den abstehenden Ohren zuvorkommend, nachdem er die Heißgetränke serviert hatte.

»Nein, vielen Dank«, erwiderte Hain ebenso freundlich und hielt ihm seinen Dienstausweis unter die Nase. »Wir würden lieber mit dem Inhaber des Restaurants ein paar Worte wechseln.«

Der Ausdruck des Mannes veränderte sich augenblicklich. Seine Brauen gingen nach oben, sein Blick tänzelte unsicher zwischen den beiden Kripobeamten hin und her, und sein Adamsapfel erfuhr eine kaum für möglich gehaltene Beschleunigung.

»Da…, das weiß ich jetzt gar nicht, wo …«, stammelte er.

»Nun beruhigen Sie sich mal, Herr …?«, meinte Lenz beruhigend.

»Ich heiße Asim Özkan.«

»Also, Herr Özkan, Sie müssen sich nicht aufregen, es ist ja nichts passiert.« Er machte eine kurze Pause, während der er den Servicemann freundlich, aber sehr bestimmt fixierte.

»Oder«, fuhr er fort, »ist vielleicht doch etwas passiert?«

Wieder bewegte sich der deutlich sichtbare Adamsapfel von Asim Özkan in rasender Geschwindigkeit nach oben und zurück.

»Nein«, gab er einen Augenblick später zurück und warf einen besorgten Blick in Richtung einer Tür, auf der in goldenen Einzelbuchstaben ›Privat‹ zu lesen war. »Es ist bestimmt nichts passiert. Mein Onkel ist …, er ist in einer Besprechung.«

»Wie heißt denn Ihr Onkel«, wollte Hain wissen, während er seinen Notizblock aus der Jackentasche zog und ihn aufklappte. »Nur, dass wir vom Richtigen sprechen.«

Wieder schluckte der Mann hinter der Theke. »Mein Onkel ist … er heißt …«

»Ihnen wird doch nicht der Name Ihres Onkels entfallen sein?«, hakte der Oberkommissar süffisant nach.

»Nein, das nicht.« Wieder wandte er den Kopf und sah angestrengt zur Tür im hinteren Teil des Raumes, die genau in diesem Moment geöffnet wurde. Zwei Männer betraten fröhlich lachend den Gastraum. Der ältere der beiden trug einen perfekt sitzenden, vermutlich in Maßarbeit gefertigten dunkelgrauen Anzug und teuer aussehende, bordeauxfarbene Lederschuhe, der andere, deutlich jüngere, Jeans, Parka und Springerstiefel. Sein Körper wirkte durchtrainiert und er musste vermutlich kein Gramm Fett zu viel mit sich herumtragen. Größer hätte der optische Kontrast zwischen den beiden kaum sein können, denn der andere Mann war klein, gedrungen, und hatte einen trotz der vorteilhaften Auslegung seiner Kleidung deutlich zu erkennenden Bauchansatz. Gleichwohl schienen sie sich gut zu verstehen, denn nun umarmten sie einander, tauschten danach ein paar Wangenküsse aus und klopften sich zum guten Schluss noch gegenseitig auf die Schultern. Dann war die Verabschiedungszeremonie beendet und der leger Gekleidete verließ, langsam an den Polizisten vorbeischlendernd, das Restaurant.

»Cooler Auftritt«, raunte Hain seinem Kollegen leise zu.

Derweil kramte der Kleine im Maßanzug eine Zigarettenschachtel aus der Innentasche des Sakkos, nahm einen Glimmstängel heraus, und zündete ihn ohne zu zögern an.

»Na, na«, fiel Lenz dazu ein, denn wie in allen anderen Bundesländern war auch in Hessen das Rauchen in der Gastronomie strengen gesetzlichen Regelungen unterworfen.

Der Servicemann mit den abstehenden Ohren verließ seinen Platz hinter der Theke, näherte sich langsam und devot dem untersetzten Mann, der ihn in eine Wolke aus Zigarettenqualm hüllte, und flüsterte ihm etwas ins Ohr, wobei er mit dem Kopf auf die beiden Kripobeamten an der Theke wies. Im Anschluss zog er sich wieder hinter die Theke zurück und begann, Gläser zu polieren. Sein vermeintlicher Onkel kam auf die Polizisten zu, zog noch einmal an seiner Zigarette, und drückte die noch nicht einmal halb gerauchte Kippe in einem Aschenbecher aus, der einsam hinter dem Thekenbrett stand.

»Yilmaz Onan, ich bin der Besitzer des Restaurants«, stellte er sich kurz angebunden und ohne jede Spur von Freundlichkeit vor. »Was wollen Sie von mir?«

»Hain, Kripo Kassel«, erwiderte der Oberkommissar. »Das ist mein Kollege Lenz. Wir hätten ein paar Fragen an Sie wegen eines Gewaltverbrechens, das sich gestern hier in Kassel ereignet hat.«

»Und mit dem ich garantiert nichts zu tun habe«, zischte Yilmaz Onan. »Und zu dem ich auch ganz bestimmt ohne meinen Anwalt nichts sagen werde.«

Lenz, der ihn während er sprach von oben bis unten gemustert hatte, zog erstaunt die Augenbrauen hoch. »Wollen Sie nicht wenigstens wissen, von welchem Verbrechen mein Kollege spricht?«

Der Restaurantbesitzer machte eine wegwerfende Handbewegung, griff nach einem Gefäß mit Zahnstochern, das auf der Theke stand, nahm eines der filigranen Hölzer heraus, und steckte es in den Mund. »Interessiert mich nicht. Ich weiß nichts, ich habe nichts gesehen, und wenn Sie mit mir sprechen wollen, laden Sie mich vor. Ob ich dieser Einladung Folge leisten werde, bespreche ich mit meinem Anwalt. Wenn er ja sagt, gut, wenn nein, dann nicht.«

Dich muss man doch liebhaben, fiel Lenz zu dem Auftritt des Mannes ein, er behielt den Gedanken jedoch für sich. Was ihn allerdings beeindruckte, war das akzentfreie Deutsch, das er von Yilmaz Onan zu hören bekam.

»Leben Sie schon lange in Deutschland, Herr Onan?«

Der Zahnstocher landete neben der noch leicht dampfenden Kippe im Aschenbecher.

»Lange genug um zu wissen, was ich mir von Ihnen gefallen lassen muss, und was nicht. Ich weiß, dass ich nicht mit Ihnen sprechen muss, meine Herren. Wenn Sie etwas essen wollen, essen Sie, wenn Sie etwas trinken wollen, trinken Sie. Aber wenn Sie etwas von mir persönlich wollen, vergessen Sie es am besten gleich wieder. Das ...«

Er brach ab, weil ein Raunen durch das Restaurant ging, und warf einen Blick zu dem Fernseher über seinem Kopf. Dort war das markante Konterfei von Justus Gebauer zu sehen, das die Kripobeamten auch ohne den Untertitel mit seinem Namen erkannt hätten.

»Das ist doch ein türkischer Kanal«, wunderte sich Hain, der noch keine Ahnung von der etwa zwei Stunden zurückliegenden Pressekonferenz hatte. »Hat es unser guter Justus jetzt schon bis ins türkische Fernsehen geschafft?«

Yilmaz Onans Gesichtsausdruck, der schon zuvor nicht als freundlich zu bezeichnen gewesen war, verfinsterte sich um ein paar weitere Nuancen, als er hinter die Theke griff und eine Fernbedienung auf die Monitore richtete. Sofort wurde der Ton lauter und eine aufgeregte türkische Frauenstimme erklang, jedoch war die deutsche Stimme von Gebauer im Hintergrund gut zu verstehen.

Nach ein paar Sekunden des Schweigens hob der Erste der Restaurantbesucher den Arm, ballte die Faust und wies damit drohend in Richtung des Bildschirms, einige andere taten es ihm gleich. Lenz, der trotz des nun einsetzenden Gebrülls konzentriert zu verstehen versuchte, was der deutsche Jurist da im türkischen Fernsehen verbreitete und damit für solch einen Unmut sorgte, beugte sich zur Seite.

»Kannst du verstehen, was der da erzählt?«, fragte er seinen Kollegen.

Hain schüttelte den Kopf. »Nicht wirklich.«

»Ist das hier in Kassel?«

Die Antwort auf die Frage des Hauptkommissars wurde in diesem Augenblick in Form des Hotelnamens und der Stadt eingeblendet, in der sich die Szene abgespielt hatte.

Der Ärger unter den Gästen des Restaurants wurde mit jedem Statement größer, das der deutsche Jurist von sich gab. Nun hielt die Kamera auf Gebauers Gesicht, dann fror das Bild ein und wurde von einem Kommentar aus dem Off in türkischer Sprache unterlegt.

»Irgendwie scheint das, was er von sich gibt, hier nicht auf große Gegenliebe zu stoßen«, bemerkte Hain überflüssigerweise.

»Da hast du recht«, stimmte Lenz zu und sah in die Runde, wo viele Männer mit hasserfüllten Mienen auf die Fernseher starrten. Nur ein paar wenige im Hintergrund verfolgten eher gelangweilt und mit stoischem Gesichtsausdruck die Sendung. Allerdings war deutlich zu erkennen, dass einige Gäste den Blick von den Monitoren gewandt hatten und die beiden an der Theke sitzenden Polizisten fixierten.

»Hast du wirklich gar nichts von dem verstanden, was Gebauer gesagt hat?«

»Nein, kein Wort. Und wenn du mich fragst, sollten wir auf der Stelle zahlen und gehen, was meinst du?«

»Ist bestimmt besser.«

Der Hauptkommissar ließ einen Fünf-Euro-Schein auf die Theke segeln und hielt zielstrebig auf die Ausgangstür zu, doch noch bevor er sie erreicht hatte, flog ein Glas in seine Richtung und zerschellte neben seinem rechten Fuß. Hain, der sich etwas mehr Zeit gelassen, und im Augenwinkel den Werfer ausgemacht hatte, drehte sich um und wollte auf den Mann zugehen, doch Lenz stoppte ihn.

»Lass es, Thilo«, rief er. »Das bringt jetzt nichts.«

Thilo Hain, nicht unbedingt bekannt als der Prototyp des Ich-hab-die-Ruhe-weg-Kommissars, bedachte den Mann am Tisch, der ihn nun auch noch hämisch grinsend angaffte, mit einem Blick der Marke *da hast du aber Glück gehabt, mein Freund*, und folgte wütend seinem Chef. Vor der Tür zog er den Kragen seiner Jacke hoch, drehte sich noch einmal um, und sah durch die große Glasfront ins Innere des Restaurants.

»Das ist doch jetzt alles nicht wahr, oder?«, ließ er seiner Empörung freien Lauf. »Spinnen die denn?«

Lenz hatte schon ein paar Meter zwischen sich und den Eingang zum Restaurant gelegt und machte keine Anstalten, auf die Worte seines Kollegen einzugehen.

»Hey, Paul, was ist los mit dir?«, rief Hain hinter ihm her.

An der nächsten Straßenecke blieb der Hauptkommissar stehen und wartete.

»Ich hab mir fast in die Schuhe geschissen, Thilo, das ist los. Und ich hab überhaupt keinen Bock auf Ärger mit diesen Leuten. Wahrscheinlich wäre nicht mehr passiert als dieses eine fliegende Glas, aber auf den Beweis des Gegenteils wollte ich es besser nicht ankommen lassen.«

»Na ja, immerhin flog es nach einem Polizisten.«

»Das ist mir scheißegal. Hast du gesehen, wie wütend die meisten von denen urplötzlich geworden sind? Die waren so sauer, weil ein dahergelaufener deutscher Expolitiker im türkischen Fernsehen irgendwas verbreiten durfte, von dem wir beide nicht mal wissen, was es genau war.«

»Vielleicht hat er der Türkei offiziell den Krieg erklärt?«, frotzelte Hain.

»Das glaube ich nicht, Thilo«, erwiderte Lenz ernst, »das hätte die nämlich garantiert nicht mal halb so zornig werden lassen.«

26

Peter Frey, Praktikant in der Onlineredaktion der lokalen Zeitung, blickte mit größer und größer werdender Verwunderung auf den Monitor vor seinen Augen. Innerhalb der letzten vier Minuten waren 254 Kommentare von Lesern auf den Artikel zu Gebauers Pressekonferenz eingegangen, den er kurz zuvor eingestellt hatte. 254 Kommentare! In vier Minuten!

Nun waren es bereits 266. Und die Zugriffsrate war aberwitzig. Frey schnappte sich den Telefonhörer und wählte die Nummer von Stefan Schrader, seinem Chef.

»Ich bin's, Peter. Wir haben …«

»Ich habe es schon gesehen«, wurde er unterbrochen. »Der Server ist schon an seiner Leistungsgrenze. Wenn das so weitergeht, sind wir in allernächster Zeit offline.«

»Und was machen wir jetzt?«

»Das Einfachste wäre, wenn wir alle Kommentare der User direkt in den Artikel laufen lassen würden.«

»Ich weiß«, stimmte Frey zu, »aber das würde bedeuten, dass ihr nicht mehr mitlesen und regelnd eingreifen könnt.«

Der Praktikant sprach ein Problem an, von dem die

meisten Onlineredaktionen betroffen waren. Immer wieder wurden sie mit Kommentaren konfrontiert, die beleidigende, diffamierende oder in anderer Weise verunglimpfende Passagen enthielten. Dem begegnete man, indem alle Mails einer Vorsichtung unterzogen wurden, währenddessen ein kleines Programm nach Wörtern im Text fahndete, die auf einem Index standen. Meistens wurden jedoch alle Zuschriften noch einer weiteren Kontrolle durch die Redaktion unterzogen und erst online gestellt, wenn der Inhalt als unbedenklich galt. In diesem speziellen Fall allerdings war es weder möglich, alle nun schon 301 Kommentare zu lesen und damit zu überprüfen, noch konnte man länger warten, weil sonst der Server, auf dem die Nachrichten eingingen, hoffnungslos überlastet worden wäre.

»Stell den Krempel halt durch«, gab Schrader am anderen Ende der Leitung sein O.K., »bevor hier wirklich alles den Bach runtergeht. Aber behalt es weiterhin im Auge; wenn die Aufrufe und Kommentare noch mal deutlich mehr werden sollten, obwohl ich mir das nicht vorstellen kann, schaltest du einfach ab.«

Frey hatte für den Bruchteil einer Sekunde das Gefühl, dass es ein Fehler sein könnte, in dieser Art mit der Situation umzugehen, dann jedoch setzte sich die Erkenntnis durch, dass vermutlich nichts Weltbewegendes daraus erwachsen würde.

»Schon erledigt«, erklärte er nach ein paar schnellen Bewegungen mit der Maus in seiner Hand. Ab diesem Augenblick liefen alle Kommentare der Leser unter dem Text des Artikels auf.

Endlich mal einer, der sich traut zu sagen, wie es wirklich ist!!!!!

Gebauer for Präsident.

Bravo, Herr Gebauer, ganz meine Meinung. Bitte gründen Sie eine neue Partei, ich werde das erste Mitglied.

Das wurde auch Zeit, das entlich mal einer auspricht, was sowiso jeder hier weis und denkt.

Deutschland den Deutschen!

Ich bin sicher, dass jetzt viele, speziell auf Seiten der linken Kampfpresse, auf Dr. Justus Gebauer einschlagen werden, dabei spricht der Mann nur aus, was die meisten der Deutschen schon seit vielen Jahren denken. Ich auf jeden Fall kann mich seinen Worten nur anschließen und werde ihn auf jeden Fall wählen. Solch einen Oberbürgermeister braucht unsere Stadt.

Wenn gesammelt wird für eine 9-mm-K…l für diesen Gebauer-Naz. sagt mir Bescheid, ich gebe 50 Euronen dazu.

Heil Gebauer!

Endlich!

Raus mit dem Islampack aus unserem Land!

Was fällt solchen Leuten nur ein? Reicht es nicht, dass Herr Gebauer einen Behinderten geschlagen hat, muss er jetzt auch noch gegen religiöse Minderheiten hetzen?

Gründen Sie eine neue Partei, Herr Gebauer!

Mein jüngster Sohn ist in seiner Klasse der einzige Deutsche. Neulich kommt der nach Hause und erklärt mir ohne rot zu werden, dass Christen Ungläubige sind.

Wie weit muss diese falsch verstandene religiöse Toleranz noch gehen, bevor es zum großen Knall kommt?

Gebauer ist ein Nazihurensohn.

*

Eine Viertelstunde später hatte sich die Zahl der Kommentare auf 2158 erhöht, und ein Ende war längst nicht abzusehen. Peter Frey las den einen oder anderen, doch er war noch nicht lange genug in der Redaktion, um deren teilweise brisanten Inhalt richtig bewerten zu können. Außerdem war er Informatiker, kein Redakteur. Wieder und wieder füllten sich die Seiten, und Frey hatte seine helle Freude daran. Das war doch offenbar mal ein Thema, wofür sich die Leute interessierten.

Er kannte diesen Gebauer nicht, hatte auch noch nie von ihm gehört, aber was er in der Pressekonferenz so von sich gegeben hatte, das konnte sich hören lassen. Der Praktikant hatte seit der Aufnahme seines Studiums vier Jahre zuvor in der Nordstadt gewohnt, etwa einen Kilometer Luftlinie von der Uni entfernt. Eine wilde Gegend mit hohem Ausländeranteil, aber dafür war die Miete billig. Letzten Monat war ihm zum dritten Mal ein Fahrrad geklaut worden, und am darauffolgenden Tag hatte er einen Türkenjungen erwischt, der seelenruhig damit im Viertel herumfuhr. Er fühlte sich nicht als Ausländerfeind, nein, das bestimmt nicht, aber irgendwer musste doch mal aufstehen und diesen Kanaken sagen, dass es so nicht weitergehen konnte.

Vielleicht ist dieser Gebauer ja genau der Richtige dafür, dachte Frey, und öffnete einen weiteren Kommentar.

Wir sind Ihnen so dankbar, Herr Dr. Gebauer, dass Sie sich getrauen auszusprechen, was so viele Kasseler und wir Deutschen überhaupt denken!

Das Klingeln des Telefons auf dem Schreibtisch riss ihn aus seinen Überlegungen.

»Ja, Onlineredaktion, Frey«, meldete er sich. Am anderen Ende der Leitung war seine neue Freundin. Die beiden waren seit etwas mehr als zwei Wochen zusammen.

»Hey, Baby. Geil, dass du mich anrufst. Du kannst dir überhaupt nicht vorstellen, was hier heute los ist«, begann er.

Kurz darauf war der Praktikant so sehr in das intensive Telefonat mit der Anruferin vertieft, dass er keinen Blick mehr für die immer zahlreicher und auch aggressiver werdenden Kommentare zu Gebauers Pressekonferenz und den Thesen, die er dort postulierte, hatte.

Eine weitere Viertelstunde später schnatterten sich die beiden noch immer gegenseitig belangloses Zeug in die Ohrmuscheln. Frey hatte die Füße auf dem Schreibtisch abgelegt und hoffte ein wenig darauf, dass sie ihn für den Abend zu sich nach Hause einladen würde, damit endlich der erste richtige Sex zwischen ihnen stattfinden könnte, als aus dem kleinen Lautsprecher an seinem Ohr ein leises Piepsen erklang.

»Ich muss kurz Schluss machen«, unterbrach er sie, »da klopft jemand in der Leitung an. Aber ich melde mich, sobald die Luft wieder rein ist.«

Der Praktikant drückte auf eine Taste des klobigen Telefons neben dem Monitor und meldete sich. Seine Füße lagen noch immer auf der Schreibtischplatte. »Onlineredaktion, Frey, guten Tag.«

Diesmal war es die Ressortleiterin, also die Chefin von Freys Chef. »Was läuft denn bei Ihnen ab, Herr Frey?«, wollte sie aufgebracht wissen.

»Guten Abend, Frau Dingel«, erwiderte er rasch, ließ dabei die Füße zurück auf den Boden fallen und richtete sich ungelenk auf. »Äh, ich weiß jetzt nicht so ganz genau, was Sie meinen.«

»Was ich meine?«, fauchte sie. »Was ich meine, wollen Sie wissen? Ich meine die gerade die 8000er-Marke überschreitenden, teilweise unappetitlichen, teilweise einen Straftatbestand erfüllenden Kommentare, die von unserer Onlineredaktion unkontrolliert ins World Wide Web entlassen werden. Das meine ich.«

Frey drehte den Kopf und starrte wie versteinert auf den Monitor. Dort überschlugen sich tatsächlich die Ereignisse.

»Ich«, setzte er zu einer Entschuldigung an, doch der untaugliche Versuch wurde von Regine Dingel gnadenlos abgebügelt.

»Schalten Sie auf der Stelle die Kommentarfunktion für diesen Artikel ab«, brüllte sie ihn an. »SOFORT!«

Frey begann auf der Tastatur herumzuhämmern, aber es dauerte insgesamt noch weitere drei Minuten, bis er ihren Auftrag tatsächlich ausgeführt hatte.

»Danke«, murrte sie tonlos in den Hörer.

»Sehr gerne«, gab er erleichtert zurück.

Regine Dingel ließ ein paar Sekunden verstreichen, ehe sie weitersprach. Sekunden, die Peter Frey wie eine Ewigkeit vorkamen.

»Und nun«, zischte sie schließlich, »kommen Sie

unverzüglich in meinem Büro vorbei und bringen mir Ihre Schlüssel und Ihre Zugangskarte fürs Gebäude. Und dann will ich Sie hier nie mehr sehen. Verstanden?«

Er schluckte. »Aber Frau Dingel …«, wollte er einwenden, aus dem kleinen Lautsprecher an seinem Ohr drang jedoch nur noch ein leises Rauschen, das ein paar Sekunden später von einem grellen Piep-Piep-Piep abgelöst wurde.

27

Erich Zeislinger, der Oberbürgermeister der Stadt Kassel, saß zurückgelehnt und mit geschlossenen Augen in seinem Bürodrehstuhl. Seine Gesichtszüge wirkten entspannt, ja fast gütig, doch dieser Eindruck trog. Zeislinger hielt noch immer die Fernbedienung in der Hand, mit der er einige Minuten zuvor den Fernseher neben der Tür zu seinem Büro ausgeschaltet hatte. Die Bilder und die Worte des Mannes vor den Kameras und Mikrofonen der Reporter, die wieder und wieder durch seinen Kopf waberten, hatten in ihm, dem alten, überaus erfahrenen Politikdinosaurier, das nackte Entsetzen ausgelöst.

Justus Gebauer also. Justus Gebauer, dieser drittklassige populistische Schmierenkomödiant, dieser beschissene Emporkömmling, erdreistete sich, ihn bei der OB-Wahl herauszufordern. Erich Zeislinger konnte, obwohl er nach außen hin weiterhin ruhig und besonnen wirkte, seine Wut kaum noch im Zaum halten.

Justus Gebauer. Jener Justus Gebauer, dem er, Erich Zeislinger, die ersten Schritte in der Politik überhaupt erst ermöglicht hatte. Er war schon Vorsitzender seiner Partei in Kassel und Nordhessen gewesen, als dieser undankbare Schmarotzer noch in die Windeln geschissen hatte. Und jetzt forderte er ihn, seinen eigentlichen politischen Ziehvater, heraus.

Ich fasse es nicht, dachte er.

Bei all seiner grenzenlosen Wut über Gebauer war Zeislinger allerdings politischer Realist genug um zu wissen, dass die unerwartete Kandidatur eine riesengroße Gefahr für seine Wiederwahl darstellte, dass, sollte es wirklich dazu kommen, seine Wiederwahl mehr als gefährdet wäre. Speziell nach dieser verfickten Pressekonferenz von vorhin.

Etwa ein Vierteljahr zuvor hatten ihn die Delegierten auf einem extra einberufenen Nominierungsparteitag mit mehr als 95 Prozent auf das Kandidatenschild gehoben.

95 Prozent!

Natürlich war die Wahl kein Selbstläufer, aber natürlich würde er sie gewinnen, auch, weil der Herausforderer der anderen großen Partei ein Verlegenheitskandidat war, der für den plötzlich und unerwartet an Krebs erkrankten und mittlerweile gestorbenen Stammkandidaten eingesprungen war. Ein Bürschchen, wie Zeislinger ihn im kleinen Kreis gerne nannte, jung, gebildet und selbstbewusst, jedoch keine ernsthafte Gefahr.

Justus Gebauer dagegen stellte eine solche dar. Er war eloquent, mit allen politischen Wassern gewaschen, und, was wichtig war im politischen Geschäft, er war vorzeigbar. Erich Zeislinger war auch einmal vorzeigbar gewesen, vor mehr als 20 Jahren. Mittlerweile konnten sich glücklicherweise die wenigsten daran erinnern, wie er einmal ausgesehen hatte.

Doch was dem amtierenden OB die meiste Angst einflößte, war der Mut des Herausforderers, sich weit jenseits allen Demarkationslinien am rechten Rand des Parteienspektrums zu positionieren; dort, wo sich bisher niemand hingetraut hatte, der nicht komplett wahnsinnig oder als politischer Spinner anzusehen war.

Justus Gebauer war weder wahnsinnig noch ein politischer Spinner. Er war ein Mann, der, mit einer bekannten Ausnahme in seinem Leben, die Dinge, die er in die Hand nahm, sehr gut bis perfekt plante.

Hätte er diesen verdammten Krüppel damals doch nur totgeschlagen, wünschte Zeislinger sich insgeheim. Einem Totschläger würden die Leute nie verzeihen, niemals. Aber eine billige, kleine Körperverletzung? Mit einer vernünftig angelegten Kampagne würde das eher noch zu seinen Gunsten ausgelegt werden von den doofen Wählern. Vom Saulus zum Paulus, oder so. Und die Themen, die Gebauer sich herausgegriffen hatte, brannten den Leuten wirklich unter den Nägeln, das wusste Zeislinger. Aber sich einfach in eine Pressekonferenz setzen und dazu Stellung beziehen?

Völlig unmöglich, auch wenn es noch so richtig ist, hätte der OB bis vor einer halben Stunde jedem seiner Berater an den Kopf geworfen, der ihm einen Tipp in diese Richtung gegeben hätte. Doch nun war alles anders geworden.

Zeislinger holte tief Luft, setzte sich aufrecht hin, und nahm den Hörer des Telefons in die Hand. »Ich will in spätestens einer Minute alle drei hier sitzen haben«, bellte er seiner Sekretärin ins Ohr.

Damit waren seine drei persönlichen Referenten gemeint. Hilmar Schlacke, sein Halbbruder, bekleidete am längsten einen der begehrten Posten, nämlich seit mehr als sieben Jahren. Etwa vor vier Jahren hatte er Jens Kähler, einen ausgewiesenen Medienfachmann, ins Boot geholt. Der Jüngste im Bunde war Bernd Zwingenberg, auf den Zeislinger große Stücke gehalten hatte, als er ihm vor knapp einem halben Jahr den Job anbot, doch die einstige Begeisterung war merklich abgekühlt, seit Zeislinger zugetragen worden war, dass der junge Mann schwul und zu allem Überfluss auch noch recht offen im Umgang damit war. Diese drei Männer nahmen also keine Minute, nachdem Zeislinger den Auftrag dazu erteilt hatte, vor seinem Schreibtisch Platz.

»Ihr wisst, warum ihr hier sitzt«, begann der OB missmutig.

Alle nickten.

»Und warum muss ich euch erst hier antanzen lassen? Warum höre ich nichts von euch? Immerhin verdient ihr euer Geld damit, mir den Hintern freizuhalten.«

Betretenes Schweigen auf der anderen Seite des Schreibtisches.

»Vielleicht habt ihr die Pressekonferenz ja gar nicht gesehen?«

»Doch, haben wir«, erwiderte nun Hilmar Schlacke gereizt. »Und ich persönlich finde es scheiße von dir, Erich, dass du uns hier wie Schuljungen behandelst und zu dir zitierst.«

»Soso, Schuljungen«, erwiderte Zeislinger ruhig, um direkt im Anschluss ohne Vorwarnung zu explodieren. »Wie bescheuert seid ihr denn alle!«, brüllte er in die Runde, ohne auch nur im Geringsten an einer Antwort interessiert zu sein. »Ich werfe euch Monat für Monat einen Haufen Geld in den Rachen, um im entscheidenden Moment allein hier rumzusitzen? So einen Haufen Penner wie euch hat die Welt noch nicht gesehen. Erst sorgt ihr durch euer Unvermögen dafür, dass wegen dieses idiotischen Formfehlers die letzte Wahl von dem blöden Idioten angefochten werden konnte, und kaum haben wir uns auf die Situation eingestellt, kommt die nächste Scheiße über den Acker.«

Die Männer auf der anderen Seite des Schreibtischs wussten, dass in Situationen wie dieser jegliches Zucken oder Rühren wie auch der Versuch einer Widerrede zwecklos waren. Also saßen sie mit hängenden Köpfen da und ließen die Tirade ihres Chefs stumm über sich ergehen.

»Und wo wir gerade dabei sind, meine Herren: Vielleicht ist euch noch nicht ganz klar geworden, dass das Ende meiner Amtszeit in diesem Raum auch das Ende eurer Amtszeit bedeuten würde. Dann ist Schluss mit dem schönen Lenz, den ihr euch hier auf Kosten der Steuerzahler macht. Aus und vorbei.«

Nun sah es so aus, als ob Hilmar Schlacke sich die Vorwürfe und Anfeindungen nicht länger gefallen lassen wollte. »Hör mal, Erich, so geht das aber …«

»Halt du besser ganz das Maul!«, geiferte Zeislinger, und es hätte niemanden im Raum gewundert, wenn er es mit Schaum vor dem Mund getan hätte. »Speziell von dir hätte ich mir mehr erwartet als dass du dich wegduckst, wenn es schwierig wird, nicht. Wie oft habe ich schon die Rübe hingehalten für dich und Gott und der Welt erklärt, dass du mein Referent bist, weil es keinen besseren für diesen Job gibt als dich; und dass du es eben nicht nur deswegen geworden bist, weil das gleiche Blut in unseren Adern fließt. Ohne meine Hilfe wärst du schon vor Jahren in der Gosse gelandet, mein Lieber, vergiss das bloß nicht.«

Das saß.

Ein paar weitere Beschimpfungen später hatte es den Anschein, als würde Erich Zeislinger ein wenig ruhiger werden, doch seine Mitarbeiter wussten aus Erfahrung nur zu genau, wie sehr dieser Eindruck täuschen konnte.

»Und nun, meine verehrten Herren Referenten, wie soll ich mit dieser Herausforderung umgehen?«, zischte er in die Runde. »Was ratet ihr mir im Kampf gegen diesen neuen Kandidaten?«

Bernd Zwingenberg fand, nachdem er mit zitternden Fingern ein paar seiner mitgebrachten Unterlagen gesichtet hatte, als Erster seine Sprache wieder. »Das ist, wie Sie schon zurecht gesagt haben, eine sehr ernste und auch ernstzunehmende Bedrohung, Herr Zeislinger. Nach der Pressekonferenz von vorhin müssen wir davon ausgehen, dass Gebauer über genügend Mittel verfügt, um den Wahlkampf durchzuziehen. Er hat also Förderer, die aber im Hintergrund bleiben wollen, sonst hätte er sie erwähnt.«

»Wo in deinem Satz ist der Ratschlag zu finden?«, fauchte Zeislinger ihn heiser an. »Wenn das alles ist, was du zu der Lösung des Problems beitragen kannst, nicht, solltest du gleich wieder an deinen Schreibtisch verschwinden, du Saftsack.«

Zwingenberg senkte den Kopf und tat so, als würde er erneut in seinen Unterlagen kramen, doch es war kaum zu übersehen, dass er mit den Tränen kämpfte. Wenigstens hatte Zeislinger darauf verzichtet, ihn als Schwuchtel zu bezeichnen, was in den letzten Monaten des Öfteren vorgekommen war.

»Gebauer hat sich«, ergriff Jens Kähler, der Medienfachmann, nun das Wort, »bewusst in die Rolle des Rechtsaußen begeben. Das ist in Deutschland nicht populär und birgt nach meiner Meinung große Risiken und Gefahren.«

Der Oberbürgermeister fixierte ihn ein paar demütigende Sekunden lang, bevor er zu einer Antwort ansetzte. »Aber du Klugscheißer weißt schon, nicht, dass er genau das sagt, was die Mehrzahl der Menschen in dieser Stadt und in diesem Land insgeheim denkt. Dieser Scheißkerl drückt präzise die Knöpfe, die sich die Leute bisher nicht getraut haben, selbst zu drücken. Und im Grunde genommen sagt er genau das, was ich seit Jahren gerne sagen würde, nicht, was ihr drei Schlaumeier mir aber immer wieder ausgeredet habt.«

»Das ist jetzt nicht fair, Erich«, gab sein Stiefbruder kleinlaut zurück. »Dafür hättest du auch in der Partei nie und nimmer eine Mehrheit gefunden. Wenn es hier in Kassel gereicht hätte, dann hätte Wiesbaden es beerdigt, und wenn da nicht, dann auf jeden Fall Berlin. Und das weißt du auch ganz genau.«

»Mich interessiert im Augenblick nicht die Bohne, was ich nach deiner Meinung so genau weiß, mein lieber Hilmar. Oder vielleicht wissen sollte, nicht. Ich bin viel mehr an den Dingen interessiert, die ich eben gerade nicht weiß. Wie etwa, und damit komme ich auf meine Ausgangsfrage zurück, was wir tun können, um den Gefahren zu begegnen, die mit Gebauers Kandidatur zusammenhängen.«

»Zunächst«, hatte Bernd Zwingenberg offenbar wieder etwas Mut gefasst, »muss die gesamte Wahlkampfstrategie so weit wie möglich nach rechts verschoben werden. Wir müssen versuchen, Sie den Wählern rechts und ganz rechts von der Mitte, auf die Gebauer es in der Hauptsache abgesehen hat, als Alternative anzubieten. Natürlich müssen Sie jeden Angriff auf Ausländer unterlassen, und sei es auch noch so verlockend. Das können wir uns leider nicht leisten.«

»Und warum kann ein Justus Gebauer es sich leisten?«, hakte Zeislinger gefährlich ruhig nach.

»Der hat nichts zu verlieren, Erich«, antwortete Schlacke. »Erstens weiß jeder, dass er immer schon am äußersten rechten Rand zu Hause war; zweitens kann er es sich leisten, die gesamte Wählerschaft in der Mitte zu verprellen, wobei deren Anzahl, wie wir nach den letzten Erhebungen wissen, in Kassel deutlich überschätzt wird. Wir haben in der Stadt klar links oder klar rechts strukturierte Wähler, was aber die Sache für Gebauer etwas leichter macht.«

»Gut«, gab Zeislinger zurück, »verlagern wir unsere Strategie so weit wie möglich nach rechts. Das wird uns aber vermutlich nicht reichen, oder?«

Jens Kähler schüttelte den Kopf. »Nein, vermutlich nicht. Was wir bräuchten, wäre ein echter Knüller. Wenn es uns gelänge, dich als den Macher zu präsentieren, der auch vor extrem schwierigen Aufgaben nicht zurückschreckt und sie mit Geschick und Mut meistert, wäre das die halbe Miete. Gebauers Image ist zwar das des harten Hunds, aber tatkräftig bewiesen hat er das bisher allenfalls durch den Schlag gegen diesen Krüppel. Die Leute tragen ihm das zwar vermutlich nicht mehr nach, aber wir werden natürlich alles daransetzen, dass es zum Hauptthema gegen ihn aufgebaut wird.«

»Du zweifelst also ernsthaft daran, dass ich der Macher bin, der mit Geschick und Mut die heißen Eisen anpackt«, wollte Zeislinger mit einem mehr als drohenden Unterton von seinem Referenten wissen.

Der hob beschwichtigend die Arme, als wolle er um Vergebung bitten. »Versteh mich jetzt bitte nicht falsch, Erich. Wir alle hier im Raum wissen, dass du, wenn es um Politik geht, ein genauso harter Hund bist wie Gebauer. Eher ein noch viel härterer. Aber …« Er stockte.

»Ja? Was aber?«

Kähler schluckte deutlich sichtbar und hätte sich am liebsten um die Antwort gedrückt, doch er war ernsthaft von dem überzeugt, was er seinem Chef nun mit fester Stimme sagte.

»Die Wähler wissen, dass du in Scheidung lebst. Sie wissen, dass du von deiner Frau betrogen und verlassen wurdest. Sie wissen, dass sie jetzt mit einem einfachen Kripomann zusammen ist. Um es kurz zu sagen: Alles, was in dieser Sache gelaufen ist, hat deinem Image extrem geschadet.« Er schluckte erneut und holte tief Luft, bevor er weitersprach. »Wenn nur du und der junge Schnösel im Rennen gewesen wärt, hätte die Trennung von deiner Frau niemanden interessiert, dafür war dein Vorsprung einfach zu groß. Jetzt aber gibt es noch Gebauers Kandidatur, und er und du wildert im Großen und Ganzen im gleichen Wählerrevier und nehmt euch, wenn es schlecht läuft, gegenseitig so viele Stimmen weg, dass es zumindest im ersten Wahlgang nur für einen von euch reichen könnte. Im zweiten ist die Sache klar, da hat der Bewerber der anderen politischen Richtung keine Chance, egal, wer es auch ist. Aber wenn eben Gebauer und nicht du es bis dahin geschafft hat, hilft dir das auch nichts mehr.«

Das war eine schmerzliche, aber äußerst zutreffende Kurzanalyse der aktuellen Situation, seit klar war, dass Justus Gebauer seinen Hut in den Ring geworfen hatte.

Zeislinger schloss die Augen und dachte kurz nach. »Und was soll ich deiner Meinung nach machen? Soll ich meine Frau mit vorgehaltener Waffe zwingen, zu mir zurückzukommen? Oder soll ich lieber gleich diesen beschissenen Bullen erschießen?«

»Nichts dergleichen«, gab Kähler zurück, der nun, nachdem Zeislinger seinen Vorschlag nicht gleich in Bausch und Bogen verdammt hatte, etwas sicherer wurde. »Wir müssen alles daransetzen, dass deine Frau spätestens zwei Wochen vor dem Wahltermin diesen Lenz verlässt und wieder bei dir einzieht. Es sind noch einige Wochen bis dahin, und mit der richtigen Strategie ist das garantiert nicht unmöglich.«

Zeislinger lehnte sich zurück, schloss erneut die Augen und vermittelte damit den Eindruck, dass er ernsthaft über den Vorschlag seines Referenten nachdenken würde.

»Ich bin gar nicht mal sicher«, setzte er eine gefühlte Ewigkeit später an, »dass ich das Miststück überhaupt zurückhaben will. Immerhin hat sie mich jahrelang mit diesem Hurenbock betrogen.«

Der Referent winkte ab. »Ob du sie wirklich zurückhaben willst, interessiert in einem halben Jahr keine Sau mehr, Erich. Es geht einzig darum, dass du sie jetzt zurückbekommst. Ehen werden alle naselang geschieden, und wenn deine davon betroffen ist, warum auch nicht? Ihr habt es noch einmal miteinander versucht, und es hat leider nicht geklappt. Aber du bist längst wieder für sechs Jahre gewählt.«

Zeislingers Gesichtsausdruck vermittelte nun so etwas wie Anerkennung. »Nicht schlecht, Jens«, raunte er. »Das könnte funktionieren. Es wird garantiert kein Spaziergang, aber es könnte tatsächlich funktionieren.«

»Und wenn es funktioniert«, stimmte Hilmar Schlacke erfreut zu, »werden wir auch eine Möglichkeit finden, dieses Arschloch von Bullen auf elegante Art zu entsorgen. Oder ihn zumindest so fertigzumachen, dass er sich nicht mehr an verheiratete Frauen ranmacht.«

Der Oberbürgermeister nickte. »Das wäre mir was wert, und das wisst ihr auch ganz genau. Ein kleiner, mieser Polizist erdreistet sich, nicht, dem Oberbürgermeister die Frau auszuspannen. Das kann doch nun wirklich nicht angehen.«

Bernd Zwingenberg, der das Gespräch in den letzten Minuten mit wachsender Begeisterung verfolgt hatte, hob den Zeigefinger der rechten Hand ein wenig, gerade so, als wolle er sich wie ein Schüler melden.

»Na, Schwuchtel«, schleuderte Zeislinger ihm mit einem heiseren Lachen über seinen eigenen Witz entgegen, »hast du auch noch eine Idee, die uns weiterhelfen könnte?«

Der junge Mann schluckte eine Erwiderung auf die persönliche Attacke seines Chefs hinunter und sprach sehr sachlich eine Problematik an, die er offenbar noch nicht als gelöst ansah. »Ich finde den Vorschlag von Jens ausgesprochen gut, aber er löst nicht das eigentliche Problem, und das ist nun einmal Justus Gebauer. Wollen wir nicht parallel zu der Strategie mit Frau Zeislinger noch daran arbeiten, Gebauer als Kandidaten zu diskreditieren? Immerhin dürfte spätestens ab morgen früh, wenn die überregionalen Tageszeitungen erscheinen, ein Aufschrei der Empörung durch Deutschland hallen. Ich kann mir nämlich beim besten Willen keinen Kommentator vorstellen, der diese Pressekonferenz als gelungen darstellt.«

»Was schlägst du vor?«, wollte Hilmar Schlacke wissen. »Hast du schon eine Idee?«

Der junge Mann nickte. »Ein Freund von mir arbeitet bei der Staatsanwaltschaft, und der hat neulich einmal erwähnt, dass bei Gebauer, unabhängig von dieser Sache mit dem Behinderten, irgendetwas am Laufen ist. Was, damit wollte er nicht herausrücken, aber ich kann ja noch mal vorsichtig nachhorchen, ob er nach der neuesten Entwicklung nicht doch etwas dazu sagen will.«

Zeislinger bedachte ihn, trotz seines problemorientierten und gut gemeinten Vorschlags, mit einem abschätzigen Blick. »Wenn das einer von deinen Schwulikumpels ist, kannst du dir das gleich wieder aus dem Kopf schlagen«, giftete er. »Von so einem will ich keine Informationen. Schon schlimm genug, dass ich mir einen ins ...« Der OB stockte. »Ist ja auch egal«, beendete er seinen Satz.

»Nein, nein«, erwiderte Zwingenberg ebenso devot wie in der Gewissheit, seinem Boss und den Kollegen eine dreiste Lüge aufzutischen, »der ist ein Hetero, ganz sicher.«

28

»Und ihr habt wirklich nichts von Gebauers Pressekonferenz mitgekriegt?«, fragte Uwe Wagner erstaunt, nachdem seine beiden Kollegen ihm von der Szene in dem türkischen Restaurant berichtet hatten. »Nicht mal im Autoradio?«

»Nein, nicht die Bohne«, erwiderte Lenz, griff nach einer Tasse und schenkte sich Kaffee ein. »Worum ging es denn dabei?«

»Der gute Justus Gebauer will die Reinkarnation des Jörg Haider in Deutschland werden. Jedenfalls sagt er Sachen, die darauf hindeuten.«

»Wie jetzt?«, fragte Thilo Hain nach, der sich ebenfalls an den Kaffeevorräten des Pressesprechers bedient hatte. »Was für Sachen meinst du genau?«

Die beiden Ermittler hatten sich nach ihrer Flucht aus dem Restaurant sofort auf den Weg zu Wagner gemacht, der bekannt dafür war, immer mit den neuesten Informationen versorgt zu sein.

»Nun ja, er hat sein Interview in unserer Lokalzeitung von gestern ein wenig präzisiert. Er kandidiert als OB-Anwärter und will, sollte er gewählt werden, dafür sorgen, dass es in den einschlägigen Vierteln der Stadt mit besonders hohem Ausländeranteil wieder etwas ruhiger zugeht. Oder besser, dass man auch nachts dort wieder unbehelligt umherirren kann. Und natürlich wird er dafür Sorge tragen, dass die Burka aus dem Straßenbild verschwindet. Und so weiter, und so weiter.« Wagner verzog angewidert das Gesicht. »Aber wenn ich meine Kasseler Mitbürger richtig einschätze, dann wird dieser absolut unsympathische Typ auch oder gerade wegen dieser blöden Parolen gewählt werden.«

»Das kann ich mir beim besten Willen nicht vorstellen, Uwe«, widersprach Lenz. »So doof ist das Wahlvolk doch schon lange nicht mehr, dass es auf so was reinfallen würde.«

»Vergiss es«, konterte der Pressesprecher. »Die Leute sind eben doch genau so doof, dass sie auf ihn hereinfallen werden.« Wagner hob die Hand, als wolle er um eine kurze Pause bitten, trat an die Kaffeekanne, und füllte seine Tasse auf. »Dieser unausgesprochene, latente Ausländerhass hat doch längst Einzug in die besseren

Kreise gehalten, Paul«, fuhr er fort, nachdem er sich wieder in seinen Bürostuhl fallen gelassen hatte. »Viele, die sich heute als bekennende Linke bezeichnen, haben doch schon lange die Quartiere verlassen, in denen ihre eigenen Kinder mit einem Haufen Migrantenkindern zur Schule gehen müssten. Links sein mit dem Maul ist immer noch gut, aber gelebt wird auch von dieser Schicht eine strikte Trennung zu den Ausländern. Und ich selbst kann mich natürlich auch nicht ganz frei davon sprechen, manche dieser fundamentalistischen Islamtypen am liebsten mit dem Aufkleber ›Guten Heimflug‹ auf dem Hintern Richtung Orient abschweben zu sehen.«

Er trank einen weiteren Schluck Kaffee, bevor er weitersprach. »Wenn wir gerade dabei sind, Jungs: Würdet ihr gerne alleine zu einem Einsatz in Holland Ende aufbrechen?«

Wagner bezog sich auf einen sozialen Brennpunkt in der Stadt mit hohem Ausländeranteil. Das Wohngebiet links und rechts der vierspurigen Holländischen Straße war seit vielen Jahren fest in der Hand der türkischen Community. Deutsche oder sonstige Ausländer wohnten dort nahezu keine mehr.

»Oder hättet ihr am Ende genauso viel Schiss in der Hose wie die uniformierten Kollegen, die dort nur mit mindestens zwei Streifenwagen anrücken, auch wenn es nur um einen banalen Familienstreit geht?«

»Ach Uwe«, entgegnete Hain sichtlich angefressen, »das sind doch Scheißhausparolen. Natürlich machen Paul oder ich nicht gerade Freudensprünge, wenn wir zu einem Einsatz dorthin gerufen werden, aber richtig Schiss hat dabei doch keiner von uns.«

»Na ja«, widersprach Lenz dezent. »So ganz unrecht hat

Uwe damit nicht. Und wenn ich an die Szene von vorhin denke, da ging uns ganz schön die Klammer, mein Lieber. Und das war immerhin mitten in der Stadt.«

»Na also, da siehst du es«, ergriff Wagner zu Hain gewandt wieder das Wort. »Und ich will euch noch was sagen: Wann immer zum Beispiel dieser Spinner aus Berlin, dieser Sarrazin, etwas über den Integrationsunwillen oder die mangelnde Intelligenz der Migranten postuliert, geht ein Raunen durch den deutschen Blätterwald, und die Intelligenzia distanziert sich pflichtschuldig von seinem Geschwätz; aber insgeheim, so ganz tief innen drin, applaudieren sie doch und freuen sich darüber, dass einer den Mumm hat, diese Thesen, die von den meisten ohnehin in gleicher Weise gedacht werden, auszusprechen. Ganz im Geheimen und natürlich unausgesprochen sind nämlich viele von uns kleine Ausländerfeinde, und wenn es einmal wieder en vogue sein sollte, dass man auch laut dazu stehen darf, dann möchte ich lieber nicht mehr in diesem Land leben.«

»Du meinst, dass Justus Gebauer einer sein könnte, dem die Leute zuhören und vielleicht sogar zujubeln dafür, dass er ihre kleinen, fiesen, ausländerfeindlichen Gedanken in Worte fasst?«, wollte Hain wissen.

Wagner nickte. »Worauf du einen lassen kannst, mein Freund. Justus Gebauer hat Charisma, er kann reden und damit die Leute für sich einnehmen, aber er hat etwas, was vielen Politikern abgeht, er kann nämlich den Menschen das Gefühl vermitteln, er würde ihnen zuhören. Natürlich macht er ihnen damit etwas vor, klar, aber sein Zweck heiligt die Mittel. Und deshalb glaube ich, dass die Menschen in Kassel und darüber hinaus ihn wählen werden.«

»Aber er hat doch diese Scheiße mit dem Rollifahrer am Hacken, dem er eine geschmiert hat. Meinst du nicht, dass ihm die Leute das längerfristig übel nehmen werden?«

»Ganz im Gegenteil«, antwortete Wagner. »Ich bin mir sicher, dass ihm das eher nutzen als schaden wird.«

»Und warum bist du davon so überzeugt«, bohrte Lenz ein wenig irritiert nach, doch der Pressemann kam nicht mehr zu einer Antwort, weil das Telefon auf seinem Tisch zu klingeln begann.

»Wagner«, meldete er sich kurz angebunden und hob die Augenbrauen.

»Ja, klar, die sind hier«, teilte er dem Anrufer mit. »Ich schick sie dir gleich rauf.« Wieder eine kurze Pause. »Ja, natürlich, sofort ... Ja, geht klar. Mach's gut.« Damit legte er den Hörer zurück auf das Telefon.

»Das war RW. Er will euch sehen, und zwar nicht etwa gleich, sondern sofort. Und ich denke, ihr solltet seinem Wunsch folgen, er klang nämlich echt aufgeregt.«

Lenz und Hain standen auf, stellten ihre Tassen neben der Kaffeekanne ab, und verabschiedeten sich eilig.

*

»Warum kann ich dich an deinem verdammten Mobiltelefon nicht erreichen?«, bellte Rolf-Werner Gecks Lenz an, nachdem die beiden Kommissare sein Büro betreten hatten. »Und warum meldest du dich nicht bei mir, wenn ich dir dreimal was auf deiner verfluchten Mailbox hinterlassen habe?« Der altgediente Polizist war offensichtlich total sauer.

»He, RW, nun bleib mal auf dem Teppich«, erwiderte Lenz vorsichtig. »Thilos Telefon war die ganze Zeit über angeschaltet.«

Gecks warf ihm einen tödlichen Blick zu. »Wenn ich mit Thilo telefonieren will, rufe ich ihn an. Wenn ich versuche dich anzurufen, will ich mit dir sprechen. Das ist nichts gegen Thilo, ganz bestimmt nicht, aber mein Chef sollte schon für mich erreichbar sein, was meinst du?«

»Ja, stimmt«, gab Lenz ihm recht. »Was gibt's denn so Dringendes?«

Wieder ein bitterböser Blick. »Vielleicht hast du es vergessen, aber ich hatte einen Auftrag abzuarbeiten. Ich habe mich jetzt geschlagene anderthalb Tage mit verschiedenen Banken herumgeärgert, und das habe ich gemacht, obwohl mein Chef und dein Chef, nämlich Ludger, mich extra angerufen hat, um mich davon zu unterrichten, dass sich die Sache erledigt hat. Der Sohn ist der Täter, und jede weitere Nachforschung hat sich damit erledigt, hat er gemeint.«

»Wow«, machte Hain, »er hat dich extra angerufen, um dir das zu sagen?«

»Das hat er, ja.«

»Aber wenn ich dich richtig verstanden habe«, formulierte Lenz behutsam, »hat das deinen Arbeitseifer nicht behindert?«

»Nicht die Bohne«, gab Gecks zurück, und es hatte den Anschein, als würde seine Erregung ein wenig abklingen. »Weil ich nämlich der Meinung bin, dass der Sohn es nicht gewesen ist. Wenn ich damit im Widerspruch zu euch stehe, ist mir das egal, aber ich kann mir nicht vorstellen, dass der Kerl so mir nichts dir nichts seine gesamte Familie abknipst, inklusive des kleinen Bruders. Außerdem glaube ich, dass diese Geschichte das Werk eines Fachmanns war, und danach sieht es bei Kemal Bilgin nun wirklich nicht aus.«

»Na ja«, warf Hain dazwischen, »der Typ hat in der türkischen Armee in irgendeiner Spezialeinheit gedient, das wissen wir immerhin schon.«

»Und was für eine Spezialeinheit war das?«

»Das haben wir noch nicht rausgefunden. Oder besser, wir haben uns noch nicht richtig darum gekümmert«, gab Lenz etwas verschämt zu.

»Dann macht das mal. Und wenn es euch interessiert, habe ich auch noch ein paar Sachen auf der Pfanne.«

»Wegen der Konten?«

»Auch wegen der Konten, ja.«

»Dann mach's nicht so spannend und erzähl«, forderte Hain seinen Kollegen auf.

Gecks griff nach seinem Notizblock auf dem Schreibtisch und klappte ihn auf. »Der Mann hatte insgesamt 285.800 Euro auf sieben verschiedenen Konten gebunkert, alle auf den Namen Gökhan Biglin.«

»Aber das sind ja noch viel mehr Konten, als wir gedacht haben«, wunderte sich Lenz.

»Ja, das stimmt. Wir haben zwar keine Kontoauszüge für die drei weiteren Konten gefunden, aber über den Namen bin ich trotzdem drauf gestoßen.«

»285.000 Euro«, wiederholte Hain mit einem anerkennenden Pfiff durch die Zähne.

»Und 800.«

»Hast du irgendwas darüber rausgefunden, was er mit dem Geld angestellt hat? Gibt es Überweisungen, die wir nachverfolgen können?«

Gecks schüttelte den Kopf. »Eingezahlt wurde das Geld grundsätzlich in bar und in kleinen Tranchen, sodass es nicht unter die Kontrolle wegen Geldwäsche gefallen ist. Überweisungen gibt es jede Menge, natürlich, aber auch dabei geht es immer um kleine Beträge, und das Geld ging ausschließlich ins Nicht-EU-Ausland, meistens in die Türkei und die Vereinigten Arabischen Emirate, was die Nachverfolgung extrem schwierig machen dürfte.«

»Hast du es noch nicht versucht?«, wollte Hain wissen.

»Nein, natürlich nicht, du Hirni, oder soll ich mich von Ludger dabei erwischen lassen, dass ich eine Anordnung von ihm unterlaufe, noch dazu über die Staatsanwaltschaft, von der vermutlich die Anweisung kommt?«

»Stimmt auch wieder«, gab der Oberkommissar kleinlaut zu.

»Aber das ist noch längst nicht alles«, wurde sein Kotau von Gecks einfach übergangen. Die beiden Polizisten sahen ihren Kollegen gespannt an.

»Nun lass dir doch nicht jedes Wort aus der Nase ziehen, RW«, forderte Lenz, »ich verspreche dir auch hoch und heilig, dass du mich in Zukunft immer und überall mobil erreichen kannst.«

»Haha, wer es glaubt, wird selig«, gab Gecks mit hochgezogener Stirn zurück und fügte eine kurze Kunstpause ein, bevor er weitersprach.

»Also, während ich noch mit den Konten des alten Bilgin beschäftigt war, hat mich natürlich auch dieser Kemal, sein Sohn, interessiert. Sein Konto, es gibt nur eins, war belanglos, weil hoffnungslos überzogen. Bis zur Quetschkante im Dispo, wie das bei Jungs in diesem Alter nun mal so ist. Er war eine Zeitlang arbeitslos, aber seit ein paar Monaten hat er wieder einen festen Job. Dann habe ich mir mal angesehen, was unser System noch so alles über ihn parat hat und bin dabei auf eine Sache gestoßen, die sich …«, er blätterte in seinen Notizen, »… im November zugetragen hat. Er hatte Ärger mit einer Horde Neonazis und hat dabei übel was auf die Fresse gekriegt. Allerdings liegt auch ein Strafantrag gegen ihn wegen Beleidigung vor, der vom

Anwalt eines der Schläger gestellt wurde; komischerweise übrigens erst vor ein paar Tagen, obwohl die Sache, wie gesagt, schon ein paar Monate zurückliegt.«

»Und was ist jetzt daran so interessant?«, wollte Hain wissen. »Nur weil er Ärger mit ein paar Glatzen hatte, muss das ja nicht gleich heißen, dass er auch seine Familie umgebracht hat, wie du vorhin selbst festgestellt hast.«

Gecks bedachte ihn mit einem bösen Blick. »Wenn mein junger Kollege die Güte hätte, mich ausreden zu lassen …?«

»Schon gut. Sorry.«

»Der Strafantrag gegen Kemal Bilgin wegen Beleidigung war nicht der einzige, es gab noch einen weiteren. Gleichzeitig mit dem ersten hat der Anwalt noch einen wegen versuchten Totschlags gestellt.«

»Totschlag?«, echoten Lenz und Hain lippensynchron.

»Ja, Totschlag. Der Neonazi, mit dem Bilgin damals aneinandergeraten ist, wurde vor ein paar Tagen brutal zusammengeschlagen und liegt seitdem im Krankenhaus. Sein Anwalt meint, dass es sich bei dem Angriff um einen Racheakt von Bilgin handeln würde.«

»Hat er Beweise dafür?«

»Das kann ich dir leider nicht sagen, weil ich die Akte noch nicht einsehen konnte. Aber warum sollte ein Anwalt sich so exponieren, wenn er keine Anhaltspunkte unter den Füßen hat?«

»Weil er eben Anwalt ist.«

»Das können wir klären, wenn wir mehr darüber wissen«, entgegnete Gecks ungerührt. »Außerdem ist es nur dann interessant, wenn Bilgin überlebt. Wie sieht es denn da aus?«

Hain winkte ab. »Die Ärzte rechnen nicht damit, dass

er es schafft. Vielleicht ist er auch schon gestorben, und wir wissen es bloß noch nicht.«

»Wie auch immer, viel interessanter dürfte ohnehin sein, woher der alte Bilgin die viele Kohle hatte, und was er damit veranstaltet hat. Habt ihr übrigens schon mal was von einer Gruppe namens Milli Görüş gehört?«

Lenz und Hain warfen die Köpfe herum. »Wie kommst du denn auf die Truppe?«

Rolf-Werner Gecks riss verblüfft die Augen auf. »Das klingt, als hätten wir zufällig in die gleiche Richtung ermittelt. Also, lasst uns mal zusammenlegen und sehen, was dabei herauskommt.«

Die nächsten zehn Minuten hörte der alte Hauptkommissar seinen beiden Kollegen zu, die ihm ebenso von dem Gespräch mit dem Journalisten Per Stemmler wie auch dem Besuch in dem türkischen Restaurant berichteten.

»Und was hast du über Gökhan Bilgin und seine möglichen Verbindungen zu Milli Görüş herausgefunden?«, schloss Hain seine Erklärung.

»Zunächst waren die bei mir gar nicht auf dem Schirm«, begann Gecks erneut, »aber ein alter Freund beim LKA in Wiesbaden, mit dem ich wegen der Kontenbewegungen telefoniert habe, hat mich auf diese Schiene gebracht.«

»Mensch, RW, du immer mit deinen alten Freunden«, lästerte Thilo Hain.

»Halt dich mal schön bedeckt, Junge«, erwiderte Gecks mit ein wenig Stolz in der Stimme, »und werd so alt wie ich, dann kannst du hoffentlich auch auf ein paar Freunde zurückgreifen, wenn du sie brauchst.«

Gecks war bekannt dafür, Gott und die Welt zu kennen und in ein Netzwerk aktiver und ehemaliger Kripoleute eingebunden zu sein.

»Also, die Informationen von diesem Stemmler und

meinem Kumpel beim LKA sind so ziemlich deckungsgleich, deswegen brauchen wir dieses Thema auch gar nicht weiter zu vertiefen, aber es bleibt die Frage im Raum, ob der alte Bilgin tatsächlich Geld von Milli Görüş verwaltet hat. Weiterhelfen würden uns die Kontoverbindungen, aber die Recherchen in dieser Richtung sind, wie gesagt, mit ziemlich vielen Schwierigkeiten verbunden. Und nicht nur, weil unser Chef in engem Schulterschluss mit der Staatsanwaltschaft beschlossen hat, dass der junge Bilgin der Täter zu sein hat.«

»Was könnten wir tun, um ohne großes Tamtam an die Inhaber der Empfängerkonten zum Beispiel in der Türkei zu kommen?«, wollte Hain wissen.

»Gar nichts. Der Austausch solcher Daten mit der Türkei ist überaus mühselig, selbst dann, wenn der entsprechende Antrag über die Staatsanwaltschaft gestellt wird. Unsere Jungs sind da übrigens keinen Deut besser, wie mich mein Wiesbadener Freund belehrt hat.«

»Und was gedenkst du dagegen zu tun?«, mischte Lenz sich ein.

Gecks fing an zu grinsen. »Ein Freund meines Freundes hat ein paar Kontakte, die er anzapfen will, aber das dauert ein paar Tage. Bis dahin werde ich Dienst nach Vorschrift machen und versuchen, mich nicht dabei erwischen zu lassen, wie ich mich einer Anweisung von Ludger widersetze. Aber da sitzen wir vermutlich alle im selben Boot.«

»Worauf du einen lassen kannst«, stimmte Hain ihm zu.

»Für heute mache ich Feierabend«, fuhr Gecks mit einem Blick auf seine Armbanduhr fort, »immerhin ist es schon nach sechs. Morgen früh gehe ich im Klinikum vorbei und sehe mal, ob mir dieser Neonazi was erzählt, mit dem Kemal Bilgin aneinandergeraten ist.«

»Liegt der hier in Kassel?«

»Ja. Ich reiße mich übrigens nicht um den Job, weil das einer von den Unsympathen ist, die damals am Neuenhainer See das Mädchen fast totgeschlagen haben. Könnt ihr euch an den Fall …?«

»Was sagst du da, RW?«, wurde er von Lenz barsch unterbrochen. »Der Typ ist einer von den Neonazis vom Neuenhainer See?«

»Was regst du dich denn so …?«

»Kannst du dich an den Namen erinnern, Thilo«, sprach der Hauptkommissar wieder dazwischen, »den uns Lemmi im Klinikum genannt hat? Der des ominösen Toten?«

»Moment, Moment«, unterbrach nun Gecks seinen Kollegen energisch, »der, von dem ich spreche, ist nicht tot. Sein Name ist …« Wieder ein Blick in den Notizblock. »… Gerold Schmitt. Gerold Schmitt aus …«

»Scheiße«, rief Hain dazwischen, »das ist er.«

29

Agata Roggisch legte behutsam die Hand mit dem Waschlappen darin auf die Stirn ihres Sohnes Victor und tupfte seine Schweißperlen ab. Der Junge lag mit halb offenen Augen im Bett und starrte apathisch an die Decke. Seine Mutter, die wusste, dass sie nichts weiter für ihn tun konnte, stand auf, warf ihm noch einen aufmunternden Blick zu und verließ das Zimmer. In der Küche traf sie auf Vaclav, den älteren der beiden Jungs.

»Ich muss zur Arbeit«, sagte sie tonlos. »Pass bitte auf deinen Bruder auf und sieh ab und zu nach ihm. Wenn etwas sein sollte, rufst du mich an.«

»Was soll denn sein«, fragte er schnippisch zurück. »Der liegt im Bett und bellt vor sich hin. Ob ich nun hier bin oder nicht, spielt doch gar keine Geige.«

»Du bleibst trotzdem zu Hause«, ordnete sie an.

Der Junge nickte. »Wenn du meinst. Aber verlass dich besser nicht drauf.«

Die Krankenschwester hätte gerne den Konflikt mit ihm ausgetragen, doch ihr fehlte einfach die Kraft dazu. Also ging sie schweigend zur Haustür und verließ die Wohnung. In der Straßenbahn, die sie zu ihrem Nachtdienst im Klinikum Kassel brachte, saß sie in der letzten Reihe des nahezu leeren Waggons und weinte. Eine gute halbe Stunde später war die Übergabe beendet und die Spätschicht der Station auf dem Heimweg. Viel Neues hatte es nicht gegeben, bis auf den frisch operierten Patienten in Zimmer 216, vor dessen Tür ein Polizist saß und interessiert in einem Automagazin blätterte.

»Möchten Sie etwas trinken?«, fragte die Nachtschwester den Mann höflich, als sie an ihm vorbei ging.

»Nein, lassen Sie mal«, antwortete der Beamte, auf dessen Brust ein kleines, silbernes Schild mit dem Namen Obermann darauf zu sehen war.

»Ich habe noch eine knappe Stunde, dann kommt die Ablösung, und danach bin ich zum Essen verabredet. Bis dahin halte ich es gut aus.«

»Das klingt gut«, lachte sie und drehte sich um. »Ich wünsche Ihnen einen schönen Abend.«

»Vielen Dank. Den kann ich gut gebrauchen, nach diesem langweiligen Nachmittag hier vor der Tür.«

Die 37-jährige Frau ging mit schnellen Schritten davon

und war kurz darauf in einem Zimmer am Ende des Flures verschwunden. Obermann warf einen Blick auf die Uhr an seinem Handgelenk, gähnte, senkte den Kopf und wandte sich wieder seiner Lektüre zu. In der gleichen Stellung saß er auch etwa 15 Minuten später noch vor der Tür des Journalisten Per Stemmler, der vollgepumpt mit Schmerzmitteln und schlafend in seinem Bett lag. Agata Roggisch war in der Zwischenzeit dreimal an Obermann vorbeigehetzt, immer mit etwas anderem in den Händen, und in irgendeinem Zimmer verschwunden. Im Augenblick kümmerte sie sich im Zimmer gegenüber um einen vollkommen deprimierten Friseur, der sich beim Zuschneiden von Dekorationsmaterial für seinen Salon mit der Kreissäge ein paar Finger der rechten Hand abgeschnitten hatte.

Davon wusste der Polizist auf dem Flur allerdings nichts, und wenn, hätte es ihn nicht die Bohne interessiert. Alles an ihm war fixiert auf das Treffen mit seiner Kollegin in gut einer Stunde bei seinem Lieblingsitaliener. Noch kurz duschen und Zähne putzen, man konnte ja nie wissen, wie sich der Abend entwickeln würde. Immerhin hatte sie seine Einladung sehr, sehr herzlich angenommen. Und wenn er an die Blicke dachte, die sie ihm in den letzten Monaten während der Dienstbesprechungen hatte zukommen lassen, wurde ihm ganz anders.

Mit der geht was, war er sich vollkommen sicher. Wenn nicht heute, dann auf jeden Fall in nicht allzu ferner Zukunft.

Mit deutlich mehr als klammheimlicher Freude und einem Lächeln auf den Lippen nahm er die aufkeimende Erregung und die leichte Beule in seiner Uniformhose zur Kenntnis. Wie lange ist das letzte Mal nun schon her? Hoffentlich kriege ich es noch hin, sinnierte er.

Der Beamte zuckte verschämt zusammen, weil die

große, mit einer matten Drahtglasscheibe versehene Tür zur Station aufgeschoben wurde und ein komplett in Weiß gekleideter Mann auf den Flur trat. Der Türflügel hinter ihm fiel langsam in seine Ausgangsposition, während er freundlich lächelnd auf den Polizisten zukam. Obermann fragte sich kurz, ob es sich eher um einen Pfleger oder einen Arzt handelte, kam dann aber zu dem Schluss, dass ihm das völlig schnuppe war. Er senkte wieder den Kopf und vertiefte sich erneut in den Artikel.

22,8 Liter Durchschnittsverbrauch auf 100 Kilometer sind schon eine Hausnummer, sinnierte er. Na ja, sind halt Sportwagen, mit dem man bequem die Familie transportieren kann, diese SUV.

Die Schritte, die sich quietschend genähert hatten, verstummten nun direkt neben ihm. Obermann nahm es nur mit einem halben Ohr wahr, weil er in ein Bild vom Unterboden des Zuffenhausener Boliden vertieft war. Natürlich kannte er alle Details des Wagens und wusste über alle noch so unbedeutenden Einzelheiten Bescheid, trotzdem saugte er jede Kleinigkeit und jedes Bild in sich auf.

Geiler Unterboden. Damit kannst du durch die Wüste fahren, spritzt ihn hinterher ab, und alles ist gut.

Der Blick des Polizisten blieb zwar auf die Bilder der Fotoserie geheftet, doch in seinem Unterbewusstsein nahm er trotzdem wahr, dass irgendetwas um ihn herum nicht stimmte. Er hob den Kopf leicht an und streifte mit den Augen die Schuhe des Arztes oder Pflegers, der vor ein paar Augenblicken den Flur betreten hatte. Nagelneue, glänzend weiße Sportschuhe mit zwei Streifen.

Komisch, dachte Obermann, ein Arzt sollte sich wenigstens drei Streifen leisten können. Soviel Stil sollte schon drin sein.

Sein Kopf hob sich ein paar weitere Zentimeter.

Weiße Hosenbeine.

Noch höher.

Weißer Kittel.

Also doch ein Arzt. Die mit den Kitteln sind die Ärzte, fiel es ihm wieder ein.

Eine weitere Nuance wanderte sein Kopf nach oben.

Weiße Handschuhe auch noch. Wozu das denn?

In der rechten Hand hielt der Mann eine schwarz glänzende, bedrohlich auf Obermanns Kopf weisende Pistole mit klobigem, unförmig aussehendem Schalldämpfer vor dem Lauf. Das Automagazin auf den Oberschenkeln des Polizisten setzte sich wie in Zeitlupe in Bewegung, rutschte nach vorne, über die Knie hinweg und knallte auf den Boden. In den Ohren des Beamten klang das Geräusch wie ein Schuss. Seine Augen fixierten das schwarze, Panik auslösende Loch, das sich langsam seinem Kopf näherte und dabei größer und größer wurde. Obermann wollte den Kopf ein weiteres Stück nach oben heben, um das Gesicht des Mannes mit der Waffe zu sehen, doch seine Muskeln versagten ihm den Dienst. So starrte er wie paralysiert und schielend auf das Ende des Schalldämpfers, das noch maximal 6 Zentimeter von seiner Stirn entfernt war, und fing dabei immer stärker an zu zittern. Er versuchte, sich an Polizeischulungen zu erinnern, in denen solche Situationen besprochen worden waren, doch es war ihm unmöglich, einen klaren Gedanken zu fassen. Das Bild der Kollegin, mit der er sich in weniger als einer Stunde treffen wollte, tauchte blitzartig vor seinem geistigen Auge auf und verschwand ebenso schnell wieder.

Nun hatte der Schalldämpfer seine Stirn erreicht. Obermann erschrak, jedoch nicht wegen des Kontakts, sondern weil das Material, das ihn berührte, sich auf seiner Haut nicht kalt anfühlte. Ganz im Gegenteil, es strahlte geradezu Wärme aus.

Einer dieser modernen Carbonschalldämpfer, schoss es ihm durch den Kopf. So etwas wird garantiert nur von Profis benutzt. Etwas drückte ihn am Arm. Die linke Hand seines Gegenübers.

Der Druck verstärkte sich. Der Mann mit der Waffe in der Hand zog ihn nach oben. Obermann folgte willig der Aufforderung, und stand keine Sekunde später dem Mann gegenüber, der einen halben Kopf kleiner war als er selbst, jedoch noch immer die Pistole direkt auf die Stirn des Polizisten drückte.

Der Beamte wurde durch einen aufgesetzten Schuss getötet, stand in solchen Fällen später im Protokoll.

Nun wurde Obermann nahezu sanft, aber nichtsdestotrotz mit dem notwendigen Nachdruck nach hinten geschoben, bis er mit dem Rücken an der Tür zu Stemmlers Krankenzimmer angekommen war. Dann ließ der Druck an seinem Arm nach; die Hand des Mannes vor ihm senkte sich auf die Türklinke, drückte sie herunter, gab dem schweren Blatt einen kleinen Schwung und schob den Polizisten durch eine Bewegung mit der Pistole vor sich her in den Raum.

*

»Aber ich kann doch nie wieder jemandem die Haare schneiden«, jammerte der Friseur mit der dick verbunden rechten Hand.

Agata Roggisch legte die Stirn in Falten und sah zu dem etwa 50-jährigen Mann hinunter, über dessen Gesicht dicke Tränen liefen. Zu gerne hätte sie ihm irgendwie Mut gemacht, doch in diesem speziellen Fall gab es absolut keine Hoffnung. Der Mann hatte sich den Daumen, den Zeigefinger und den größten Teil des Mittelfingers der rechten Hand mit der Kreissäge abgeschnitten. Zwar hatte der Handchirurg versucht, die Überreste wieder anzunähen, doch es war bei dem Versuch geblieben, auch deshalb, weil der schwer schockierte Mann sich von seiner ebenso schockierten Frau in die Klinik hatte fahren lassen und keiner der beiden auch nur im Entferntesten daran gedacht hatte, die abgetrennten Glieder für den Transport ins Krankenhaus zu kühlen.

»Sie sind doch zum Glück noch kein alter Mann«, erwiderte die Nachtschwester, während sie die Temperatur vom Fieberthermometer ablas. »Natürlich ist es nicht schön, wenn man so etwas erlebt, aber in Ihrem Alter ist es noch nicht zu spät, etwas Neues anzufangen.«

Der Patient im Bett neben dem Friseur warf ihr einen pikierten Blick zu.

»Na, Sie machen dem armen Kerl ja Hoffnung, Schwester Agata«, murmelte er.

»Warum soll ich ihm denn Hoffnung machen?«, giftete sie zurück. »Die Finger sind weg, und je schneller er es akzeptiert, desto besser ist es für ihn.«

Der Verletzte riss sich mit der gesunden Hand die Decke über den Kopf und fing laut an zu schluchzen. Agata Roggisch wäre am liebsten zu ihm gekrochen und hätte mit ihm zusammen ihr beider Schicksal beweint, denn auch sie fühlte sich, zumindest im übertragenen Sinn, als hätte man ihr etwas abgehackt. Der eine Sohn lag mit Fieber zu Hause im Bett, über den anderen, dessen 14. Geburtstag sie gerade gefeiert hatten, hatte sie längst jegliche Kontrolle verloren. Er kam und ging, wann es ihm passte. Ein Straßenkind, und sie trug die Hauptschuld daran. Und dann die Sache mit dem Todesfall von vorletzter Nacht. Wenn sie jetzt auch noch ihren Job verlieren würde …

Mit zitternden Fingern trug sie den Messwert in eine Tabelle ein und legte das Blatt wieder ans Fußende des Bettes.

»Ich komme später noch mal rein«, flüsterte sie dem anderen Patienten zu, der sich jedoch längst wieder dem Fernsehprogramm widmete und ihr deshalb keine Beachtung mehr schenkte. Mit drei Schritten war sie an der Tür und verschwand aus dem Zimmer. Auf dem Flur fiel ihr sofort der leere Stuhl gegenüber auf. Sie blieb stehen und sah sich um, konnte jedoch keinen Hinweis auf den Verbleib des Beamten finden. Einzig das Automagazin, in dem er gelesen hatte, lag aufgeschlagen vor dem abgenutzten Möbelstück. Im gleichen Augenblick, in dem die Nachtschwester sich in Richtung des Dienstzimmers in Bewegung setzen wollte, öffnete sich die Tür zu Stemmlers Krankenzimmer und ein in leuchtendes Weiß gekleideter Mann wurde im Neonlicht des Flures sichtbar. In der Hand trug er einen klobigen, dunklen Gegenstand, aus dessen Ende sich dünner, blaugrauer Rauch nach oben kräuselte.

30

Justus Gebauer stieg die letzten Stufen zu der großzügigen Altbauwohnung empor, schloss die Tür auf, schaltete das Licht ein, und trat in den Flur. Nachdem er seine Ledertasche in der Küche abgestellt hatte, ging er ins Bad, öffnete den Wasserhahn über der beeindruckenden Wanne und schüttete einen Schuss Badezusatz in das sprudelnde Wasser. Sofort bildete sich eine Schaumkrone. Mit ruhigen Bewegungen löste er seine Krawatte, zog sein Hemd aus, ließ die Hose nach unten rutschen und betrachtete kurze Zeit später seinen nackten, für sein Alter durchaus ansehnlichen Körper vor dem Spiegel.

Als er sich eine Stunde später im weißen Bademantel und mit noch nassen Haaren auf die helle Couch fallen ließ, fühlte er sich erschöpft, gleichzeitig aber auch großartig. Seine Hand griff zur Fernbedienung auf dem Tisch und schaltete den Fernseher in der gegenüberliegenden Ecke ein. Nach kurzem Suchen hatte er einen Nachrichtenkanal gefunden, auf dem gerade ein Bericht über die aktuelle Flutkatastrophe in Asien lief, doch das war ohne jeden Belang für den Juristen. Viel interessanter war das signalrote Laufband mit weißen Buchstaben im unteren Teil des Bildes, das in sich permanent wiederholenden Intervallen nur ein einziges Thema hatte: Justus Gebauer und seine Pressekonferenz in Kassel. Es dauerte etwa 20 Minuten, bis die stündliche Nachrichtensendung begann, und wieder war der Auftritt des Mannes aus Nordhessen das beherrschende Thema.

Erlebt das Land die Geburt des ersten deutschen Rechtspopulisten seit dem Zweiten Weltkrieg? Der ehemalige hessische Landtagsabgeordnete Justus Gebauer hat heute überraschend erklärt, seiner angestammten politischen Heimat den Rücken zu kehren und mit ausländerkritischen Themen und ultrarechten Positionen als unabhängiger Kandidat in das Rennen um den Kasseler OB-Posten einzusteigen. Während einer Pressekonferenz in Kassel erläuterte er den anwesenden Journalisten, wie er sich die Zukunft der Stadt vorstellt und welche Veränderungen in der Kommunalpolitik er anstrebt. Dabei wurde deutlich, dass der gelernte Jurist keinesfalls vor polarisierenden Äußerungen zurückschreckt, wenn er Begriffe wie Ghettoisierung und schleichende Islamisierung ins Spiel bringt.

Fast schon reflexartig betonten seine ehemaligen Parteifreunde in ersten Erklärungen, dass es für Gebauer weder in Kassel, noch in der Landeshauptstadt Wiesbaden, und schon gar nicht in Berlin auch nur die geringste Unterstützung für seinen rechtspopulistischen Alleingang geben könne. Allerdings haben sich auch die ersten prominenten Befürworter zu Wort gemeldet. So hat beispielsweise der bekannte Blogger und Magazinjournalist Heinrich M. Bruder begeistert erklärt, dass sich ›endlich jemand traut, die wirklich heißen Themen in diesem unserem Land anzusprechen‹. Und der ehemalige Präsident des Arbeitgeberverbandes, Herbert-Oliver Hundl, gratulierte Gebauer gar zu seinem ›mutigen Schritt‹, wie er in einem Interview klarstellte.

Kritik hagelte es hingegen von Vertretern der Islamverbände sowie Spitzenkräften der Grünen. So warf etwa die ehemalige Vorsitzende der Partei, Cornelia Russ, dem Kasseler vor, seine ›verachtenswürdigen Rattenfängerparolen‹ seien gerade einmal dazu angetan, ›im Orkus der Zeitgeschichte zu verschwinden‹.

Islamabad: Bei einem Bombenattentat auf die Botschaft der Vereinigten Staaten kamen in der vergangenen Nacht …

Gebauer drückte zufrieden auf den kleinen roten Knopf der Fernbedienung, die noch immer in seiner Hand lag, und schaltete damit den Fernseher aus. Das, was er seit ein paar Stunden erlebte, übertraf seine Erwartungen um ein Vielfaches. Oder um es präziser auszudrücken, von einem solchen Erfolg hätte er nicht einmal in seinen kühnsten Träumen zu hoffen gewagt. Zu seinem großen Glück war er schon ein paar Monate zuvor so weitsichtig gewesen, die anonyme Wohnung im Stadtteil Wehlheiden parallel zu seinem eigenen Haus anzumieten. So konnte er sich nun in aller Ruhe in diese Räume zurückziehen, während die Meute der Medienvertreter sich am Fasanenhof mit Kameras und Mikrofonen in den Händen die Beine in den Bauch stand und kalte Füße holte. Seine Gedanken wurden vom sanften Rasseln seines Mobiltelefons unterbrochen.

»Ja, bitte«, meldete er sich, und lauschte danach ein paar Sekunden.

»Das ist ja großartig!«, rief er dann fast euphorisch in das kleine Mikrofon. »Ja, natürlich, komm einfach vorbei. Darauf sollten wir wirklich ein Glas trinken.«

*

Juliane Spengler, die Anruferin, und Justus Gebauer kannten sich, seit die junge dunkelhaarige Frau mit der strengen, schmalen Brille vor einigen Jahren als Wahlkreishelferin und Bürokraft bei ihm angefangen hatte zu arbeiten. Schon kurze Zeit später hatte sie ihn zum ersten Mal verführt und ihm dabei Dinge gezeigt, die er bis dahin höchstens aus schmuddeligen Pornofilmen gekannt hatte, und über die er mit Erika, seiner Frau, niemals auch nur hätte sprechen können. Umso mehr hatte er großen Gefallen daran gefunden, diese hemmungslosen Sauereien, wie er den Sex mit ihr insgeheim nannte, regelmäßig zu praktizieren. Nun war sie unterwegs zu ihm und würde sich vermutlich nicht zweimal bitten lassen, wenn der Held des Tages über sie herfallen und es ihr richtig besorgen würde.

Der Held des Tages.

Frank Weiler hatte ihm etwa zwei Stunden zuvor die ersten Wasserstandsmeldungen der Medien nach seinen Auftritten durchgegeben. Es war, selbstverständlich, nicht bei der Pressekonferenz geblieben, denn er hatte noch mehr als 30 weitere Interviews geben müssen. Und es waren nicht nur deutsche Medien, die sich für ihn interessiert hatten, nein, die Schar seiner Interviewpartner war durchaus als international zu bezeichnen.

Natürlich hatte es Anfeindungen gegeben. Der Reporter einer türkischen Zeitung etwa wollte von ihm wissen, wie man sich als Nazi fühlen würde, und ein israelischer Journalist hatte nach dem Interview angewidert vor ihm ausgespuckt, aber wer die Hitze nicht vertragen konnte, sollte sich eben nicht in der Küche blicken lassen. Justus Gebauer dagegen war davon überzeugt, gegen jede Form von Feuer resistent zu sein.

Jahrelang hatte er auf den heutigen Tag hingearbeitet, ohne sich selbst im Klaren darüber zu sein. Was er von Anfang an jedoch wusste, war, dass er zu Höherem berufen war. Aus dem kleinen Bankert, dem Sohn einer nichtsnutzigen Verkäuferin und eines dahergelaufenen Halunken, war der Mann geworden, der in Zukunft von sich reden machen würde, noch mehr, als er es in besseren Zeiten schon getan hatte.

Ach was, bessere Zeiten, dachte Gebauer, und erinnerte sich mit Ekel und Abscheu an seine ersten Jahre als Landtagsabgeordneter in Wiesbaden. Immer hinter den großen Namen herrennen, vor jeder Rede um Erlaubnis fragen, ob nicht ein Wort oder ein Satz mit der Parteiräson kollidieren könnte, und bei allem den wichtigsten Grundsatz befolgen: nur nicht auffallen; und wenn, dann den richtigen Leuten. Wie er es gehasst hatte, sich mit Parteikollegen im Rentenalter herumplagen zu müssen, die viel dümmer und einfältiger waren als er, die jedoch über Kontakte verfügten, die sie unantastbar machten.

Elende Dummköpfe.

Ab jetzt würde er im Rampenlicht stehen, oder nein, er stand schon mittendrin. Die Zeitungen des nächsten Tages feilten vermutlich schon an ihren Schlagzeilen über den Aufsteiger auf der rechten Seite aus Kassel, der es noch weit bringen würde in der Politik. In der Stadt, im Land und in der Republik. Viele Prominente hatten sich hinter seine Ideen und Ankündigungen gestellt, Prominente aus der Wirtschaft speziell, mit Geld. In den einschlägigen Blogs zitierte man seine Sätze mit Hochachtung und Respekt.

Hochachtung und Respekt!

Noch war er ein Einzelkämpfer, ein Mahner im Meer der Gutmenschen, die mit geschlossenen Augen durch die Stadt und die Welt gingen. Aber schon bald, da war er sich hundertprozentig sicher, würden Millionen hinter ihm stehen, denen er eine Stimme und ein Gesicht geben würde.

Sein Körper erschauerte bei dem Gedanken, etwas Großes, ja etwas Großartiges, geleistet zu haben. Und die Bonzen in seiner alten Partei würden sich vermutlich jetzt schon die Haare darüber raufen, dass sie es versäumt hatten, speziell natürlich in den letzten Monaten, ihn an sich zu binden. Dass sie ihn fallengelassen hatten, ohne zu erkennen, welches enorme Potenzial in ihm steckte.

Der dezente Ton der Türklingel ließ ihn zusammenzucken. Er sprang auf, ordnete kurz den Bademantel, und ging mit schnellen Schritten zur Sprechanlage.

»Hallo?«

Ein Klopfen ließ ihn den Kopf drehen.

»Ich bin schon oben«, hörte er dumpf die Stimme seiner Besucherin aus dem Hausflur. Erstaunt drückte der Jurist die Klinke herunter und blickte in das grell geschminkte Gesicht von Juliane Spengler.

»Unten ist gerade jemand aus dem Haus gegangen und hat mich freundlicherweise hereingelassen«, erklärte die Frau mit dunklem Timbre, während sie den langen, schwarzen Mantel, den sie trug, langsam auseinandergleiten ließ.

»Mein Gott«, stöhnte Gebauer beim Anblick ihres weißen Dessous, der Strapse und der Netzstrümpfe.

Sie ließ den Mantel wieder in seine angestammte Position fallen und lehnte sich lasziv mit dem rechten Arm gegen den Türrahmen. »Willst du mich nicht hereinbitten?«

31

Jürgen ›Lemmi‹ Lehmann vom Kriminaldauerdienst saß entspannt hinter seinem Schreibtisch und kaute an einer Stulle, als die Tür zu seinem Büro nach einem kurzen, mehr angedeuteten Klopfen aufflog und die drei Kollegen Lenz, Hain und Gecks hereinstürmten. Der übergewichtige Mann verschluckte sich vor Schreck herzhaft und würgte den letzten Bissen unter heftigem Husten hinunter.

»Seid ihr meschugge?«, brüllte er, noch immer schwer keuchend. »Wenn ihr mich umbringen wollt, schießt mir doch einfach eine Kugel in den Kopf.«

»Tschuldigung, Lemmi«, gab Hain emotionslos zurück und warf sich auf einen der beiden Stühle vor dem Schreibtisch. Gecks tat es ihm gleich, Lenz blieb mit verschränkten Armen zwischen den beiden stehen.

»Was wollt ihr denn von mir?«, echauffierte sich der Mann vom KDD, während er das Brotstück auf einer alten Zeitung vor sich ablegte.

»Es geht um den Toten aus dem Klinikum, Lemmi«, erklärte Lenz. »Vielleicht steckt da mehr dahinter, als es bisher den Anschein hatte.«

Mehr als ein fragender Blick fiel Lehmann zu der Bemerkung seines Kollegen von der Mordkommission nicht ein.

»Also, Junge«, fuhr der Hauptkommissar fort, »weißt du schon mehr als das, was du uns heute Morgen gesteckt hast?«

»Nicht die Bohne mehr weiß ich, Paul. Ich hab euch doch gesagt, dass er draußen in der Schwalm vermöbelt wurde, und dass die Leiche in die Rechtsmedizin geschafft worden ist, und vor morgen wird da garantiert nichts passieren, das hat mir Dr. Franz jedenfalls gesagt.«

Lenz wollte zu seinem Mobiltelefon greifen, um den Rechtsmediziner anzurufen, doch Lehmann bremste ihn mit einer eindeutigen Handbewegung und forderte eine Erklärung, die Hain ihm umgehend lieferte.

»Meine Fresse, das ist ja ein Ding«, konstatierte Lehmann, nachdem er über die Fakten informiert war. »Aber wie passt dieser komische anonyme Anruf in die

Geschichte? Als der einging, lag der Türke schon längst im Koma.«

»Was weiß ich«, gab der junge Oberkommissar mit einem Schulterzucken zurück. »Vielleicht hat er es nicht allein gemacht, oder aber einer der Beteiligten im Klinikum hat kalte Füße gekriegt. Dass es sich allerdings bei Schmitts Tod um eine zufällige Duplizität der Ereignisse handeln soll, daran würde totsicher auch der frommste Weihnachtsmann nicht glauben.«

»Also müsst ihr sofort ins Klinikum und mit den Leuten sprechen, die auf der Station Dienst geschoben haben, als die Glatze gestorben ist.«

Wieder griff Lenz zu seinem Telefon und wählte die Nummer des Rechtsmediziners Dr. Franz, der sich nach dem dritten Läuten meldete.

»Guten Abend, Herr Doktor«, begann Lenz überaus vorsichtig, weil er wusste, dass der Arzt Anrufe auf seinem Mobiltelefon ganz und gar nicht mochte. »Hier ist Hauptkommissar …«

»Ich weiß, wer mich anruft«, wurde er von Franz gut gelaunt unterbrochen. »Und ob Sie es glauben oder nicht, ich hätte ebenfalls im Lauf des Abends noch versucht, Sie zu erreichen.«

»Warum?«

»Weil es etwas gibt, das ich gerne mit Ihnen besprechen würde.«

»Was denn, Herr Doktor?«

»Es geht um diesen Toten aus dem Klinikum, diesen Gerold Schmitt. Wissen Sie schon etwas über den Fall?«

»Ich bin am Rande informiert«, log Lenz. »Was ist denn an der Geschichte so spannend, dass Sie deshalb Überstunden machen?«

Der Gerichtsmediziner lachte laut auf. »So furchtbar interessant ist an der Geschichte gar nichts, Herr Kommissar, aber ich hatte nach zwei Wasserleichen und etlichen älteren Leuten nacheinander auf dem Tisch einfach Lust, mal wieder einen jungen, knackigen Körper zu öffnen, und da kam mir dieser Schmitt überaus gelegen. Außerdem hat meine derzeitige Lieblingsassistenz, eine junge Praktikantin, doch sehr darauf gedrängt.«

»Dass Sie mich anrufen wollten, bedeutet vermutlich, dass wir es bei seinem Tod mit Fremdeinwirkung zu tun haben? Wenn er, wie es das Klinikum behauptet, an einer postoperativen Embolie gestorben wäre, hätte es auch ein Bericht an meinen Kollegen Lehmann vom KDD getan, der mit der Sache betraut war.«

»Wohl erkannt. Mit einem ausführlichen Bericht kann ich Ihnen zwar noch nicht dienen, dazu fehlt mir im Augenblick ein wenig die Zeit, jedoch wollte ich schon einmal durchgeben, dass der gute Schmitt das Opfer eines gewaltsamen Todes geworden ist. Der oder die Täter haben ihm ganz banal Luft injiziert, genau so, wie man es ab und an im Präkariatsfernsehen vorgeführt bekommt. Diese Vorgehensweise ist zwar heutzutage eher selten geworden, weil jeder noch so Beschränkte weiß, dass man es leicht nachweisen kann, aber das hält den einen oder anderen doch nicht davon ab, sich auf diese Art von missliebigen Zeitgenossen zu befreien.«

Geile Wortwahl, dachte Lenz. »Können Sie was zum Todeszeitpunkt sagen, Herr Doktor?«

»Ein bisschen vor oder ein bisschen nach drei Uhr in der vorletzten Nacht, würde ich grob schätzen. Nageln Sie mich nicht auf die Minute fest, aber es war definitiv zwischen halb drei und halb vier. Wenn wir es noch genauer herausfinden sollten, lasse ich Ihnen den Zeitpunkt zukommen, aber das glaube ich nicht.«

»Dann sage ich mal ganz herzlich danke, Dr. Franz. Dass Sie uns hier in Kassel mit diesem Obduktionsergebnis einen Haufen Arbeit machen, brauche ich nicht explizit zu betonen, aber ohne Sie wären wir halt auch total aufgeschmissen«, schmierte der Hauptkommissar dem Mediziner zum Abschluss des Telefonats noch ein wenig Honig ums Maul, weil er wusste, dass Franz das überaus gut leiden konnte.

»Danke auch an Sie für diese aufmunternden Worte, und viel Spaß bei der Suche nach dem Übeltäter.«

»Gerne«, gab der Polizist zurück und wollte schon das Gespräch beenden, als ihm noch eine Frage einfiel. »Braucht man Fachwissen, wenn man jemanden auf diese Art um die Ecke bringen will?«, schob er nach.

Wieder lachte Dr. Franz laut auf. »Nein, ganz und gar nicht. Sie brauchen einen Zugang, den der Tote allerdings wegen seines Aufenthaltes im Klinikum, den Verletzungen nach der Schlägerei und der daraus resultierenden OP schon hatte. Der Rest geht mit jeder handelsüblichen Spritze. Andocken und abdrücken, alles Weitere geht meistens wie von selbst.«

Lenz bedankte sich noch einmal, nahm das Telefon vom Ohr, drückte die rote Taste und steckte das Gerät weg.

»Wir müssen ins Klinikum, Thilo.«

»Er lag auf Station C10«, gab Lehmann ihnen noch mit auf den Weg.

*

Es hatte wieder angefangen zu schneien, und die Polizisten mussten, bevor sie in Lenz' Wagen stiegen, die Scheiben rundum von der weißen Pracht befreien.

»Jetzt könnte der Winter allmählich zu Ende gehen«,

bemerkte der Hauptkommissar trocken, während er den Motor startete.

»Hör auf mit diesem Blödsinn«, wurde er von Hain ermahnt. »Ich werde Vater und hab deswegen vermutlich in diesem Winter die letzte Chance für viele Jahre, einen unbeschwerten Skiurlaub zu verbringen. Also, von mir aus kann es ruhig meterhoch schneien.«

»Aber in Österreich oder der Schweiz«, widersprach Lenz, »und nicht hier bei uns in Kassel.«

»Ich fahre nach Italien«, korrigierte Hain. »In die Dolomiten.«

»Mein Gott …«

Kurz vor der Einfahrt zum Klinikum wurden sie von zwei Notarztwagen passiert, die mit vollem Blaulichteinsatz und ohrenbetäubendem Sirenengeheul auf das Krankenhausgelände einbogen. Der Hauptkommissar stellte den Kleinwagen direkt vor dem Gebäude ab, und kurz darauf betraten die Polizisten den Eingang neben der Notarztwagenvorfahrt.

»Aufzug?«, fragte Hain ketzerisch.

»Aufzug, natürlich«, gab Lenz selbstbewusst zurück, drückte den Anforderungsknopf und schlüpfte in den Lift, nachdem sich die Türen geöffnet hatten. Die Station C10 lag auf der rechten Seite der drei Fahrstuhlschächte.

»Versuchen wir zuerst, mit einem Arzt zu sprechen?«, wollte Hain wissen, nachdem sie ausgestiegen waren und nebeneinander auf die mit Milchglas versehene Doppeltür zusteuerten.

»Klar, als Erstes müssen wir uns mit dem zuständigen Arzt unterhalten. Danach brauchen wir die Nachtschwester. Und wenn es geht, will ich auch jeden

Patienten vernehmen, der die Nacht auf der Station verbracht hat.«

»Aber nicht alles heute Nacht, oder?«, feixte Hain.

»Nein, das nicht. Aber …«, wollte der Hauptkommissar mit seinen Gedanken fortfahren, musste jedoch ein wenig Kraft aufwenden, um den Türflügel nach innen zu schieben, weswegen er kurz stockte, »… wenn wir uns heute Abend noch …«

Er hatte die Tür mit Vehemenz aufgedrückt, sodass der untere Teil des Metallrahmens mit deutlich zu viel Schwung den Gummianschlag im Boden traf. Noch während die Polizisten der Tür hinterhersahen, nahmen beide im Augenwinkel wahr, dass im vorderen Teil des von Neonlampen erleuchteten Flurs etwas nicht stimmte. Lenz hatte zuerst den Kopf gedreht, riss die Augen auf und starrte auf eine Szene, die ihm für einen Sekundenbruchteil den Atem raubte.

Am anderen Ende des Flures, etwa 12 Meter entfernt, stand eine weiß gekleidete Frau mit der rechten Hand an der Klinke der Tür hinter sich und stierte auf den Schalldämpfer einer Waffe, die aus dem Zimmer auf der gegenüberliegenden Flurseite ragte. Der Polizist konnte lediglich den Schalldämpfer sehen, die Hand und der Rest der Person blieben hinter der Ecke verborgen. Nun hatte auch Hain die Situation erkannt, riss seine Dienstwaffe aus dem Holster und presste sich hinter einen Wäscheschrank, der etwa einen Meter vor ihm auf der rechten Seite stand. Lenz blieb wie angewurzelt stehen und konnte sehen, dass die Frau langsam den Kopf in seine Richtung drehte, was wiederum eine leichte Bewegung des Schalldämpfers nach sich zog. Nun begann ihr gesamter Körper zu zittern, und aus ihren Augen traten Tränen, was Lenz jedoch an ihrem Gesichtsausdruck mehr erahnen als wirklich sehen konnte. Der Brustkorb der Frau hob sich ein kleines Stück und senkte sich ebenso rasch wieder.

Vermutlich hat die Person mit der Waffe in der Hand noch nicht realisiert, dass wir hier sind, dachte Lenz, doch dieser Gedanke löste sich innerhalb von Sekundenbruchteilen in Wohlgefallen auf, weil nun der Rest der Pistole, und eine in weißen Handschuhen steckende Faust sichtbar wurde, danach ein in ebensolches Weiß gekleideter Körper. Der Größe nach zu urteilen ein Mann. Die Waffe drehte sich blitzartig, bis das unförmige Ende in Lenz' Richtung wies, der sich mit einem beherzten Sprung in die Nische einer Tür katapultierte.

Plopp, machte es, gefolgt von einem hässlichen Klatschen hinter den Polizisten und dem Singen eines Querschlägers, dessen heiße Flugbahn ein paar Zentimeter hinter Hains Schlupfwinkel in der Wand ein Ende fand.

Wieder das unheilvolle Plopp, und nun hatte der Schütze Hain ins Visier genommen. Ein großes Stück Vorderkante des Schranks, hinter dem er kauerte, platzte weg und verteilte großflächig Pressspanbrocken über den Flur. Lenz, der mittlerweile ebenfalls seine Dienstwaffe in der Hand hielt, warf seinem Kollegen einen besorgten Blick zu, doch der Oberkommissar schien unversehrt zu sein.

Plopp, plopp, plopp.

Drei Schüsse in schneller Reihenfolge, alle auf die Kante des Schranks gerichtet. Nach dem zweiten hatte sich ein großer Teil der Ecke in Luft aufgelöst, der dritte traf Hain in den linken Arm und warf ihn nach hinten, wo sein Oberkörper für einen Augenblick ohne Deckung blieb. Lenz konnte sehen, wie sich die Waffe mit dem Schalldämpfer senkte und der Zeigefinger des Schützen sich krümmte. Instinktiv sprang er aus seinem Versteck und zog den Abzug mehrmals durch. Während der kurzen Pausen zwischen seinen Schüssen glaubte er einen hysterischen Schrei zu hören.

Der Putz an der Ecke, von wo der Mann auf Hain geschossen hatte, spritzte davon und hinterließ dabei dunkelbraune Streifen in der Wand. Nachdem er den letzten Schuss abgefeuert hatte, senkte Lenz die Waffe und zog sich wieder in seine Deckung zurück. Unterdessen hatte auch Hain sich in die Nische vor einer Tür gerobbt. Das Schreien der Frau hatte sich in ein noch schrilleres, stakkatoartiges Ein- und Ausatmen gewandelt.

»Alles klar, Thilo?«, zischte der Hauptkommissar durch den Lärm in Richtung seines Partners.

»Geht so«, kam es leise zurück. »Er hat mich am Arm erwischt, ist aber nichts Dramatisches.«

Lenz spähte für einen kurzen Moment auf den Flur und zog den Kopf ebenso ruckartig wieder zurück, doch weder vom Schützen, noch von der Waffe oder dem Schalldämpfer war etwas zu sehen gewesen. Er schob den Kopf erneut nach vorne, diesmal etwas länger, und dann wurde ihm klar, warum es plötzlich so ruhig geworden war. Die Frau, die eben noch wild plärrend dagestanden hatte, lag mit weit gepreizten Beinen, merkwürdig verdrehtem Körper und einer stark blutenden Wunde am Kopf auf dem Flur. Keine Spur von dem Mann, der auf die Polizisten geschossen hatte.

»Scheiße«, murmelte Lenz mit Blick auf den leblosen Körper, stand auf, und ging mit der Waffe im Anschlag, immer in den Nischen der Eingänge zu den Krankenzimmern Deckung nehmend, auf die offenstehende Tür ihr gegenüber zu. Dabei zielte er ständig auf genau den Punkt, von dem er glaubte, dass der Schütze dort am ehesten auftauchen würde, sofern er erneut auf die Polizisten zu schießen versuchte. Hinter seinem Rücken hörte der Hauptkommissar, dass Hain nach Verstärkung telefonierte. Dann hatte er fast die letzte Ecke vor dem Eingang zu dem Zimmer erreicht, aus dem heraus der Schütze ihn und seinen Kollegen unter Feuer genommen hatte, presste sich mit dem Rücken an die Wand, lauschte, nahm die Waffe in die linke Hand und zog mit der freien Rechten den Stuhl, der ihm im Weg stand, um seinen Körper herum. Während er das tat, warf er einen kurzen Blick auf die Frau am Boden, aus deren Wunde am Kopf noch immer Blut sickerte. Und genau in diesem Augenblick begann sein Mobiltelefon jene Melodie zu spielen, die immer erklang, wenn Maria ihn anrief.

»Scheiße«, fluchte er laut, kümmerte sich dabei jedoch weder um den Anruf noch um die blutende Frau auf dem Boden, sondern wandte seinen Kopf für einen Sekundenbruchteil nach links, um ihn in der gleichen Geschwindigkeit wieder zurückzuziehen.

Ein Mann im Krankenbett auf der rechten Seite, ein offen stehendes Fenster mit einem wehenden Vorhang davor, eine leblose Person auf dem Boden in der linken hinteren Ecke. Ein Bereich neben dem Bett, der nicht einsehbar war.

Wieder zuckte sein Kopf nach vorne, diesmal etwas länger.

Keine Veränderung, alles wie gehabt.

Hinter seinem Rücken hörte er ein unterdrücktes Keuchen. Thilo Hain hatte sich bis auf einen Meter an ihn herangeschlichen. Er gab dem Kollegen mit der Hand ein Zeichen, ihm Deckung zu geben, spannte dann seinen Körper, und katapultierte sich mit einer schnellen

Bewegung um die Ecke, die Waffe immer mit beiden Händen umfasst. Sein erster Blick, nachdem er durch die Tür in den Raum eingedrungen war, galt dem Bereich, den er vorher nicht überblicken konnte, doch dort lauerte für den Augenblick keine Gefahr. Hain kam, die Pistole ebenfalls im Anschlag, um ihn herum, bewegte sich nach rechts, sah sich kurz um, und deutete auf eine kleine, geschlossene Tür neben dem Waschbecken. Dort verbarg sich vermutlich die Toilette des Krankenzimmers. Der Oberkommissar, dessen Daunenjacke am linken Oberarm blutdurchtränkt und aufgerissen war, sprang mit ein paar hastigen Schritten zum Fenster, sah vorsichtig hinaus in die Dunkelheit, kam genauso schnell wieder zurück, und wies mit seiner Pistole auf die Tür. Dann stellten sich die Polizisten mit nach vorn gerichteten Waffen nebeneinander auf und tauschten einen kurzen Blick. Beide nickten, woraufhin Hain nach vorne trat und die Tür mit einer ruckartigen Bewegung aufriss und zur Seite sprang. Lenz spähte in die Dunkelheit, doch auch hier drohte offensichtlich keine Gefahr. Außer einem Toilettenbecken und einem Toilettenpapierhalter an der Wand gab es in dem winzigen Raum nichts zu sehen. Lenz ließ seine Waffe sinken und holte tief Luft.

»Ich bin zu alt für diese Scheiße«, murmelte er.

Hain, der sich nun ebenfalls ein wenig entspannte, drehte sich um und lief auf den Mann in der blauen Uniform zu, der noch immer leblos in der Ecke lag.

»Kümmere du dich um die Frau auf dem Flur«, rief er Lenz zu.

32

Bernd Zwingenberg stand im Bad seiner kleinen Wohnung im Stadtteil Wehlheiden, strich sich über seinen glattrasierten Hals, und trug ein dezentes Eau de Toilette auf, das keinesfalls aufdringlich wirken sollte. Der Referent des Kasseler Oberbürgermeisters Erich Zeislinger verspürte ein gewisses Kribbeln im Bauch, wenn er an seine Verabredung dachte. Er hätte sich gerne mit Ewald Limbourg in einer der angesagten schwul-lesbischen Bars der Stadt getroffen, doch diesen Vorschlag hatte der junge Staatsanwalt rundweg abgelehnt und stattdessen ein kleines, gemütliches Café im vorderen Westen vorgeschlagen, das der Referent eine halbe Stunde später betrat. Limbourg saß schon auf einer Bank am Fenster und las in einem Stadtmagazin.

»Hallo, Ewald«, begrüßte Zwingenberg den Juristen, den er seit der gemeinsamen Zeit auf dem Gymnasium kannte.

»Guten Abend, Bernd«, erwiderte Limbourg vorsichtig.

»Schön, dass du dir die Zeit für mich nehmen kannst«, eröffnete Zwingenberg das Gespräch, während er seinen Mantel ablegte und sich setzte.

»Wobei ich mich schon frage, was mir die Ehre verschafft?«, erwiderte sein Gegenüber eine Spur zu scharf.

Der Referent bestellte einen grünen Tee und nahm eine entspannte Sitzhaltung ein, bevor er zu einer Antwort ansetzte. »Ich hatte wenig Zeit in den letzten Wochen und bitte dich, das zu verstehen. Die Nacht mit dir war echt schön und ich habe wirklich oft daran denken müssen, aber mein Job nimmt mich einfach total in Beschlag.«

»Ja, ja, der Job …«, stimmte Limbourg süffisant zu. »Ich habe auch einen Job, der mich stresst, und trotzdem habe ich es geschafft, mich fast ein Dutzend mal bei dir zu melden, leider ohne die erhoffte Resonanz deinerseits.«

»Ja, das stimmt bedauerlicherweise«, räumte der Mitarbeiter des OB zerknirscht ein und nahm seinen Tee entgegen. »Aber du musst mir glauben, dass ich viel und gerne an dich gedacht habe, Ewald.«

Der junge Jurist winkte ab. »Lass mal. Dein Ruf eilt dir wie Donnerhall voraus, Bernd. Und auch wenn ich mich nicht so exzessiv wie du in der Szene herumtreibe, so weiß ich doch, dass du mehr der Aufreißer bist als der Mann für die längere Episode, was ich dir allerdings gar nicht vorwerfe. Wir hatten unseren Spaß, und damit sollten wir es gut sein lassen.«

Zwingenberg setzte eine noch zerknirschtere Miene auf. »Du weißt, dass sich schon so manches Gerücht, das in der Szene kolportiert wurde, als haltlos herausgestellt hat. Vielleicht solltest du mir wenigstens die Chance geben, dir das Gegenteil dessen zu beweisen, was du alles über mich gehört hast.«

Limbourg nahm einen Schluck aus dem Rotweinglas, das vor ihm auf dem Tisch stand, und ließ sich mit seiner Antwort aufreizend viel Zeit, während er sein Gegenüber fixierte. »Das ist nicht mein Stil, Bernd. Ich kann es mir nicht leisten, mich so zu meinem Schwulsein zu bekennen, wie du es tust. Wir leben nun einmal in unterschiedlichen Welten, und dabei sollte es auch bleiben.«

»Aber …«, setzte Zwingenberg zu einer Entgegnung an, die jedoch von Limbourg mit einer Handbewegung unterbrochen wurde.

»Außerdem bin ich gut mit Volker Schippers bekannt. Der Name sagt dir doch was, oder?«

Nun schluckte der Referent. »Ja, natürlich.«

»Volker hat mir erzählt, dass du ihn nach Strich und Faden beschissen und verarscht hast, obwohl du ihm Treue und Liebe versprochen hattest. Stimmt doch, oder?«

Wieder ein Schlucken. »Na ja, irgendwie war das alles ein großes Missverständnis, wenn du mich so fragst. Volker ...«

Erneut winkte der Jurist ab. »Ich will das alles gar nicht hören, Bernd. Leute wie du, die sich nehmen, was sie kriegen können, sind mir zuwider. Du bist gut im Bett, daran besteht kein Zweifel, aber dein Charakter ist unter aller Sau, soviel steht fest.« Er nahm einen weiteren Schluck Rotwein. »Jetzt würde mich zum Schluss eigentlich nur noch interessieren, warum du mich treffen wolltest? Warum du mich noch dazu am liebsten in einem der einschlägigen Etablissements sehen wolltest, wonach man todsicher am nächsten Tag Gesprächsthema Nummer eins in der Szene ist? Was planst du?«

Bernd Zwingenberg war zwar in seinem Beruf ein devoter, opportunistischer Kriecher, doch er konnte auch knallhart sein. Und er war Realist. Er wusste, wann es an der Zeit war, die Karten auf den Tisch zu legen, wenn er ein gutes Blatt hatte. Und bei diesem Treffen hatte er ein sehr gutes Blatt. Der Abend war zwar in eine komplett andere Richtung abgedriftet, als er es sich in seiner Erwartung ausgemalt hatte, aber das musste ja nicht zwangsläufig bedeuten, dass er sich von seinen angestrebten Zielen verabschieden würde. Vielleicht war es nur notwendig, die Waffenauswahl zu überdenken.

»Gute Frage. Was plane ich eigentlich?« Pause.

»Ja, sag was dazu«, drängte Limbourg.

»Nun, eigentlich hatte ich geplant, mir den höchst mittelmäßigen Sex mit dir ein weiteres Mal anzutun, lieber

Ewald, aber dazu wird es ja nun glücklicherweise nicht kommen.«

Zwingenbergs Züge hatten sich, während er sprach, in eine fiese Grimasse verwandelt, wohingegen bei dem Juristen unvermittelt jegliche Farbe aus dem Gesicht gewichen war.

»Was fällt dir …?«, wollte Limbourg ihm entgegenschleudern, kam jedoch nicht dazu, seinen Satz zu beenden.

»Und wo wir gerade dabei sind, will ich dir auch noch sagen, dass nicht nur der Sex mit dir mäßig war, sondern auch die Platte mit dem Gesülze von Liebe, die du im Anschluss daran aufgelegt hast und einfach nicht mehr stoppen wolltest oder konntest, war brutal widerlich. Ich hätte kotzen können dabei.«

Ewald Limbourg war nicht aus dem gleichen Holz geschnitzt wie Bernd Zwingenberg. Er hatte sich zwar auf die Situation, auf das Treffen mit dem ersten One-Night-Stand in seinem Leben vorbereitet, war jedoch davon überzeugt gewesen, einer Situation wie jener, in der er jetzt steckte, aus dem Weg gehen zu können. Deshalb schluckte er nun deutlich sichtbar und kämpfte offensichtlich mit den Tränen.

»Und warum wolltest du, wenn das alles so furchtbar für dich gewesen ist, noch einmal mit mir ins Bett gehen?«

Zwingenberg fing an zu grinsen. »Aus rein pragmatischen Gründen. Du hast nach dem, was du für guten Sex hältst, etwas erwähnt, das mein Interesse geweckt hat.«

Limbourg schluckte erneut und hatte das dringende Bedürfnis, seine Blutbahn mit einem Nachschlag an beruhigenden Stoffen zu versorgen. »Ja, das hätte vermutlich geklappt, Bernd. Wahrscheinlich hätte ich dir alles erzählt, was interessant ist für dich, aber du glaubst doch nicht im Ernst, dass ich nach deiner Einlassung von eben auch nur noch eine weitere Minute den Tisch mit dir teilen werde.« Damit stand er auf, kramte sein Portemonnaie aus der Hosentasche, holte einen kleinen Geldschein heraus, und warf ihn auf den Tisch. »Fühl dich eingeladen.«

Zwingenberg blieb völlig ruhig; das Grinsen schien ihm ins Gesicht gemeißelt. »Du setzt dich am besten auf der Stelle wieder auf deinen hübschen, temperamentvollen Arsch«, forderte er den Juristen auf, und in seiner Stimme schwang unverhohlen etwas Drohendes mit. »Sonst wirst du dir garantiert wünschen, nie mit mir gefickt zu haben.«

Limbourg hatte für einen Sekundenbruchteil das Gefühl, die Welt würde über ihm zusammenstürzen. Er bemerkte, wie ihm der Schweiß aus allen Poren drang, und dass im Gegensatz dazu der Mund schlagartig austrocknete. Sein Blick streifte unsicher in dem Café umher.

»Gleich«, gab er mit zittriger Stimme zurück. »Ich muss nur vorher kurz auf die Toilette.«

»Du gehst nirgendwo hin, auch nicht aufs Klo.«

»Aber ich bin doch gleich …«

»Setz dich!«

Limbourg war in der letzten Konsequenz noch immer nicht bereit, sich Zwingenbergs Druck zu beugen. Zu groß war das Verlangen nach Nachschub an Diazepam.

»Du hast mir gar nichts zu befehlen, Bernd.«

»Ich weiß genau, was du auf dem Klo willst, Ewald, aber du kriegst es jetzt nicht. Diesmal musst du den Turkey aushalten, mein Freund.«

»Woher …?«

Wieder huschte ein diabolisches Grinsen über Zwingenbergs Gesicht. »Das Erste, was ein Mistkerl wie ich in unbeobachteten Momenten in fremden Schlafzimmern macht, ist einen Blick in die Nachttischschublade zu werfen. In deinem Fall war das mehr als aufschlussreich.«

»Das glaube ich dir nicht.«

»Dann lass es halt. Verschwinde, wenn du das Risiko eingehen willst, dass morgen früh jeder in der Stadt, der sich dafür interessieren könnte, erfahren hat, dass der aufstrebende Staatsanwalt Limbourg ein schwer medikamentenabhängiger Arschficker ist.«

»Das kannst du nie beweisen.«

»Warum sollte ich das müssen? Es reicht, wenn ich dich in Verruf bringe, den Rest nehmen mir ohne Zweifel deine Kollegen ab. Und dann wird jeder kleine Hühnerdieb, dem du je etwas am Zeug geflickt hast, seinen Fall neu aufrollen lassen, weil der oberschwule Staatsanwalt wegen seiner Abhängigkeit von Beruhigungsmitteln nicht Herr seiner Sinne gewesen sein kann. Wenn du das alles willst, hau ab, ansonsten setz dich hin und mach genau das, was ich dir sage.«

Nun war Limbourgs Widerstand restlos gebrochen. Er ließ sich kraftlos nach hinten fallen und schloss die Augen. »Was willst du wissen?«

Zwingenberg kostete seinen Triumph nun vollends aus, rief zunächst die Bedienung an den Tisch, und bestellte ein Glas Sekt.

»Auch einen?«, fragte er den Juristen fröhlich, der nur mit weiterhin geschlossenen Augen den Kopf schüttelte.

»Also«, begann der Referent kurz darauf mit dem perlenden Getränk in der Hand, »du hast mir, wie gesagt, neulich etwas von diesem Gebauer erzählt. Justus Gebauer, der Held der Stunde. Fass noch mal bitte zusammen, worum es dabei ging.« Limbourg beugte sich nach vorne und fixierte mit flehenden Augen und flatternden Lidern seinen Gesprächspartner.

»Bitte, Bernd, das kann ich nicht machen, und das weißt du auch ganz genau. Ich darf dir über dermaßen sensible berufliche Sachverhalte keine Auskunft geben.«

Nun lachte Bernd Zwingenberg laut auf. »Werd nicht komisch. Wenn es dir gerade gekommen ist, bist du nicht so verschlossen. Damals hast du mir geradezu aufgezwungen, dass du was über diesen Typen weißt. Also, verplemper besser nicht meine Zeit.«

»Aber ich kann nicht. Außerdem ist es eine Kleinigkeit. Vielleicht ist an der Sache auch gar nichts dran, da ist noch nichts erwiesen. Und wenn du jetzt damit an die Öffentlichkeit gehst, bin ich meinen Job garantiert los.«

»Was glaubst du, wie schnell du deinen Job los bist, wenn man in der Zeitung liest, mit wem du deine Nächte verbringst? Und was du alles unternimmst, um nicht am Stress des Alltags zugrunde zu gehen? Ich sag nur *Mothers little Helpers!*«

Limbourg schloss erneut die Augen. Die Adern an seinem Hals traten deutlich hervor, und es schien als überlegte er, Zwingenberg an die Gurgel zu springen, doch dazu war er viel zu feige. Ewald Limbourg hatte sich noch nie in seinem Leben geprügelt.

»Also?«, setzte der Referent des Kasseler OB herausfordernd nach.

»Du bist ein Dreckschwein, Bernd. Ein elendes, mieses Dreckschwein.«

»Ich weiß.«

»Gut«, erwiderte der Jurist matt. »Was willst du genau wissen?«

»Alles, Ewald. Nicht mehr und nicht weniger als alles.«

33

Lenz kniete neben Agata Roggisch und hielt ihre Hand. Ein paar Sekunden zuvor hatte die Frau die Augen aufgeschlagen und ihn mit ängstlichem, glasigem Blick angesehen.

»Es wird alles gut«, redete der Hauptkommissar beruhigend auf sie ein, auch, weil er gesehen hatte, dass sie keine Schussverletzung davongetragen hatte, sondern lediglich eine tiefe, klaffende Platzwunde. Offenbar waren der Frau die Beine weggeknickt und sie war auf die Kante eines Wäscheschrankes gestürzt. Hain hatte sich zunächst kurz um den Polizisten gekümmert, der in der Ecke des Raumes lag, musste aber schnell einsehen, dass für den Kollegen jede Hilfe zu spät kommen würde. Das gleiche Bild bot sich ihm im Krankenbett, wo er Per Stemmler mit einem Schuss in die Stirn und stierem Blick Richtung Decke vorfand. Im Anschluss hatte er ein paar neugierige Patienten zurück in ihre Krankenzimmer gejagt, die unbedingt erste Reihe Mitte den Ausgang der Schießerei erleben wollten. Ein alter Mann stand sogar mit dem Ständer der Infusionsflasche in der Hand auf dem Gang. Danach hatte er die Fahndung nach dem weiß gekleideten Mann eingeleitet, der zwei Menschen getötet und auf sie geschossen hatte.

Nun wurde die Tür zur Station aufgerissen und vier Uniformierte mit gezogenen Dienstwaffen stürmten herein, gefolgt von einigen Mitarbeitern des Hospitals. Lenz gab ein paar Anweisungen, woraufhin zwei der Männer wieder nach draußen stürmten und die anderen beiden sich an jeweils einem Zugang zur Station postierten.

Einer der beiden, offenbar ein Arzt, beugte sich neben Lenz und sorgte dafür, dass Agata Roggisch in einer stabilen Position zum Liegen kam. Der Kommissar stand auf und überließ die Frau den fachkundigen Händen des Mediziners.

*

Eine Viertelstunde, nachdem Lenz und Hain in das Zimmer des toten Per Stemmler gestürmt waren, lehnten die beiden an einem Krankenbett, das auf dem Flur des angrenzenden Bereichs stand und beobachteten schemenhaft durch die Milchglasscheibe die Hektik auf der anderen Seite und wie die gesamte Station C10 evakuiert wurde. Ein Krankenbett nach dem anderen wurde Richtung Fahrstuhl geschoben. Eine Krankenschwester hatte zuvor Hains Wunde gesäubert und ihm einen Verband am Oberarm angelegt.

»Da haben Sie aber Glück gehabt«, waren ihre Worte am Ende der Prozedur gewesen.

»Ja«, hatte Hain gemurmelt, »das glaube ich auch.«

Lenz war zum ersten Mal seit ein paar Jahren knapp davor, sich eine Zigarette in den Mund zu stecken und anzuzünden.

»Tut's weh?«, fragte er seinen Kollegen.

»Geht so. Schlimmer ist der Gedanke, dass da ein Kollege und ein Zeuge tot im Saal liegen, die vielleicht noch leben könnten, wenn wir ein paar Minuten früher hier angekommen wären.«

Der Hauptkommissar lehnte sich zurück und fixierte einen imaginären Punkt an der gegenüberliegenden Wand. »Du meinst, wenn es nicht geschneit und wir die Scheiben nicht hätten freikratzen müssen?«

»So in etwa, ja.«

»Dann hätte der Täter das vermutlich auch nicht machen müssen und wäre immer noch vor uns hier gewesen. Sieh es mal so rum.«

»Möglich«, erwiderte der junge Oberkommissar mit belegter Stimme. »Vielleicht hast du recht, vielleicht auch nicht. Wir werden es vermutlich niemals erfahren.«

»Na ja, wir können das Arschloch fragen, das dafür verantwortlich ist, wenn wir es geschnappt haben, was meinst du?«

»Das käme mir gelegen, ja.«

Die Tür zur Station wurde aufgeschoben und Ludger Brandt betrat den Flur.

»Hallo, Männer«, begrüßte er die beiden Kommissare.

»Hallo, Ludger«, gab Hain zurück, ohne den Kopf zu heben. Lenz betrachtete noch immer den Punkt an der Wand.

»Paul?«

Keine Reaktion.

»Ich habe einen Fehler gemacht, Paul. Es tut mir leid.«

»Ach Ludger, leck mich doch sonstwo.«

Der Kriminalrat zog sich einen Stuhl heran, setzte sich, und sah zu Lenz auf. »Ich kann verstehen, dass du nicht begeistert darüber bist, wie diese Scheiße abgelaufen ist, aber glaub mir bitte, dass ich auch nur Passagier war. Manchmal sind solche Entscheidungen schwer zu verstehen, auch für mich.«

Der Hauptkommissar, der bis dahin noch immer die Wand angeglotzt hatte, senkte den Kopf. »Wenn einer lang genug im Geschäft ist, um es besser zu wissen, dann doch wohl du, Ludger. Aber manchmal scheinen auch bei dir einfach die Sicherungen durchzubrennen.«

Brandt nickte. »Das kann sein. Aber ich bitte um euer Verständnis dafür, dass ich eindeutig sehr viel mehr als ihr in teilweise auch politische Entscheidungen einbezogen bin. Es ist nun einmal so, je höher man die Leiter hochgestolpert ist, desto politisch geprägter wird die ganze Arbeit.«

»Ach«, höhnte der Hauptkommissar, »die Ermittlungsarbeit in einem dreifachen Mordfall ist politisch geprägt? Dann hab ich meinen Job bis heute nicht richtig verstanden.«

Hain hob beschwichtigend die Hand. »Leute, so kommen wir nicht weiter«, warf er mit einem Blick auf Brandt dazwischen. »Du, Ludger, hast dich ziemlich unprofessionell verhalten, das steht wohl außer Frage.«

Sein Kopf drehte sich und er visierte seinen Chef an. »Und du könntest jetzt damit aufhören, die Mimose zu geben. Zumal es ohnehin nicht darauf ankommt, weil wir uns, was unser Auftritt hier bestätigen dürfte, sowieso nicht an Ludgers Wünschen orientiert haben.«

Seine Augen sprangen von einem zum anderen und zurück. »Also, benehmt euch nicht wie Kindergartenjungs und lasst uns dafür sorgen, dass wir den oder die tatsächlichen Täter erwischen. Kemal Bilgin dürfte nach dem Mord an diesem Schmitt nämlich mittlerweile auch bei dir so ziemlich aus dem Rennen sein, oder Ludger?«

Brandt sah seine beiden Leute irritiert an. »Ich habe keine Ahnung, von welchem Mord ihr redet.«

»Er hat vermutlich zu Hause gesessen und sein Enkelkind auf dem Schoß gehabt, als die Nachricht bei uns ankam«, stänkerte Lenz weiter.

Hain überging seinen Einwand und klärte Brandt über die Umstände auf, die zu Gerold Schmitts Tod geführt hatten. »Und weil die beiden Taten mit an Sicherheit grenzender Wahrscheinlichkeit in engem Zusammenhang stehen, kann eben der junge Bilgin nicht der Täter sein.«

»Aber warum genau kann er es nicht sein?«, hakte Brandt nach.

»Weil er zum Zeitpunkt des Mordes an diesem Schmitt zu Hause in seinem Bett lag, was Paul und ich bezeugen können.«

»Du meinst, weil er diesen Schmitt nicht umgebracht hat, hat er auch nichts mit dem Mord an seiner Familie zu tun?«

Der junge Oberkommissar verzog genervt das Gesicht. »Mensch, Ludger, mach's uns doch…«, wollte er zu einer Replik ansetzen, wurde jedoch von Heini Kostkamps Erscheinen unterbrochen, der seinen massigen Körper durch die Glastür zwängte. In der Hand hielt er seinen großen, silbernen Koffer, seine Schuhe steckten in blauen Füßlingen.

»Euer Leben möchte ich haben«, nuschelte der Mann von der Spurensicherung müde. »Aber es ist schon mal vielversprechend, dass ich euch hier erwische, und nicht inmitten der Spuren.«

Er sah Hain an. »Alles klar bei dir, Kleiner?«

»Geht so.«

»Na, der Arm ist ja noch dran.« Damit klappte er den Koffer auf, zog einen in Cellophan eingeschlagenen, strahlend weißen Tyvekanzug heraus, und riss die Verpackung auf.

»Ich war übrigens schon mal drüben im Krankenzimmer und auf dem Flur«, erklärte er seinen Kollegen. »Sieht aus, als hätte dort der gleiche Strolch sein Unwesen getrieben wie vor ein paar Tagen bei dieser Türkenfamilie. Zumindest hat er mit der gleichen Munition rumgeballert, nämlich

7,65 Para, und das ist in der heutigen Zeit schon äußerst ungewöhnlich.«

»Warum, Heini?«, wollte Brandt wissen.

»Weil die meisten bösen Buben längst auf 9 Millimeter umgestiegen sind oder aber Knarren benutzen, die noch größere Kaliber verwenden. Vereinfacht ausgedrückt, kannst du mit einer 7,65 nicht so weit und nicht so fest schießen wie mit was Größerem.«

»Es ist also sicher, dass die Türken und der Kollege und der Reporter hier mit der gleichen Waffe getötet wurden?«, hakte Brandt nach.

Kostkamp zuckte mit den Schultern. »Als sicher bezeichne ich es, wenn es aus kriminaltechnischer Sicht feststeht, weil wir mit dem Mikroskop draufgesehen haben. Aber mit gesundem Menschenverstand betrachtet und den Zusammenhängen folgend habe ich eigentlich keinen Zweifel daran.«

»Was bedeuten würde, dass der junge Türke rein gar nichts mit der Sache zu tun haben kann«, setzte Hain hinzu.

Wieder traf den Oberkommissar ein irritierter Blick, diesmal der von Kostkamp.

»Ja, das ist mir auch schon aufgefallen«, bestätigte der Spurenmann mit einem sarkastischen Blick in Richtung Ludger Brandt.

*

»Irgendwie passt das alles noch immer hinten und vorne nicht zusammen, Thilo«, resümierte Lenz und legte die Beine auf die Kante seines Schreibtischs. Hain, der an einem Hamburger kaute, den er auf dem Weg zum Präsidium und unter Lenz' Protest vom Amerikaner am

Bahnhof mitgenommen hatte, legte sein jugendliches Gesicht in Falten.

»Worauf willst du hinaus?«

Der Hauptkommissar stellte den Kaffeebecher zur Seite, trat an das Whiteboard an der gegenüberliegenden Wand, und nahm einen Stift in die Hand. Schnell hatte er drei Kreise aufgemalt, die er mit den Namen der Getöteten füllte, und deutete nach links oben. »Wir haben die türkische Familie, von der Per Stemmler, der Journalist, überzeugt war, dass sie von Mitgliedern dieser komischen Milli-Wasweißich-Gruppe umgebracht worden sind.«

Sein Zeigefinger näherte sich dem Kreis rechts daneben. »Wir haben weiterhin diesen Neonazi: Gerold Schmitt. Er darf hier nur mitspielen, weil er mit dem ehemaligen Hauptverdächtigen über eine Anzeigenserie verbunden war, deren Hintergründe wir noch genauer beleuchten müssen. Außerdem wurde er nicht erschossen, sondern mithilfe einer Embolie ins Jenseits befördert.« Seine Hand wanderte nach unten. »Und wir haben den toten Journalisten. Den Kollegen lassen wir jetzt mal außen vor, weil er nur zur falschen Zeit am falschen Ort gewesen ist.«

Lenz zog mit dem Stift ein paar Linien. »Die Familie und der Journalist kannten sich, das ist Fakt. Offenbar hatte sich der alte Bilgin, vielleicht wegen der Kohle, die er verwaltet hat, ein paar Feinde gemacht, mit denen nicht zu spaßen ist. Der Journalist hat irgendwas darüber herausgefunden und wollte mit ihm darüber sprechen. Jetzt ist er genauso tot wie die Bilgins.«

Er deutete auf den Kreis, in dem groß ›Gerold Schmitt‹ stand.

»Aber was hat dieser Kerl damit zu tun? Ist es am Ende doch nur ein dummer Zufall, dass er zur fast zur gleichen

Zeit wie die Bilgins dran glauben musste? Oder übersehe ich eine Querverbindung?«

»Ich sehe auch keine«, stimmte Hain ihm zu. »Was jedoch nicht definitiv heißen muss, dass es keine gibt.«

»Also stehen wir, um es mal positiv auszudrücken, wieder ganz am Anfang unserer Arbeit. Oder, vulgär gesprochen, mit dem Arsch an der Wand.«

Hain spülte mit einem Schluck Cola die Reste des Burgers hinunter. »Warum ist dieser Schmitt eigentlich in Kassel operiert worden, wenn er in der Schwalm zusammengeschlagen wurde? Können die da draußen nicht mal einen Knochenbruch richten?«

»Gute Frage, Thilo. Aber das wird sich ja klären lassen.«

Der Oberkommissar warf einen Blick auf die Uhr über dem Whiteboard. »Heute ganz bestimmt nicht mehr, Paul. Morgen früh, wenn die Sonderkommission sich konstituiert, können wir darüber reden, aber nicht mehr heute Nacht.«

Lenz nickte, griff zum Telefonbuch in seiner Schreibtischschublade, begann darin zu blättern, und wählte kurz darauf eine Nummer.

»Klinikum Schwalmstadt, guten Abend«, meldete sich eine freundliche Frauenstimme.

»Lenz, Kripo Kassel, guten Abend. Ich hätte eine Frage zu einem Patienten, der, wie ich vermute, in Ihrem Krankenhaus behandelt wurde.«

»Er wurde bei uns behandelt?«

»Ja«, bestätigte Lenz, »das ist vermutlich alles ein klein wenig verwirrend, aber ich brauche dringend ein paar Informationen über den Mann.«

Es entstand eine kurze Pause. Offenbar überlegte sie, ob dem Anrufer zu trauen war.

»Gut«, erwiderte die Dame am anderen Ende der Leitung, »schauen wir, was wir für Sie tun können. Wie heißt er denn?«

Lenz nannte den Namen.

»Gerold Schmitt?«, schlug es ihm entgeistert entgegen. »Meinen Sie den Gerold Schmitt, den ich auch meinen könnte?«

»Ich weiß ja nicht, welchen Sie meinen könnten.«

»Den Gerold Schmitt, der keine Haare auf dem Kopf trägt und mit dem Klappspaten auf Mädchen einprügelt?«

»Genau dieser«, gab Lenz erstaunt zurück. »Wir sprechen hier aber nicht gerade von einem Freund von Ihnen, oder?«

»Bei Gott nicht, nein«, bestätigte sie. »Aber ich kann Ihnen schon mal mit Sicherheit sagen, dass er nach einer bösen Rauferei, die er vermutlich verloren hat, hier im Krankenhaus stationär aufgenommen wurde.«

Im Hintergrund ertönte das Geklapper einer Tastatur. Vermutlich versuchte sie, den Polizisten mit Fakten aus dem Computer zu versorgen. Dann nannte sie ihm das Datum der Aufnahme.

»Und wie lange war er bei Ihnen Patient?«

»Genau vier Tage.«

»Und was kam danach?«

»Dann wurde er verlegt.«

»Wissen Sie zufällig auch, wohin?«

»Nee, das ist hier bei mir im System nicht gespeichert. Das kann Ihnen die Klinikverwaltung sagen, aber nicht mehr heute Nacht.«

»Ja, schon klar«, gab Lenz ihr recht. »Und es ist sonst niemand im Haus, der uns vielleicht …«

»Ich kann Sie mit der Station verbinden, auf der er war«, unterbrach sie den Polizisten, »da hat eine Freundin von mir Nachtdienst. Die kann Ihnen vielleicht sagen, wie das kam mit der Verlegung.«

»Das würden Sie machen?«

»Aber klar. Aber ob meine Freundin so viel Zeit mit Ihnen am Telefon verplaudern kann, das weiß ich natürlich nicht; wir sind nämlich auf den Stationen, speziell nachts, chronisch unterbesetzt.«

»Ich versuche, mich so kurz wie irgend möglich zu fassen.«

»Dann viel Glück«, erwiderte sie und lachte.

Nach einer kurzen Pause erklang die Stimme einer weiteren Frau. »Station 4, Nachtschwester Inge.«

Lenz stellte sich noch einmal vor und wiederholte kurz sein Anliegen.

»Klar kann ich mich an diesen Schmitt erinnern. Ein fieser Typ ist das gewesen. Und immer hatte er was zu meckern.«

»Wissen Sie zufällig noch, warum und wohin er verlegt worden ist?«

»Das«, sprudelte sie ohne nachzudenken heraus, »hat uns hier alle gewundert. Der Kerl war ja für den nächsten Tag im OP angemeldet, dort sollte sein Sprunggelenk zusammengeschraubt werden. Aber am Nachmittag kam die Anweisung, dass er nach Kassel verlegt werden würde. Einfach so, niemand wusste genau, warum.«

»Ist so ein Vorgang nicht ungewöhnlich?«

»Und ob. Für uns war das ja auch ein wirtschaftlicher Schaden, obwohl die meisten hier sich gefreut haben, dass er nicht in unser OP geschoben wurde. Na ja«, druckste sie herum. »Wenn bei so einem was passiert, will man nicht in der Haut des Operateurs stecken, wenn Sie verstehen, was ich meine.«

»Nein, leider nicht.«

»Na, der hat bestimmt Freunde, mit denen nicht zu spaßen ist. Außerdem wäre so was doch garantiert ein gefundenes Fressen für die Medien, frei nach dem Motto *Klinik lässt unliebsamen Neonazi während der OP sterben.*«

»Ach so«, übte Lenz sich in aktivem Zuhören. »War er denn unliebsam für Sie?«

»Mir persönlich war der nur unsympathisch, aber ein paar unserer Ärzte waren dabei, als damals das Mädchen vom Neuenhainer See wieder zusammengeflickt werden musste. Die waren sicher nicht gut auf ihn zu sprechen.«

»Das ist klar«, stimmte Lenz ihr wieder zu. »Und Sie haben absolut keine Ahnung, wer dafür gesorgt haben könnte, dass er verlegt wird? Auch nichts, was vielleicht über den Flurfunk zu hören gewesen ist?«

Sie dachte kurz nach. »Geredet wird immer viel, speziell in einem Krankenhaus. Aber aus Gerüchten habe ich mir noch nie viel gemacht.«

»Also gab es welche?«

»Na ja, eine Schwester der Spätschicht hat mir bei einer Übergabe erzählt, dass er von einem total unfreundlichen Typen Besuch hatte, und kurz danach kam die Anweisung, dass er verlegt werden soll. Kann sein, dass sein Besucher was damit zu tun hatte.«

»Ob sie diesen Besucher kannte, hat Ihre Kollegin aber nicht zufällig erwähnt?«

»Nein, keine Ahnung. Da müssen Sie sie schon selbst fragen, Herr Kommissar.«

»Wenn Sie mir sagen, wie sie heißt, werde ich das machen.«

»Ach, das geht doch viel einfacher. Sie ist heute Nacht für eine Schwester eingesprungen, deren Mann einen

Unfall hatte. Wenn Sie wollen, versuche ich, Sie mit der Station zu verbinden. Aber seien Sie nicht böse, wenn es nicht klappt, ich bin nämlich mit der Telefonanlage nicht so firm. Wenn das Gespräch weg sein sollte, rufen Sie bitte noch mal die Pforte an und lassen sich mit Station A2 verbinden.«

Lenz bedankte sich und bereitete sich mental schon auf ein erneutes Wählen vor, wurde jedoch eines Besseren belehrt.

»Fischer, Station A2, guten Abend.«

Der Polizist betete wieder sein Anliegen herunter.

»Ja, das war ich. Und ich kann mich auch noch sehr gut an den Mann erinnern, der diesen Neonazi besucht hat.«

»Ja?«, fragte der Kommissar, weil sie nicht weitersprach.

»Ich weiß nicht, ob ich Ihnen das erzählen soll, weil ich mir nicht so ganz sicher bin.« Wieder stockte sie.

»Wobei sind Sie denn nicht ganz sicher, Frau Fischer?«

»Bei dem Mann, der den Schmitt besucht hat.«

»Ja?«

»Ich glaube, den habe ich vorhin im Fernsehen gesehen. Aber wie ich schon gesagt hab, ich bin mir auf keinen Fall sicher.«

Lenz begann schneller zu atmen. »Wo haben Sie ihn denn gesehen?«

»Vielleicht gesehen«, widersprach sie mit Vehemenz.

»Ja, vielleicht gesehen.«

»Es gab doch heute Morgen diese Pressekonferenz in Kassel, mit diesem Gebauer, der Oberbürgermeister von Kassel werden will.«

Wahrscheinlich hat außer Thilo und mir jeder Mensch

auf der Welt diese verdammte Pressekonferenz gesehen, dachte Lenz.

»Ja, ich habe davon gehört«, erwiderte er freundlich. »Und bei der Übertragung dieser Pressekonferenz haben Sie den Mann erkannt?«

Erneut brauchte Frau Fischer eine Weile, bevor sie ihm antworten konnte. »Vielleicht, ja.«

»Ist es ein Reporter gewesen?«

»Nein. Der Mann, den ich meine, ist hinter diesem Gebauer aufgetaucht und hat ihm etwas ins Ohr geflüstert. Ich hätte gerne noch weiter zugesehen, aber genau in diesem Moment hat mein Telefon geklingelt. Wegen der Nachtschicht, die ich jetzt übernommen habe.«

»Ja, ich verstehe. Und dieser Mann, Frau Fischer, wie sah der aus?«

»Am besten schauen Sie sich ihn selbst an. Sie kommen doch bestimmt an eine Aufzeichnung der Pressekonferenz heran. Es ist die Szene, nachdem es ein bisschen Aufregung im Saal gegeben hat, weil Gebauer von irgendwelchen Ghettos redet. Genau in dieser Sekunde beugt sich von hinten ein Mann zu ihm runter, und das ist er, glaube ich. Aber beschwören würde ich es nicht.«

»Das müssen Sie nicht, Frau Fischer. Wir sehen uns das mal an, aber auf jeden Fall haben Sie uns schon weitergeholfen mit Ihren Angaben. Vielen Dank dafür und eine ruhige Nacht.«

»Danke und gern geschehen.«

34

Juliane Spengler wischte sich den Schweiß vom Gesicht, griff zum Wasserglas auf dem Nachttisch, und nahm einen tiefen Schluck. Dann setzte sie sich aufrecht und warf dem erschöpft neben ihr liegenden Justus Gebauer einen anerkennenden Blick zu.

»Mein lieber Mann, so hast du es mir aber schon lange nicht mehr besorgt.«

»Ja, das finde ich auch«, gab er mit kratziger Stimme zurück.

»Meinst du, das liegt daran, dass du jetzt eine Berühmtheit bist?«, wollte sie wissen. »Immerhin gibt es nichts, was erotischer ist als Macht.«

Er bedachte sie mit einem tadelnden Blick. »Ich war auch vorher schon berühmt. Und der Sex mit mir hat dich bisher immer zufriedengestellt, oder?«

Sie griff nach seinem Arm. »He, he, sei bloß nicht so empfindlich. Natürlich macht mir das Bumsen mit dir schon immer Spaß; ich wollte einfach nur zum Ausdruck bringen, dass du heute extrem gut gewesen bist.«

Gebauers Gesichtsausdruck wurde milder. »Sorry, ich wollte dich nicht anmachen, Juliane. Natürlich ist der Sex mit dir etwas ganz Besonderes, und das weißt du auch.«

»Ja, ich wollte auch nicht so unwirsch reagieren.«

»Gut.«

Sie ließ seinen Arm los und fuhr ihm durch die Haare. »Wie geht es jetzt eigentlich weiter? Jeder weiß nun, dass du OB werden willst, und dass du vermutlich auch weitergehende Ambitionen hast, aber was du genau planst, hast du für dich behalten.«

»Was soll ich schon vorhaben? Zunächst lasse ich mich zum OB wählen, danach sehen wir, wie es weitergeht.«

»Wirst du eine neue Partei gründen?«

»Vermutlich, ja. Wie sollte es sonst funktionieren?«

»Und du hast keine Angst, dass dieses Projekt eine Nummer zu groß ist für dich? Immerhin …«

Der Schlag mit der flachen Hand, der sie mitten im Gesicht traf, ließ die Frau sofort verstummen.

»Frag mich nie wieder so einen Scheiß!«, brüllte Gebauer und sprang vom Bett. »Nie wieder!«

Juliane Spengler riss die Arme hoch und hielt sie vor das Gesicht. »Aber ich wollte dich doch nicht verletzen, Justus«, erklärte sie mit feuchten Augen. »Ich habe nur gemeint …«

»So was brauchst du nicht zu meinen, zumindest nicht in meiner Gegenwart. Ich bin ganz sicher, dass viele Menschen mir das, was ich vorhabe, nicht zutrauen, aber ich werde alle eines Besseren belehren. Ich werde diesen Ignoranten beweisen, dass ich es kann. Und von dir hätte ich offen gestanden etwas anderes erwartet als Zweifel.«

Sie sackte in sich zusammen und begann zu weinen. »Ich zweifle nicht an dir, Justus. Das darfst du nicht denken. Ich bin doch immer diejenige gewesen, die hinter dir gestanden hat und deine Ideen gut fand. Immer!« Zwischen ihren Händen wurde ein feiner Blutstreifen sichtbar.

»Dann sprich nicht so mit mir. Niemand spricht so mit mir, auch du nicht.«

Sie stemmte sich aus dem Bett und trabte mit nach hinten gelegtem Kopf Richtung Badezimmer.

Gebauer kam hinter ihr her und setzte sich auf den Badewannenrand. »Das darfst du nicht mit mir machen, Juliane. Das nicht!«

»Aber du hast mir hoch und heilig versprochen, dass du mich nicht mehr schlagen würdest. Beim Augenlicht deiner Kinder hast du es geschworen.« Sie betrachtete ihr Gesicht im Spiegel. »Und sieh dir an, wie ich aussehe. Meine Nase ist total geschwollen.«

Er zog sie zu sich herunter und berührte sanft ihr Gesicht.

»Es tut mir leid, aber mir ist einfach die Hand ausgerutscht. Ab jetzt gibt es das wirklich nicht mehr, versprochen.«

Juliane Spengler machte sich von ihm frei und tupfte das Blut von ihrer Nase ab. »Davon bin ich überzeugt, Justus, und du solltest es auch sein. Beim nächsten Mal bin ich nämlich wirklich weg. Ich will das nicht mehr.«

Während sie gesprochen hatte, hatten sich ihre bebenden Brüste seinem Gesicht genähert. Gebauer beugte sich ein wenig nach vorne, nahm eine Brustwarze in den Mund, und umspielte sie mit der Zunge. Sofort ging der Atem der Frau schneller.

»Hör auf, das zieht jetzt nicht«, stöhnte sie, was jedoch zur Folge hatte, dass sich das Spiel seiner Zunge noch verstärkte.

»Lass es, bitte.«

»Wir hatten heute Abend noch gar nicht deine Spezialität auf dem Programm, Julchen«, knurrte er kaum verständlich.

Juliane Spengler beugte sich nach vorn und schwang ihr linkes Bein über ihn.

»Denk nicht, dass du mich nur in den Arsch ficken musst, damit alles wieder gut ist«, fauchte sie. »So einfach geht das nämlich nicht, du Wichser.«

»Ja, ja, ich hab dich schon verstanden«, erwiderte er, und fuhr mit der rechten Hand an ihrem Schenkel nach oben.

*

»Ich meine es ernst«, erklärte sie ihm nach einer Weile, während sie sich eine Zigarette anzündete. »Wenn du mich noch einmal schlägst, siehst du mich nie mehr wieder.«

»Ist ja gut, ich habe es kapiert.« Er sprang aus dem Bett und holte aus der Küche eine Dose Bier. »Wobei ich das noch immer nicht so richtig verstehe. Wenn wir es miteinander machen, kann ich dich nicht fest genug prügeln, und wenn ich dir danach eine runterhaue, weil du dich mies benommen hast, rastest du völlig aus. Das ist mir zu hoch.«

»Weil das zwei verschiedene Dinge sind. Wenn ich geil bin, will ich es haben, wenn ich nicht geil bin, will ich es natürlich nicht haben. Was ist daran so schwierig?«

Gebauer winkte ab. »Lass es uns so machen, wie wir es besprochen haben. Ich schlage dich nur noch, wenn du mich darum bittest, gut?«

»Gut. Obwohl ich einem Politiker nicht von hier bis zum nächsten Gullydeckel traue.«

»Auch mir nicht?«

»Gerade dir nicht.«

»Wo ich doch immer so ein ehrlicher Typ gewesen bin«, erwiderte er und fing dabei an zu lachen.

»Ganz bestimmt«, gab sie zurück. »Wenn die armen Menschen, die dich gewählt haben und wieder wählen werden, wüssten, wie du manchmal über sie redest, würden sie dich vermutlich am nächsten Baum aufknüpfen.«

»Nun mach mich nicht schlechter, als ich bin. Immerhin bin ich im Augenblick der Star am Himmel der deutschen Politik.«

Sie sah ihn durchdringend an. »Und damit das so bleibt, solltest du dir überlegen, wie das alles weitergehen wird. Vermutlich wirst du der neue Bürgermeister von Kassel, aber was kommt dann? Du brauchst einen Unterbau, eine Partei.«

»Irgendwie habe ich den Eindruck, du willst mich dazu überreden, tatsächlich eine zu gründen«, schmunzelte er. »Aber ich kann dich beruhigen. Alle Voraussetzungen sind geschaffen, sobald ich es für notwendig erachte, startet das Projekt.«

»Also gründest du?«

»Natürlich.«

»Und was wird aus mir?«

»Du wirst natürlich die Frau an meiner Seite.«

»Wie …?«

»Na, kann man diesen Satz falsch verstehen, Juliane?«

»Eigentlich nicht. Aber du bist ein Politiker.«

»Und du bist, im wahrsten Sinn des Wortes, das beste Pferd in meinem Stall. Also, was hältst du davon, die Frau an meiner Seite zu werden?«

»Mit allem Drum und Dran?«

»Mit allem Drum und Dran, natürlich.«

»Dann wäre ich dabei.«

35

Uwe Wagner betrat ohne anzuklopfen das Büro seines Freundes und sah grußlos in die Runde.

»Erst sorgt ihr dafür, dass ich wegen den beiden Toten und eurer Schießerei im Krankenhaus Überstunden machen muss, weil die ganze Republik wissen will, was da in Kassel los ist, und dann nötigt ihr mich auch noch, für euch einen Spezialauftrag zu erledigen.«

Lenz, Hain und der vor ein paar Minuten dazugestoßene Rolf-Werner Gecks begrüßten den Pressesprecher, der sich Hain zuwandte.

»Wie geht's dir, Thilo?«

»Ach, ist nur ein Kratzer. Aber angenehm ist es nicht, schon wieder als Kugelfang gedient zu haben.« Der junge Oberkommissar spielte auf einen Vorfall drei Jahre zuvor an, bei dem er angeschossen und schwer verletzt worden war. »Damals war es aber deutlich schlimmer.«

»Ja, stimmt.«

»Hat das Überspielen geklappt?«, fragte Lenz seinen Freund.

Wagner zog eine DVD aus der hinteren Hosentasche und warf sie auf den Tisch. »Voilà, Justus Gebauers großer Moment. Obwohl ich persönlich ja befürchte, dass er uns noch weitere solcher Momente zumuten wird.«

Hain griff sich den Datenträger und legte ihn in das Laufwerk unter Lenz' Schreibtisch ein. Nachdem das benötigte Programm sich geöffnet hatte, begann der Film.

»Was genau suchen wir eigentlich?«, wollte Gecks wissen.

»Warte einen Augenblick, RW, wir müssen eine bestimmte Stelle finden.« Der Oberkommissar bediente die Tastatur, worauf der Bildlauf schneller wurde. Gebauers Bewegungen hatten nun etwas von den Aktionen eines Komikers aus der Stummfilmzeit. Die DVD lief eine ganze Weile, bis Lenz aufschrie.

»Ist ja schon gut, ich hab's gesehen«, murmelte Hain und drückte ein paar Tasten. Die Aufnahme stoppte und lief danach für ein paar Sekunden rückwärts.

»Da, das meint sie«, rief Lenz.

Hain drückte erneut eine Taste, und das Bild fror ein.

»Eine Nuance noch nach vorne, Thilo«, bat Lenz seinen Kollegen, »dann können wir sein Gesicht sehen, wenn er wieder hochkommt.«

Nach einer weiteren Bewegung war das Bild erneut zu sehen. Zu erkennen waren nun Gebauer und der Mann hinter ihm, der sich gerade zu ihm hinuntergebeugt hatte. Lenz schaute sich das Gesicht an und schüttelte den Kopf.

»Ich hab den noch nie gesehen. Kennt einer von euch diesen Kerl?«

Gecks und Hain beugten sich nach vorn, musterten den Mann genau, und schüttelten dann ebenfalls die Köpfe.

»Nein, kenne ich nicht«, erklärte Gecks.

»Ich auch nicht«, setzte Hain hinzu.

»Den könnt ihr Pappnasen gar nicht kennen, der spielt nämlich in einer ganz anderen Liga als ihr«, meldete Uwe Wagner sich zu Wort.

»Aber du weißt natürlich, wer das ist?«, höhnte Hain.

»Klar.«

Die drei Köpfe seiner Kollegen flogen herum und sahen den Pressemann erwartungsvoll an.

»Nun macht nicht so komisch, Jungs. Mein Job ist nun mal eindeutig mehr, als nur den ganzen Tag Zeitung lesen und fernsehen. Der, den ihr da seht, ist Frank Weiler. Die meisten Menschen nennen ihn allerdings Frankie. Er hat mal einen Haufen Kohle geerbt und bringt den Zaster nun so nach und nach unter die Leute. Angeblich macht er auch irgendwelche Geschäfte, aber darüber weiß ich nichts Genaues.«

»Klingt, als würdest du ihn ganz gut kennen«, schloss Hain aus seinen Worten.

Wagner druckste ein bisschen herum. »Na ja, wie man sich halt so kennt.«

»Nun mach nicht so einen Staatsakt daraus, Uwe. Hast du ihm irgendwann mal die Freundin ausgespannt?«

Wieder zierte sich der Pressesprecher, bevor er leise antwortete. »Ich bin im gleichen Fitnessstudio wie er.«

»Du bist wo?«, rief Lenz überrascht.

»Ich bin Mitglied in einem Fitnessstudio. Einer Muckibude. Ich will halt was tun für meinen Körper.«

»Und warum weiß ich davon nichts? Oder erfahre zufällig davon, wenn es um eine Ermittlung geht?«

»He, he«, mischte Hain sich mit Blick auf Lenz ein, »nun lass ihn doch mal in Ruhe. Ich finde es gut, dass er was für sich tut. Würde dir übrigens auch nicht schlecht stehen.«

»Ich trete dich gleich …«

»He, Männer, das reicht!«, brüllte Gecks. »Mir ist es nämlich völlig wurscht, wer von euch wann mit wem und wo seinen Körper stählt. Ich will jetzt endlich wissen, warum wir uns überhaupt mit diesem Typen beschäftigen. Klar?«

Stille im Saal.

»Ja, klar, RW«, meldete sich Lenz nach einer kurzen

Besinnungspause zu Wort und erklärte im Anschluss Gecks und Wagner die Umstände, die zu ihrem nächtlichen Treffen geführt hatten.

»Aber warum sollte Frankie Weiler einen bekennenden Neonazi in Ziegenhain im Krankenhaus besuchen?«, wunderte sich der Pressesprecher. »Der ist nach meinem Kenntnisstand nie durch rechte Tendenzen aufgefallen.«

»Na ja«, gab Hain zu bedenken, »wie es aussieht, ist er ziemlich dicke mit Justus Gebauer, und der hat sich heute schon als rechte Socke geoutet.«

»Aber wo ist die Verbindungslinie zwischen Weiler und den Türken?«, hakte Gecks nach.

»Der Verknüpfungspunkt ist Kemal Bilgin. Schmitt und der junge Türke hatten eine Prügelei mit daraus resultierenden gegenseitigen Anzeigen. Und Schmitt hatte wegen der Sache vom Neuenhainer See noch Bewährung. Mit einer weiteren Verurteilung wäre er für längere Zeit im Knast verschwunden.«

»Bei allem Respekt, Paul«, warf Gecks ein, »aber dann wäre es doch viel logischer, dass der Neonazi dem Türken was antut, und nicht umgekehrt?«

»Auch wieder wahr«, stimmte Lenz ihm mit einem Blick auf die Uhr über der Tür zu. »Halb zwölf. Heute Nacht kriegen wir Weiler eh nicht mehr vernommen, das machen wir morgen früh. Vielleicht hat ja bis dahin auch die Großfahndung nach dem Killer aus dem Krankenhaus schon was gebracht, und wir können uns die SoKo sparen.«

Lenz war bekannt dafür, dass er lieber in kleinen, überschaubaren Strukturen seiner Arbeit nachging. Eine Sonderkommission war nach seiner Meinung ein Mittel, um den Medien und der Öffentlichkeit Sand in die Augen zu streuen und zu demonstrieren, dass man den entsprechenden Fall besonders ernst nehmen würde, was jedoch blanker Unsinn war. Jeder Fall wurde ernst genommen, auch ohne die Einrichtung einer Sonderkommission. Und die notwendige Anzahl Ermittler und sonstiger Kräfte stand ohnehin immer zur Verfügung.

»Dann gehen wir jetzt schlafen und treffen uns hier wieder um sieben Uhr.«

Alle nickten, und kurze Zeit später schaltete Lenz das Licht in seinem Büro aus und schloss die Tür von außen ab.

*

Maria lag auf der Couch und las, als Lenz die Wohnung betrat. Sie klappte das Buch zu, stürmte in den Flur und sprang mit vollem Elan in die Arme des Polizisten.

»Hallo, mein Lieber. Ich hab schon gedacht, ich müsste ohne dich ins Bett gehen«, flüsterte sie ihm ins Ohr.

»Nein, nein, wir hatten nur noch ein paar Dinge im Büro zu besprechen.«

»Aha«, machte sie vielsagend.

»Was heißt aha?«

»Das heißt, dass ich mir Sorgen um dich gemacht habe, nachdem ich vorhin im Fernsehen den Bericht aus dem Klinikum gesehen habe. Und noch mehr, weil du meinen Anruf etwas früher nicht angenommen hast. Stimmt es, dass ein Kollege von dir getötet wurde? Ein Streifenpolizist?«

Lenz nickte erschöpft. »Ja, das stimmt leider.«

»Und ein weiterer Mann ist umgebracht worden, ein Journalist?«

»Ja, das stimmt auch.«

Maria löste sich von ihm und tastete mit ein paar schnellen

Bewegungen vorsichtig seine Arme ab. »Na, wenigstens hast du dir nicht den Streifschuss eingehandelt«, erklärte sie erleichtert.

»Nein, das war Thilo.«

»Damit willst du mir sagen, dass ihr beide die Polizisten wart, die sich ein Feuergefecht mit dem Mörder geliefert haben?«

Wieder nickte er. »Ja, das waren wir. Aber mach dir keine Sorgen, es war garantiert nicht halb so gefährlich, wie es jetzt in den Medien dargestellt wird.«

»Hm. Nur dass ich es richtig verstehe. Thilo wird angeschossen, nachdem ein Mann zwei Menschen umgebracht hat, und du willst mir erzählen, dass es nicht gefährlich gewesen ist?«

Lenz zögerte ein wenig mit seiner Antwort. »Schon, ja.«

»Du spinnst.«

Ein paar Minuten später hatten sie es sich mit einem Glas Wein in der Hand auf der Couch ihres neuen Wohnzimmers bequem gemacht.

»Eigentlich sollten wir längst im Bett liegen, weil ich morgen wieder ganz früh raus muss«, gab der Kommissar zu bedenken, »aber ich brauche noch ein wenig Zeit zum Runterkommen.«

»Alles ist gut«, erwiderte Maria sanft und rollte sich in ihn ein. »Ich bin froh, dass du gut aus der Sache rausgekommen bist. Ich könnte es nicht aushalten, wenn dir was passieren würde.«

»Ach, Maria, mir passiert schon nichts. Vertrau mir einfach.«

»Dir kann ich schon vertrauen, Paul, aber was sage ich all diesen bösen Jungs da draußen, die es mit der Wahrheit und den Gesetzen und all dem anderen, um das du dich kümmern musst, nicht so genau nehmen?«

»Das klappt schon, ich passe auf mich auf. Aber ich finde es natürlich schön, dass du dich um mich sorgst. Trotzdem interessiert es mich viel mehr, wie dein Tag gewesen ist. Was hast du heute alles gemacht?«

Sie zierte sich ein wenig, bevor sie ihm die Details ihres Tagesablaufs erzählte. »Nachdem du aus dem Haus warst, habe ich erstmal ein Bad genommen, weil mir so kalt war. Danach wollte ich mich mit Judy treffen, aber sie hat abgesagt, weil Robert sich so mies gefühlt hat. Wahrscheinlich kriegt er eine Erkältung.« Sie nahm einen Schluck Wein. »Und am Mittag war der Termin in der Galerie.«

»Stimmt«, erinnerte Lenz sich daran, dass sie so etwas Ähnliches wie ein Vorstellungsgespräch gehabt hatte. »Und? Wie war es?«

»Gut war's. Wir haben zwei Stunden zusammengesessen und über eine mögliche Zusammenarbeit gesprochen, aber fix ist noch nix. Das Ganze muss jetzt erstmal sacken.«

»Hättest du Lust auf den Job?«

»Natürlich«, lachte sie auf. »Das ist genau das, was ich gerne machen würde. Dass es mies bezahlt wird, war mir ohnehin klar.« Sie nannte ihm eine Summe.

»Das ist ja wohl mehr ein Beitrag zu den Fahrtkosten, Maria«, wunderte sich der Kommissar.

»Aber es bringt mir den Fuß in die Tür. Und vielleicht wird daraus ja etwas mehr als nur ein Quasi-Ehrenamt.«

»Dann mach es.«

»Wenn sie mich will, auf jeden Fall.«

»War es ein Problem, dass du die Ex vom OB bist und mit einem anderen Mann zusammenlebst?«

»Nein, ganz und gar nicht. Bei ihr ist es ganz ähnlich, nur geht es schon eine Weile länger. Allerdings ist die Frage nach der Ex vom OB gut. Ich hatte nämlich vorhin einen recht merkwürdigen Anruf auf meinem Mobiltelefon, deswegen habe ich auch versucht, dich zu erreichen. Ein Mann hat sich gemeldet und mir erklärt, dass ich mich in der nächsten Zeit vor Erich in acht nehmen soll.«

»Kanntest du ihn?«

»Nein, und er hat sich auch nicht vorgestellt. Ich glaube sogar, dass er etwas vor den Hörer gehalten hat, um seine Stimme zu verstellen.«

»Die Nummer war unterdrückt?«

Sie nickte. »Ja. Und das Merkwürdige war, dass er ganz freundlich klang. Ich hatte wirklich den Eindruck, dass er es gut mit mir meint.«

»Was genau hat er gesagt?«

Sie dachte einen Augenblick nach. »Also, ich hab den Anruf angenommen und mich gemeldet, und er hat gesagt, dass ich bitte nicht auflegen soll, auch wenn er mir seinen Namen nicht nennen würde. Daraufhin habe ich ihn gefragt, was er von mir will. Ich bitte Sie, sich vor Ihrem Ehemann in acht zu nehmen, hat er gesagt. Warum, habe ich ihn gefragt, und da hat er geantwortet, dass Erich etwas planen würde, das mir nicht gefallen dürfte. Und, dass er auch etwas unternehmen will, um dir Probleme zu machen. Danach hat er sich höflich verabschiedet und aufgelegt.«

»Er hat mich auch erwähnt?«

»Ja, sage ich doch. Und das Irre an der ganzen Sache ist, dass ich meine neue Mobilnummer wie meinen Augapfel hüte und nur an wirklich gute Freunde herausgebe, aber er hat sie wohl irgendwie rausgekriegt.«

»Und du hast absolut keine Idee, wer der Anrufer gewesen sein könnte?«

»Nein. Er hat ganz freundlich gesprochen und hat auf keinen Fall beängstigend auf mich gewirkt.«

»Aber merkwürdig ist so ein Anruf schon, oder?«

»Das schon. Vielleicht ist es jemand aus Erichs engerem Umfeld, der ihn genauso wenig leiden kann wie ich. In der Politik kannst du nie ganz sicher sein, wer dein Freund ist und wer dein Feind.«

»Das glaube ich dir aufs Wort, spätestens seit ich den Gebauer im Fernsehen gesehen habe.«

Sie hob den Kopf und verzog dabei das Gesicht. »Gruselig, oder? Aber so mancher Kommentator im Fernsehen hat ihm schon zu seinen mutigen Statements gratuliert.«

»Wir leben in einer kranken Welt, Maria, und eine Medizin sehe ich bei allem guten Willen nirgendwo stehen.«

Genau fünf Stunden später stieg der Kommissar mit tropfnassen Haaren und einem Handtuch um die Hüften aus der Dusche. Maria hatte ihm einen Espresso auf den Handtuchstapel gestellt und saß mit trübem Blick und im Bademantel auf dem Toilettenbecken.

»Ganz schön früh für mich«, erklärte sie gähnend.

»Ja, so siehst du auch aus. Schlaf halt noch ein bisschen, wenn ich gegangen bin.«

»Nein, das gewöhne ich mir ab. Ich habe mein Leben geändert, und dazu gehört auch, dass ich nicht mehr so lange im Bett liegen will.«

Lenz trank den Kaffee mit einem Zug aus, stellte sich vor den Spiegel, und betrachtete seine zunehmend grauer werdenden Haare an den Schläfen.

»Sei nicht traurig darüber«, wurde er von Maria getröstet,

die seinen unglücklichen Blick wahrgenommen hatte. »Das ist erst der Anfang, Paul, und besser wird es nicht mehr werden.«

»Danke, meine Liebe, das ist genau das, was ich jetzt gebraucht habe. Machst du mir als Wiedergutmachung noch einen Kaffee?«

»Wieder einen Espresso?«

»Nein, einen längeren, sonst kann ich gleich ins Präsidium joggen.«

Maria stand auf und griff nach der Tasse, als sein Mobiltelefon klingelte.

»Ja, Lenz.«

»Ich bin's, Thilo. Wie lange brauchst du noch?«

»Komm mir nicht so am frühen Morgen, Junge. Was ist passiert?«

»Wir haben eine Leiche.«

»Was sollen wir damit?«, schnaubte der Hauptkommissar. »Wir haben selbst genug Leichen am Hals. Soll sich der KDD darum kümmern.«

»Das machen die schon, aber Lemmi hat darum gebeten, dass wir ins Boot kommen.«

Lenz stieß einen leisen Fluch aus. »Wer ist es denn?«

»Ein junger Staatsanwalt. Hängt in seinem Büro im Justizgebäude an einem hässlichen, leuchtend roten Seil, sagt Lemmi.«

»Sprichst du von einem Suizid?«

»Yepp. Der Bursche hat sich das Leben genommen.«

Nun lachte Lenz heiser auf. »Was sollen wir denn bei einem Suizid, Thilo? Da haben wir wirklich Besseres zu tun, und den Selbstmörder kriegen der Lemmi und seine Jungs garantiert ohne uns geregelt.«

»Er hat einen Abschiedsbrief hinterlassen, dessen Inhalt

für uns von Bedeutung sein könnte, Paul. Für den Fall, den wir gerade bearbeiten.«

Nun verstand der Hauptkommissar gar nichts mehr.

»Ich bin in zehn Minuten unten«, teilte er seinem Kollegen mit, bevor er das Gespräch beendete.

*

»Ein Staatsanwalt, der sich in seinem Büro aufhängt?«

»Ja, und jetzt steig ein, mir ist saukalt.«

Lenz, der noch immer unschlüssig in der geöffneten Tür von Hains kleinem Cabrio stand, schüttelte den Kopf. »Und Lemmi sagt, dass es für uns interessant ist, was er aufgeschrieben hat?«

Hain startete den Motor und legte den ersten Gang ein. »Mach mich nicht wahnsinnig, Paul. Steig in diese verdammte Karre und fahr mit mir zum Justizpalast, dann werden wir sehen, ob an der Sache wirklich was dran ist, oder ob Lemmi übertreibt. Vom hier rumstehen hat keiner was.«

Lenz beugte sich nach unten. »Vielleicht sollten wir uns trennen? Du fährst zur Justiz, und ich kümmere mich um die SoKo.«

»Das machen wir nicht. Der Termin mit den Jungs wegen der SoKo ist erst in einer Stunde, bis dahin sind wir längst fertig, also los, steig ein.«

»Ich hasse dich, wenn du so beharrlich bist, Thilo.«

»Kassel ist in aller Munde«, bemerkte Hain, nachdem er den Mazda in den Verkehr auf der Wilhelmshöher Allee eingefädelt hatte.

»Wegen des Suizids eines jungen Staatsanwalts?«

»Nein«, erklärte Hain, »wegen Justus Gebauer. Ich bin seit vier auf den Beinen, weil ich nicht schlafen konnte, und hab schon ein bisschen im Internet gesurft. Es ist kaum zu glauben, aber Gebauer bekommt unheimlich viel Zustimmung für den Unsinn, den er verzapft.«

»Von wem denn?«

»Das geht durch alle Schichten. Was mir allerdings richtig viel Sorge macht, ist die Tatsache, dass er vom Bildungsbürgertum gelobt wird und viele Kommentatoren mit ihm einer Meinung sind, also Menschen, denen man eigentlich einen etwas weiteren Horizont zutrauen könnte.«

»Ja, Uwe lag mit seiner Meinung schon richtig; nun kommt der unterschwellige Fremdenhass doch wieder durch. Es hat vielleicht einen wie diesen Gebauer gebraucht, damit die Leute sich trauen, zu so etwas ja zu sagen.«

»Da könntest du recht haben.«

Den Rest der Fahrt brachten sie schweigend hinter sich, und kurz darauf betraten sie den Haupteingang des Justizgebäudes an der Frankfurter Straße. Zwei Uniformierte nickten, als sie an ihnen vorüber und in Richtung der Fahrstühle gingen.

»Dritter Stock«, murmelte Hain.

»Dann los«, erwiderte Lenz, und forderte den Fahrstuhl an.

Vor dem Büro, in dem der Tote gefunden worden war, standen ein paar Mitarbeiter der Staatsanwaltschaft, die meisten von ihnen hatten Tränen in den Augen. Daneben erkannten die beiden Polizisten Jürgen Lehmann und einen weiteren Kollegen vom Kriminaldauerdienst. Nach einer kurzen Begrüßung kam der Kollege zur Sache.

»Ein Hausmeister, der wegen eines Problems mit der Heizung durch die Büros gehen musste, hat ihn gefunden, das war um Viertel nach fünf. Wir waren um halb sechs hier. Als wir ihn runtergenommen haben, war er noch nicht auf

Zimmertemperatur, also vermute ich, dass er sich, unter Berücksichtigung der äußeren Umstände, erst nach Mitternacht in sein Büro begeben hat, um sich ...« Lehmann warf einen Blick auf die Menschen ein paar Meter nebenan. »Komm, wir gehen zur Seite«, schlug er vor.

»Sein Name ist Ewald Limbourg«, fuhr der dicke Mann fort, nachdem sie ihren Standort hinter eine Glastür verlegt hatten, »und er war Staatsanwalt. Viel mehr wissen wir noch nicht, aber ...« Er zog einen aufgerissenen, gefalteten DIN-A4-Umschlag aus seiner Aktentasche, der in einer etwas größeren Klarsichthülle steckte.

»Das hier hat er hinterlassen.« Damit reichte er Lenz den Umschlag. Hain streifte Einweghandschuhe über, kramte das Papier aus dem Kunststoff, zog eine weiße, mit der Hand beschriebene Seite heraus, und begann mit größer und größer werdenden Augen zu lesen.

Da sich außer der Polizei niemand für diesen Abschiedsbrief interessieren wird, kann ich mich kurz fassen.

Leider konnte ich mein Leben nicht dazu nutzen, etwas wirklich Bedeutendes zu schaffen, wie mein Vater es sich von mir gewünscht und sicher auch verdient gehabt hätte.

Zu seinem großen Glück ist er gestorben, bevor ich ihm auch noch die Schande meines Freitods zumuten konnte.

Der Mensch, der sich das Leben genommen hat, war schwul, medikamentenabhängig, und ein gewissenloser Kriecher. Damit ist jetzt Schluss. Wahrscheinlich zum ersten Mal in meinem Leben übernehme ich nun Verantwortung, und es tut mir leid, dass es bis zu diesem Tag gedauert hat. Verzeih mir, Vater.

Für die Ermittlungsbehörden habe ich einen Hinweis parat, der mit Dr. Justus Gebauer zusammenhängt. Der letzte Fall, den ich bearbeitet habe, war eine Straftat, derer sich Dr. Gebauer schuldig gemacht hat, und die ich auf sein Betreiben bin vertuschen sollte. Die dazugehörige Akte befindet sich in meinem Schreibtisch.

Er war ein guter Jurist und auch sonst von mäßigem Verstand.
(Ludwig Thoma)

Hain reichte Lenz das Schreiben, doch der winkte ab und ließ sich den Inhalt vorlesen.

»Wow«, machte der Hauptkommissar, nachdem sein Kollege geendet hatte. »Das wird vermutlich die Welt in ihren Grundfesten erschüttern, was Gebauer angestellt hat. Hast du diese ominöse Akte schon gesehen, Lemmi?«, wandte er sich an Lehmann.

Der nickte. »Logo. Ich wollte vermeiden, dass euch irgendwer zuvorkommt bei der Bergung dieses ...«, wieder kramte er in seiner riesigen Aktentasche, »wirklich interessanten Dokuments.« Damit reichte er die mit einem grünen Deckel versehene Laufmappe an seinen Kollegen weiter.

Lenz nahm ihm den Karton ab und klappte lustlos den Deckel auf. »Sag mir lieber, was so interessant ist an dem Ding, Lemmi, sonst verliere ich noch den Glauben an die Sache.«

Lehmann trat neben ihn, griff nach ein paar Papieren, und nahm sie aus der Mappe. Dann deutete er auf eine Zeile. »Vielleicht liege ich auch völlig daneben, aber über den Namen bin ich in der letzten Zeit einfach zu häufig gestolpert.«

Lenz versuchte, die Stelle zu entziffern, auf die der Kollege vom KDD hinwies, doch ohne seine Brille, die zu Hause auf dem Küchentisch lag, war er machtlos.

Hain erkannte die Situation, griff sich das Dokument, und begann zu lesen. »Kemal Bilgin.«

Es dauerte einen Augenblick, bis er den Namen zugeordnet hatte. »Kemal Bilgin?«, rief er, »Kemal Bilgin war Zeuge, als Gebauer Fahrerflucht begangen hat?«

»Was?«, machte Lenz ungläubig. »Das kann doch alles …«

Hains ausgestreckte Hand brachte ihn zum Schweigen. »Doch«, erklärte der Oberkommissar nach einer kurzen Lektüre des Dossiers, »die Faktenlage ist glasklar. Gebauer ist einer Frau ans Auto gefahren und danach abgehauen, und Kemal Bilgin hat es beobachtet. Kein Zweifel, die Sache ist eindeutig.«

Lenz blickte noch immer ungläubig in die Runde. »Nur dass ich es richtig verstehe, Männer: Kemal Bilgin hat ein Scharmützel mit dem erschossenen Gerold Schmitt am Laufen gehabt, war aber außerdem Zeuge eines Unfalls, den Justus Gebauer verursacht hat und abgehauen ist. Zudem stand er bis gestern Abend unter dem dringenden Tatverdacht, seine Familie umgebracht zu haben. Dazu kommt, dass Frank Weiler, der Schmitt im Krankenhaus besucht hat, irgendwie mit Gebauer zu tun hat, sonst hätte er ihm nicht während der Pressekonferenz etwas zugeflüstert.« Er schüttelte den Kopf. »Nein, Jungs, das könnt ihr eurer Großmutter erzählen. An der ganzen Geschichte ist ganz grundlegend was faul.«

»Ganz meine Meinung, Paul«, stimmte Hain ihm zu, »und es ist an der Zeit, dass wir Ordnung in die Sache bringen. Mein Vorschlag ist, als Erstes mit diesem Frank Weiler zu sprechen.«

Aus dem Hintergrund tauchte Dr. Franz, der Rechtsmediziner, auf, und wurde von Lenz und Hain begrüßt.

»Waren Sie schon an der Arbeit?«, fragte Lenz irritiert, weil der Arzt sich Gummihandschuhe von den Händen streifte.

»Schon alles erledigt, meine Herren. Wer zu spät kommt, den bestraft eben das Leben.«

»Wie sieht unsere Strafe denn aus, Herr Doktor?«, wollte Hain wissen.

»Ach, das überlege ich mir noch, Herr Kommissar. Bis dahin kann ich Ihnen schon mal sagen, dass er sich nach meiner unmaßgeblichen Meinung mit an Sicherheit grenzender Wahrscheinlichkeit selbst aufgeknüpft hat.«

Der Oberkommissar warf Lehmann einen fragenden Blick zu.

»Nein, nein, von meiner Seite ist das auch klar, Thilo. Es gibt nichts, was auf ein Fremdeinwirken hinweisen würde. Der hat es wirklich selbst gemacht.«

»Na bitte«, stimmte Dr. Franz dem Kommissar vom KDD zu, »so einig sind wir ja auch nicht jeden Tag. Und das Schöne für mich an dieser Konstellation«, fuhr der Mediziner fort, »ist die Tatsache, dass mich niemand nach einer Todesursache oder einem Todeszeitpunkt ausfragen will. Einfach herrlich!«

Lenz hatte genug über den Tod von Ewald Limbourg gehört.

»Komm, Thilo«, drängte er seinen Kollegen zum Aufbruch, »wir haben zu tun. Wenn noch was sein sollte, Lemmi«, wandte er sich im Gehen an Lehmann, »rufst du einen von uns an.«

»Mach ich, aber es sieht nicht wirklich danach aus, als ob es noch was gäbe. Wir machen dann auch Schluss hier.«

»Ach, Doc«, drehte sich Hain noch einmal zu Franz um,

»gibt es irgendwelche Anzeichen, dass der Tote medikamentenabhängig war?«

»Das lässt sich ohne Sektion nur schwer sagen. Gibt es Hinweise darauf?«

Der Oberkommissar erzählte ihm von dem Inhalt des Abschiedsbriefes.

»Dann werde ich da mal etwas genauer hinsehen. Vielen Dank für den Hinweis schon mal.«

»Ja, gerne. Und du, Lemmi, schaust du mal, ob er vielleicht irgendwo ein Röhrchen oder etwas in der Richtung deponiert hatte.«

»Ja, mach ich.«

»Der Doc hat auf mich gewirkt, als hätte er sich heute morgen selbst etwas verschrieben«, meinte Hain auf dem Weg zum Wagen.

»Stimmt, so freundlich war er zu dir seit Menschengedenken nicht mehr. Aber das kann uns jetzt herzlich egal sein, weil es morgen vermutlich wieder ganz anders ist.«

Sie hatten den Mazda erreicht. Hain sah in die aufgehende Sonne des klaren, aber kalten Wintertages, zog sein Mobiltelefon aus der Jacke und wählte den Anschluss von Uwe Wagner. Als der Pressesprecher sich meldete, ließ er sich die Adressen von Frank Weiler und Justus Gebauer durchgeben.

»Was wollt ihr denn von Gebauer? Hat der auch was mit der Geschichte zu tun?«, fragte Wagner seinen Freund und Kollegen. Hain informierte ihn in kurzen Worten über den Selbstmord des Staatsanwaltes sowie den Inhalt seines Abschiedsbriefes.

»Uih, das dürfte dem guten Justus gar nicht gut gefallen, wenn er jetzt noch eine Strafsache an den Arsch gehängt kriegen würde. Seinen Gegnern hingegen wird es vermutlich eine Riesenfreude bereiten.«

»Wahrscheinlich. Danke erstmal, wir melden uns später bei dir.«

»Gerne.«

»Weiler oder Gebauer«, wollte Hain wissen, als sie im Auto saßen.

Lenz sah auf seine Armbanduhr. »Von der Zeit her können wir sicher beide stören. Aber ich finde deinen Vorschlag gut, zuerst zu Weiler zu fahren.«

»Dann los«, gab der Oberkommissar zurück und startete den Motor.

36

Frank Weiler, der Mann, zu dem die beiden Kommissare unterwegs waren, war mit einem großen Silberlöffel im Mund auf die Welt gekommen. Sein Vater Herbert, der kurz vor dem Notabitur nach Russland an die Ostfront geschickt worden war, hatte nach dem Krieg als junger Mann seine ersten tausend Mark mit Schwarzmarktgeschäften gemacht, die er in ein kleines, teilweise ausgebombtes Haus steckte, das er renovierte und mit ordentlichem Gewinn weiterverkaufte. Zehn Jahre später gehörte ihm schon ein Zwölffamilienhaus in bester Lage von Wilhelmshöhe, und weitere zehn Jahre danach war er Eigentümer von mehreren Häuserzeilen in der ganzen Stadt. Trotz seines Wohlstandes hielt er sich dezent im Hintergrund und bündelte seinen Immobilienbesitz in immer neuen Firmen, sodass es den meisten Kasselern, die in einem seiner Häuser wohnten, gar nicht bewusst war, in wessen Tasche ihre Miete tatsächlich floss.

Mit dem Einsetzen der Gastarbeiter-Ära taten sich für Herbert Weiler neue, lukrative Geschäftsfelder auf. Zunächst brauchten die Männer aus Italien, Spanien und später der Türkei und Jugoslawien einfache, aber günstige Unterkünfte, die Weiler unter tätiger Mithilfe von geschmierten Beamten der Baubehörde innerhalb von Monaten hochziehen konnte. Er erkannte als einer der ersten, dass diese Männer irgendwann, wenn ihre Familien nachziehen würden, billigen Wohnraum brauchten, und investierte in Wohnanlagen im direkten Umkreis der Industrieansiedlungen. Der Plan funktionierte, und nahezu alles, was er anfasste, wurde unter seinen Händen zu Gold.

Dann, 1966, gebar ihm seine zweite Frau den ersehnten Stammhalter. Obwohl Herbert Weiler aus ärmsten Verhältnissen stammte und sich seinen Weg zu Reichtum und Wohlstand hatte hart erarbeiten müssen, las er seinem Sohn Frank jeden Wunsch von den Augen ab, speziell nach dem Tod seiner Frau im Jahr 1977. Frank Weiler hatte alles, was man sich als Sohn wünschen konnte, und musste nichts dafür tun. Die Geschäfte liefen gut, die Zahl der Häuser im Weilerschen Imperium wurde von Jahr zu Jahr größer. Dann erreichte ihn 1999 während eines Urlaubs auf Mauritius die Nachricht vom Tod des Alten. Seine Trauer hielt sich in Grenzen und wurde mit dem enormen Erbe im Hintergrund noch erträglicher.

Bis dahin hatte Weiler eine monatliche Summe erhalten, über die er frei verfügen konnte, größere Anschaffungen wie Autos oder Boote musste er sich hingegen von seinem Vater genehmigen lassen, was in der Regel kein Problem darstellte, ihn jedoch nervte.

Noch bevor Herbert Weiler unter der Erde war, hatte sein Sohn die erste Million D-Mark für zwei Ferraris und ein Boot auf dem Gardasee ausgegeben. Er bezog die Villa am Brasselsberg, die sein Vater bewohnt hatte, und war von diesem Moment an der Mittelpunkt des überschaubaren Kasseler Jet-Sets. Die schönste Zeit des Sommers verbrachte er auf dem Boot in Italien, viele Wochen des Winters stand er in Österreich oder der Schweiz auf Skiern. Er hatte Frauen, kokste, und wenn er Lust auf etwas hatte, gönnte er es sich. Manchmal wurde er von seinem Steuerberater kontaktiert, der ihn höflich darauf hinwies, dass im abgelaufenen Jahr ein negatives Ergebnis zu verzeichnen war, doch das interessierte ihn nicht, weil er wusste, dass ihm das Geld aus den Mieteinnahmen der Immobilien bis ans Ende seiner Tage reichen würde, trotz seines ausschweifenden Lebensstils.

Nachdem er nach einer Schlägertruppe gesucht hatte, die ihm ein paar renitente Mieter vom Hals schaffen sollte und bei der Freien Gruppe Schwalm-Eder fündig geworden war, entwickelte sich eine lose Beziehung zur rechten Szene. Weiler mochte die Leute nicht, doch er war überzeugt davon, dass die Bekanntschaft mit ihnen sich in irgendeiner Form für ihn auszahlen würde.

Irgendwann nach dem Jahr 2006 überredete ihn ein Freund, in dessen Geschäft mit Vermietungen von Immobilien auf Mallorca und in anderen Feriengebieten zu investieren, was den Vorteil hatte, dass Weiler sich die schönsten Objekte selbst sichern konnte und trotzdem noch Gewinne erwirtschaftete. Er verfügte über erstklassige Beziehungen zur Politik und bezeichnete sich selbst als guten Freund von Boris Becker, was der wiederum vermutlich anders sehen würde, denn ein gemeinsamer Abend an der Bar eines Hotels in Abu Dhabi zementiert noch keine Freundschaft, aber wie auch immer.

Frank Weiler fuhr die schnellsten Autos der Welt, war Eigentümer eines Speedbootes mit 1450 PS und auch sonst von allem angetan, was ihm den Kick, wie er es ausdrückte, verschaffte. Er hatte Bungeejumping und Fallschirmspringen ausprobiert, war mit einer Expedition auf dem Aconcagua gewesen und hatte, allerdings ohne Erfolg, an Motorradrennen teilgenommen. Er hielt seinen Körper fit und tat viel dafür, dass man ihm sein Alter nicht ansah.

Und es gab noch etwas, für das Frank Weiler bereit war, sehr viel Geld auszugeben: für die Computeranlagen, die er zum Spielen benutzte. Schon seit dem Beginn der PC-Ära hatte er immer über die neuesten und leistungsfähigsten Rechner verfügt, und mit den Jahren war auch sein Fachwissen exzellent geworden. Er hatte alles gespielt und war bereit gewesen selbst in die USA zu fliegen, um sich Games zu beschaffen, die in Deutschland auf dem Index standen. Mehr und mehr allerdings war er bei den Ego-Shooter-Spielen hängengeblieben, die ihn mit ihrem Anspruch und ihren Möglichkeiten faszinierten. Er hatte an Conventions teilgenommen und sich mit anderen gemessen, meist in den Vereinigten Staaten, und er hatte dabei immer wieder festgestellt, dass die Lust am Töten Besitz von ihm ergriffen hatte. Er liebte es, seine imaginären Feinde und Gegner zu eliminieren, und er war besessen davon, sie auf jede erdenkliche Weise zu quälen und zu demütigen, bevor er ihnen den endgültigen Todesstoß versetzte.

Mehr und mehr hatte sich in seinem Kopf der Unterschied zwischen der Wirklichkeit und den durchwachten Nächten vor dem Computer vermischt, und irgendwann hatte er sich bei der Vorstellung ertappt, einen Menschen zu töten. Mit echten Schmerzen und dem Geruch von Blut und Panik. Zunächst kanalisierte er diese Fantasien im Konsum von Snuffvideos, die reale Tötungsszenen zeigten, doch auch das befriedigte ihn irgendwann nicht mehr. Er wollte es ausprobieren, er wollte wissen, wie es sich anfühlte, einen Menschen zu töten, hatte tausendmal und mit immer neuen Ideen durchgespielt, wie er es machen würde.

*

Hain rollte auf die Kreuzung zu, von der die steile Sackgasse abging, an dessen Ende sich Weilers Haus befand, und winkte ab.

»Wenn wir da runterfahren«, meinte er mit Blick auf die schneebedeckte Straßenoberfläche, »haben wir alle Chancen, einen Abschlepper zu brauchen, wenn wir wieder raus wollen. Am besten parken wir hier oben und gehen die letzten Meter zu Fuß.«

»Meinetwegen«, erwiderte Lenz.

»Mondän, würde ich sagen«, meinte Hain kurze Zeit später beim Blick auf das Grundstück und das Haus des Geschäftsmannes.

»Allerdings«, stimmte Lenz ihm zu. »Das Anwesen hat wahrscheinlich mehr gekostet, als wir armen Beamten jemals in unserem ganzen Leben verdienen werden, Thilo.«

Sie stiegen aus und traten auf das große, schmiedeeiserne Tor zu. Eine mitschwenkende Kamera über ihren Köpfen begleitete sie dabei. Lenz legte den Finger auf den messingfarbenen Klingelknopf und trat einen Schritt zurück.

Nach ein paar Sekunden meldete sich eine Männerstimme über die Sprechanlage. »Ja, bitte?«

»Wir sind von der Kriminalpolizei und würden gerne mit Herrn Weiler sprechen.«

»Worum geht es?«

Lenz hob den Kopf und lächelte in die Kamera. »Sind Sie es selbst, Herr Weiler?«

»Nein, äh, ja, natürlich bin ich es selbst. Wen erwarten Sie denn, meinen Rhesusaffen?«

Hain warf seinem Chef einen erstaunten Blick zu.

»Nein, Herr Weiler«, sprach Lenz süffisant in das Mikrofon vor seiner Nase, »einen solchen haben wir nicht erwartet. Wir würden Ihnen gerne ein paar Fragen stellen zu einem Vorgang von vergangener Woche.«

»Muss das unbedingt jetzt sein? Ich bin gerade in einer Konferenz.«

»Es wäre uns ein großes Anliegen, ja.« Die Stimme des Kommissars hatte sich um keinen Iota verändert.

»Und wenn ich nein sage?«

»Dann würden wir uns fragen, warum Sie das tun.«

Ohne weiteres Wort aus dem Lautsprecher wurde der Türöffner gedrückt und das Tor fuhr automatisch nach innen. Die Polizisten gingen über eine weite, schneebedeckte Fläche, auf der Reifenabdrücke zu erkennen waren, zum Hauseingang. Dort wurden sie von einem finster dreinblickenden Mann im dunkelblauen Zweireiher erwartet, der allerdings keine Anstalten machte, sie ins Haus zu bitten.

»Wenn es Ihnen recht ist, klären wir die Sache hier an der Tür«, eröffnete er den Beamten.

»Es kann aber etwas Zeit in Anspruch nehmen, Herr Weiler«, gab Lenz freundlich zurück, und stellte sich und seinen Kollegen mit jeweils gezückten Dienstausweisen vor.

»Das ist mir egal«, schleuderte ihm der Mann in der Tür unfreundlich entgegen. »Was wollen Sie von mir?«

Der Hauptkommissar steckte die kleine Plastikkarte zurück in die Innentasche seiner Jacke und sah Weiler fest in die Augen. »Es geht um einen Vorgang, der sich in Ziegenhain abgespielt haben soll. Sie haben einen gewissen Gerold Schmitt dort im Krankenhaus besucht. Ist das richtig?«

Weiler nahm den Kopf zurück und knabberte auf der Unterlippe. Es dauerte eine Weile, bis er antwortete.

»Na und, ist das vielleicht ein Verbrechen?«

»Nein, das nicht, aber es wäre uns daran gelegen, wenn Sie uns erklären würden, in welchem Verhältnis Sie zu Herrn Schmitt stehen.«

Weiler sah von einem Polizisten zum anderen. »Warum interessiert Sie das?«

»Weil Herr Schmitt leider verstorben ist. Oder, um es genauer zu sagen, er wurde ermordet.«

»Und was habe ich damit zu tun?«

Hain, der bisher stumm der Konversation gefolgt war, setzte sein nettestes Lächeln auf, bevor er sich einmischte. »Nun, Sie könnten uns als erstes erklären, was Sie mit Herrn Schmitt verbunden hat. Waren Sie Freunde? Hatte Ihre Beziehung zu ihm vielleicht einen geschäftlichen Hintergrund?«

»Er hatte mich angerufen und um einen Termin gebeten. Ich kannte ihn gar nicht.«

»Und da ruft er bei Ihnen an und will Sie sprechen, obwohl Sie ihn überhaupt nicht kennen?«

»Ja.«

»Und was wollte er von Ihnen?«

»Das geht Sie nichts an.«

»Hm«, machte Lenz. »Ging es um seine Verlegung

nach Kassel? Hat er Sie vielleicht gebeten, das für ihn zu regeln?«

»Kein Kommentar.«

»Auch gut. Außerdem würde uns interessieren, wo Sie in der vorvergangenen Nacht gewesen sind, so zwischen Mitternacht und fünf Uhr.«

»Was soll das denn nun wieder? Bin ich ein Verdächtiger?«

»Im Augenblick noch nicht«, erwiderte Hain, »aber was nicht ist, kann ja noch werden.«

»Und was würde mir, wenn es denn so weit käme, vorgeworfen werden?«, erkundigte sich Weiler unwirsch.

»Zum einen wurde Gerold Schmitt getötet«, antwortete Lenz, »was Sie jedoch sicher schon wissen, zum anderen gab es einen Dreifachmord in der Nordstadt, und die beiden Verbrechen scheinen in engem Zusammenhang zu stehen.«

Für einen Sekundenbruchteil wurde so etwas wie Anspannung in Weilers Gesicht erkennbar.

»So, Sie bringen mich also mit einem Mord in Verbindung?«

»Nein, das hat mein Kollege nicht gesagt. Wir sprechen nicht von einem Mord, sondern von vier ermordeten Menschen.«

»Damit habe ich nichts zu tun. Absolut nichts.«

»Und wo waren Sie zur fraglichen Zeit?«

»Hier, zu Hause.«

»Zeugen?«

Der Geschäftsmann schüttelte den Kopf. »Wenn ich gewusst hätte, dass die Polizei mir einen Mord anhängen will, hätte ich ein paar Freunde eingeladen.«

»Und was wollten Sie von Schmitt, als Sie ihn im Krankenhaus besucht haben?«

»Sorry, no comment, wie gesagt.«

Nun wurde es dem Hauptkommissar zu dumm. »So bringt das nichts, Herr Weiler. Warum machen Sie solch ein Geheimnis daraus, warum Sie Schmitt besucht haben? Das könnte uns als Polizisten die völlig falschen Schlüsse ziehen lassen.«

Frank Weilers Oberlippe fing leicht an zu zittern. »Ziehen Sie doch die Schlüsse, die Ihnen passen. Wenn ich mich nach Ihrer Meinung eines Verbrechens schuldig gemacht habe, dann verhaften Sie mich, ansonsten lassen Sie mich in Ruhe, sonst bekommen Sie einen Haufen Ärger, das verspreche ich Ihnen. Es wird meinen Anwälten eine Freude sein, sich mit Ihnen zu beschäftigen.«

Hain warf dem Mann in der Tür einen bewundernden Blick zu.

»Gleich mehrere Anwälte hat er«, meinte er zu Lenz gerichtet. »Und er impliziert mit dem was er sagt, dass wir uns besser vor ihm fürchten sollten.«

»Ja, das sehe ich auch so«, antwortete Lenz seinem Kollegen, ohne sich dabei um Weiler zu kümmern. »Also lassen wir ihn besser in Ruhe, was meinst du? Am Ende kriegen wir wirklich noch Ärger mit seiner Rechtsabteilung, weil wir ihm ein paar Fragen stellen wollten.«

»Genau. Und wer will schon Ärger?«

Weiler hatte den Dialog der beiden mit immer größer werdender Gereiztheit verfolgt. »Hauen Sie von meinem Grundstück ab!«, zischte er die Polizisten an, »sonst werden Sie ernsthaft bereuen, jemals hierhergekommen zu sein.«

Wieder ein getauschter Blick zwischen den Kripoleuten.

»Ja, aufs Drohen versteht er sich, der Herr Weiler«, murmelte Hain, bevor er sich umdrehte und der Aufforderung des Geschäftsmannes Folge leistete. Lenz warf Weiler noch einen kühlen Blick zu, bevor auch er sich kopfschüttelnd und ohne weiteres Wort auf den Weg zum Ausgang machte. Hinter ihm hörte er das Scheppern der Tür.

»Mannomann, das ist ja ein echter Wonneproppen«, resümierte Lenz, als die beiden im Auto saßen. Hain startete den Motor und drehte die Heizung auf die höchste Stufe.

»Was wollen wir jetzt machen?«

»Fahr ans obere Ende der Straße, dann rechts und gleich wieder rechts, dort gibt es eine Parkbucht. Da warten wir ein paar Minuten.«

»Meinst du, er fährt zu Gebauer?«

»Keine Ahnung, wo er hinfährt, aber vielleicht ist sein Ziel ja interessant für uns. Der Typ hat nämlich Dreck am Stecken, und zwar eine Überdosis davon.«

»Das glaube ich auch, aber es hat mich gewundert, dass er gleich so aggressiv auf uns losgegangen ist. Wenn er freundlich geantwortet hätte, wäre es viel entspannter für ihn gewesen. Irgendwie hat er mich an einen erinnert, der auf Speed oder so was ist.« Damit rollte der Oberkommissar davon und hatte ein paar Augenblicke später die Parkbucht erreicht, von der Lenz gesprochen hatte.

»Wir haben allerdings überhaupt keine Ahnung, mit welcher Karre er hier vorbeikommen könnte«, gab Hain zu bedenken.

»Na, ein Polo wird es wohl eher nicht sein.«

Die beiden mussten keine fünf Minuten warten, bis ein schwarzes Mercedes-Coupé an ihnen vorbeischoss. Am Steuer saß, deutlich zu erkennen und mit einem Telefon am Ohr, Frank Weiler.

»Volltreffer«, bemerkte Hain trocken, ließ einige Fahrzeuge passieren, und fädelte sich ein. Im Autoradio lief ein Interview mit Justus Gebauer, in dem er behauptete, dass die Mehrheit der Deutschen hinter ihm und seinen Thesen stehen würde, und dass der Vorwurf des Rassismus an den Haaren herbeigezogen sei. Er lege nur den Finger in Wunden, die seit langer Zeit existieren würden.

»Ich kann diese Scheiße schon jetzt nicht mehr hören«, knurrte Hain.

»Wenn sich die Vorwürfe gegen ihn wegen der Fahrerflucht wirklich verdichten sollten, und wenn sich dann noch beweisen ließe, dass er versucht hat, die Nummer unter den Tisch zu kehren, könnte das Theater schneller beendet sein, als ihm lieb ist.«

»Dein Wort in Gottes Ohr«, erwiderte der Oberkommissar.

Die Fahrt ging zunächst Richtung Stadtzentrum, dann jedoch steuerte Weiler den schweren Wagen nach Süden und bog schließlich auf die Frankfurter Straße ein. Ein paar hundert Meter später hatte er sein Fahrtziel erreicht und stellte das Coupé auf dem Parkplatz vor den Redaktionsräumen der Lokalzeitung ab. Hain bog einige Sekunden danach ebenfalls von der Hauptstraße ab, fuhr jedoch nicht auf den Parkplatz, sondern blieb direkt in der Ausfahrt stehen.

Frank Weiler stieg aus dem Wagen, zog einen dunklen Mantel über, bewegte sich jedoch nicht von der Stelle, sondern zündete sich einen Zigarette an, starrte auf den Eingang zu dem großen Gebäude, und wartete. Dann öffneten sich die beiden Flügel der Schiebetür, und Justus Gebauer trat ins Freie. Er trug ein rosafarbenes Hemd und eine dunkle Hose.

»Schau mal einer an«, murmelte Lenz mehr zu sich selbst als zu seinem Kollegen.

Gebauer ging auf Weiler zu und streckte die Hand zur Begrüßung aus, doch der Geschäftsmann ignorierte die Geste und fing an, auf den Politiker einzureden. Dabei ruderte er wild mit den Armen und hob mehrmals den Zeigefinger, was für die Polizisten wie eine Drohung anmutete.

»Ich wüsste zu gerne, was die Herren zu besprechen haben«, meinte Lenz nach einer Weile.

»Ach, vermutlich diskutieren sie die Bundesligaergebnisse vom letzten Wochenende. Gebauer ist Fan von Borussia Dortmund, während Weilers Herz für Schalke 04 schlägt. So stelle ich mir das vor.«

»Du hast schon immer einen merkwürdigen Humor gehabt, mein Freund«, reagierte der Hauptkommissar gelassen.

Beim Blick aus dem Fenster wurde die von Sekunde zu Sekunde größer werdende Spannung zwischen den beiden Männern sichtbar. Weilers Ausdruck wurde immer wütender, während Gebauer zu beschwichtigen versuchte. Hain stellte die Zündung an und ließ das Gebläse anlaufen, weil die Frontscheibe langsam beschlug.

»Körpersprache ist schon was Interessantes«, bemerkte der Oberkommissar.

Nun kam Bewegung in die beiden Männer. Weiler packte Gebauer am Kragen, zog ihn zu sich heran und presste ihn an das Auto. Dabei riss er mit der anderen Hand am Haar des Juristen. Hain wollte die Tür öffnen und aus dem Mazda springen, doch Lenz hielt ihn zurück.

»Lass die mal machen, Thilo. Die bringen sich schon nicht gegenseitig um. Und vielleicht hilft uns diese Auseinandersetzung am Ende weiter.«

Sein Kollege entspannte sich und legte die Hände in den Schoß. »Wie du willst. Du bist der Boss.«

So schnell der körperlich ausgetragene Teil der Debatte der beiden Männer begonnen hatte, so schnell endete er auch. Gebauer strich sich den Hemdkragen glatt und zog seine Krawatte in ihre ursprüngliche Position. Dann setzte er sich in Bewegung und ging an seinem Kontrahenten vorbei, blieb jedoch ein paar Meter später noch einmal stehen, drehte sich um, und rief ihm etwas zu. Weiler, der schon auf dem Weg in den Sitz seines Wagens war, hob den Kopf und machte eine Geste, als hätte er das Gerufene nicht verstanden. Hain reagierte blitzschnell und ließ seine Seitenscheibe heruntergleiten.

»Wir kriegen das hin, Frankie«, rief der Jurist so laut, dass es auch die Polizisten verstehen konnten, »du darfst jetzt nur nicht die Nerven verlieren.«

Weiler winkte genervt ab, stieg ein, startete sofort den Motor und fuhr aus der Parklücke. Dabei gab er viel mehr Gas, als notwendig gewesen wäre, und hätte um ein Haar das hinter ihm parkende Auto gerammt.

»Sieht aus wie das Ende einer Männerfreundschaft?«, orakelte Hain und ließ die Seitenscheibe wieder nach oben gleiten. Das schwere Coupé rollte auf die Kreuzung zur Frankfurter Straße zu, wo Weiler wegen der auf Rot geschalteten Ampel bremsen musste. Während er ungeduldig und mit einem Takt auf dem Lenkrad spielenden Fingern wartete, drehte er den Kopf und sah direkt in das freundlich grinsende Gesicht des Oberkommissars. Sein Kopf wandte sich erneut Richtung Rotlicht und fuhr dann so unvermittelt wieder zurück, dass sich der Beamte ein klein wenig erschreckte. Der Geschäftsmann riss die Augen auf und starrte den Polizisten für ein paar Sekundenbruchteile mit panischem Gesichtsausdruck an. Dann trat er das Gaspedal voll durch und raste über die rote Ampel und die dahinterliegende Kreuzung.

Seine Reaktion kam für die Beamten ebenso überraschend wie für zwei Autos auf der Frankfurter Straße, die Weilers Mercedes mit quietschenden Reifen auszuweichen versuchten und ineinander krachten. Hain ließ den Motor an, wendete nahezu auf der Stelle und nahm die Verfolgung auf, während Lenz zum Telefon griff, im Präsidium anrief und die Fahndung nach dem Coupé einleitete, das nun durch die Credéstraße hämmerte. Ein Taxifahrer, der gerade aus seinem Wagen ausstieg, sprang im letzten Moment zurück in seinen Sitz, doch die Tür des elfenbeinfarbenen VW-Passat wurde von Weiler voll getroffen und flog im hohen Bogen davon. Lenz konnte im Vorbeifahren das völlig entgeisterte und kalkweiße Gesicht des Mietwagenfahrers erkennen.

»Wenn er es auf die Autobahn schafft, ist er uns erstmal los«, schrie Hain in den Lärm des mit voller Drehzahl arbeitenden Motors vor seinen Füßen. »Der hat mindestens 300 PS mehr als wir.«

»Scheiß drauf, Thilo!«, brüllte Lenz zurück und krampfte sich dabei am Griff über seinem Kopf fest, »ich hab echt keine Lust, wegen diesem Idioten mein Leben aufs Spiel zu setzen.«

Hain drehte den Kopf und sah ihn kurz an. »Hast du Schiss?«

»Worauf du einen lassen kannst, mein Freund.«

Weiler hatte den Autobahnzubringer erreicht und fuhr in Schlangenlinien um die wegen der frühen Uhrzeit wenigen anderen Autos herum Richtung A49. Hain war etwa 150 Meter hinter ihm. Noch konnte er gut mithalten, aber der junge Oberkommissar hatte recht. Wenn Weilers Mercedes erst auf der Autobahn freie Fahrt hatte, würden sie ihn schnell aus den Augen verlieren.

Zum Glück für alle Unbeteiligten stand die Ampel an der Kreuzung zum Einkaufszentrum auf grün, sodass sowohl Weiler als auch der Mazda der Polizisten die Abzweigung ohne zu bremsen durchfahren konnten. Der Mercedes zog nach rechts und bog auf die Spur Richtung Fritzlar ein.

»Gleich ist er weg«, brüllte Hain ein wenig verzweifelt.

»Dann lass ihn halt weg sein, Thilo. Die Kollegen werden ihn schon kriegen, verlass dich drauf.«

In der Kurve der Auffahrt konnte der Mazda einige Meter aufholen, dann hatten beide Wagen die Autobahn erreicht.

»Was ist denn das?«, schrie Hain auf.

In etwa 200 Meter Entfernung blockierten zwei Schneeräumfahrzeuge nahezu die komplette Autobahn. Einer fuhr auf der Überholspur, um den links an der Leitplanke aufgeschütteten Schnee zur Seite zu räumen, der andere bearbeitete in gleicher Weise die andere Leitplankenseite. In der Mitte hatten die beiden orangefarbenen Lastwagen eine Gasse gelassen, durch die ein PKW passte, ein LKW allerdings nicht. Hinter dem rechten Schneeräumer erkannte der Polizist drei Sattelzüge, deren Fahrer vermutlich sehnsüchtig darauf warteten, dass die Straße vor ihnen wieder freigegeben wurde. Zwischen den beiden mit kreisenden Warnlichtern bestückten Winterdienstfahrzeugen hatten sich etwa fünf PKW gestaut, weil der zuerst Fahrende es nicht sehr eilig hatte.

»Das gibt eine Katastrophe«, schrie Hain mit Blick auf den mit riesigem Geschwindigkeitsüberschuss ankommenden Mercedes.

Die beiden Polizisten saßen erste Reihe Mitte als Weiler

erkannte, dass die Kolonne vor ihm in den nächsten Sekunden nicht zu passieren war. Er lenkte das schwere Auto so weit wie möglich nach links und in der Folge auf die äußerste rechte Seite der Fahrbahn. Keine Chance. Trotz der aussichtslosen Situation blieb Weiler auf dem Gas. Wieder zog er von rechts nach links. Offenbar suchte er nach einer Gasse durch die Fahrzeuge vor ihm, aber da war keine. Zurück auf die rechte Seite. Die Front seines Mercedes hatte das Ende der LKW-Schlange erreicht und zog mit unverminderter Geschwindigkeit am Auflieger vorbei. Hain zog ebenfalls ganz auf die rechte Fahrbahnseite. Als Weiler auf Höhe der Zugmaschine des hinteren LKW war, bewegte sich der rechte Schneeräumer einen halben Meter zur Fahrbahnmitte hin. Hain nahm den Fuß vom Gas und bremste, Lenz atmete erleichtert aus. Die Polizisten sahen, wie Weiler weiter auf der Standspur zwischen der Leitplanke und den Lastern durchraste, doch die Lücke, die zwischen dem Winterdienstwagen und der Leitplanke entstanden war, reichte niemals für seinen Wagen. Auf Höhe des vorderen LKW erkannte wohl auch der Mann am Steuer des Mercedes die Unmöglichkeit seines Unterfangens und stieg in die Eisen. Die Bremslichter leuchteten rotglühend auf, und das Heck des Wagens hob sich. Was die Beamten weiter hinten nicht sehen konnten war, dass die elektronischen Helfer in dem Luxuswagen vor ihnen mit Hochdruck daran arbeiteten, den Wagen nicht aus der Kontrolle zu verlieren. Weil die rechte Spur vom Schneeräumen noch weiß war, musste das ABS die zwei verschiedenen Fahrbahnbeschaffenheiten egalisieren, während das ESP gleichzeitig versuchte, die von Weiler in seiner Panik ausgelösten Lenkbewegungen auszugleichen, was jedoch nur ein paar Meter gut ging. Dann brach das Coupé aus und wollte sich quer stellen, was jedoch wegen der Enge nicht möglich war. Also stieg der Wagen wie von Zauberhand angehoben nach oben und fing an, sich um die eigene Achse zu drehen.

»Ach du Scheiße«, murmelte Hain. Lenz wollte sich zwingen, zur Seite zu sehen, war jedoch von dem Geschehen vor ihm so sehr fasziniert, dass seine Augen auf die Szenerie geheftet blieben.

Der Mercedes wurde wie ein Pingpongball zwischen der leicht nachgebenden Leitplanke rechts und der Zugmaschine des LKW auf der linken Seite hin- und hergewirbelt. In etwa einem Meter Höhe wurde der Wagen von der Vorderkante des Aufliegers erfasst und wie ein hässliches Insekt über die Fahrbahnbegrenzung gespuckt. Dort flog es in die Böschung, überschlug sich noch ein paar Mal und kam schließlich nach ein paar Bewegungen der Federung total zerstört und rauchend auf den Rädern zum Stehen.

Hain wandte den Blick nach links, doch auf wundersame Weise stoppten alle Fahrzeuge der Kolonne langsam ab und hielten nach und nach unbeschadet an. Noch bevor die Polizisten sich aus dem Mazda geschält hatten, stand einer der LKW-Fahrer an der Leitplanke und stierte auf das total demolierte Fahrzeug im schneebedeckten Feld.

»Bleiben Sie zurück, wir sind von der Polizei«, rief Hain dem korpulenten Mann zu, der sich gerade anschickte, über die Leitplanke zu klettern. Mit einem Satz sprang der Kommissar in die Böschung, lief auf den Mercedes zu und sah ins Innere des Wagens.

Meine Fresse, hat so eine Karre einen Haufen Airbags, dachte Hain beim Anblick der vielen weißen Lappen, die überall im Wagen zu sehen waren, um sich dann Weiler zuzuwenden, der zusammengesackt und mit blutüberströmtem Gesicht im Sicherheitsgurt hing. Der vor ihm zu sehende Lappen war rot verfärbt. Überall lagen die Glassplitter der zerborstenen Scheiben herum.

»Herr Weiler, hören Sie mich?«

Ein leichtes Stöhnen kam als Antwort vom Fahrersitz. Hain zog am Türgriff und konnte spüren, dass der Öffnungsmechanismus ausgelöst wurde, doch die Tür selbst bewegte sich keinen Millimeter. Vermutlich wurde sie vom völlig deformierten Dach eingeklemmt. Wieder kam ein Stöhnen aus dem Innern des Wagens.

»Was machst du auch so eine Scheiße?«, murmelte der Oberkommissar mitleidlos. Irgendwo in der Ferne hörte er Sirenengeheul.

»Hilfe«, stöhnte Weiler nun deutlich vernehmbar.

»Ach, wir kommen zu uns«, gab Hain zurück und sah sich den Geschäftsmann etwas genauer an.

Der erwiderte seinen Blick mit glasigen Augen. »Ich habe mit den … Türken nich … zu tun. …as müssen Sie mir … glauben.«

»Ach, und womit hast du Arsch was zu tun?«, gab der Polizist genervt zurück, während er erneut versuchte, die Tür mit einem Ruck zu öffnen.

»Ich habe … diesen … Schmitt … erledigt, aber … Türken nicht.«

Hain stellte seine Bemühungen ein und steckte den Kopf ins Innere des Fahrzeugs. »Was sagst du da? Du hast diesen Schmitt umgebracht?«

Weiler nickte. »Bitte … helfen Sie mir. Ich … will … nicht sterben.«

»Hör auf zu jammern, so schnell stirbt sich's nicht. In einem Polo wärst du vermutlich schon in der Hölle, aber nicht bei dieser Nobelkarre.«

»Bitte, helfen Sie mir.«

Hain zog den Kopf zurück und sah nach oben auf die Autobahn, wo gerade ein paar Streifenwagen und ein Notarztwagen ankamen.

Weiler fing nun laut an zu weinen. »Es war alles seine Idee. Ich wollte doch nur ...«

»Wessen Idee war das alles? Gebauers?«

Der Mann im Mercedes nickte und fing dabei an zu husten, wobei Blut aus seinem Mund spritzte. »Bitte, ich will ...«

»Ich weiß, du willst nicht sterben«, erwiderte Hain ungerührt. »Das wirst du vermutlich auch nicht, zumindest nicht heute. Warum hat Gebauer gewollt, dass du diesen Schmitt umbringst?«

»Weil ich ... er ...« Der Kopf des Mannes fiel nach vorne.

»Interessant«, murmelte Hain und trat zur Seite, weil in diesem Augenblick die Besatzung des Notarztwagens neben ihm auftauchte.

37

Bernd Zwingenberg klopfte ungewöhnlich forsch an die Tür seines Chefs und trat ein, ohne eine Antwort abzuwarten. »Morgen, Herr Zeislinger.«

Erich Zeislinger, der Zeitung lesend an seinem Schreibtisch saß, funkelte ihn an. »Hab ich irgendwas von eintreten gesagt? Oder ja?«

»Ich habe nichts gehört«, erwiderte Zwingenberg seelenruhig.

»Und warum stehst du dann mitten in meinem Büro?«

»Weil ich Neuigkeiten habe.«

»Und? Raus damit.«

»Gleich, Herr Zeislinger. Zuerst würde ich gerne mit Ihnen über meinen Vertrag sprechen. Der läuft nach der Wahl aus, und ich würde Sie bitten, ihn für die nächste Legislaturperiode zu verlängern.«

Zeislinger brauchte einen Moment, um das Gehörte zu verstehen. »Hast du Tinte gesoffen, Zwingenberg? Wie kommst du mir denn vor?«

»Wie jemand, der die Informationen hat, die Ihnen den Arsch retten, Herr Oberbürgermeister. Wie jemand, der das hat, was Gebauer ans Messer liefern wird. Wie jemand, der dafür sorgt, dass Gebauer noch nicht mal zur Wahl antreten wird. Genau so komme ich Ihnen vor.«

Zeislinger schlug die Zeitung zu und lehnte sich zurück. »Soso, du hast also das alles, was du mir hier erzählst, du Schwuchtel. Aber bevor du damit rausrücken willst, muss ich deinen Vertrag verlängern?«

»So habe ich mir das vorgestellt, ja. Und weil ich auf Nummer sicher gehen möchte«, erklärte er mit einem Griff in seine Aktentasche, »habe ich hier schon mal zwei unterschriftsreife Exemplare des Vertrages mitgebracht.« Er reichte Zeislinger eine kleine Kladde, die der OB aufschlug und darin blätterte.

»Und weil du so wichtige Informationen für mich hast, die meine Wiederwahl garantieren, willst du gleich mal 2.000 Euro mehr im Monat.«

»Das hätte ich auch von mir aus noch angesprochen, aber es stimmt, ja. Ich denke, dass dieser kleine Bonus durchaus gerechtfertigt ist.«

Zeislinger sah seinen Referenten durchdringend an,

setzte sich aufrecht, und verschränkte die Finger vor seinem mächtigen Bauch. »Wenn ich nicht sicher wäre, wer hier vor mir steht, würde ich doch glatt sagen, dass du mich erpressen willst, Zwingenberg. Aber du bist nicht der Wolf, für den du dich hältst, und den du mir hier verkaufen willst. Also, erzähl mir, was es zu erzählen gibt, und dann mach dich an deine Arbeit, bevor ich ernsthaft sauer werde.«

Zwingenbergs Miene veränderte sich um keine Nuance. »Diesmal nicht, Herr Zeislinger. Entweder Sie unterschreiben, oder Sie werden nicht wiedergewählt, so einfach ist das. Letztlich haben Sie alleine die Entscheidungsgewalt über Ihr Schicksal.«

»Was glaubst du, wer du bist, du Schnösel«, brüllte Zeislinger los. »Du glaubst wohl, dass du der Einzige bist, der an diese Informationen kommt? Wenn so ein Spasti wie du da dran kommt, dann kommt jemand anderes garantiert auch dran.«

»Lassen Sie es von mir aus darauf ankommen«, erwiderte Zwingenberg ungerührt. »Dann werfen Sie mich jetzt raus und fragen sich in ein paar Wochen mit Tränen in den Augen, warum Sie an diesem Morgen nicht auf mein Angebot eingegangen sind.«

Das schien zu wirken. Der OB überflog noch einmal kurz den Vertragsentwurf, den sein Referent ihm vorgelegt hatte, griff zu einem Kugelschreiber vor sich, und unterschrieb. Dann reichte er Zwingenberg das Dokument.

Der junge Mann fing an zu grinsen, griff nach dem Papier und gab im Gegenzug Zeislinger die Ausfertigung, die er in der Hand gehalten hatte.

»Für Ihre Unterlagen, Herr Zeislinger«, erklärte er zufrieden und steckte seinen Vertrag in die Tasche.

»Und jetzt erzählst du mir besser eine Geschichte, die mich richtig glücklich macht, Zwingenberg.«

38

»Wie jetzt?«, fragte Lenz seinen Kollegen irritiert. »Gebauer hat Weiler beauftragt, den Neonazi umzubringen? Warum sollte er das machen?«

Hain, der neben ihm an der Leitplanke lehnte, beobachtete, wie Weilers Mercedes von ein paar Feuerwehrleuten auseinandergeschnitten wurde. Da die Autobahn wegen des möglichen Einsatzes des Rettungshubschraubers noch in beiden Richtungen gesperrt war, konnte er die Kakofonie der nahen Stadt hören. Der rote Mazda wirkte zwischen den Streifenwagen, Krankenwagen und Feuerwehrautos klein und zerbrechlich.

»Das konnte er mir leider nicht mehr sagen, weil die Bewusstlosigkeit ihn vorher übermannt hat. Aber er hat mir kurz vor knapp noch gesteckt, dass er Gerold Schmitt umgebracht hat, und dass Gebauer ihn damit beauftragt hat.«

»Meinst du nicht, dass er vielleicht ein bisschen balla-balla gewesen ist, als er das gesagt hat? Schließlich war das ein mächtiger Bums, den er da hatte.«

Hain schloss die Augen und holte tief Luft. »Kann es vielleicht eher sein, dass du Angst davor hast, Gebauer auf die Füße zu steigen? Wir haben einen, der einem Polizisten gegenüber ein Geständnis abgelegt hat, und du kommst mir so komisch?«

»Jetzt mach aber mal einen Punkt, Thilo. Bis auf die Aussage von Weiler, die uns jeder halbwegs pfiffige Anwalt im Gerichtssaal um die Ohren haut, haben wir gar nichts gegen Gebauer in der Hand.«

»Und was ist mit dem Abschiedsbrief dieses Limbourg? Immerhin behauptet er darin, dass Gebauer ihn nötigen wollte, eine Straftat, die von ihm begangen wurde, zu vertuschen.«

Nun schnappte Lenz nach Luft. »Gut, dann fassen wir mal zusammen, was wir haben, Thilo. Wir haben einen toten Staatsanwalt, der in einem Abschiedsbrief behauptet, dass Gebauer ihn genötigt hat, eine Straftat zu unterdrücken oder zu vertuschen. Leider kann er persönlich nichts mehr zu seinem Vorwurf beitragen, weil es sich ja wie gesagt um einen Abschiedsbrief gehandelt hat, in dem er das behauptet, und er vermutlich schon bei Dr. Franz auf dem Tisch liegt. Dann haben wir einen schwer Traumatisierten, der dir, während wir auf den Rettungsdienst warten, erklärt, dass er auf Gebauers Veranlassung hin einen Menschen getötet hat, und der sich diese Version, sollte er überleben, jederzeit anders überlegen kann. Und mit diesem Material in der Hand sollen wir bei Gebauer vorstellig werden und ihn am besten noch damit konfrontieren. Das kann unmöglich dein Ernst sein, Thilo?«

»Was haben wir denn zu verlieren, Paul? Er kann nicht mehr sagen, als dass wir uns irren, und basta. Warum zierst du dich so?«

»Weil wir uns bis auf die Knochen blamieren würden, und dazu habe ich absolut keine Lust.«

»Wir haben auf jeden Fall die Fahrerflucht. Soll er halt erstmal dazu was sagen.«

»Klasse. Der Zeuge, auf den es ankommt, liegt im

Klinikum; mehr tot als lebendig übrigens, falls du es vergessen haben solltest.«

Unten im Feld wurde Weiler gerade aus dem Auto geborgen und auf einer Trage abgelegt. Der Notarzt beugte sich über ihn und steckte etwas in seinen linken Arm.

»Im Fernsehen brennen Autos, die so in der Wiese landen, immer gleich lichterloh«, sinnierte der Oberkommissar.

»Was soll das denn jetzt?«

»Das soll dir sagen, dass du auf dem Weg bist, genau wie Ludger zu werden. Das soll dir sagen, dass ich es versuchen würde. Ich würde es versuchen, weil wir nichts zu verlieren haben.«

»Du machst mich fertig, Thilo.«

Der Notarzt begann nun, mit rhythmischen Bewegungen auf Weilers Brustkorb zu drücken. Einer der dabeistehenden Rettungssanitäter war damit beschäftigt, eine Spritze aufzuziehen, die er dem Arzt reichte. Hain sah einen Augenblick lang zur Seite, als der Mediziner die Nadel direkt in Weilers Herz rammte.

»Scheint ihm nicht gut zu gehen.«

»Ja, sieht so aus.«

Eine Viertelstunde später gaben die Männer in den roten Anzügen auf und packten ihre Sachen zusammen. Der Arzt kam die Böschung heraufgeklettert und stellte sich zu den Polizisten. Seine Schuhe sahen genauso matschig und verschlammt aus wie die von Hain.

»Es war nichts zu machen. Offenbar hat er innere Blutungen größeren Ausmaßes gehabt. Die Beschleunigungskräfte, denen er während des Unfalls ausgesetzt war, dürften daran schuld gewesen sein.«

Die beiden Polizisten nickten.

»Hat er noch was gesagt?«, wollte Lenz wissen.

»Nein.«

»Das ist unsere Chance, Paul«, drängte Hain seinen Chef, als sie auf die Ausfahrt Niederzwehren zurollten. »Noch weiß niemand, auch nicht Gebauer, dass Weiler das Zeitliche gesegnet hat. Wir können ihm einfach vorhalten, was sein Kumpel mir erzählt hat, und wir können ihm gleichzeitig klarmachen, dass Weiler Stein und Bein schwören wird, dass es so gewesen ist. Bitte, Paul, lass es uns versuchen!«

Lenz, der das Für und Wider der Aktion mehr als ein Dutzend Mal gegeneinander abgewogen hatte, nickte. »Wir machen es. Aber es kann sein, dass wir dafür die Hammelbeine lang gezogen kriegen, weil mit Gebauer garantiert nicht zu spaßen ist. Und wir sollten uns was Gutes auf die Frage nach dem Motiv überlegen, die uns Gebauer sicher stellen wird, genau wie ich das getan habe. Warum in aller Welt sollte Gebauer Weiler beauftragen, den Neonazi umzubringen?«

»Darüber habe ich mir in der letzten halben Stunde auch den Kopf zerbrochen, aber bis auf eine ganz abstruse Idee ist mir dazu leider nichts eingefallen.«

»Und, wie geht deine abstruse Idee?«

»Könnte es nicht sein, dass sie dem jungen Bilgin den Mord in die Schuhe schieben wollten, damit sie den Zeugen für die Fahrerflucht los sind? Und dass ihnen die Geschichte mit Bilgins Eltern und dem kleinen Bruder, die ja offensichtlich mit dem Tod von Schmitt nicht das Geringste zu tun haben, schlicht und ergreifend dazwischengekommen ist? Dass sie dagesessen haben und sich geschüttelt haben vor Lachen, weil Kemal Bilgin plötzlich nicht wegen einfachem, sondern gleich wegen dreifachem Mordverdacht gesucht wurde?« Hain warf seinem Chef einen Blick zu, der nach Zustimmung suchte. »Ich bin übrigens wegen des anonymen Anrufes darauf gekommen. Warum sonst sollte jemand, wenn er nicht ein solches Interesse hätte, die Polizei anrufen und die Sache melden? Wie ich schon gesagt habe, kamen ihnen die Morde an der türkischen Familie, die vermutlich ganz anders motiviert waren, sehr gelegen, was sie aber nicht ahnen konnten, ist die Tatsache, dass ihr eigener Mord im Krankenhaus vertuscht werden sollte.«

Lenz runzelte die Stirn. »Es könnte immerhin sein, dass ein Mitarbeiter des Klinikums sein Gewissen entdeckt und deswegen die Kollegen informiert hat.«

»Das könnte natürlich auch sein, aber ich will es nicht glauben, weil es verdammt noch mal meine gesamte Indizienkette sprengen würde. Und das kann und will ich schon deshalb nicht zulassen, weil wir sonst Gebauer einfach davonkommen lassen würden. Vermutlich jedenfalls.«

Der Hauptkommissar schloss die Augen und dachte ein paar Sekunden lang nach. »Das Eis, auf dem wir uns bewegen, ist brutal dünn, Thilo.«

»Ich weiß, Paul. Und mit jeder Minute, die wir verstreichen lassen, wird es dünner und dünner, weil irgendwann die Nachrichtenagenturen melden werden, wer da heute Morgen auf dem verschneiten Acker an der A49 seinen letzten Schnapper gemacht hat.«

39

Justus Gebauer sonnte sich noch immer im Glanze seiner gelungenen Auftritte vom Morgen. Zunächst hatte er mit dem Chefredakteur der Lokalzeitung ein langes Interview geführt und sich danach den Anfeindungen der Studioleiterin des Senders FFH erwehrt, die ihn für einen populistischen Spinner hielt; zumindest hatte er diesen Eindruck von ihr gehabt. Dann war er in seine Kanzlei gefahren und hatte erleben müssen, wie vor dem Eingang eine Horde von vermutlich türkischen Migranten, im Zaum gehalten von mindestens zwei Dutzend uniformierter Polizisten, mit großen Plakaten in der Hand gegen ihn demonstrierte. Einer hatte sogar versucht, seinen Wagen mit etwas zu bewerfen, ihn jedoch glücklicherweise verfehlt. Was bildeten sich diese Leute eigentlich ein? Noch aus der Tiefgarage heraus hatte er mit einem guten Freund bei der Staatsanwaltschaft wegen Personenschutz telefoniert.

Nun saß er in seinem Büro und dachte darüber nach, dass er stark würde sein müssen in den nächsten Wochen und Monaten. Er musste stark sein, um seine Ziele zu erreichen und sich an die Spitze einer Bewegung zu setzen, die er selbst initiiert hatte.

Seine Sekretärin kam nach einem kurzen Anklopfen mit einem Stapel Papiere in der Hand herein. »Das sind alles Interviewanfragen, Herr Dr. Gebauer.«

»Legen Sie sie auf den Tisch, Frau Scheibe, ich kümmere mich darum und versehe alles mit einem Vermerk über die Wichtigkeit. Danach können Sie sie beantworten.«

Das ganze Land wollte mit ihm, wollte mit Justus Gebauer sprechen. Es wollte wissen, wie es weitergehen würde mit ihm und seinen Ideen. Natürlich gab es Neider und Kritiker, ganz klar, so wie diese Tussi vom Radio vorhin. Das Interview war mehr ein Tribunal gewesen als eine Befragung, immer wieder hatte sie ihn dazu bringen wollen, sich als ausländerfeindlich zu offenbaren, mit den abstrusesten Argumenten noch dazu. Nein, er war nicht ausländerfeindlich. Inländerfreundlich war er, das ja. Und er musste sich nicht schämen, das einzugestehen, wie sich niemand in Deutschland in der Zukunft mehr würde schämen müssen, zu dieser Überzeugung zu stehen. Er würde vormachen, wie es ging. Er war der, auf den die Republik gewartet hatte. Er war dort angekommen, wo er immer schon hingewollt hatte, und wo er nach seiner Meinung hingehörte. An die Spitze.

Einzig Frankie Weiler machte ihm Sorgen. Dieser Kokser würde über die Klinge springen, sobald ein wenig Zeit dafür wäre, sich mit ihm zu beschäftigen. Dem Juristen wurde immer noch heiß und kalt, wenn er daran dachte, wie Weiler ihm an die Gurgel gegangen war. In aller Öffentlichkeit hatte er ihn durchgeschüttelt und ihm auch noch gedroht.

Nein, Junge, nicht mit mir, dachte Gebauer, als seine Sekretärin erneut den Raum betrat.

»Ja?«, fragte der Mann hinter dem Schreibtisch.

»Da möchten zwei Kriminalpolizisten mit Ihnen sprechen, Herr Dr. Gebauer.«

»Ja, Frau Scheibe, ich lasse bitten.«

Lenz und Hain betraten Gebauers spartanisch eingerichtetes Büro. Der Oberkommissar hatte sich in einem auf dem Weg liegenden Schuhgeschäft noch schnell etwas Neues für seine Füße gekauft.

»Ah, das ging aber schnell, meine Herren«, wurden die Beamten von dem Juristen freundlich empfangen, der hinter seinem Schreibtisch hervorgekommen war. »Möchten Sie etwas trinken? Einen Kaffee vielleicht? Oder Tee?«

Die Polizisten tauschten einen kurzen, aber vielsagenden Blick aus.

»Wir sollten vielleicht gleich besprechen«, fuhr Gebauer unbeeindruckt fort, »wie wir Ihre Aufgaben am besten organisieren. Immerhin müssen Sie hier in meinem Büro zu meiner Verfügung stehen, wie auch bei mir zu Hause und auf meinen Wegen. Wie viele Ihrer Kollegen stehen außer Ihnen noch zur Verfügung? Und haben Sie auch an einen gepanzerten Wagen gedacht, den wir benutzen können?«

Sein Blick fiel auf das Ende von Hains Hosenbeinen, wo ein Teil des Ackers haftete, auf dem Frank Weiler gestorben war.

»Und über Ihr Äußeres sollten wir vielleicht auch noch das eine oder andere Wort verlieren, was meinen Sie? Immerhin bewegen wir uns in gehobenen, anspruchsvollen Kreisen, meine Herren.«

»Mit einer gepanzerten Limousine können wir Ihnen leider nicht dienen«, erwiderte Lenz, zog seinen Dienstausweis aus der Tasche, und hielt ihn Gebauer unter die Nase.

»Ich bin Hauptkommissar Lenz«, stellte er sich vor, »und das ist mein Kollege, Oberkommissar Thilo Hain. Wir sind von der Mordkommission Kassel und haben ein paar Fragen an Sie.«

Aus dem Gesicht des Politikers wich jegliche Farbe. »Mordkommission? Sie kommen also gar nicht wegen meines Personenschutzes?«

»Im Augenblick noch nicht, nein.«

»Das verstehe ich nicht. Was wollen Sie von mir?«

»Wir untersuchen den Mord an einem Mann aus dem Schwalm-Eder-Kreis«, klärte Hain ihn auf, »sein Name ist Gerold Schmitt. Haben Sie den Namen schon mal gehört?«

Gebauer holte tief Luft. »Schmitt? Gerold Schmitt?« Er

ging um den Schreibtisch herum und setzte sich. »Nein, das tut mir leid. Der Mann ist mir nicht bekannt.«

»Das ist erstaunlich«, merkte Lenz trocken an. »Ein gewisser Frank Weiler, von dem wir annehmen, dass Sie mit ihm befreundet …«

»Da unterliegen Sie einem großen Irrtum, meine Herren«, wurde er sofort von Gebauer unterbrochen. »Freunde sind Frank Weiler und ich beim besten Willen nicht. Ich kenne ihn, wie ich viele Menschen kenne, aber eine Freundschaft ist etwas ganz anderes. Er ist ein Bekannter, ja, und noch nicht mal ein guter.«

»Schön«, erwiderte Lenz. »Ihr entfernter Bekannter Frank Weiler hat also den Mord an Gerold Schmitt gestanden. Allerdings hat er auch gestanden, von Ihnen beauftragt worden zu sein.«

»Das ist doch absurd, meine Herren«, folgte Gebauers Reaktion ohne Zögern. Für die Polizisten war es eine Nuance zu schnell.

»Ich kenne niemanden mit dem Namen Gerold Schmitt, und ich habe auch niemanden beauftragt, diesen Mann umzubringen. Noch einmal, das ist absurd«, gab er so souverän zurück, als hielte er ein Plädoyer im Gerichtssaal. Wenn er für ein paar Sekunden aus der Fassung geraten war, so hatte er sich nun wieder völlig unter Kontrolle.

»Herr Weiler schwört Stein und Bein, dass es genau so gewesen ist.«

»Das kann er tun. Ebenso felsenfest werde ich schwören, dass es nicht wahr ist. Und wenn Sie nicht mehr an Beweisen haben, dürfte es Ihnen schwerfallen, eine Anklage gegen mich auf die Beine zu stellen.«

»Kennen Sie Kemal Bilgin?«, schoss Hain den nächsten Pfeil ab. Vielleicht schon den letzten, den sie hatten, wie er insgeheim befürchtete.

Gebauers Reaktion war wieder völlig cool. »Nein. Wurde der auch ermordet?«

»Glücklicherweise nicht. Es geht ihm nach einem Unfall zwar nicht besonders gut, aber er wird ganz sicher überleben«, bluffte der Oberkommissar, »und kann vor Gericht aussagen, dass er Sie dabei beobachtet hat, wie Sie mit Ihrem Wagen ein anderes Auto angefahren und sich, ohne sich um den Schaden zu kümmern, verkrümelt haben. Der Volksmund sagt zu so was Fahrerflucht, Profis wie Sie und wir nennen es sachlich richtiger unerlaubtes Entfernen vom Unfallort. Aber wie immer man es auch nennt, es bleibt ein Straftatbestand.«

»Gemach, gemach, Herr Kommissar, Sie sind nicht mein Richter. Ob an der Sache was dran ist, müsste in einem Hauptverfahren geklärt werden.«

»Sie bestreiten es also?«

»Natürlich bestreite ich den Vorwurf.«

»Dann bestreiten Sie sicher auch den Vorwurf, auf das laufende Verfahren, das von Staatsanwalt Limbourg geführt wurde, Einfluss genommen zu haben?«

Gebauer schluckte. In seinem Gesicht war mit einem Mal so etwas wie Anspannung zu erkennen.

»Wie kommt Limbourg darauf? Das ist genauso absurd wie der Vorwurf, ich hätte jemanden zum Mord angestiftet.«

»Immerhin hat er es schriftlich niedergelegt.«

Gebauer richtete sich auf und schlug mit der flachen Hand auf die Schreibtischplatte. »Und wenn? Das muss er erstmal beweisen.«

»Irgendwie komisch«, bemerkte Lenz süffisant, »dass sich offenbar die ganze Welt gegen Sie verschworen hat. Jeder andere muss etwas beweisen, nur Sie müssen nichts tun.«

»So ist nun einmal unser Rechtssystem, meine Herren. So lange ich nicht verurteilt bin, gilt die Unschuldsvermutung. Auch und erst recht für mich.«

Lenz trat einen Schritt nach vorne, zog sich einen der beiden Stühle heran und setzte sich.

»Ich kann mich nicht erinnern, Ihnen einen Platz angeboten zu haben«, fauchte Gebauer.

»Ach, lassen Sie mal, das ist nicht notwendig, Herr Gebauer«, gab der Hauptkommissar ungerührt zurück. »Ich kann einfach im Sitzen besser denken.«

»Bei mir ist es genau andersrum«, meinte Hain ebenso ruhig. »Ich kann im Stehen viel besser denken.«

»Sie wissen, dass ich Sie von Ihren Kollegen, die unten vor dem Haus stehen, aus meiner Kanzlei befördern lassen könnte. Reizen Sie mich nicht zu sehr, meine Herren, auch meine Geduld ist nicht unendlich.«

Lenz grinste ihn an. »Wir werden uns bemühen, Herr Dr. Gebauer. Aber ich muss noch einmal auf das leidige Thema Fahrerflucht zurückkommen. Meinen Sie nicht, dass es Ihren aktuellen politischen Ambitionen schaden würde, wenn es eine neuerliche Verurteilung geben sollte? Immerhin sind Sie vor nicht allzu langer Zeit schon wegen Körperverletzung verurteilt worden und deshalb, wenn ich richtig informiert bin, auch vorbestraft.«

»Da sehe ich nun wirklich überhaupt keinen Zusammenhang«, gab Gebauer sofort wieder den Politiker.

»Und wenn man nun mal annehmen würde, dass auch an der Sache mit der Vertuschung der Fahrerflucht was dran wäre? Immer noch keine Angst?«

»Ich bin die Ruhe selbst, was diese Vorwürfe angeht«, log der Jurist.

»Und dann kommt noch Frankie Weiler daher und

schwört Stein und Bein, dass Sie ihn beauftragt haben, Gerold Schmitt aus dem Weg zu räumen, um die Tat dem Zeugen Ihrer Unfallflucht anzuhängen. Nach meiner Einschätzung kriegen Sie dafür ohnehin lebenslänglich, aber auch wenn es nicht zu einer Verurteilung kommen würde, wären Sie als Politiker nicht mehr tragbar. Und schon gar nicht als der Politiker mit dem Law-and Order-Image, der Sie gerne sein wollen. Das geht ganz sicher in die Hose, Herr Anwalt.«

Lenz und Hain konnten beobachten, wie die Hände des Mannes am Schreibtisch ganz leicht anfingen zu zittern.

»Und wo wir gerade dabei sind, Herr Gebauer. Wir sind Zeugen Ihres Gespräches mit Frank Weiler vor zwei Stunden gewesen. Sah brutal aus, wie er Sie da am Schlafittchen hatte. Und zu allem Überfluss haben wir alles gehört, was er und Sie zu besprechen hatten. Jedes einzelne Wort ist auf Band gespeichert.«

Wieder schluckte der Jurist und legte im Anschluss seine Hände in den Schoß. Seine Haltung veränderte sich, er wirkte auf einmal angeschlagen. Offenbar hatte Lenz ihn kalt erwischt.

»Das glaube ich Ihnen nicht. Sie bluffen. Es war niemand in unserer Nähe.«

»*Wir kriegen das hin, Frankie, du darfst jetzt nur nicht die Nerven verlieren*«, imitierte Hain Gebauers Worte an Weiler ein paar Stunden zuvor. »Glockenklar und ohne jegliche Hintergrundgeräusche zu hören; jedes einzelne Wort ist perfekt zu verstehen.«

Lenz, der keine Ahnung hatte, worum es bei dem Streitgespräch zwischen Gebauer und Weiler auf dem Parkplatz tatsächlich gegangen war, schickte einen weiteren Testballon ab.

»Das, was wir von Ihnen auf Band haben, wird jeder Richter auf der Welt als Geständnis werten. Zusammen mit Frank Weilers Aussage sind Sie, um es mal ganz vorsichtig auszudrücken, mächtig im Arsch, Herr Dr. Gebauer. Sie werden im Gefängnis landen und sich dort mit Menschen auseinandersetzen müssen, die sich an Ihre Sprüche und Ihre Forderungen aus der jüngeren Zeit erinnern. Natürlich sind darunter auch Migranten. Denen können Sie dann persönlich klarmachen, wie Sie das genau gemeint haben mit den Ghettos und den Straftätern aus dem Einwanderermilieu. Die sind bestimmt ganz scharf darauf, sich im Einzelgespräch erklären zu lassen, wie genau Sie die Islamische Republik Deutschland zu verhindern gedenken.«

Aus der Stirn des Mannes hinter dem Schreibtisch traten kleine Schweißperlen. Gebauer hatte noch immer die Hände im Schoß liegen und wippte mit den Füßen einen stummen Rhythmus. Sein Brustkorb hob und senkte sich in rascher Folge. Lenz, der viele Verhöre in seinem Leben hinter sich gebracht hatte, war überzeugt davon, dass der Jurist genau den Dreck am Stecken hatte, den er ihm vorgehalten hatte, doch Gebauer war viel zu sehr Politiker und Jurist, um sich geschlagen zu geben.

»Sie wissen doch selbst, meine Herren«, konterte er, »dass Tonbandaufnahmen vor Gericht von sehr zweifelhaftem Beweiswert sind. Das Bundesverfassungsgericht hat …«

Der Hauptkommissar traute seinen Ohren nicht. Gebauer widersprach seiner Darstellung nicht, sondern berief sich, als säße er bereits einem Richter gegenüber, auf Verfahrensfehler. Trotzdem war alles, was die Polizisten erreicht hatten, ohne ein Geständnis von ihm für die Galerie.

»… und deshalb sollten Sie sich gut überlegen, wie Sie weiter vorgehen werden. Frank Weiler ist ein Kokainkonsument, was ihn vor Gericht zu einem unsicheren Kantonisten macht.«

Lenz hatte dem Mann nicht richtig zugehört. Ihm waren, während Gebauer gesprochen hatte, ihre Möglichkeiten durch den Kopf gegangen. Wenn sie das Büro ohne Gebauer in Handschellen verließen, war nicht der Jurist im Arsch, sondern Hain und er. Ludger Brandt würde ihnen den Kopf abreißen. Sie waren weit gegangen, vermutlich zu weit. In ihrem Lauf befand sich keine weitere Patrone, und bis jetzt hatten sie Gebauer zwar angeschossen, aber nicht erlegt. Fieberhaft rasselten die Gedanken durch sein Gehirn, doch er konnte den richtigen nicht ausmachen; wenn es diesen einen, tödlichen Gedanken denn überhaupt gab. Wie in Trance hörte er, dass im Hintergrund Hain seine Handschellen aus der Tasche zog und mit ihnen in der Hand auf den Schreibtisch zuging.

»Herr Dr. Gebauer, ich nehme Sie wegen des dringenden Tatverdachtes der Anstiftung zum Mord an Gerold Schmitt fest. Bitte stehen Sie auf und drehen sich um.«

Lenz hob den Kopf und blickte nach oben, weil er einen Augenblick lang dachte, zu träumen, doch sein Kollege war tatsächlich mit den Handschellen zwischen den Fingern auf dem Weg zu Gebauer.

40

Justus Gebauer sah zwar den Polizisten, der mit einem Paar Handschellen auf ihn zukam, doch er konnte ihn nur schemenhaft erkennen. Vor seinem geistigen Auge lief ein Film ab, ein Gefängnisfilm zu allem Unglück auch noch, und er, der zukünftige Star der deutschen Politik, spielte die Hauptrolle darin. Es ging um Gewalt im Gefängnisalltag, islamische Folterrituale und Schmerzen. Große Schmerzen. Innerhalb von einer halben Stunde war er verglüht, war sein Stern erloschen.

Die Entzauberung des Justus G. wäre ein passender Titel für den Film gewesen.

Wenn er dazu fähig gewesen wäre, hätte er zu weinen begonnen, doch er konnte es nicht. Wie Blitzlichter tauchten Bilder von ihm als kleinem Jungen auf, in der Werra badend.

Sei vorsichtig, Justus, die Strömung ist zu stark, rief die Großmutter aus dem Hintergrund.

Es roch nach Flieder, und um ihn herum summten Bienen. Das Gras unter seinen Füßen war warm und weich, ganz anders als das, was in der Gegenwart und der Zukunft auf ihn wartete.

Frank Weiler. Er hätte sich nie mit diesem Typen einlassen dürfen. Von Anfang an hatte er seine Zweifel, doch der Plan des koksenden Geschäftsmannes war eigentlich genial.

Ich will wissen, wie es ist, einen umzubringen, und dadurch bist du einen los, der dir im Weg liegt.

Was ist schon ein genialer Plan wert, wenn einer der Ausführenden die Nerven verliert?

Weiler, du kleines Arschloch, warum musstest du auch der Polizei alles erzählen?

Verhaftung, Gerichtsverhandlung, Verurteilung, Strafanstalt. Die größtmögliche öffentliche Demütigung. Gebauer hatte während seiner Zeit als Anwalt viele Menschen erlebt, die diesen Weg gegangen waren. Er hatte Mandanten im Gefängnis besucht und war immer froh gewesen, wenn sich die großen Rolltore hinter ihm geschlossen hatten und er auf der anderen, der richtigen Seite der Mauer stand. In Zukunft würde er …

Nein, das halte ich nicht aus.

Es muss einen Ausweg geben, es gab immer einen Ausweg, und auch jetzt gibt es einen Ausweg. Es muss …

41

Hain wollte den letzten Schritt um den Schreibtisch gehen, als Gebauers rechte Hand nach vorne glitt, blitzschnell eine der Schubladen aufzog, darin verschwand, und mit einer kleinen Pistole wieder auftauchte und auf ihn zielte.

Der Oberkommissar ließ die Metallbügel fallen und trat zwei Schritte zurück. »Machen Sie keinen Scheiß, Herr Gebauer«, sagte er mit erhobenen Händen und leiser, unaufdringlicher Stimme. Lenz hob ebenfalls die Arme.

Der Jurist machte ein paar Bewegungen mit der Waffe in seiner Hand, die vermutlich so etwas wie Entschlossenheit ausdrücken sollten. »Alles ist kaputt. Sie haben es kaputtgemacht. Sie und Weiler, dieser Idiot. Hoffentlich werden sie ihn im Gefängnis umbringen. Mich kriegen diese Asozialen auf keinen Fall in ihre Hände.«

Damit drehte er die Pistole in seine Richtung und steckte sich den Lauf in den Mund. Seine Hand fing an zu zittern, doch der Zeigefinger bewegte sich nicht.

Der gesamte Oberkörper des Mannes wurde von einem Schauer erfasst und Lenz befürchtete, dass sich der Schuss allein wegen der Vibrationen lösen könnte, aber der Knall blieb aus. Gebauer presste die Luft aus seinen Lungen, als ob ihm das die endgültige Entscheidung erleichtern würde, nahm einen erneuten Anlauf, und wieder versagten ihm die Glieder den Dienst. Aus seinem rechten Auge lief eine dicke Träne, dann folgte eine aus dem anderen Auge. Große, dicke Tränen rollten dem selbsternannten Retter des deutschen Volkes über die Wangen, als er abermals versuchte, den rechten Zeigefinger zu krümmen, doch es wollte ihm nicht gelingen. Er war zu feige, seiner ungewissen, dunklen Zukunft zu entfliehen.

Lenz stand aus dem Stuhl auf und ging langsam und mit kaum hörbaren Schritten auf den Juristen zu, an dessen oberem Teil der Hose ein schnell größer werdender, dunkler Fleck sichtbar wurde. Als Lenz die mittlerweile grotesk wirkende Gestalt erreicht hatte, brach sie in lautes Gejammer aus. Der Hauptkommissar hob den Arm, griff langsam nach der Waffe und zog sie Gebauer aus dem Mund, wobei ihm ein wenig Speichel des verhinderten Selbstmörders über die Finger rann.

»Wenn Sie wieder so etwas planen und vielleicht ein wenig mutiger sind als heute«, gab Lenz dem nun in seinen Stuhl zurücksinkenden, laut heulenden Expolitiker und Strafgefangenen in spe mit auf den Weg, »müssen Sie vorher die Waffe entsichern.«

Damit deutete er auf einen kleinen Hebel an der linken Seite der Waffe, und ließ sie danach in seiner Jackentasche verschwinden.

»Und nun die Hände nach vorne, bitte.«

EPILOG

Justus Gebauer wurde ein halbes Jahr nach den geschilderten Ereignissen in einem aufsehenerregenden Indizienprozess zu einer lebenslangen Haftstrafe verurteilt, gegen die sein Anwalt in Revision gegangen ist. Im und vor dem Gerichtssaal waren während des Prozesses Kamerateams aus aller Herren Länder anwesend. Der Jurist schwieg während der gesamten Verhandlung und verzichtete auch auf das ihm zustehende letzte Wort.

Der Mörder von Gökhan, Demet und Emre Bilgin, der nach Auswertung von an den beiden Tatorten gefundener Munitionsreste auch den Tod des Journalisten Per Stemmler und des zu seinem Schutz abgestellten Polizisten Werner Obermann zu verantworten hatte, wurde nie gefasst. Vermutungen, dass die Morde an der türkischen Familie ein Racheakt waren, weil Gökhan Bilgin Gelder einer islamischen Organisation, die er verwaltete, unterschlagen hatte, waren nicht zu beweisen. Kemal Bilgin, der bei seiner Flucht lebensgefährlich verletzt wurde und noch immer im Koma liegt, lebt mittlerweile in einem Kasseler Pflegeheim. Etwa zwei Wochen nach seiner Verlegung traf bei der Kasseler Polizei ein Fax aus Istanbul ein, dessen Inhalt besagte, dass Kemal Bilgin während seines Militärdienstes in einer Spezialeinheit eingesetzt gewesen war. Diese Einheit schneiderte und reparierte die Paradeuniformen für den Generalstab der türkischen Armee.

Bernd Zwingenberg, einem der Referenten des Kasseler Oberbürgermeisters Erich Zeislinger, wurde kurz nach dessen mit überragendem Ergebnis eingefahrenen Wiederwahl gekündigt. In der sich darauf anschließenden arbeitsgerichtlichen Auseinandersetzung legte er als Beweismittel einen angeblich von Zeislinger signierten Arbeitsvertrag vor, der eine mehr als merkwürdige Unterschrift trug:

Daniel Düsentrieb

Der zuständige Richter wies die Klage Zwingenbergs ab.

ENDE

MATTHIAS P. GIBERT
Schmuddelkinder

372 Seiten, Paperback.
ISBN 978-3-8392-1084-0.

GESTOHLENE KINDHEIT Baunatal, Nordhessen. Der pensionierte Erzieher Dieter Bauer wird durch einen Schlag auf den siebten Halswirbel getötet. Am Abend des nächsten Tages wird Ruth Liebusch tot aufgefunden – ebenfalls eine ehemalige Erzieherin, ebenfalls getötet durch einen Schlag auf den siebten Halswirbel. Und es gibt noch eine Gemeinsamkeit zwischen den Opfern: Beide waren in den 70er Jahren im Karlshof tätig, einem berühmt-berüchtigten Jugendheim südlich von Kassel.

Kommissar Paul Lenz vermutet einen Serienkiller. Was ihn jedoch verwirrt: Die Morde haben beinahe zur gleichen Zeit, räumlich weit voneinander entfernt stattgefunden …

MATTHIAS P. GIBERT
Bullenhitze

373 Seiten, Paperback.
ISBN 978-3-8392-1037-6.

DUNKELMÄNNER Günther Wohlrabe, Eigentümer des größten Bestattungsunternehmens in der Region, stirbt nach einem Dinner in the Dark qualvoll. Was zunächst nach einem natürlichen Tod aussieht, entpuppt sich schon bald als raffiniert ausgeführter Giftmord und ruft Hauptkommissar Paul Lenz auf den Plan. Als kurz darauf auch noch ein Kasseler Bauunternehmer ermordet wird und Lenz herausfindet, dass die beiden Toten am Bau von Deutschlands größtem Krematorium im nahe gelegenen Hofgeismar beteiligt waren, entwickelt sich der Fall für ihn zu einem wahren Höllentrip …

GMEINER
Wir machen's spannend

MATTHIAS P. GIBERT

Eiszeit

327 Seiten, Paperback.
ISBN 978-3-8392-1002-4.

BAUSÜNDEN Sommer 2009. Hauptkommissar Paul Lenz will endlich seinen wohlverdienten Urlaub antreten, als ihn Salvatore Iannone aufsucht. Der Besitzer eines Eiscafés in Kassel fühlt sich von seinem Vermieter, dem Immobilienspekulanten Jochen Mälzer, bedroht und bittet die Polizei um Hilfe. Lenz misst den wirr klingenden Äußerungen des Italieners wenig Bedeutung bei, doch zwei Tage später liegen Iannone und seine Frau erschossen in ihrem Lokal.

War ihre Eisdiele den Plänen des Baulöwen im Weg, der dort ein großes Outlet-Center plant? Die ersten Ermittlungsergebnisse weisen jedenfalls darauf hin und Kommissar Lenz glaubt fest an eine Verstrickung Mälzers in den Fall. Doch dieser scheint nicht nur ein wasserdichtes Alibi zu haben, sondern auch Schutz von höchster Stelle zu genießen …

MATTHIAS P. GIBERT

Zirkusluft

373 Seiten, Paperback.
ISBN 978-3-89977-810-6.

TÖDLICHE KONTROLLE Kassel im Frühwinter 2008. Kommissar Paul Lenz und sein Kollege Thilo Hain werden an den Ort eines grausamen Verbrechens gerufen. Auf dem Radweg an der Fulda liegt der Architekt Reinhold Fehling, brutal ermordet durch zwei Schüsse in die Knie und einen in den Kopf.

Keine 24 Stunden später gibt es eine weitere Leiche, Bülent Topuz, ein türkischstämmiger Student. Wieder zwei Schüsse in die Knie, dazu ein tödlicher ins Herz. In der Wohnung des Ermordeten finden die Polizisten nicht nur einen Brief, in dem er die Verantwortung für den Mord am Fahrradweg übernimmt, sondern auch die Tatwaffe. Allerdings stellt sich schnell heraus, dass Topuz nicht der Mörder gewesen sein kann …

GMEINER

Wir machen's spannend

MATTHIAS P. GIBERT

Kammerflimmern

326 Seiten, Paperback.
ISBN 978-3-89977-776-5.

SKANDALTRÄCHTIG Dezember 2007. Wolfgang Goldberg, Justiziar der Industrie- und Handelskammer Kassel, wird erhängt in einem Wald bei Kassel gefunden. In derselben Nacht brennt sein Haus ab. Schnell ist klar, dass er das Opfer eines Verbrechens wurde.

In das Blickfeld der Ermittler um Hauptkommissar Paul Lenz rückt ein ehemaliger Werkstattbesitzer der Goldberg kurz zuvor bedroht und ihm vorgeworfen hat, schuld an seiner Pleite zu sein. Nun ist er spurlos verschwunden.

Lenz spürt, dass der Mord nur die Spitze des Eisbergs ist. Er ist einem ausgewachsenen Skandal auf der Spur und seine Gegner scheinen übermächtig …

MATTHIAS P. GIBERT

Nervenflattern

323 Seiten, Paperback.
ISBN 978-3-89977-728-4.

KUNST IM FADENKREUZ In Kassel geschehen kurz hintereinander zwei tragische Unfälle – jedenfalls scheint es zunächst so. Ein anonymer Brief an den Oberbürgermeister der Stadt lässt jedoch erhebliche Zweifel an der Zufälligkeit der Ereignisse aufkommen – und urplötzlich steckt Kommissar Paul Lenz mitten in einem brisanten Fall: Die Documenta, bedeutendste Ausstellung für zeitgenössische Kunst der Welt, wird durch einen Anschlag mit einem hochgiftigen Nervenkampfstoff bedroht. Und mit ihr die Einwohner der Nordhessischen Metropole und die zahlreichen Ausstellungsbesucher.

GMEINER

Wir machen's spannend

GABRIELE KEISER

Engelskraut

274 Seiten, Paperback.
ISBN 978-3-8392-1117-5.

TÖDLICHES PARADIES Bundesgartenschau in Koblenz. Wie Leonardo da Vincis Vitruvmann liegt der Tote im Paradiesgarten – nackt, mit ausgestreckten Armen und Beinen, inmitten einer Kahlstelle, die von ätzenden Unkrautvernichtungsmitteln herrührt. Seine Identität steht schnell fest: Jürgen Klaussner ist Mitte vierzig, Inhaber einer Koblenzer Apotheke und junger Familienvater. Warum wurde er ausgerechnet auf dem BUGA-Gelände getötet? Oder war es am Ende ein inszenierter Selbstmord?

Immer tiefer wird Kommissarin Franca Mazzari in einen Fall hineingezogen, der sie auch ganz persönlich betrifft …

SIGRID HUNOLD-REIME

Janssenhaus

277 Seiten, Paperback.
ISBN 978-3-8392-1123-6.

FAMILIENBANDE Emma von Odenwald, 31-jährige Köchin aus Hannover und immer noch Single, fühlt sich gegenüber ihren erfolgreichen, glücklich verheirateten Eltern als Versagerin. Auch äußerlich hat sie mit ihnen keinerlei Ähnlichkeit. »Manchmal denke ich, dass ich ihnen ins Nest gelegt worden bin!«

Wie Recht Emma mit ihrer Vermutung hat, bringt kurze Zeit später ein Gentest zu Tage. Als sie ihre Eltern damit konfrontiert, nennen diese ihr widerstrebend eine Adresse in Ostfriesland und gestehen, dass es keine legale Adoption war. Emma macht sich auf die Suche nach ihrer Herkunft und stößt dabei auf ein Meer aus Lügen und Verstrickungen …

GMEINER

Wir machen's spannend

BERND LEIX
Fächergrün

273 Seiten, Paperback.
ISBN 978-3-8392-1118-2.

GRÜN IST DIE GIER Fronleichnam. An diesem Feiertag im Juni schlägt für zwei alte reiche Brüder die letzte Stunde. Nach einem Ausflug auf die grünen Höhen des Schwarzwaldes sterben die ehemaligen Bauunternehmer so, wie sie gelebt haben: gemeinsam. In ihrem Gründerzeithaus in der Karlsruher Oststadt ereilt sie nach dem Genuss einer Flasche Rotwein ein grausamer Tod.

Das Team um Kommissar Oskar Lindt steht zunächst vor einem Rätsel. Erst, als die früheren Mitarbeiter der beiden – allesamt italienischer Herkunft – in den Fokus der Ermittlungen rücken, kommt Bewegung in den Fall …

SOKO METROPOLREGION
Mörderischer Erfindergeist

369 Seiten, Paperback.
ISBN 978-3-8392-1127-4.

FREI ERFUNDEN Auto oder Fahrrad? Keine Frage, beides! Denn diese Fortbewegungsmittel haben etwas Entscheidendes gemeinsam: Sie wurden beide in der Metropolregion Rhein-Neckar erfunden.

Der Großraum Mannheim – Heidelberg – Ludwigshafen – Neustadt ist eine wahre Erfinderregion. Dass er auch der Schauplatz für raffinierte Kriminalgeschichten sein kann, beweist die vorliegende Anthologie. Kriminelle Machenschaften, erdacht und aufgeschrieben von den besten Krimierfindern der Region …

GMEINER

Wir machen's spannend

Alle Gmeiner-Autoren und ihre Romane auf einen Blick